读客彩条外国文学文库

外国文学读彩条,大师经典任你挑。

一个旅人

保罗·鲍尔斯游记

［美］保罗·鲍尔斯 —— 著

张琼 —— 译

PAUL BOWLES

Travels:
COLLECTED WRITINGS, 1950-1993

文汇出版社

图书在版编目（CIP）数据

一个旅人：保罗·鲍尔斯游记 /（美）保罗·鲍尔斯著；张琼译. -- 上海：文汇出版社，2025.6.
ISBN 978-7-5496-4425-4

Ⅰ. I712.65

中国国家版本馆CIP数据核字第2025NM4347号

TRAVELS by Paul Bowles
Copyright © 2010, Rodrigo Rey Rosa
Simplified Chinese translation copyright © 2025 by Dook Media Group Limited.
All rights reserved.

中文版权 © 2025 读客文化股份有限公司
经授权，读客文化股份有限公司拥有本书的中文（简体）版权
著作权合同登记号：09-2024-1043

一个旅人：保罗·鲍尔斯游记

作　　者 /	［美］保罗·鲍尔斯
译　　者 /	张　琼
责任编辑 /	张　溟
执行编辑 /	唐　铭
特约编辑 /	金楚楚　　夏文彦　　朱亦红
封面设计 /	梁剑清　　Mark Rothko
出版发行	文汇出版社
	上海市威海路755号
	（邮政编码200041）
经　　销 /	全国新华书店
印刷装订 /	三河市龙大印装有限公司
版　　次 /	2025年6月第1版
印　　次 /	2025年6月第1次印刷
开　　本 /	880mm×1230mm　1/32
字　　数 /	318千字
印　　张 /	13.25

ISBN 978-7-5496-4425-4
定　　价 / 59.90元

侵权必究
装订质量问题，请致电010-87681002（免费更换，邮寄到付）

编者序

  如何描摹保罗·鲍尔斯？美国旅行文学作家保罗·索鲁曾这样写道："保罗·鲍尔斯是典型的风云人物、神秘的流放者。他衣着优雅，手指夹着烟，沐浴在摩洛哥的阳光中，靠汇款维生，不时向广阔的世界投放他那令人震惊、精巧细致的小说作品。如此描摹尽管带着些许真实，但远远不够。"[1]

  那么，真实的鲍尔斯是怎样的呢？他出生于1910年的美国，早年师从著名作曲家阿隆·科普兰[2]，迅速以先锋音乐家的身份崭露头角，为多部电影和舞台剧谱曲。作为音乐人类学家，他曾耗时半年，深入摩洛哥的边远山区采集民间音乐。此外，他还从事翻译工作——他精通阿拉伯语、西班牙语、法语等多门语言。当然，鲍尔斯最广为人知的身份是小说家与诗人。值得一提的是，虽然鲍尔斯笔下的短篇小说

---

[1] 引用自Paul Theroux, "Paul Bowles' Travels", in Paul Bowles, *Travels: Collected Writings, 1950–1993*, Sort of Books, 2010, p. 9. ——编者注（若无特殊说明，本书注释均为译者注或编者注）

[2] Aaron Copland（1900—1990），美国作曲家、作家。

数量繁多，但他一生仅创作了四部长篇小说，且凭这四部杰作一跃成为20世纪美国文坛独树一帜的作家。

但鲍尔斯的自我定位是一位"旅人"。他在摩洛哥的海滨城市丹吉尔的定居经历，连同其笔下生动的文字，吸引众多艺术家汇聚于此，使丹吉尔蜕变为文学圣地。这位被誉为"最后一个浪迹天涯的人"，终其一生都在行走，足迹几乎遍布世界。那么，何为旅人？鲍尔斯在其最负盛名的长篇小说《遮蔽的天空》中，这样诠释旅人与游客的区别："游客在外旅行几周或者几个月后总是归心似箭，但旅人没有归途，此地和彼地对他们而言并无区别，所以旅人的脚步总是很慢。他们可能花费数年时间，从地球上的某个地方游荡到另一个地方。事实上，在待过的那么多地方里，他觉得很难说清到底哪里才最像家乡。"[1]

旅行不仅赋予了鲍尔斯的文学创作以无限灵感，更直接塑造了他的叙事结构。无论是备受好评的长篇，还是带有魔幻现实意味的短篇，都折射出了他在旅程中的观察印记。《遮蔽的天空》开篇第一页的场景，就源于他在非斯旅行时栖身的令人窒息的旅馆小房间。《就让雨落下》的创作契机，则是他在前往丹吉尔的航行途中，目睹了海雾之中城市的点点灯光。更不用说鲍尔斯在一生中陆续创作的近百篇奇幻短篇，素材大多源自他在北非收集的巷陌流传的怪谈奇闻以及其亲身经历。

本书是鲍尔斯写于1950年至1993年的游记合集，所收录的文章均

---

[1] 引用自保罗·鲍尔斯：《遮蔽的天空》，阳曦译，江苏凤凰文艺出版社2018年版，第8页。

按发表日期编排——虽有少数例外，时间跨度逾四十载。这些游记的"目的地"遍布全球，不仅有丹吉尔、非斯、卡萨布兰卡、马拉喀什等北非城市，也兼及欧洲的巴黎、马德里，以及亚洲的土耳其、斯里兰卡和印度等国家或地区。鲍尔斯擅长捕捉这些地方急速变化的时代切面，以及这里形形色色的人的处境。透过他的文字，读者得以窥见另一片土地上人们鲜活的生活图景。

真正优秀的作家能以文字构筑异域时空，鲍尔斯正是此中翘楚。他认为，游记并不是作家在旅途中见闻的随意堆叠，尽管任何文学创作都无可避免地带有"主观性"，但这与对游记"真实性"的要求并不冲突。在本书收录的《身份的挑战》这一篇中，鲍尔斯指出，真正睿智的作者会"确切地讲述他出游时遇到的事情"，而最佳游记的主题就是"作者与某地的冲突"——"哪一方赢了并不重要，只要冲突得以如实记录"。

鲍尔斯富有好奇心，充满冒险精神，无论是长期居住还是短暂停留，他最关注的都是当地人的生活细节。他在谈论自己的旅行偏好时，坦言道："假如我此时面临着选择，要决定究竟是去看马戏还是去教堂，去咖啡馆还是去看公众纪念碑，去嘉年华还是去博物馆，恐怕我多半会选择去看马戏、去咖啡馆和嘉年华。"[1]正因如此，他对异域文化抱有兴趣和好奇，却并不为了追求某种效果而故意"刻奇"，而是以观察者的角度，客观克制地书写所见所闻。换言之，鲍尔斯并没有落入萨义德等人所极力批评的"西方对东方的凝视"——为了显示自己对东方的向往，故意将东方描摹得神秘、奇幻、诱人。

---

[1] 引用自保罗·鲍尔斯：《一个旅人：保罗·鲍尔斯游记》，张琼译，文汇出版社2025年版，第75页。

这一写作态度，在他长达四十余年的游记创作中始终如一。这些由时光串联的文字，既是鲍尔斯丰沛人生的注脚，亦与其小说创作形成奇妙互文。他始终过着自己选择的生活，从不妥协；他坚持书写自己的心声，从不违心，直至生命终结。

在这本首度集结成册的游记中，鲍尔斯凭借极其精准的洞察力，记录下了20世纪后半叶不同地区的风土人情与民俗习惯，既有他和当地人的真实交谈，亦有各地市井的生动掠影。例如，鲍尔斯以人类学家般的敏锐，对北非部分地区的大麻文化进行了双重维度的观察：一方面，他从自然地理与经济角度出发，揭示了北非部分地区因资源与环境条件所致的种植现实；另一方面则是在文化与哲学思辨的层面，探讨其在特定区域内的多重象征意义。可以说，这既是一本旅居异乡之人的故事集，也是一本丰富迷人的风土人物观察记录。

当然，时代变迁，如今再看，鲍尔斯的部分观点难免带有时代局限性。但为完整呈现作者的文化观察、写作风格以及特定时代的特色，经审慎考虑，我们决定最大限度地保留这些内容，也恳请读者朋友在阅读的过程中带着思辨的眼光，加以甄别。

最后，愿21世纪的读者能够随着鲍尔斯笔下的文字，一同穿越时空，窥见另一片土地上跃动的生活脉搏，抵达那些未曾涉足的神秘异域，在文化碰撞中收获心灵的丰盈与升华。

CONTENTS
目 录

伏尔泰街17号 / 001

巴黎！艺术之城 / 009

非斯 / 021

鱼笼和私人业务 / 030

别再提鬼 / 043

孤独的洗礼 / 053

丹吉尔来信 / 065

往昔之窗 / 072

土耳其之旅 / 085

一起走吧 / 103

丹吉尔印象 / 114

鹦鹉学舌 / 121

兼住岛生活即景 / 132

锡兰来信 / 140

肯尼亚来信 / 146

丹吉尔日记：一段后殖民主义插曲 / 157

寄自纳盖科伊尔的信 / 164

护照 / 179

丹吉尔的不同世界 / 181

身份的挑战 / 194

悲哉美国，悲哉阿尔及利亚 / 199

小非洲 / 207

里夫，音乐之旅 / 224

马德拉群岛 / 260

西迪胡斯尼的舞会 / 275

塔塞姆希特之路 / 283

丹吉尔 / 308

滑稽的太阳海岸 / 316

卡萨布兰卡 / 328

基夫烟：序言与术语概要 / 346

摩洛哥的咖啡馆 / 350

马拉喀什有何特别？ / 359

摘自泰国笔记 / 368

非斯：城墙之后 / 377

我的小岛 / 385

丹吉尔 / 389

丹吉尔即景 / 393

哈吉玛 / 395

天空 / 398

保罗·鲍尔斯生平 / 400

术语表 / 410

伏尔泰街17号

日记；巴黎回忆（1931—1932年）[1]

如果没记错的话，我住的公寓就在伏尔泰街17号，工作室天顶很高，一侧带有阳台，我也睡在那里。房子是哈里·邓纳姆租下的，他当时刚离开普林斯顿，就住在楼下的小卧室里。一月的清晨非常寒冷，从浴室窗户望出去，我看到阳台的花纹栏杆映衬着天空，小贩们沿岸来回走动着。当时是1931—1932年的冬季，楼下街道上车流不大，我估计现在要更热闹些。

在马拉喀什时，哈里就觉得应该把阿卜杜卡迪尔带过来，这个摩洛哥小伙子当时才十五岁，在当地旅馆打工，哈里想把他培养成自己的贴身男仆兼家务总管。这想法最终没成。

那地方肯定装有暖气设备，否则没法住人。到现在我都历历在目，阿卜杜卡迪尔穿过屋后狭窄的楼梯，去地窖里取燃料，不知道是木头还是煤块。我只记得，有一天，就是在这楼梯上，阿卜杜卡迪尔

---

[1] 《伏尔泰街17号》是保罗·鲍尔斯写于20世纪80年代的一则随笔，有关1931—1932年作家旅居巴黎的经历。此文于作家去世后发表，初版是法语，后以英语刊于《开放城市》（*Open City*）杂志（2005年第20号）。——原书注

碰到一个人，他激动地形容道，"我发誓，跟我妈一模一样"[1]，还带我去见了她（也是在后屋楼梯上）。那位健谈的女士名叫露西·德拉吕-马尔德吕斯，她邀请我去她家喝咖啡，并介绍我认识了马尔德吕斯博士，后者当然比她话少多了。我几乎无言以对，从没读过，甚至未曾听闻此人的《天方夜谭》译作。我在那里第一次听到伊莎贝尔·艾伯哈特[2]的大名，马尔德吕斯太太提到此人时兴致勃勃。据说她们是在阿尔及利亚认识的。

那之前的一个月，我一直在意大利的一处滑雪胜地，当时身体欠佳，我还写信告知了格特鲁德·斯泰因[3]，她坚持让我回巴黎。不过当时有人（那时左岸嚼舌头的人甚多）去她家，说我正和一位法国姑娘在阿尔卑斯山玩。那姑娘和我纯粹是朋友关系，但格特鲁德·斯泰因可不这么认为。

她不喜欢自己看中的小伙子和任何异性有密切关系。因此，回到巴黎后我觉得应该专程前往弗勒吕斯街去拜访斯泰因和塔克拉丝[4]女士，并事先打了电话。

电话另一头很冷淡。

"你回来啦。"格特鲁德·斯泰因说道。

"是啊。"

"你干吗不去墨西哥？那里才是你该待的地方，应该住两天的。"

---

1 原文为法语。鲍尔斯在用英文写作时经常混杂着法语、阿拉伯语等其他语言，非英语的部分皆用楷体表示。
2 Isabella Eberhardt（1877—1904），瑞士探险家、作家，旅居北非多年。鲍尔斯晚年将她写的短篇小说译为英文出版。
3 Gertrude Stein（1874—1946），美国作家、诗人，长期旅居法国，有众多文学界、艺术界的朋友，对美国现代主义文学具有深远影响。
4 Alice B. Taklas（1877—1967），斯泰因的秘书和生活伴侣。

电话谈话就这么结束了。她是加州人,在她眼里墨西哥简直可怕得要人命。直到夏天,我都没再见过她。

真是奇怪,可我就是想不起来自己那时是在哪里吃午餐和晚餐的。我对美食兴趣不大,当时就是拼命想让手边不多的钱多维持几天生计,顺便也避免了消化不良。我好像常去波拿巴街的一家餐馆,那里挺不错,价格也适中。

再早两年,我初到巴黎,就爱上了巴黎地铁。它环绕贯通全城,毫无纽约地铁的嘈杂匆促,或始终与时间赛跑的紧张。在纽约乘地铁,你会不由自主地看手表,而在巴黎地铁中,你抬眼看到的是"美哉−好酒−杜本内!"[1]的美酒广告。纽约地铁充斥着高温铁水混杂着港口下水道的味道,而巴黎地铁散发着一种逃离车站汇入街道的独特气味。这种气味我在其他任何地方都从未闻到过,它就是巴黎的象征。几年后,我在丹吉尔的一家杂货店里发现了一款杀菌剂,它就包含三种香料:薰衣草、柠檬、地铁气味。

伯纳德·费伊[2]当时住在圣纪尧姆街(St. Guillaume),在法美联合会担任要职。我并不了解他的政治主张,不过因为宣扬这些观点,"二战"后他坐了几年牢。我是在他家遇到维吉尔·汤姆森[3]的,此人就住在伏尔泰街17号,哈里和我正是通过他租到了工作室。我也是在维吉尔的引介下认识了各种他觉得有必要结识的人物,包括玛丽−路易丝·布斯凯、帕维尔·切利乔夫,还有欧仁·伯曼,大家

---

[1] "DUBO-DUBON-DUBONNET",法国平面广告大师卡桑德尔(Cassandre)1932年为杜本内设计的宣传语,至今仍见于法国大街小巷。"杜本内"是法国开胃甜酒的象征。
[2] Bernard Faÿ(1893—1978),法国历史学家,对美国有较多的研究,"二战"时曾在维希法国政府内任职,是当时在巴黎的斯泰因等人的朋友。
[3] Virgil Thomson(1896—1989),美国作曲家、音乐评论家。

都叫他"热尼亚"。[1]有一天,他带我去见马克斯·雅各布[2],这个怪异的小个子男人脑袋像鸡蛋。亨利·索格[3]也在场。我之前从没读过雅可布的文章,也没听过索格的音乐,对当时的引介并没太上心。

我最喜欢去两个地方:布洛梅街的黑人舞厅(Bal Nègre),还有大木偶剧院[4]。此前我从未看过黑人舞蹈,自然被他们娴熟优雅的舞姿折服。大木偶剧院的剧目必然有限,你得仔细挑选,才能选出全新作品。演出时观众席常有人发生意外,这时就会有身穿白色制服的护士将此人抬出去。我不相信真会有心脏病或癫痫病发作。这些演出并没惊悚到会促发如此病症,不过影响确实有,毕竟也有病人和神经过敏的观众来剧院看戏。我觉得,台上演戏台下把神经过敏的观众往外送,这体验真太有趣了。

只要有朋友来巴黎,提议一起吃饭,我就会选择"清真寺餐厅"(La Mosquee),倒不是那里厨艺高超,只是因为餐饮和氛围颇具摩洛哥风格。(我一直梦想着重回非斯[5],当时我离开那里不过数月。)现在回忆起来,那里的蒸粗麦粉味道挺不错,肯定比现在摩洛哥餐馆里的要好吃。我听说,经过半个多世纪,"清真寺餐厅"现在的味道每况愈下。这倒不算太奇怪,世道如此。

有一天,在蒙帕纳斯的一位朋友家,经人引介,我见到了埃兹

---

1 Marie-Louise Bousquet(1885—1975),法国时尚编辑;Pavel Tchelitchew(1898—1957),美国俄裔超现实主义画家;Eugène Barman(1899—1972),俄罗斯新派浪漫主义画家。
2 Max Jacob(1876—1944),法国诗人、画家、作家、批评家。
3 Henri Sauguet(1901—1989),法国作曲家。
4 The Théâtre du Grand Guignol,是一家19世纪末成立于法国巴黎皮加勒区的剧院,以上演恐怖血腥的剧目而闻名。后来Grand Guignol也用于指代此类型戏剧。
5 Fez,摩洛哥著名古城。

拉·庞德[1]。我们俩一起到附近吃午饭。他个子很高，蓄着红色的胡须。我想起几年前在一本小杂志上读过他的一首诗歌，此诗批评了老年人，他显然认为这些人欠了社会的，就该未老先死。这首短诗笔调尖刻无情，我还让母亲读了。她说："看来这个人并不了解生命。"午餐时有好几次我差点问庞德他是否对老年人还是如此看法，不过我忍住了，觉得这么问会让他尴尬。当时他是一本名为《新评论》文学刊物的三位编辑之一，另外两位是塞缪尔·帕特南（Samuel Putnam）和理查德·托马（Richard Thoma）。当日下午他和帕特南还有约，并提议我一块儿去。

我们乘公共汽车，在车尾的平台上一路站到了丰特奈-欧罗斯镇（Fontenay-aux Roses）。我记得格特鲁德·斯泰因曾说过，她可不愿再在家里接待庞德，因为他笨手笨脚，还粗心大意。她说，他一靠近桌子，就会把台灯撞翻，他一坐下来，会把椅子坐塌。接待他的代价太大，所以她下令禁止他进入弗勒吕斯街27号。我问她庞德对此是否在意。"哦，不会，他有的是高谈阔论的对象。"她管他叫"村里说书人"，她说，这名号不错，只要你愿意当村民。

那个冬天，我在巴黎的文学活动仅限于在几份停刊和濒临倒闭的杂志里查找遗失的那几期，这样我就能集全了。为此我花费了超乎预期的时间和精力。我尤为关注的是《米诺陶洛斯》（*Minotaure*）、《毕佛》（*Bifur*）和《文献集》（*Documents*），《文献集》是一本由卡尔·爱因斯坦（Carl Einstein）编辑的书评集，刊出不久就被禁了。沿河码头的书摊上已经找不到这些东西了，不过散落在城市各处的二手小书店里还能看到。为了搜寻，我走了很多路。不过这倒是正中下怀，我

---

1 Ezra Pound（1885—1972），旅居欧洲的美国作家，对英美现代主义文学影响深远。

最喜欢漫步于人们不常光顾的巴黎街巷,感到神秘好奇,不知疲倦。

我特别爱逛的地方往往远离歌剧院、协和广场或凯旋门等地,那些地方太过正统而显得无趣。暗淡的冬日,贝尔维尔和梅尼蒙当一带朴实的街景在我眼中显得格外有诗意。我愿意在那里徜徉好几个小时,拍些照片,如堆放着梯子和铁桶的庭院(得小心翼翼地不把人物放进镜头),让自己暂时迷失其中,仿佛身处摩洛哥的麦地那区[1]。这些地方的餐馆食品不太对我胃口,我至今忘不了端上来的那盘血红甜腻的马肉,这道菜还常常配上嚼着像粗糙的菠菜。

不过那里也有一幢令人赏心悦目的"正统"建筑,即特罗卡德罗宫殿[2],宽敞的阶梯一直向下通往塞纳河边。把它和洛特雷阿蒙[3]联想在一起不对吗?当然了,它的丑陋足以引起诗人的赞颂,尤其是那对令人难忘的犀牛,和真的一般大小。很显然,大楼外观整修时,它们被移除了。我禁不住要怀疑,这两头巨大的动物去哪儿了?它们是否被放在了某处,或是已经被毁掉了?我觉得法国人也许又打造了两座一模一样的雕像,把四头犀牛一起放在了埃菲尔铁塔的各个角落,这样就对称了。

为避免让人怀疑我对建筑的眼光怪异,我得强调自己很欣赏凡尔赛宫。宫殿前的景观开阔,一直延展到远方,抵消了我在巴黎不时会有的幽闭局促感。我还是很认同人们对此地普遍的尊崇和赞许,正因为如此,有一天下午,当我看到四位英国游客带着嘲讽的表情仰望宽

---

[1] Medina,在阿拉伯语中指城市,在北非通常指的是由伊斯兰教信徒建造的有城墙包围的旧城,这些城区在欧洲人进入非洲之前就已存在。
[2] Trocadero,于1937年被拆除,其花园内有两座大型动物雕像——一头犀牛和一头大象,它们在拆除宫殿时被移走,自1986年以来安放于奥赛博物馆入口。下文鲍尔斯提到的"一对犀牛"应是记忆有差错。
[3] Lautréamont(1846—1870),出生于乌拉圭的法国诗人,其作品《马尔多罗之歌》(Les Chants de Maldoror)对现代艺术、文学均产生影响。

阔的建筑正面,并且听到其中一位女士带着伦敦腔大声说"简直太丑了!"的时候,我真的太震惊了。

一天晚上,我受邀前往特里斯坦·查拉[1]的公寓吃晚餐,那里是去蒙马特高地的必经之地,好像在勒皮克街。他的瑞典妻子很美,客厅里放满了各种非洲雕像和面具,还有一只漂亮的暹罗猫。虽然(也许正是因为)这类动物行为乖戾,我却尤其喜欢它们。

晚餐很对我口味,可是主人却为此表示抱歉。查拉解释道,厨师是临时雇的,因为常用的厨师那一周心绪烦乱,提早告辞,说是以后再也不来查拉家了。都是因为那只猫,它和厨师一直很难相处。大概是那人不时会忘记喂食吧。总之他不喜欢自己干活时厨房里有猫,用脚把猫踢开了。对这只体型巨大的雄猫而言,这样的耻辱显然是不可原谅的。

厨师就睡在公寓后面的仆人房间,休息时他总是关着门。可是有一天晚上,他忘了把门关死,猫悄悄地把门拉开,等它确定厨师睡着了,就蹲下身子,然后跳起来,落在了厨师的脖子上,用健壮的后腿开始撕扯起来。它的用意明显就是要赶走敌人。厨师被送进医院,第二天一早他来到查拉家门口下了最后通牒:如果他们还想雇他,那猫就得立刻滚蛋。猫不走,他就不进门。主人拒绝了,于是厨师就辞职了,还威胁说要立刻进行法律诉讼。我便问,猫和现在的厨师相处得如何?"哦,是女厨师,"查拉说,"它不讨厌女人的。"那只猫正端坐在一张非洲面具旁的书架上,我们吃饭时它一直盯着。虽然我很想走过去摸它的脑袋,搔它的下巴,但那个晚上我始终很小心地没有靠近它。

伏尔泰街17号工作室的墙上挂着几张藤田嗣治[2]的大幅单色画作,

---

1 Tristan Tzara(1896—1963),法国诗人,达达主义运动的奠基人之一。
2 Léonard Tsugouharu Foujita(1886—1968),出生于日本东京的画家,将日本水墨画技艺引入了西方绘画。

大概是房东奥维斯太太或之前的租客留下的。尽管有几幅画中的暹罗猫形象美好生动，但这些画与工作室风格不搭，我认为应该换上更有魅力的作品。哈里也这么想。附近的皮埃尔画廊（好像是在塞纳街上）正在举办胡安·米罗[1]题为"构造"的作品展，有木头、石膏，以及少量绳索制作的作品，有点库尔特·施威特斯[2]的《梅兹堡》拼贴画的味道，但是在构思上带着点讨好的意味。哈里参观了皮埃尔画廊后带回三幅胡安的作品，工作室因此鲜活起来，让我感觉真正置身于1932年的巴黎。藤田嗣治的作品展现的时期不同，较之要早上十年。（人在二十几岁时，十年就是很漫长的岁月了。）于是我们把藤田的画收进了壁橱。

差不多两周后的一天下午，我回到住所，发现工作室似乎格外暗淡。几秒钟后我才意识到，藤田的作品又被挂回了墙上，胡安的作品消失了。这不可能是女佣干的，只能是门房或奥维斯太太本人所为。我冲下楼去找门房。起初她不明白我在说啥（也许是装糊涂），因为我把消失的胡安作品表述为绘画。

后来她终于弄懂了，说道："先生您说的是那些挂在墙上很旧的木头吗？我把它们扔了。我以为扔掉后先生会很开心呢。"

于是我们在地窖里一番搜寻，最终，这些被我称为艺术作品却让门房困惑不已的构造物，在角落里的一堆燃料木材中被找到了。东西的状态自然不佳，得送回皮埃尔画廊修复。最后还是胡安本人重做的。

1　Joan Miro（1893—1983），著名西班牙画家、雕塑家、陶艺家、版画家，超现实主义风格的代表人物。
2　Kurt Schwittters（1887—1948），德国达达主义艺术家、装置艺术家。他最富代表特色的作品是《梅兹堡》（*Merzbau*）拼贴画。

巴黎！艺术之城

原载于《假日》（1953年4月）

我对巴黎的冬天印象格外深刻——不能简单概述为开心或不开心——只是空蒙一片，缺失意义，却很有劲。清晨的塞纳河寂静、冷冽，正午的天空渗透着淡紫灰蒙的日光。即便在晴天，头顶的太阳也是孱弱无力，遥远而渺小得不可思议。我记得自己工作结束后都是步行回家的，这样就能在静谧微暗的暮光中走到杜伊勒里宫。

十七岁，身在巴黎，无拘无束，对上一代人来说，这是任何心怀抱负的艺术家或作家都会向往的理想状态，哪怕一文不名都没关系。反而有钱才令人怀疑，因为常言道，个人财富与艺术天分水火不容；有了钱，你就得帮那些只有艺术天分的人活下去。

可是十七岁的人精力充沛，可以省下公共汽车票的钱步行好几英里[1]，能一口气跑上六七段楼梯，直达顶楼房间，不工作的话可以一天只吃一顿饭，整天待在床上，啃啃面包就行。我几个月不洗澡，自己洗衣服，每天晚上被臭虫咬，得排除万难（要是这些麻烦发生在美

---

[1] 英美制长度单位，1英里等于5280英尺，合1.609千米。

国,那我早完蛋了),拥抱一切,因为我在巴黎。

我想,那是因为当时觉得人人都在巴黎。我和所有那些人共享这个城市。毕加索那时还衣衫褴褛、瘦骨嶙峋、蓬头垢面;格特鲁德·斯泰因正忙着要出自己的平装版作品;斯特拉文斯基还在写《圣诗交响曲》;乔伊斯的《写作中》[1]才完成一半;佳吉列夫和他了不起的剧团也在巴黎。也是在那个时期,我以为艺术界那些纷纷扰扰的冲突和流言蜚语无比重要,总之,就像你对战争的结果十分在意,始终要正面观望战局。超现实主义者在自己的夜总会里定期展开激战,任何艺术宣扬都必须有几位政客到场。那是美学暴力的鼎盛期,创意艺术家的基本诉求就是惊世骇俗。

对艺术家、准艺术家,以及无数认为必须和某种艺术或艺术从业者产生关联的人来说,巴黎不仅仅是一座有着林荫大道、咖啡馆、商店、璀璨夜景、公园、博物馆、历史纪念碑的辉煌之城;它本身就是一片完整的大陆,每个区域都必须用脚步丈量和探索。我不清楚自己走过了几千英里的路,我在那里的街道上漫步,从文森森林(Bois de Vincennes)到肖蒙山丘公园(Buttes-Chaumont),从奥特伊区(Auteuil)到夏朗东(Charenton),我始终想渗透、理解、分享笼罩这座城市的神秘感,想要找到那些无人知晓的消失的角落,发掘那些自己未曾见过的奇街怪巷,它们的形象至今依然完好无损地保存在我的脑海里。那和谐整体中无尽的变幻,每一天都会发现新鲜刺激事物的信念,这一切让生活在巴黎的艺术家有了一种满足和精神上的富有感。我认为正是这些,而非巴黎所能带来的具体实际的好处,才让这座城市成为世界各地的艺术家们的重要会聚地。

---

[1] *Work in Progress*,即后来于1939年出版的《芬尼根守灵夜》(*Finnegans Wake*)。

在过去，这些具体实际的好处当然也比今天多。有一段时间，整个左岸仿佛完全是为了艺术家而存在着。那里是他们的家，生活节奏由他们来定，旅馆、咖啡馆、餐馆的定价也在他们的消费能力范围之内。现在不同了，食物价格令人咋舌，巴黎还成了欧洲房源最糟糕之地。现在，普通艺术家的生活与阁楼工作室酒瓶里插蜡烛照明的传统波希米亚生活截然不同。往昔的生活确实寒酸，可当下的却令人沮丧。现在的工作室并不为艺术家而建，很早就有人搬进了这样的建筑，都是些有钱的资产阶级，他们认为住在这种有"艺术氛围"的地方很时髦。艺术家连公寓顶楼用人的房间都租不起了，他们被迫远离巴黎市中心，住进贫民区，日子过得捉襟见肘，得在狭小的房间里自己烧饭吃，还得经常拎着水桶上下好几段楼梯去底下的院子打自来水。

难怪最近倡导"回归土地"的运动。一些从事不同艺术工作的人聚集在一起，在郊区租下一幢小楼，不必预付房费。（预付房费和租金完全不同，是一笔为了获得搬入资格必须交纳给业主的额外费用。在巴黎，一间普通工作室预付房费就高达近1000美元。）然后他们就根据需求划分住房，在花园里种蔬菜，安定下来，要进城就骑自行车。花园在生活开支上大有裨益。这样的生活与传统的巴黎艺术家生活理念相去甚远，人们自然能理解，这样的变化最终会产生深远的美学影响，或许这也对应了最近放弃抽象和非客观主义，偏于具象主义的发展趋势。总之，目前巴黎的普通艺术家（目前光是画家全城就有大约4.68万人）的日子并不好过。

艺术生的日子就更是每况愈下，为了求学他们只能生活在市中心配有家具的宿舍里，得去餐馆吃饭，可是交了房租后他们大多囊中羞涩。美术学院附近有一个专门的学生之家，他们可以在那里就餐，每餐主要是汤和面食，70法郎（大约20美分）一份，倒也划算。可是艺术院校，作为艺术教育最为重要的培养机构，已经很久都招不到真正有创意天赋的学生了。那些离开学院自谋出路的人都待在集体工作室和自己的房间里。

马克·兰波就是这样一位艺术生。他二十三岁，两年前被巴黎美术学院的建筑系录取，但其实这只是他为了离开家乡普瓦捷想出的法子，家人不希望他当画家。他现在过着自己想要的生活，追逐着自己的梦想。他的日子并不好过，这是肯定的，常常举步维艰；家里寄给他的钱入不敷出，维持生计得靠脑力和苦力。不过，只有脑力不够了，他才勤能补拙，凌晨三点步行从蒙帕纳斯走到旧市场（Les Halles），干上五六个小时的体力活，从乡下运货的卡车上搬下一箱箱的蔬菜。倒不是说他不爱干体力活，而是苦力花费的时间和精力太多，他想把更多的功夫集中在自己感兴趣的事情上，即绘画。他的房租开销不大，因为他想方设法在布瓦索纳德街租到了一间很小的公寓房，公寓主人是一位好心的老妇人，她靠钩织围巾在右岸开了一家小店铺。她以前常常画水彩风景画，觉得自己是个画家，所以把房间以很低的价格租给了他。

如果按平常的节奏生活，不去市场搬运蔬菜，他就会在早上八点左右起床，自己用煤气炉煮黑咖啡喝，然后穿戴整齐，出门前往大茅屋美术学院（la Grande Chaumiere）的画室。冬季初期他付了很少的一笔钱，每天过去画画，用的模特也是画室提供的。去画室的途中，他有意经过穹顶咖啡馆，视线扫过那里的露天咖啡座，希望看到有朋友坐在那里——最好是外国朋友，因为外国人会请他坐下喝一杯的。当然，马克自己是不可能去咖啡馆露天座点咖啡喝的。朋友的重要性不仅在于他们能帮他解决俗世的经济开销问题，还在于他们是生命中不可或缺之人。他有三四个真正的好友，和他一样都是艺术生，不过大家都更愿意拿自己当画家。他们每个人都把这个小团体视为自己生活中的社交核心，各人都指望其他人能给予自己精神、智性，甚至暂时的物质支持。比借出实际的现金更重要的是引介重要人物或有钱人。互帮互助的兄弟感情几乎是所有年轻艺术家生活中的必要元素。

大茅屋学院的画室充斥着烟草和松节油的气味，大街上始终令人感到阴湿寒冷，画室就是庇护地。马克和画友们寒暄几句，就继续前一天未完的工作。他聚精会神，直到饿了好久，饥肠辘辘的感觉很明显了，他依然继续画着，因为吃了饭就很难回到之前的状态。终于饿得受不了了，他才出门。如果口袋里还有点钱，他或许会走到瓦加餐馆，那里多年来一直是该地区的地标，热爱艺术的波兰女老板会以最低廉的价格为画家和模特顾客提供有营养的餐食。坐在那里慢慢吃饭，餐后悠悠地喝上一杯咖啡，真是愉悦轻松。可是马克没那个闲工夫，下午的工作很满，回家之前至少有三场画展要看，到家后还得用大约一个小时画尚未完成的静物画。

他找了个朋友和他一起去看画展。他们悠闲地穿过街道，一边不停聊天、讨论、争执。他下午五点半左右回到布瓦松纳德街的家里，接着就坐下来工作。六点三刻他出门买晚餐，有两个朋友会过来一起吃饭。他要买一斤番茄、几条面包，还有一升酒。他们说好了，那两个朋友会带一大块牛排过来。等朋友来了，他发现牛排不如预计的大，但不管怎样，够吃了。晚餐后，他们像往常一样滔滔不绝地谈论艺术和文学。如果天气不错，他们就沿着塞纳河慢慢地走，继续谈论，好像都没意识到已经离开了房间。

可是，马克·兰波突然道了声晚安，猛地沿着小巷冲了过去。原来他和尼柯尔有约会。他们相识差不多一年了。他曾在一个美好的春日午后去卢森堡花园，在阳光下坐了一会儿。每当公园管理人员走过来,他就换一个座位,这样就不用付钱了。当时她也在,也做着同样的事情。他至今还没见过她家人,主要是因为她们住在很远的马约门。此时马克朝着圣米歇尔大街飞奔,尼柯尔就站在苏芙洛街角一家咖啡馆外的街沿上。他牵过姑娘的手,两人一起走向卢森堡花园。这一次马克没怎么说话,只有零星的一字半句。他们无须多语。走到奥古斯特公爵街,两人的步子慢了下来。走进阴影处,他们抚着格状铁栅栏,静静地站着。一旁经过的人们并没留意他们,甚至没有路过的巡警上来干扰。一年里有那么几次,当马克得知房东太太要出门一段时间,就斗胆让尼柯尔住到自己那里,不过这么做风险很大。老太太早就明确表示过绝对不允许这种做法,马克之前的房客就是为此走人的。真要丢了廉租房的机会,那可就惨了。所以马克和尼柯尔就这么一直站在奥古斯特公爵街的阴影处。

终于,他们又走了起来,这一次脚步更缓慢,朝着圣母院地铁站的方向。最后一班地铁零点四十五分离开,必须确保让尼柯尔赶上车。马克在小窗口买了两张票,两人走进地铁通道,来到站台一端。清扫工大喊着:"借过!借过!"他们就此告别。地铁轰隆隆的进站声盖住了他们的道别。他们沿着站台跟随着车奔跑,尼柯尔独自进了最后一节车厢,马克伫立了一会儿,望着她离去,然后走上阶梯,回到大街上,准备返回奥古斯特公爵街睡觉。

在巴黎成为艺术家或维持艺术家身份,除开实际的物质困难,这个城市还是能带来一些真正的优势的。如大家所料,主要是心理上的,而这恰恰解释了为什么心理优势对艺术家最为重要。首先,无论哪一种艺术家在巴黎都会得到尊重,被社会接纳。他的公民地位与任何专业人士同等重要。对民众而言,此种明智的态度也会带来实际的好处。例如,当我作为作曲家身处巴黎时,邮寄乐谱时可以贴上"商业文件"的标记,邮件可以得到优先处理,而我无须额外支付特快邮件费。乐谱特别重,所以这上面的差别就很大。

其次,法国人对艺术家及其友人的放纵行为习以为常,一般不会有意为难他们,除非太过分。艺术家也不会在乎这究竟是真正的宽容,抑或只是漠然。他只管过自己的生活,随心打扮和恋爱。法国人理所当然地觉得,人人都有个性,而艺术家表达个性的方式往往区别于常人,就是这样。

还有一个现象让艺术家对巴黎钟情不已,即一旦成功,付出所得到的回报也越多,确实如此。你根本无法想象那些所谓的巴黎现代大师到底想要赚多少钱。美国的知名画家觉得一年赚一万美元就很幸运了,可在巴黎,画家们比这多赚好几倍都没啥稀奇。有一位拉丁美洲的画家,都算不上"现代大师",无论在美洲或欧洲都不是太知名,去年在巴黎居然赚了7.5万美元。哪怕非法国籍的画家身份明显不利,毕竟法国人买画时有着令人惊讶的民族主义倾向。由此可以想象,像布拉克(Braque)、卢奥(Rouault)、马蒂斯(Matisse)、杜菲(Dufy)这样的法国画家会有多少收入。总之,可以这么认为,绘画事业一旦能在巴黎开展,那就算步入了正轨。法国人买画大多出于投资考虑。这是一桩大生意,谁签的名是很重要的。

说到签名,我想起了最近发生的一件趣事。巴黎始终住着一群西班牙画家,他们常常有自己的小圈子,与他人保持距离,不好相处。近来他们常在穹顶咖啡馆聚会,领头的是前超现实主义画家多明戈斯(Dominguez)。一天,他们中的一员,一个叫奥提斯的小伙子发现手头比平日紧了一些。其实他除了一块金子已经身无分文。那金块他存了很久，就是以防出现这样的紧急情况。大家一致认为，最该把金块卖给一个人，那人就是毕加索。他是西班牙同乡，又是画家同行，幸好还是有钱人。可是，当奥提斯把金块带给大师，毕加索却说自己没啥用处，但他看看奥提斯的表情，又说："不过，就在我这里放几天吧，让我想想还有什么办法。"

奥提斯离开时和去时一样难过，他再次沮丧地坐在穹顶咖啡馆的露天咖啡座上，等着。此时，毕加索正兴奋地钻研金匠的基本工艺，之前他还真没留意过这手艺。他把金块熔了，做成一张小小的、颇具阿兹特克人形态的面具，五官是浮雕的，背面还刻有他的签名。当奥提斯来他的工作室询问大师是否找到了金块的买家，毕加索便把面具递给他，说道："我想这起码是你之前金块三倍的价格了。"事实证明这个估价非常准确。

在巴黎，艺术家之间的激烈竞争有时会被艺术副产品的高额消费带偏。橱窗展示、海报、包装，甚至道具布置，这些事情并不经专业人士之手，而是由职业画家来做。于是乎，巴黎就比其他很多国家有更多的人出于投资目的而对绘画感兴趣。很多巴黎画家的名字出了法国就无人知晓，可是他们的油画作品在巴黎能卖高价，因为人们喜欢把这些画挂在墙上。你很可能会看到医生、牙科大夫、律师的办公室里有这些油画装饰。买画人也是业余收藏者，很清楚收购画作的价值，对自己感兴趣的画家作品的市价浮动十分敏感。这类买家很少会购买年轻画家的作品。假如新手的画能卖出，购买者往往是到巴黎旅游的外国人，法国人是不会买的。

至于旅居巴黎的美国画家，我可以很负责地说，买他们画的全是美国人。美国人的画，法国人几乎不懂，也不感兴趣，它们在巴黎画市上没什么价值。当然，住在巴黎的美国画家对此并不在乎，反正他们不是为此来巴黎的。他们也不是为了学艺而来。美术学院的三千名学生中，大约只有二十来个美国人。他们一般会住在卢米叶村（La Ville Lumiere），原因不外乎：他们喜欢那里的生活（同样的价格能让他比在美国过得更愉快），要不就是他们想在巴黎的画廊开画展。

美国画家或雕塑家一旦回国，如果他曾在巴黎知名画廊办过个展，这可是很了不得的事。巴黎个展就像个人作品上加盖了优质印章，因为这多少意味着作品达到了有着最高艺术标准的展厅要求。事实并非如此。最主要的原因是画家要有足够的钱办这样的画展。要是有评论，也都是好话，这表明画家有能力买下这些评论。估计也没有其他大都市像巴黎一样，可以用金钱来买艺术批评。（这种褒扬的反作用在于，公众会产生健康的免疫力，对所有批评心生怀疑。）不过这对美国画家意义重大。对个展的评论就是在美国画廊办展的敲门砖，而且对作品在美国市场的销路大有裨益。

我的一位朋友就是右岸一家著名画廊的合伙人，有一天他对我讲了一个荒谬的故事。一次画展上，他们期盼的一位报刊评论家未到场，无论是开幕前、展期、还是开幕后，都没有露面，大家十分困惑。此后那家报纸刊出了一篇对画展大加褒扬的评论，这就更令人不解了。几天后，评论家来到画廊，拿起一本昂贵的画册，夹在胳膊下，准备离开。工作人员上前干涉。"哦，不是的，"他轻松地说道，"别误会，上周我写评论赞扬了这个画展，你忘了？"说着他就带着画册走了，没准儿他还在街角把它卖了呢。

如果你想在巴黎办展，就一定得舍得花上一大笔钱，得把评论家哄开心了，得准备美酒美食，而普通画廊的办展费用在5万到30万法郎不等；要是在更高档优雅些的地方，价位就更高。如果你恰好是美国人，他们就很可能会抬价。法国人觉得，要是美国人和法国人用同样的价格获得相同的东西，那就是大大的不公。

为了避免这样的剥削，说真的，为了让自己的作品有可能在巴黎展出，一群美国画家就团结起来，在圣母院附近租下了一间小店，就在圣朱利安街。他们把小店改造成一家画廊，命名为"八号画廊"。我不知道最初有多少人参与了这项风险投资，不过目前已经超过二十人。他们在那里不仅展出自己的作品，也展出非投资人的作品。（迄今他们只办美国人的画展。）就这样，他们把办展成本降低到了大约1.8万法郎，毫无疑问，这样的节省对画家本人而言意义重大。此外，办展地点要选在美国游客常去之地，因为这些地方会在旅游指南上标出，那里还有诸如名为"博丽酒吧"（Le Caveau de la Bolée）的夜总会，这样就成功了。

巴黎几乎一直是艺术丑闻的胜地，人人乐此不疲，聊完也就没有下文了。去年又发生了一起画作盗窃案，这次失窃的不是卢浮宫，而是现代艺术馆。涉事的两个小伙子倒是很会挑选，偷了毕加索的著名画作《烫衣服的女子》，还有一幅价值4000万法郎的雷诺阿画作（哪怕现今的法郎价位都在10万以上）。可是，在警方讯问时，他们坚持说自己的行为完全出于对画作的热爱，而不是为了利益。（要是在美国，他们也许会声称是为了寻求刺激。）据说巴黎流窜着一位技艺高超的赝品伪造者，到处绘制和出售失踪已久的名画。人人都说此人是个大人物，只是难以绳之以法，因为他在上面有关系。如果你想要弄明白是哪幅画作、仿造的是谁的作品，线索就变得很模糊，最终一无所获。不过，这也足以表明，要是巴黎人想要炮制传奇，他们的想象力会朝着那个方向发展。

最近协和广场就发生了一则丑闻，持续时间不长，绝对适合拍成勒内·克莱尔（René Clair）的早期电影。一天早上，大广场中央方尖碑下来了一位留着胡须、样貌堂堂的老年绅士，他拎着一只公文包，准备爬上塔顶。警察立刻走上去，告知他这样的行为被明令禁止，也闻所未闻。这位绅士从口袋里掏出一沓像是官方文件的东西。他说自己已向有关部门申请批准，要研究方尖碑顶上的象形文字，该部门管事的一听有如此遗迹，十分惊讶（因为一直以来大家都认为方尖碑的侧面印有象形文字，而且也早已被破译），便决定为了科学和艺术，批准他的这一特殊申请。

文件确凿，白纸黑字，警察无奈，只好准许他继续进行科学工作。不过，其中一位心存疑虑的警察指出，这么多年来纪念碑一直矗立着，从未有人尝试过此事。

"没错，没错，我知道的。"老先生说着，一边吩咐助手们把梯子放到确切的位置。

一切准备就绪，这位胡子学者准备攀爬了，此时恰逢正午，一大群人过来围观。老先生依然拎着公文包，以令人瞠目的敏捷攀到了尖顶，接着一件件地把衣服脱了，随风抛散开去。与此同时，他的助手已经搬走了梯子，消失在越聚越多的人群中。警察们相互窃窃私语，说这人肯定是个疯子，他们挥动手臂，朝着老人大喊。等衣服脱得只剩裤衩时，这个埃及古物老专家从公文包里掏出一把折叠伞，上面还绑着一面很大的旗帜。他把伞在头顶上撑开，让那面旗帜在方尖碑一侧往下展开，只见旗上写着：**钢笔必选方尖牌**。

最后，这位老先生抱着消防水管回到地面，这时，几千巴黎人已经由此享受了一段从未有过的快乐午餐时光。既然说到这个话题，大家要知道，一顿午餐的时间可不是一个钟头，而是两个甚至三个小时，这是巴黎文化非常重要的特征。上班的人们可以有足够的时间回家吃一顿悠闲的午餐；有钱人还能有机会坐在咖啡馆里喝开胃酒，而后去餐馆慢慢用餐（伴随着闲聊，而不是听什么灌在唱片上的音乐），吃完了再去另一家咖啡馆喝咖啡，如果天气好，甚至可以去公园散步。因为在巴黎这座城市，各种风俗习惯都是基于对某一个理论的认真实践，即生活的真谛就是好好活着，而不是致力于什么遥远而抽象的理念。这个城市就是为好好活着而设计的，它不是用来当市场或工作室的。既然是生活，无论钱多钱少，它永远是一种艺术，无怪乎艺术家们要表现得比任何人都要更懂得生活。

我始终相信，暮色中的巴黎最富有本真的魅力。那个时刻，无论何种天气或季节，建筑石材那色调不一的灰色格外清晰，有那么几个美妙的瞬间，表象和实质融合统一。为什么人们会称它为"乐滋滋的巴黎"呢？我也不知道。沿着塞纳河，从雅维尔码头（Quai de Javel）一路走到圣伯纳德码头（Quai Saint-Bernard），抬眼望去，到处是城市敞开的灵魂。就在那里，沿着河岸，在桥梁之间，你触摸着巴黎的精神，那精神并不悲伤，当然它也无关喜悦，它更像是在见证一种本质的生活需求意识，即对美的渴望，以及一种领悟，即利用比例与和谐来创造美。它为艺术家提供了鼓舞人心、永恒的证据，告诉他们人工之美可以企及。这启示如此自然，每当你想起塞纳河两岸，就会立刻想到艺术家，因为他们彼此合一。

非斯

原载于《假日》（1950年7月）

　　非斯这座城市的选址纯粹出于美学考虑。建城之前那里没有村庄，只是一个形态比例优美的杯形山谷，四周的平原土壤肥沃，地势延展渐渐失控，陡然下沉形成了峻峭、沧桑、半荒漠的村野。9世纪初，伊德里斯二世（IdrissⅡ）翻越泽弘山（Djebel Zerhoun）来到此地，只见河流在峡谷中奔涌直下，分成几股溪流，他为此赞赏不已。英雄时代一切简洁质朴，于是他决定在这里建造城市，而且要胜过父亲在北部柏柏尔人居住区的建城功绩。随着一座座美丽的住宅、清真寺、学院渐次出现，居民们对自己的城市越发心怀自豪。这种自豪至今依然，因为此地几乎没有任何改变。很多非斯人坚信西方世界必将瓦解，只有伊斯兰必胜！这种狭隘排外的观念也让此地始终保持着纯粹和中世纪色彩。西方人来到此地不会有太多空间上的遥远感，感受更多的倒是时间穿梭。它和一千年前的欧洲城市非常相像，除了细节外，整体上几乎类似。

　　直到今天，城里上了年纪的人都没见过汽车。这当然是一种自发自愿的屏蔽，因为只消走到任何城门口往外看，人们都能瞧见外面成群的旧卡车和公共汽车。例如，有一位开朗的老人西迪·德里斯·雅各比，此人与很多非斯人的样貌差不多，他的生活就是围绕着自己家、安达卢斯清真寺（Djamaa Andalus，一座外观辉煌的清真寺，就在他家附近的小山顶上）、朋友家，还有自家的小花园；它们都在城墙之内。几年前，像大多数摩洛哥人一样，他偶尔会在城镇间往返，不过当时法国人尚未涉足此地。

去花园的路程很短，仆人会把茶、糖和茶壶抬过来。木炭、薄荷，还有水已经备好。日落前，很多鹳鸟盘旋得累了，不再嘶哑鸣叫，陶制火盆里燃起一小堆火，煮上茶水，西迪·德里斯便让仆人弹奏起鲁特琴。聊天的话题多半围绕着法国人征税一事。以我们的标准看，那点税数目很小，可摩洛哥人的怒火不小，他们觉得自己是主权国公民，绝不是被殖民者。

问起西迪·德里斯为什么不想看见汽车，他回答："有啥好的？轮子是转得很快，没错。喇叭很响，没错。比骑骡子要快，也没错。可是干吗要快呢？早到晚到有什么两样？也许法国人觉得速度快了，死神就追不上他们了吧。"他笑了起来，因为他认为西方文明就是在竭力逃脱预先注定的命运，阿拉伯语称之为"写好的"命运，而任何这样的企图都必然失败。

非斯充满田园风光。羊群在城市四周的橄榄树下吃草，树荫延绵直到城墙脚下，墙外不允许建造房子。即便在市中心，你都觉得自己身处无垠的乡村，而非在城市，这或许是因为到处是村野景致：裸露的土地、稻草、街巷中芦苇交织覆盖着的天花顶、白鹭和鹳鸟在河岸跋涉，还有空气中的味道等；到处是雪松柏木，无处不在的薄荷，根据季节不同，还能看见成熟的无花果和柑橘花；还有熟悉的马棚气味，道路都未经铺砌，没走几步路就会有毛驴、骡子或是马儿擦身而过。

高高的城墙完整无缺，有一些特定的城门，例如马鲁克门（Bab Mahrouk，不久前苏丹[1]之敌的人头还挂在那里的矛杆上示众），日落后依然得关闭锁上，贯穿城中大街小巷通道的内门到了夜晚通常也会关闭，这样夜晚迟归、想抄近路的人们就会发现走了半天又回到起点，得再找另一条路走。

但是，好客的主人不会让自己的客人独自离开。如果身旁正好没有奴隶或仆人，他就亲自送客，直到看见蜷身睡在通道旁的门卫，才放心让客人经过那衣衫褴褛的鬼影出城而去。假如正好碰到年轻些的熟人，主人就会让他负责把客人安全送回家。也许得走上几英里的路，客人也会坚持声称自己喜欢独自回去，但这都不管用，主人很固执，他会坚持到底，和你一起在黑暗中上坡下坡地走，穿过隧道，走过桥梁，在夜色的寂静中始终陪伴着客人，伴着城墙外隐约的潺潺流水声，一直把客人送到家门口。

城市中没有真正的街道，汽车马车都进不去，因为道路崎岖不平，常常通往阶梯，连自行车都没法骑。城墙内一切都靠步行，人们听不到喇叭或铃声。白天，城中响起的是嗡嗡声，那是两万人的声音汇合成的一种音响。到了夜晚就是一片寂静，除非哪家女人走到阳台上击鼓。在每个伊斯兰城镇，一天五次，每座清真寺塔顶都有宣礼师召唤人们做祈祷，不过城里有上百座的清真寺，周围山头立刻都能听到召唤声。非斯有一条特殊的习俗，每逢日出前不久的集祷，宣礼师

---

[1] Sultan，意为"有权威的人"。苏丹作为统治者的称号，始于10世纪，11世纪起被伊斯兰国家的统治者广泛使用。

会吟唱半小时或更长的时间。你只需想象一下，一百个弗拉明戈歌者在各自不同的地方，自塔尖放声高歌，声音响彻寂静的城市，你就能理解那震颤的效果。

非斯人内心对西班牙黄金时代有一种乡愁般的强烈怀旧情绪。就像《古兰经》里的乐园一样，安达卢西亚被视为一个有着许多宫殿的聚集地，那里的花园被潺潺溪流灌溉，房间里的喷泉始终涌出水流，院子里种着树，鲁特琴声中流淌着树叶摩挲的沙沙声。非斯人称之为《安达卢斯音乐》，这种叫法源于西班牙，最早出自科尔多瓦的哈里发国[1]，后来国家被迫疏散人口时该词被带回到这里。非斯人坚定地相信，满足感官享受是至关重要的：他们热爱香料、色彩、华美的织物。如果他们同时崇尚金钱积累，也仅仅是因为这样他们就能拥有大量上述物品，以此愉悦感官；他们轻视和嘲笑吝啬。我在他们浪漫美化往昔时说，非斯拥有一切安达卢西亚曾有过的东西。"啊，不过那里的更美好。"那是当然啦。

要懂得什么时候表示赞同，什么时候表示反对，这很关键。有时候聊天就像玩游戏，主旨是要让对方措手不及，当场出丑。假如主人对你说："我是'切里夫'，摩洛哥有六千'乔法'[2]，可真不少呢。"你要是不提出异议，那他以后就不会再请你了。"乔法"是穆罕默德女婿阿里的后裔，属于该国的贵族。你必须感叹道："才六千！太少了！我以为远远不止呢。"不过，如果他说"我们想当美国人，做美国人比摩洛哥人强多了"，你一定得立刻表示赞同，并感谢他，如果你礼貌地反驳，那就表明你真的以为他心口合一，这当然是不可能

---

[1] Khalifat of Cordoba，又写作"Caliphate of Córdoba"，是公元929年至1031年间位于伊比利亚半岛的一个伊斯兰国家，首都位于今西班牙的科尔多瓦市。
[2] "Cherif"与"Chorfa"均为"贵族""出身望族者"的意思。

的，于是你就会显得格外没涵养。

有一次，我想去山城卡里亚，有人语焉不详地告诉我可以乘公交车前往。我在当地餐馆询问一名服务生公共汽车何时何地发车。小伙子直率地告诉我没有这样的公交车。可是我回他说一定有公交车去卡里亚的，餐馆经理听到了，便不耐烦地将小伙子推到一旁。"当然有了，"他说，"早上六点半从吉萨门（Bab el Guissa）出发。"第二天，我在那里等了三个半小时，又转身回餐馆去问公交车通常什么时候来，当时情绪也许有点急躁。经理一脸震惊："你六点半开始就一直在等车？可是那里没有公交车啊，先生。"我强压着脾气，提醒他这信息和他前一天告诉我的根本不符。"噢，昨天，"他笑了，"那还不是为了逗你开心。"

开明、中产阶级的非斯人就和老派的西迪·德里斯·雅各比很不一样。西迪·阿卜杜拉·拉勒米家房屋的庭院最初有200平方英尺[1]大。父亲一去世，他和自己的兄弟在庭院中间砌了一堵墙，各自建造房屋。从外面看去，和通常一样，土路通道上除了那道高高的、没有窗户的斑驳灰墙外，什么也看不见。进到里面，院子里铺着马赛克，还有喷泉、葡萄藤、橘树等。原来庭院的三面立着二十四根柱子，支撑着走廊，若是恰好有女眷在，那块25平方英尺的丝绸门帘就会挂下来，掩住通往里面大房间的入口。一旦有不速之客到访，庭院里的女人们就会突然一阵骚乱惊慌。奴隶们会冲上去，拉起一张旧床单，那东西放在外面就是派这个用场的。

有一次我走过那里，不经意地瞥了一眼，看到那些女人靠墙蜷着身子，双手遮面，一边假装惊慌地发出低声轻呼，真是荒唐。

---

[1] 英美制长度单位，1英尺合0.304 8米；此处约合18平方米。

我为此向西迪·阿卜杜拉表示歉意。

"没关系的，"他说，"要这样躲起来，太蠢了。下次你再来，我不仅要让内人，还要让女儿出来见你。"我猜想，他这种匪夷所思之举会让那些女人惊讶和反感的。那次之后，我再去他家时，他总会有意让妻子和母亲出来一下，不过女儿的出现比较偶然。

西迪·阿卜杜拉有一个女奴，还和她生了一个孩子。当时法国人废除了奴隶买卖，但奴隶制依然存在。婚生和妾生的子女在相关的宗教法中没有区别，在继承权上也并无差异。不过你很容易看出，虽然他们对小哈雅态度和善，那孩子在家中的地位还是更接近于她母亲，她得为全家跑腿干活。

在非斯，晚餐是一个复杂的仪式，你一定得做好一晚上必须吃上至少五个小时的准备。我在西迪·阿卜杜拉家吃过无数顿晚餐，女人从不上桌。这太离谱了！不过每次都有另外一些男客在场，常常会多达二十来人。女仆端上一道菜，接着再用一个巨大的托盘端上另一道菜。大家直接用右手的大拇指、食指和中指从同一堆食物中抓取。有时，西迪·阿卜杜拉还会雇一个小型的乐队（有雷贝琴、鲁特琴、铃鼓、手鼓等）来为客人助兴，"增添口腹之悦"。

一位来自沃赞（Ouezzane）的商人掏出一个小锡盒，递给我一些烟草。不久，最后一道菜撤掉，一个巨大的茶壶上了桌。女人们就在厨房里吃男人们吃剩下的东西。

茶喝到第三杯，烟草开始起效了。我笑起来，样子大概有点怪异，因为其他人也笑了起来。突然间，那个大房间，坐着的人们，门口摆放的鞋子，另一侧的喷泉，一切都变得遥远恍惚起来，不过我还能清醒意识到自己说过的每句话。我倚靠在垫子上，呻吟着念念有词。大家笑得更厉害了，继续聊天。有几个人睡着了，四仰八叉地倒在房间四周沿墙摆放的艳丽垫子上。我强烈地希望已经躺在家中自己的床上，因为我明白，从胡拉巷回到住所要走过三英里的路和隧道，这时间会漫长得像是好几个月，而且会一直让人感觉怪异和难受。幻觉开始后，我宁愿一个人待着。

我感觉自己站起身来，一边低头看着自己遥远的双脚，一边说我得走了。大家不停挽留，可是最终我还是走进了夜色，一个仆人受指派送我回去。我当时唯一的念头就是冲出门，摆脱他。但这显然不可能。满月当空，格外皎洁。城市宛若一部老电影，为了展现夜景，人们把拍摄好的日光景致在蓝色胶片上加以印染。步行长得没有尽头，不知怎么的，我还是到了家了，虽然没有赶在幻觉开始之前。我一路蹒跚而行，月光洒落在四周的墙面上，幻影重重。

随着卡萨布兰卡的崛起，即便在我日益熟悉非斯的那几年里，它的商业重要性已失却了大半。它不再是北摩洛哥的重要市场。城墙外，还有苏丹王宫附近巨大的政事场[1]上，过去时常聚集着大量人群，吸引着该地区众多的流动舞者、乐手、僧人等，此时，这些场景已不复存在。

要寻找原生态的摩洛哥生活，就去其他地方吧，别在这里。为使非斯成为更为纯粹的宗教和学术中心，苏丹于1937年颁布法令，禁止两个持不同政见的宗教教派进行公众集会。这两派分别是当地时常可见的纳瓦派（the Gnaoua）和艾萨瓦派（the Aïssaoua）。

在文化上对本土元素的排斥，最极端的是穆莱伊德里斯（Moulay Idriss）的大学和神学院里的学生。这些中产家庭的年轻人反感摩洛

---

[1] Mechouar，指宫殿大门外的公共广场，往往用于举行官方仪式、阅兵或其他重要活动。

哥音乐和习俗，甚至讨厌摩洛哥服饰。他们对任何有摩洛哥特色的事物不问青红皂白拼命抵制。不过他们对穆斯林忠心耿耿，丝毫不想成为西方人。他们认为开罗才是真正文明的理想之地。在咖啡馆外的河畔垂柳下，他们一坐好几个小时，衣着或多或少有欧洲风格，聆听着阿卜杜勒·瓦哈卜（Abd el Wahab）、奥姆·卡苏姆（Om Kalsoum）或是法里德·阿特拉什（Farid el Atrache）的最新唱片；他们常常光顾布日卢（Bou Jeloud）影院，因为那里上映埃及电影。造成这种态度的原因之一，或许是他们看到了巨大的差异。

星期五是休息日，全城的人都在布日卢广场附近的湖畔小径上漫步。有时候，小伙子们会斗胆冲着一群蒙面纱的女人挑逗几句；对这种聚会场景，老人们经过时会表示反感。此外，男女授受不亲；结婚前，新郎从未见过新娘。"摩洛哥人不谈恋爱。"小伙子们怨声载道。

法国区建于距离非斯几英里的地方，这还多亏了利奥特元帅[1]独到的眼光，战前以来，这地方的变化最大。那些仓促建造的房屋彰显着殖民色彩，此时已十分破败。房屋刚建好时，市民们至少还曾经有过的那么一点自豪感，此时早已荡然无存。此地就像贫民窟，破旧的大楼都是欧洲风格，需要欧洲的材料来修补，目前还弄不到。真是满目疮痍，窗户破损，油漆剥落，水泥开裂，老旧的汽车跑起来气喘吁吁，到处是急性子的法国人和本地的乞讨儿童，这一切与温馨和谐的老城美景形成了令人触目惊心的对比。

非斯人一直都很讲究生活质量，至今依然如此。很多人都有各种

---

[1] Louis Hubert Gonzalve Lyautey（1854—1934），法国将军，1912—1925年任法属摩洛哥驻军司令。

法子过快乐的生活，这大大超乎人们的想象。这里的生活毫无紧张压力，人们压根儿不知道什么是无聊，一切都能带来乐趣，这一点很少有西方人能做到。不过我想，要是普通美国人看到，即便是最有钱的非斯人都毫无卫生理念（这体现在他们生活的方方面面），他们一定会大吃一惊。格尼兹区（Guerniz）卖棒棒糖的售货摊就最逗了，孩子们按棒棒糖能在嘴里放多久来付钱。

"可这样会有细菌的呀，"你会劝告说，"显微镜底下就能看到的。"淡定的小伙伴会这样回答："你觉得细菌存在，所以它们才会伤害你。对我们来说，只有真主的意愿。"1944年霍乱蔓延，要不是摩洛哥人拒绝向当局汇报疫情，本来是可以避免重大伤亡的。

渐渐地，形势还是有了改观。现在普通人家中的寄生虫比1931年时少了。我可以证明，现在一些商店也摆出滴滴涕，肯定会有人来买。可是下面一段话摘自《奥德经》（El H'aoudh），即简化版的柏柏尔语《古兰经》律法，几个世纪前为摩洛哥人所写的："倘若道路泥泞或暴雨倾盆，可不参加周五祈祷，不与伊玛目[1]一同祷告。橡皮肿、麻风病、年迈、衣不蔽体、等待赦免的罪犯，或食用洋葱者等，皆可免责。婚礼绝非借口，能摸索着抵达清真寺的盲人必须参加。"

---

[1] Imam，意为领拜人。四大哈里发时代之后，什叶派用伊玛目一词专指伊斯兰教内部地位最高的领导人，也就是宗教领袖。但逊尼派的伊玛目仍然只指清真寺内领导信众做礼拜的人。

读客彩条文库 | 保罗·鲍尔斯作品

鱼笼和私人业务

日记（1950年）；《绿首蓝手》（1963年）

维利德尼亚庄园，锡兰[1]，1950年5月

满目景色令人焦躁不安——一座座丘陵拔地而起，杂乱无章，从任何视角望去都单调一致。山丘尖突隆起，植被稀疏多毛，土地岩石斑驳裸露。这里大多是橡胶树，正在越冬。庄园主人穆罗先生说，再过一两个星期，棕黄色的叶子就会被新叶替代。割完胶就要开始摘茶了。茶园的土质看上去更粗糙。低矮的茶树丛间露出岩石，到处都有剪过枝丫的桑树，它们是用来遮阴的。

平房就建在其中一座陡峭的岩顶，延展到整个山头。西南面垂直往下就是河流，两岸都是沙石。河流和山丘之间的陡峭坡面就是梯田状的茶园，白天不时会传来泰米尔采茶人的对话声。到了夜晚，河对岸的小屋外点起了篝火。

空气热烘烘的，令人窒息，只有到了下午两三点时下起雨来，才

---

[1] Ceylon，斯里兰卡（Sri Lanka）在1972年之前的旧称。

能缓口气。雨停之后，人就感到筋疲力尽，直到夜幕降临。那时候，除了聊天或阅读，也来不及干正事了。茶厂的灯一直亮着。大家都上床后，穆罗先生就在蚊帐里面喊话，他卧室的门敞开着，等在外面草坪上的泰米尔人能听到吩咐。五分钟后，所有的灯缓缓熄灭，房屋漆黑一片，只有洗手间的架子上还点着油灯。哪里都不上锁。卧室百叶窗摇曳着，就像老式的酒吧大门，垂在地板上离地面有两英尺。窗户上没有玻璃，只有一层薄薄的丝绸窗帘。一整夜，都有一个肩扛军用步枪的赤脚门房，啪嗒啪嗒绕着平房巡夜。有时天太热睡不着，我会起床坐到外面的阳台上。有一次在阳台上都透不过气，我便把椅子搬到草坪上。门房绕第一圈时看到我，他哼了一声，我听出了其中的不乐意。也许并非如此，我也不知道。

夜晚漫长无尽头，或许是因为我一直睡不着，听着昆虫、鸟儿、爬行动物等发出各种陌生的声音。我现在差不多能从这夜晚交响曲的各个乐章判断出大概时间来。夜里早一些时候，有类似蝉鸣的声音，接下来蜥蜴开始演奏。（现在有根据这些小蜥蜴的细微举动进行占卜的一整套学说。当人们还没睡时，它们沿着墙壁和天花板安静地疾行，忙着捕虫子，到了深夜，它们就开始出动了，从房间一边移动到另一边。）再晚一些，会有很像是蝈蝈发出的刺耳叫声。到了凌晨三点，一切停止下来，只剩下一种小鸟纯色的单音，音高稳定不变。我屋外的雨豆树上似乎总有两只鸟儿，它们煞费苦心地轮流吟唱，其中一只的声音正好高出另一只一整度。到了早上，穆罗太太有时会问我，夜里是否听到了眼镜蛇的歌声。我从来没法做出肯定答复，因为尽管她描绘了一番（"就像银币掉落在岩石上"），我还是不明白该如何欣赏。

我们一天要喝上六七次茶，茶色很黑，味道浓郁。穆罗先生随时会摇铃要求上茶。经常是在我最想喝茶的时候,他偏偏让人把茶端回去,抱怨说泡得太糟糕。他家里喝的茶叶都是最上品的,由穆罗先生亲手采摘。他始终认为自己的茶全世界最好,我也不得不承认,这茶的味道与任何其他我喝过的饮料都截然不同。

仆人们进屋时都弓着背,身子弯成曲线,双手举过头,做出祈祷的姿态。前一晚我正好在晚饭前几分钟走进餐厅,范道特老夫人,即穆罗太太的母亲,已经落座了。此时,家中最年长的仆人锡林格姆突然出现在从阳台通往厨房的过道上,九十度俯身,双手举过头顶,吩咐厨房的女佣把狗粮端上来。女佣把盘子端给老夫人,后者严肃地检查了一下,用僧伽罗语命令她把盘子放在角落里让狗吃。"我每次都要检查狗粮,"她对我说,"否则用人们会偷吃掉一部分,这样狗就会越来越瘦。"

"难道用人真这么饿吗?"

"当然不是啦!"她大声说,"比起他们自己的饭菜,他们就是更喜欢吃狗粮。"

昨晚,穆罗太太和她前夫所生的儿子来过夜,他的僧伽罗妻子也一同过来。穆罗太太早已很详尽地告诉过我,说就因为那姑娘的血统,她三年来一直反对这桩婚事。她自己来自所谓的市民阶层,声称是两百年前荷兰殖民者的直系后裔。我还没见过模样像欧洲白人的市民,混血的僧伽罗人倒是一直很好辨认。市民阶层总是声称自己不是原住民,这倒挺有意思的。原因很明显,他们不想被认为是"土著"。他们历来认为自己是欧洲人,这一点不容置疑。她的儿子个头很高,很温和,穿着黑色袈裟,总是双手合拢着,这习惯让他看上去像是内心始终在经受煎熬。他是圣公会牧师,对我讲了一些趣事,关于他在成为牧师前在边远地带教书的经历。我记得其中一些逸事:那里的孩子们有一种怪异的本领，他们能说还算流利的英语，却不知道这些话究竟什么意思。有一个男孩，当被问及想当裁缝还是律师时，回答不出来。"你懂什么是裁缝，对吧？"克拉森老师问道，男孩说他懂的，而且他也知道律师是干什么的，可是他就是没法回答。"为什么呢？"克拉森继续问他，以为他会说出一堆深奥的佛教道理来。可男孩最终说："我懂什么是裁缝和律师，可是，老师，'当'是什么意思？"另一个男孩写道："马是一种高贵的动物，可是被惹恼了，它们就不会这么做。"

你向不懂英文的僧伽罗人问问题时，他很可能会给出极为古怪的回答。他先是迅速瞥你一眼，然后将目光移开，做出一种讨人喜欢的表情，好像你的声音勾起了他美好而遥远的回忆，他得好好回味一下。过了几秒钟，等他从这种内在的欣悦中出来后，就会继续干手头的活，不再理你了，哪怕你不依不饶，稍等片刻后重新问他也没用了，你已经成了隐形人。在乡村的旅社，工作人员非得端点架子，他们用同情的语调说"哦，哦，哦"（"哦"即"是的"），做出很懂的样子，出于礼貌，会接着有耐心地继续说上几句。然后前后左右晃动着脑袋，这动作会让你联想起频率很快的节拍器，他们目光炯炯地边"哦"边注视着你，很有礼貌地倾听着，直到你把话说完，然后便优雅地微笑着走开了。说英语的仆人会一直称你为"主人"，这让人不安，因为这种叫法意味着你得承担点责任。他们使用的是第三人称，而非第二人称："主人现在想吃什么吗？"不过年轻一代无一例外地采用更为中性的"先生"一词（他们发音为"先沙"），以此取代那个过于殖民色彩的"主人"。

当地有一种体形细长的绿色蟒蛇，喜欢躺在茶树顶上晒太阳。不久前有个女人采茶时被蛇咬了，穆罗先生赶紧到现场，还带了一把修剪树枝的刀，把女人指尖切掉，敷上高锰酸钾盐。她就这么被救了下来，可是她刚恢复意识就去警局投诉，控告穆罗先生对她的手指造成了不可弥补的损伤。调查人员来到庄园了解案子的细节后，便对那女人说，多亏穆罗先生迅速采取措施，她才活下来，否则她早没命了。说这话时那女人的丈夫也在场，他跳将起来，还朝着调查人员挥刀子，但被人制止了，没造成伤害。等大家把那男人制伏后，他对着调查人员哀号："太不讲理了！我本来可以靠那根手指赚很多卢比的，都可以分你一半的。"

村里的公共厕所上没有贴"女士"或"女人"的标志，而是写着：女性小便池。

阿克米玛纳（Akmimana）的一幢建筑的墙面上贴着这样一句话：方便时为婚礼提供婚庆蛋糕和其他物品。

科伦坡的一处墙上贴的是：拉奥医生的补药——绝对神药。

我刚到此地时，一位在东方大酒店旅行社工作的市民见过我，几周后我到访酒店，他对我说："你气色不好。""什么？"我难以置信地大声说道，"我都晒了那么久的太阳，我已经比之前黑了至少五个色号。"他一脸疑惑，但还是很耐心："我就是这个意思，你气色不好。"

卡杜韦拉（Kaduwela）

卢纳瓦旅舍令人不太愉快，它就在火车站对面，在一片晒得滚烫、没有一处阴凉的干草坪中央。我住的混凝土砌起的单间并不隔音，其他客人恰好又特别吵。隔壁房间住了八个男的，一下午接着一晚上不停地哈哈大笑，高声喧哗。我经过他们的门口，看到这些人穿着纱笼[1]横躺在两张并拢的床上。餐厅里的收音机一直发出最高分贝的刺耳声。食物难吃得要命，我床上还没有蚊帐，一到夜晚，小飞虫不停擦过我的脸，想方设法要钻进我的床单，挡都挡不了。我实在忍无可忍，跳起身来，穿上衣服，冲了出去。睡在大门口垫子上的小伙子吓了一跳，他也跳起身，走进里面一间屋子去找门房。我走过幽黑的草坪时，小伙子和门房一同朝我喊："主人要走吗？"

"马上回来，马上回来！"我也喊着，开始迅速地沿着通往潟湖的公路走。来到桥边，我停了一会儿。湖水寂静无声，几十簇粉红的火焰在湖面灯盏中忽明忽暗地闪着光，灯的倒影一动不动。每盏灯都照着一个由竹竿搭成的错综复杂的脚手架，这些灰白的构造物散落在黑色的湖面，就像飘摇不定的祭坛。即便我知道它们就是捕鱼笼，这些东西还是显得很怪异离奇，富有美感。远处岸边的击鼓声打破了宁静。此时有一个男人骑着自行车过来了，他经过我身边时，用手电筒照照我的脸。看到我站在那地方，他吓了一跳，发疯般地踩着车过了桥。

我继续往卢纳瓦十字路口走，走到那里，我站定，听着街角"旅馆"里收音机传来的泰米尔音乐。（僧伽罗人称为"旅馆"的其实只是茶馆，就是那种有三四张桌子、屏风后面有一个小小的空间或隔间、里面的地板上可以放垫子供人休息的地方。）不时有人漫步经过，盯着我看，我显然引起了人们的极大兴趣。欧洲人晚上从不会出现在这种地方。我在一个涵洞里坐下，身边立刻就围上了半圈人来，有些人只穿了兜裆布，头发长得盖住了半个背脊。我压根儿听不懂僧伽罗语，可他们不停地尝试沟通。终于来了个说英语的人，他问我是否愿意和他在公路上赛跑。我拒绝了，说自己累了。这是真话，已经

---

1 Sarong，南亚男女居民常穿的一种纱布长筒裙袍。

过了午夜，我开始希望附近能有舒服的地方可以躺下来。那个说英语的人告诉我，他们本来都睡着了，可是不得不起床，因为有人带消息过来，说有个陌生人正站在大路上。

我坐下来，努力和他们进行有礼貌的对话，三位身披白袍的老人经过，看到人群，便停下脚步。这三人显然很有地位，对眼前的这一幕十分不悦。很快地，其中一人作为代表走上前来，指着这群狂热无知、长头发的人，说道："真是无可救药。"我假装没听懂，而这三人开始一遍遍重复这句话，一字一顿地强调着。我目不转睛地看着这场表演，等这群近乎赤裸的男人差不多全消失于黑暗中，我这才意识到他们正在离场，一下子，我眼面前只剩下这三位表情严肃、不断念叨的老人。"过来。"其中的领头人说道，一边拉起我的胳膊，帮我站起身，推着我走起来。不能说他强迫我走路，因为此人的执念中带着明显的善意亲切，不过他还是坚持要看着我确实与他和他的朋友们一起走了起来。走到交叉路口的一盏路灯边，灯下有蝙蝠低回盘旋。"快回旅舍吧。"他说道，显然他的英语词汇不止于方才那句不停重复的念叨。可是他转而又叨叨起来："真是无可救药。"而另外两人的表情在路灯下依然凝重，再一次对他表示认同。我磕磕巴巴、不耐烦地说，想回去的时候我自己很快会走的，可他们十分固执，我的个人意愿显然没啥用。他们喊来一个男孩，此人当时正站在"旅馆"旁的大树下。小伙子受他们的吩咐，得陪我走上一英里送我回旅店。我大概争辩了一分钟，半开玩笑半认真的样子，而后就转身上路了。他们道了声晚安，也走了。男孩走在我身边，我猜想他多少有些害怕。我走到桥边，站了一会儿，望着水流和灯光，他催促我快点走，假称潟湖里会有鳄鱼突然半夜跑出来。我才不认为他会信这邪呢，他无非是想赶紧完成任务，尽快抵达旅舍这一安全之地。四周的树木都有神性，年长粗大的树木树干上都凿刻着壁龛，人们把点着蜡烛的祭坛放在上面。闪烁的烛光会像吸引飞蛾般把神灵召来，不让他们离开，护佑四周不受到侵扰。到了旅舍，那个门房和小伙子都在等我。陪我的同伴也不打算抱怨还得独自走过潟湖返回，就在阳台的地板上蜷起身子睡下。方才哄笑的人也都回去睡了。一切复归平静，可是小飞虫比之前更多，也更猖狂了。这一夜真是不爽。

我做好了安排，第二天去霍马格默（Homagama）过夜，至少那里的旅店貌似要高档一些。旅店年长的房主带我参观了房间，希望我住进由餐厅延伸开去的一间屋子，声称那里更安静些。另一间空着的屋子就挨着店主的房间，但他抱歉道，这间屋子，主人您一定不喜欢的。可是，他想让我住的那间屋子只有三面真正的墙壁，第四面只是一个五英尺高的木头屏风，我都能越过屏风顶看到两位绅士正坐在餐桌旁喝姜汁啤酒。于是我很不明智地决定要住挨着店主的那间屋子。等我住进去，行李都还没全打开，仆人们已经挂好了蚊帐，拿了一盏火光幽暗的油灯过来，这时我才后悔起来。这间屋子也只是另一间屋子的延展部分，主屋里的婴儿开始哭闹起来，很快就传来咒语，说话者是一位耄耋老妇。究竟那咒语是催眠曲，还是祷告声，抑或只是老人的哀叹，不了解当地文化的我无从得知。可是那声音断续着直到黎明时分，家禽开始打鸣，杧果树上乌鸦叫着，路上传来汽车声，这咒语才被压下去。只要老妇不唱了，婴儿就会吵人；一旦婴儿不哭了，她就开始吟唱，又把宝宝弄醒。

到了早上，我发现还有一间屋子，不过它是随时准备让一对美其名曰"蜜月新婚夫妇"入住的。清晨六点他们来了，下午晚些时候他们离店后，我才可以住进去。那房间好太多了，我又住了两晚。店主很不乐意，因为这期间他只好让其他过来住宿的夫妇住其他的屋子。

考虑到目前他的个人收入大部分来自这些人给的小费，我也能理解他为何愿意向他们提供最好的房间。店主提起这些蜜月夫妇来还有另一个表述，叫"私人业务"。这些人不登记姓名，所以有的会给相对高额的小费。凯斯比瓦（Kesbewa）的一位店主告诉我，接下来的六周，所有的房间都被"私人业务"预订了。

第三天快到傍晚时，我必须离店了。除非有政府的特许，住店的期限严格规定不超过三晚，反正无论何种"私人业务"，这点时间想必也足够了。我雇了一辆牛车，后面拖着老式的双轮马车车厢，一头瘦小的灰棕色瘤牛拉着车子，驾车的人连英文的"是"和"不是"都没听说过。牛车走乡村小道，穿过森林，往卡杜韦拉走去，沿途经过众多小村庄。我们每到一个村子就停下来，因为行李不停地滑动，落在泥地里，得重新调整和加固后再继续前行。为此驾车的还带了很长的一根粗绳子，可绳子并不结实。走不到一会儿，车子颠簸得厉害，真是让人受不了。我从膝盖到脖子到处都疼，绳子当然不停地断开，小旅行箱不停滑动并往下掉。好在迷人的风景让我极度兴奋欣快，浑然忘我。我只想着天尽量慢些黑下来，能让我一直饱览周围的景色。森林并非始终不变，它越来越开阔，直到眼前延绵着广阔的绿色稻田，苍鹭在田里涉水而行。每一次，当我们再进入树林时，天色就更暗一些，最后连槟榔树叶和竹叶的差别都分不清了。路上的行人举着火把，火把由紧扎在一起的棕榈叶做成，火焰烧得通红，被高举在头顶。人们一路走，火花一直在身后散落。在其中一个村里，屋外墙上叠靠着月桂树树皮，那气味萦绕着整个乡村。大约每隔十分钟，驾车的人就会停下来，走下车子，往牛车两侧挂着的其中一盏灯里新换一根蜡烛。我们很晚才抵达卡杜韦拉。

旅店就建在凯拉尼河畔（Kelani Ganga），水流在距离阳台下面几英尺的岩石堆里流过。夜深人静，有时候我能听到隐约的汩汩声，但是我不确定这是鱼儿发出的声音，还是水流声。间或有竹排扎成的驳船飞快而无声地漂过，要不是看到那移动的红点，即船夫们烧饭的火盆，没人会留意有竹筏经过。

希卡杜瓦（Hikkaduwa）

在锡兰，圣诞树上的彩灯是人们最喜欢的装饰品。几千盏小灯串在一起，点缀着房屋和商店的正面，穿过一棵棵树，沿着寺庙佛塔纵向蔓延。若有宗教游行，上街展现的一切物品上都会挂着彩色灯泡。康提（Kandy）的佛牙节上，有多达八十头的大象游行，到了夜晚，白天盖在大象身上的绿宝石、红宝石、钻石被成串的彩灯取代。上周我在康提时，恰逢伊斯兰教的节日，他们抬着一个庄严的宝塔，上面遍布熠熠闪亮的小彩灯，就像一个巨大、闪烁的婚礼蛋糕。我跟着宝塔，沿着特灵科玛利街和瓦德街来回走，之后才回去睡觉。直到上床时我才意识到，房外花园里有一座清真寺（那里好像没有安排宣礼师，至少我没听说有），当晚清真寺后院传来了旖旎的音乐声，乐声响了一整夜，宛若林间柔风。我一直聆听到接近凌晨三点，而后才伴着音乐入睡。

昨晚街对面有一家人在办"庇里斯"[1]。隔壁邻居提供自家阳台，让他们放发电机，因为要用大量的电灯装点仪式。发动机的轰鸣几

---

[1] Pirith，又作"Paritta"，当地一种通过诵读经文以求佛陀保佑从而抵御灾病的传统习俗。

乎盖过了人们的咏唱。在大厅的一角，人们还搭了一个小隔间，隔间的墙用透明的纸做成，纸张依照设计沿着分区的边缘展开，这样每一个区域都像是漂亮的情人节礼盒。到处都点着灯，而小隔间里的灯最多。夜晚早些时候，我注意到有两个男人，不知道是在用一条白色丝线缠绕彼此还是在把绕着他们的线解开；此时，桌上还放着一只玻璃水瓶，里面装满了不知道是什么的液体，丝线通过一块天花板连着瓶颈，不过我站的地方看不到天花板的位置。男人们紧挨着围坐在桌旁，唱着歌。在路上，站在我身旁的一个观众说他们唱的是巴厘语，不是僧伽罗语。他似乎觉得必须强调古老语言的作用，便又补充说，天主教仪式是用拉丁语而不是英语进行的。我回答说这我懂。

我问他白丝线是什么意思，他说是用来装饰的，可既然仪式上的所有东西都经过精密的橱窗展示设计，那么用这样夸张的角度从天花板连到丝线，显然不是为了装点，我不太能接受这种做法。男人们极度夸张地喊叫着，这样他们就非得靠着桌沿支撑身体。一整夜他们都在庆祝。四点三刻时我醒了，他们还在进行，不过声音有了变化，可以说音量有点减弱，现在的声音是一连串短促的哀号，音域没有超过大三度，是一种有规律的反复，一遍又一遍，没有任何变奏。今天有人告诉我，"庇里斯"的吟唱有不同音调，不超过四种，因为一旦有了第五种，它就成了音乐类，而音乐是被严格禁止的。也许司仪对法律条文过于咬文嚼字了。总之，他们在允许的音域中，吟唱着每一个四分音。旅店的狗儿们不时嚎叫狂吠着抗议，直到门卫大喝一声加以制止。

此间，一位年轻的佛教徒一直站在屋外，他对我解释这种仪式的一些细节。"您看见那些女人了吗？"他问。女人们正坐在屋外，低声交谈着。"她们是不允许进屋的。"吟唱开始时，他说道（这样看来，当时应该是晚上九点）。所有男人都一起高声喊着。等到唱累了，只有两个人声音最大，还在继续唱，其他人则积聚力量。到了破晓时分，大家再一次合唱起来，这时轮唱已经持续了大约六个小时。典礼的目的是要驱赶邪恶。那个年轻人对此风俗并不是很推崇，他建议我参观四英里外岛上的一个寺院，那里的僧人保持着最正宗的习俗。哪怕是佛教，都有很多原始的仪式。实际上，"庇里斯"只不过是驱邪舞的一个安静版变种。

科伦坡

20世纪坏疽病流行之前，科伦坡的生活究竟是什么样的呢？唯一能让游客对此有所感受，哪怕是一丝丝隐约感受的地方就是贝塔区。穿过铁路线，沿着无尽而毫无树荫的街道一直走，行程漫长而无聊，终于抵达那地方，锡兰人似乎谁都无法理解我为何会喜欢那里。一说起贝塔，人们好像会习惯性地做出有点嫌弃的表情。

瘤牛拉着的货车拥堵在狭窄街道上，赤裸的苦力（人们都不用"劳工"一词）正在装货或卸货。吃腐肉的乌鸦在水沟里或尖厉或低声地叫着。店铺专门经营一些出乎人意料的货品：有的只卖烟花爆竹，或是彩色平版印刷的宗教画，内容描述印度教诸神的生平故事；还有的卖纱笼或焚香。到处看不见拱廊，也没有树木，因此更加酷热难熬。到了正午，有某个时刻，不经意间你会觉得自己已经死了，只是在脑海里重温此情此景。四周根本看不到人力车或出租车，你不得不继续前行，直到走出此地。墙上、路边到处是人们嚼槟榔后吐出的渣，层层堆积，都风干了，看上去有点像人的血迹，但是更加血红。

到处弥漫着像是中国杂货店的气味，尤其是鱼干味，不过还带着点浓烈的调料和熏香气味。贝塔区真的有一些中国人，不过大部分都是牙医。我记得其中一位名叫沈金发[1]，此人宣称自己是正宗的中国牙医。他们的职业标记都贴在大门上：一个巨大的红色椭圆形，圆圈里面画着两排闪闪发亮的白方块。若是微风徐来，尘土就会卷起如柱状，狠狠地扫过街面，往你的皮肤刷上一层泛着油光的沙砾。在一条巷子里有一间破旧的印度教寺庙，入口的上方有一个小小的塔门。塔门之上的上百个塑像用的不是石头，而是用漂亮的彩绘石膏雕成，横幅和三角旗从交错的带子上杂乱地挂下来。另一条街上有一座丑陋的砖砌清真寺。虔诚之徒必须穿裤装进入。

锡兰到处有印度教徒和伊斯兰教徒。但只有佛教带有温和的不可知论和浓郁的悲情特色，与锡兰正好搭调，宛若土生土长，可以在此茁壮发展。毫无疑问，不久之后，佛教就不再作为生活方式存在了，和世上的其他宗教一样，它会变成一种社会政治标记。不过目前它还是老样子，很有影响力。无论如何，我死后哪怕洪水滔天！

---

[1] 原文为"Thin Sin Fa"，此处音译。

别再提鬼

原载于《美国信使》(*The American Mercury*，1951年6月)

人们往往对下雨天情有独钟，除了旅人。这片大陆的这一地区近期多雨，连当地人都担心雨季会延绵不断。低地的公路屡屡被洪水阻断，山间混浊的洪流冲刷而下，毁坏了沿岸的诸多村庄。职业祈祷师不得不对咒语做一些加工渲染，因为不断有人花钱请他们进行专门祈祷，祈求雨势消停下来。

至于此地的文化氛围，有一个荒谬的故事可供管窥，它是不久前我与两位当地警察聊天的真实记录。当时是夜间，两位警察已经下班，正在海滩上闲逛。他们俩都是有知识的年轻人，聪明善谈，边走边从青霉素谈到电视，几乎把整个西方文明谈了个遍。走了一会儿，他们蹲坐在沙地上，讲起了笑话，他们就喜欢这样子，拿自己落后的乡亲们开玩笑。最后其中一个人说："给你讲一件我俩碰上的很好笑的事情，是我们刚到警局工作时发生的。我们是一起到局里的，就在两年前，当时咱俩还啥都不明白呢。我们每晚都到海滩巡逻。这可不是什么好差事。你也知道的，就咱俩人，整夜待在海滩上，离海边旅馆也很远。"

对此我不甚明白，因为我自己经常独自漫步，走得比那里远多了，我从没觉得这有什么危险的。

"果然，"他继续说下去，"一天夜里，我们看到海滩上有一个亮着的东西在移动，便悄悄靠近，喊道：'不许动！'突然，一个巨大的白色身影在空中上下浮动，说道：'啊呀呀呀！'假如你当时啥都不了解，会怎么想？你会以为这是个鬼，会赶紧逃开。可是，我们每晚走近海滩的这个区域，都会看到有鬼在上蹿下跳，还发出可怕的声音。最后，我们觉得该向局长汇报一下。局长是个强悍的老家伙，非常精明。可是，他听我们说完就发火了。'也就是说你们见到鬼了，是吧？啊！'他说道，'至少十年以来，除了你们两个傻瓜，谁都不相信丹吉尔附近会有鬼。'"

听到这里，我笑了起来，以为故事到此为止。可是他们一脸严肃认真。

那人继续道："我对老家伙说：'不过，局长，我还真的不确定。'他答道：'今晚你们再去海滩，给我把鬼捉回来，听见没？'我们这下真慌了神。可不管怎样，那晚我们巡逻时又看见那个发光的东西了，我们悄悄靠拢，大喊：'不许动！'那个鬼便跳到半空，像往日一样呜咽起来。我们没有逃开，而是掏出枪来，说：'走过来，不然我们要开枪了。'接下来——"他咯咯地笑着，"那鬼哭了起来，原来是个女人，一个脏兮兮的女人！她说：'啊呀，求求您，大人！我每天夜里都得出来给我老公送饭，他在海滩那边捕鱼。'我们可气坏了，对她说：'那你干吗吓我们？'她说：'我以为这么做，就没人来找自己麻烦了。我就一个人——'于是我们说——"说到这里他们俩开始哈哈大笑，我也明白故事差不多该结束了。"于是我们说：'那你倒是瞧瞧别人是否会来找你麻烦，你这个贱人！'说完，我们就把她打倒在地，好好教训了一顿，然后就把她带着的饭菜都吃了，让她回家，她一路都在大喊大叫着。我们还得想好怎么向局长报告。"

"你们怎么报告的？"我问。

他们还在大笑："哦，我们就说，我们朝着鬼开枪，它立刻消失得无影无踪，像飞机一样，好神奇。"

"他信吗？"

"当然信了，"他带着责备的口吻，"他知道局里没人会对他撒谎。不能对上司撒谎，绝对不可以。他当时就说：'好吧，以后别再对我提什么鬼的事情了。'"

我没再继续这个话题。但是几分钟后，我问："难道那时真有鬼这种事吗？"

他们嘲讽地笑起来："在丹吉尔这片到处有电灯和汽车的地方？哈！都是女人吓小孩的故事啦。听着，哥们儿，你至少得往山里走上一百公里路，才能发现鬼，哪怕在那里，也可能压根儿看不到。现在不比过去，战后什么都不一样了。"

"有道理。"我说。

丹吉尔在不断发展，这是一座绝佳的新兴城市。到了1947年，人们觉得此地发展到了巅峰，房地产价格就是涨不上去了。成百的公寓楼不断涌现，有些房子其实位于开阔的乡村，附近连完整的公路都没有，大家开始预言市场崩盘，预测大量企业会一同破产，房产根本就是供大于求。可事实完全不一样。沙丘、草地、丘陵上下都通路了，大批郊区出现了，它们一下子成了城市的一部分，开辟了大量公交线路，至今的发展势头比之前更迅猛。

自新的战争恐慌开始后，人们觉得，但凡有点钱，几乎人人都想离开自己所在的欧洲国家，到这里的国际区定居。最重要的事自然就是把资本转到此地。这里没有什么限制，免税，气候又比欧洲任何地方都好（除了刚过去的严寒），到处有人在传，说战争开始后，美国会阻止所有人进入该区域。所以大家认为，当前任何投资都是好的。你可以买下一块破损的城墙，挖出三间屋子，装修一间浴室，通上电，肯定能转卖了赚钱。唯一的麻烦就是人人急着买地造房，接着再卖掉，没时间顾着把房子好好弄弄。结果，你推开卧室，房门会直接砸到你头上；打开水龙头，洗脸盆裂开了；坐下来吃饭，头上的枝形吊灯砸在饭桌中央。房屋的墙壁破裂了，电梯不会动，房顶也漏了；你会忧心忡忡，没准儿再过十年，众多现在还全新的、让丹吉尔引以为豪的大房子，都不复存在了。

人人都在抱怨，可是没用，这是当然的。现在根本不敢奢望会有全新的、结构稳固的建筑。"这就是丹吉尔。"人们叹息道，一边在客厅中央放上水桶，接住漏进来的雨水，或是打电话让人来新安装一扇窗户，因为原来的窗掉落在街上了。"只有在丹吉尔才会发生这种事。"人们彼此告知，想到生活在这独一无二的城市里，所有事情都能在意料之中出故障，他们的脸上不无某种满足感。

不过这一切也仅限于丹吉尔。一旦把那里最后一所悲哀的公寓房抛在身后，孤独地置身于山羊、仙人掌、母牛、土著棚屋间，乡村一如既往的美丽。

摩洛哥这个国家很适合开车：那里景色壮观，富有变化，公路优质，交通顺畅。汽油费从西班牙区的每加仑[1]17美分到法国区的28美

---

[1] 英美制容量单位，英制1加仑约为4.546升。

分不等，国际区的油价在两者之间。（在阿尔及利亚每加仑你得付48美分，而在法国油价更高。）在摩洛哥人数尚不太多的美国人整天在旅行。听美国人聊天，你会觉得他们的噱头都差不多，比如对当地所有的城镇都了如指掌。"有个地方我敢保证你肯定没去过……让我想想，叫什么来着？嗨，我们十月份去过的那地方叫什么名字，当时是从贝尼迈拉勒（Béni Mellal）岔路过去的，开了一整天呢，后来不得不返回，当夜还睡在了帐篷里？记得吗，那里公路上还拦着铁链，那个装着木头假肢的士兵得给他五十英里外的上司打电话，得到许可后才给我们放行？艾济拉勒（Azilal）！对了！就是艾济拉勒。我打赌你从没去过艾济拉勒。那地方简直棒极了！"

对欧洲人来说，摩洛哥，尤其是南部摩洛哥，那是一片广袤的禁区（法国军方的正式称法是"不安全地带"），然而对普通美国人而言，那里就像充满异域风情的犹他州，因为南面没有边境线，那里有几片完整的区域，至今任何国家的游客都尚未见过，所以旅游价值才倍增。随着新的摩洛哥美国空军基地的建立，以及大量技术人员进入，这一切会在不久的将来迅速发生改变。所以，开上六天车到达像塔塔（Tata）或廷杜夫（Tindouf）这样的地方，你会发现那里早有同胞在场，也到处有可口可乐和光照度计了。

另一种美国人在现在这地方也越来越多见。年龄通常是二十来岁，有的蓄胡子，常常爱穿差不多是非正式的、带点挑衅意味的服装。最近战后从美国涌向世界的新"迷惘一代"确实迷惘至极，以至于之前一代人都配不上这个称号了。巴黎依然是他们的试验场，可是这一回的巴黎，是巴士底狱背后小小的阿尔及利亚区，肮脏不堪，这些人聚在那里，研究如何对一种叫大麻的毒品进行制备、使用、起效，这种毒品有不同的表述，诸如大麻膏、基夫烟，或麻烘。

新精英阶层中很多人都以某种方式与艺术有关联，不过有一点大家是公认的，即生活的本质目的并非自我表达，而是获得一种难以言表、非常个人的狂喜，它与智力或艺术方面的努力毫无（也必须没有）关系，这一现象值得深思。新一代的虚无主义神秘论者靠退伍军人津贴、富布赖特奖学金、他人的资助以及家中存余过活。对此地的我们而言，特别有趣的还在于，他们必然会来到丹吉尔，我猜想这里肯定是他们眼中的理想之地。他们可以公开在此为所欲为，至少没有人会提出反对；恰恰相反，在有的地方，最快捷的交友方式就是掏出传统的摩洛哥烟斗，点上烟。

如果某人的初衷开始有了一点实现的幻象，他就会一连几个小时在自己喜欢的当地咖啡馆里伸展四肢，或是仰卧在阳光下的沙滩上，谁都不会提出哪怕半点异议或惊讶，毕竟他享受生活的方式和周围大多数人并无二致。因为新的迷惘一代时常发现自己囊中羞涩（工作是一种荒谬，几乎等同于亵渎），而本地极为低廉的毒品价格就很有吸引力。只要花6分钱，他们就能在格泽纳亚街上买到麻烘饼，足够让自己沉迷一整夜。

每星期，佐科契柯广场（Zoco Chico）后面的咖啡馆里就会有新面孔出现，有一些是法国人，大多数是美国人，他们都热衷于一件事：彻底超脱于常人所谓的现实。（他们认为性爱是很"低层次的行为"。）他们大多醉心于比波普爵士乐，认为这是一种趋于完美、能畅顺表达精神状态的音乐形式。出于某种原因（也许是纯粹的生理原因，因为毒品在短暂促进脑力激荡的同时，也容易导致身体上的巨大惰性），这些人很少会继续深入摩洛哥的内陆地区，而是在丹吉尔长久逗留。行家里手们则关注自己的事业，他们话不多，也不想证明什么。所谓时尚，无非是人云亦云。

不幸的是，目前在摩洛哥的民族主义者们的倡导下，无论是法律还是宣传，都在不断地抑制本土生活，尽量不向游客展现该国旖旎的本土色彩，形势愈演愈烈。他们似乎不鼓励游客来玩，只要找个人聊天，你就能发现确实如此。那些阿拉伯狂热分子坚信，西方游客来摩洛哥只为了嘲笑当地风俗和落后民众的举止。但是，摩洛哥令人特别感兴趣的东西偏偏并非来自阿拉伯人，而是本国土生土长的，那就是柏柏尔人的。在民族主义者眼里，柏柏尔人不比牲口好多少，没有好好被伊斯兰化，而且很固执，总是坚持遵从自己古老的仪式。因此，最近十五年来，净化运动一直声势浩大，从势头看还会继续，直到柏柏尔人对宗教仪式的自发热情被消除，不留半点痕迹。

今年，丹吉尔第一次禁止了圣纪节庆典，即每年穆罕默德生日的典礼。以前，圣纪节一直是长达三天的狂欢，有游行、烟火、公众舞蹈、音乐，本地游客成群结队从全国各地赶来，可现在大笔一挥，就取消了。理由一（据民众所传）：司仪要带去清真寺的纳贡被几个富裕家族挪用了，如乔法家族，或者是穆罕默德的后裔。可是，这习俗人们此前一直保持着，没有人反对过，这个理由自然站不住脚。理由二（据知情人所传）：民族主义者们不赞同女人参加庆典，说这会助长伤风败俗的风气！现在全摩洛哥都禁止宗教舞蹈，即柏柏尔人精神表达的主要方式。几年前民族主义者就提出了这一反对意见。

人们不禁怀疑，如果放任这些人，他们是否也会像沙特阿拉伯国王伊本·沙特那样，将清规戒律延展到整个阿拉伯世界，从而禁止听唱片和收音机（除了听新闻广播），因为它们会播放音乐，而音乐是邪恶的。（国王语录里有一句话很有意思：警察应当场用当事人的脑袋将唱片砸破。如果这句话听起来只是很搞笑，那我得补充说明，相关法律毫无仁慈可言。若有人拿着一瓶啤酒或其他什么酒精调和饮料被抓个现行，惩罚是一样的：必须用那人的脑袋把罪恶的瓶子给砸了。）

在摩洛哥，的确有一个共产党，不过拥护者都是法国人、西班牙人。假如你发现其中还有伊斯兰教信徒，那他多半来自阿尔及利亚。（阿尔及利亚人和摩洛哥人不同，前者是法国公民。）如果你和一位信仰伊斯兰教的共产党人聊天，他最后很可能会告诉你，说他对革命运动感兴趣纯粹是为了抓住时机。他说，一旦殖民政权被消灭，那么摩洛哥共产党就完成了使命。这样当地的民族主义者就会接手，一切就好了。

更重要的是，大量受过教育的摩洛哥人憎恶自己国家的半殖民状态，不知不觉中采取了一种态度，而这种态度最容易受到宣传机构的影响。法文的《小摩洛哥人》是摩洛哥发行量最大的日报，它紧跟摩洛哥共产党的路线，无论谁遭到当前政府的不公对待，报纸都不会错失报道良机。摩洛哥共产党支持民族主义者，因为后者的任何胜利都会动摇局势。他们乐见一场民族主义政变，指望随后而来的混乱，这首先是因为当地有三个不同的民族主义党派，到时彼此的纷争肯定会比现在激烈。但是，更重要的原因是柏柏尔人，他们占据人口多数，由于运动完全是偏向阿拉伯人的，根本不顾及柏柏尔人的利益，这些人就成了反民族主义者。

唆使柏柏尔人进行大规模示威游行总是易如反掌。两周前法国人就做到了，当时他们竭力想让苏丹从自己的顾问中撤除一部分独立党人（三大民族主义党派中最强大、最激进的党派）。几千名部落成员骑马穿过非斯的街道，动静很大。马拉喀什的帕夏格拉维[1]历来特别捍

---

[1] "帕夏"的原文为Pacha，应为Pasha的笔误，是军事指挥官的头衔。El Glaoui（1879—1956），摩洛哥南部柏柏尔部落酋长，曾参与推翻穆罕默德五世的阴谋。

卫柏柏尔人的利益，就向苏丹提出过相关意见。每次事件之后，这些冒犯政府的人都被撤掉了。不过有一点是确定的，民族主义者不会躺倒认输，他们不会采取消极抵抗的方式。对我而言，整件事无非是火上浇油。

说到政治事件，我想起自己最近的一次小小的荒诞历险。当时我正在离非斯几英里外的乡村公路上漫步，三个摩洛哥人从一条尘土飞扬的小路上走过来，这条小路的另一头通往一小片橄榄树林。我立刻认出其中一人是我熟悉的。我们相互寒暄，他还介绍我认识了另外两人。他们没有继续赶路，而是竭力邀请我和他们一同回到林间房屋。主人是一个胖乎乎的小伙子，戴着厚镜片的眼镜。房子宽敞古旧，几乎破败不堪，不过楼上有间屋子修缮过，我们就在那屋里坐下喝茶，聊了很久。

我们聊完美国，又聊起了摩洛哥。我之前读过几本法文版的关于摩洛哥历史的书籍，很自然地就谈到了布哈姆，即那个公然反对两位苏丹阿卜杜勒·阿齐兹和穆莱·哈菲德的叛乱头领，此人七年来一直控制着整个摩洛哥东部。根据公认的史实，1909年，苏丹穆莱·哈菲德逮捕了布哈姆，将他关入牢笼，那笼子小得根本无法站立或端坐，他还被塞进板车笼子，在摩洛哥各个城市里上街示众，长达两年时间。这期间，布哈姆还不断地被民众折磨，最后被苏丹喂了他豢养的宠物狮子。我在巴塔（batha）好几次看到过关押布哈姆的牢笼，也在苏丹王宫的庭院里见过空了的狮子笼。我说起这个故事，在场所有人都心知肚明，我补充说自己也认为，像穆莱·哈菲德这样的苏丹，就该让某个不那么血腥野蛮的人来取代。"此人必然非常独特，"我说道，"关于他，你们还知道些什么？"

"我倒是知道一点，"主人回答着，一边推了推自己的眼镜，"他就是我的父亲。"

我赶紧结结巴巴地想要道歉。这位前苏丹的儿子滔滔不绝地讲述起大道理来，说我从法文版的摩洛哥历史中读到的东西如何地不靠谱。他说，法国人总是企图为他们占领这个国家进行辩护，把这里的居民描述成野蛮人，毫无自我管理能力，把一切都写得似乎完全符合逻辑。然而，三天前，我把这件事当自嘲的笑话讲给丹吉尔的一个阿拉伯人听。刚讲完，这人根本没笑，而是很严肃地说："哦，不过你一点没错。穆莱·哈菲德确实把布哈姆扔给狮子吃了。我知道的，因为当时就是我父亲被专程派往汉堡的哈根贝克去买的狮子。只可惜它们都太温顺，也喂得很饱，就是不肯吃他。"

所以我明天打算前往南部；真受不了这里的雨季。

孤独的洗礼

原载于《假日》（1953年1月）；《绿首蓝手》（1963年）

　　无论第一次还是第十次，一旦抵达撒哈拉，你立刻能感受到那里的寂静。城外万籁俱寂，纯粹而不可思议；城内，即便像市场这样的繁忙地段，那里的氛围也是一片静默，仿佛安静是一种有意识的力量，它讨厌声音的干扰，会立刻将声音消减分散。再有就是这里的天空，相比之下，其他地方的天空就显得有些怯生生。这里的天空澄澈晶莹，始终是景色中的聚焦点。日落时分，大地耸起自己那清晰而弯曲的身影，分割成明暗区块，迅速融入地平线。当暮色完全降临，天幕缀满星辰，天穹依然一派浓烈炙热的蓝色，头顶幽蓝深邃，笼罩四周大地，夜色绝不会沉入漆黑。

　　若是你走出城门，把城市抛在身后，经过城外躺卧着的驼群，走上沙丘，或是步入坚硬的石砾平原，在那里独自静静地站立片刻，你立即会浑身颤抖，赶紧跑回城墙内，或继续站在那里，经历这独特的感受。这是所有生活于此的人们都体验过的、法国人称之为洗礼般的孤独。这感觉独一无二，它和孤单完全不同，因为孤单以回忆为前提条件，而在这里，在这个全然矿物质的景致里，星辰燃烧般闪亮，回忆倏忽消散。一切不复存在，唯有你自己的呼吸和心跳声。一种奇怪的、毫无愉悦的重组进程在你体内开始了，你可以选择与之抗争，坚持保留原来的自我，也可以顺其自然。只要在撒哈拉待上一会儿，谁都会发生改变。

在阿尔及利亚独立战争前，法国军队占领时期，撒哈拉的欧洲人之间还有一种强烈而友好的共鸣。毋庸置疑，这种令人愉悦的事态必然源于阿尔及利亚人自身受到过最严格的殖民统治，当时的政权几乎就是一种恐怖统治。可是在欧洲人眼里，这是理想的绝佳之地。整片广阔地区就像一个小型的、未经破坏的农村社会，人人相互尊重各自的权利。你每次在那里生活一阵子，离开后就会深切感到外面世界太冷漠、太没有人性。如果你在撒哈拉旅游时落下了什么东西，你会确信回来时一定能找到。谁都不会想到去占有它。你可以随性到处游荡，无论是在荒野或是在城里漆黑的小巷，没人会来骚扰你。

当时，那些贫困潦倒、四处流浪、一无所长的北部阿尔及利亚的无产无业者尚未来到此地，因为这里没什么吸引他们的东西。几乎人人都有一块绿洲上的土地，靠种地养活自己。小麦、大麦、玉米在枣椰树荫下生长着，这些农作物为人们提供了主要的粮食。通常，会有两三个阿拉伯或黑人店员，卖诸如白糖、茶叶、蜡烛、火柴、炭燃料以及便宜的欧洲棉制品等东西。在更大一些的城镇，有时候还有欧洲人店主，不过商品都一样，因为顾客都是本地人。几乎毫无例外，在撒哈拉生活的欧洲人只有军人和神职人员。

一般来说，军人及其随从都很友好，平易近人，乐意向游客展示该地区所有值得观光的地方。这太好了，因为游客常常一筹莫展，不知道哪里提供吃住，小地方也没有宾馆。游客也会依靠这些人的帮助与外界进行沟通，因为他们需要的任何东西，例如香烟或酒类，都必须靠军事邮政卡车运货，而邮件也得由军事邮政寄送。此外，该地区哪些地方允许自由出入，也得由军方决定。可以这么说，这些权限完全掌握在一个中尉手里，此人住在离他同胞至少两百英里之外的地方，吃得很差（法国人最受不了这件事），他恨不得这些骆驼、枣椰树，还有充满好奇的外国人压根儿都不存在。不过，你很少会碰到这位指挥官显露出这样的冷漠或自私。他很可能会邀请你一起喝酒进餐，给你展示他从乡下收来的珍品，请你陪他一同巡查，甚至花两周时间，和他以及他手下的几十个本地骆驼骑兵队员，去沙漠深处进行地质考察。这时候，他会给你一头骆驼骑，不是那种被走在一旁的人拿着棍子驱使的、缓慢步行的载货骆驼，而是行动迅捷、训练有素的骆驼，只需轻轻地拉一下缰绳，它就会服从命令。

更特别的是那群白衣神父[1]，他们聪明，有教养，真心渴望在遥远的边疆前哨度过余生，穿着穆斯林服装，讲着阿拉伯语，在彪悍、粗犷的沙漠居民中生活。他们不改变宗教信仰，也不想改变。对军方来说，能让原住民认识到这里的欧洲人的地位就足够了。显然，白衣神父并不满足于此。他们执意要向当地居民证明，拿撒勒人也是典范生活的代表。确实，神父们素朴的生活方式，即便没有改变穆斯林对这些人所代表的西方文明的态度，但的确让诸多穆斯林心生崇敬。和当地居民在沙漠里生活了好几年，神父们也渐渐有了一种有益却不太正统的宿命论态度，这也是他们精神上的一种绝佳补充，他们选择了和这些人一同生活，这种态度也是和后者打交道时极为必要的。

撒哈拉占地面积比整个美国还要大，是大陆中的大陆，可以说，

---

[1] White Fathers，更正式的名称是非洲传教士（缩写为MAfr），这个绰号来源于他们所穿的白色阿拉伯长袍。

它宛若一个骷髅头，脱离于环绕自己的非洲。它有自己的山脉、河流、湖泊和森林，可是它们大多残缺不齐。山脉延绵成一群巨大的砾石堆，如月面山脊，耸立于周边的乡野。一些河流很少有水，一年中也许只有一天，其他的就更少了。湖泊里满是结晶盐，森林石化已久。然而那里的地形轮廓和任何地方一样丰富多变，有平原、丘陵、山谷、峡谷、起伏的地势、嶙峋的山峰，还有火山口，到处都没有植被，甚至没有土壤。不过，唯一让人感到单调乏味的，可能就是拉甘南部的大荒漠区，那地方绵延五百英里，完全是平坦的沙砾地形，没有一丝生命迹象，毫无起伏，四周直至地平线都没有任何变化。只消片刻伫立，哪怕看见一块岩石，旅人内心都会泛起涟漪，会涌起呐喊的冲动："看见陆地了！"

有记载的撒哈拉历史中，迄今都有人类活动的印迹。那里曾经居住过其他的大型动物，它们现在早已绝迹。如果你认为岩画可作为历史证据，那你会相信，这里曾经是长颈鹿、河马、犀牛的栖息地。现在，北非的狮子已然消失，鸵鸟也已绝迹，有些地区偶尔还能发现鳄鱼，就藏在绿洲水塘，但已经非常罕见，谓为奇观。骆驼当然不是非洲本地产物，大约是在罗马帝国末期从亚洲引进的，当时也是大象遭到杀戮绝迹之际。曾经有大量野生大象在沙漠最北区域游荡，它们在被捕获驯服后被迦太基军队征用，然而罗马人为了向欧洲市场提供象牙，最终让这一物种灭绝。

尽管环境日益恶劣，还是有人坚持在当地继续住下去，幸好，瞪羚的数量很多，更反常的是，各种食用鱼类生活在遍布撒哈拉的水坑里（这些坑洞常常深达一百多英尺）。一些在自流井里大量生存的鱼类都是失明的，它们始终身处地下湖泊的深处。

有一种被人反复提及的说法，尽管谬误颇多，还是一直流行了很长时间。为此，人们大多对撒哈拉有误解，认为它只是一片广袤的沙漠，阿拉伯人带着整齐的大篷车队穿越此地，从一处白茫茫隆起的城镇沙丘走到另一处。更贴近事实的概述应该是：此地山脉崎岖不平，山谷裸露，荒野平坦多石，土房子的黑人村庄零星分布。根据法国军方地理勘探部门所提供的数据，沙地只覆盖了撒哈拉1/10的面积，而阿拉伯人大多是游牧民，他们只占人口的小部分。最大比例的居民是柏柏尔人（北非原住民），以及（或）黑人（西非原住民）。但是现今的黑人并非最初来到沙漠的居民，沙漠的最初居民坚决反对阿拉伯人，以及与阿拉伯人合作、皈依伊斯兰教的柏柏尔人的殖民计划。几百年来，他们不断反抗，向东南方撤退，最后只在现今称为提贝斯提高原（Tibesti）的地区留下了曾经生活的社会遗迹。这些人被更加温顺的苏丹人取代，后者是作为奴隶从南方引入的，他们辛勤劳作，不断开拓了一系列的绿洲。

在撒哈拉，绿洲也叫枣椰树森林，基本靠人造，而要维持绿洲的生存，必须不间断地灌溉这片土地。一千两百年前，阿拉伯人来到此地，便开始了开垦荒地的工程，如果后来的欧洲人借助现代机器继续下去的话，撒哈拉的大片区域就能变成广阔丰饶的花园。任何出现植被迹象的地方，地下一定会有水，只需将它们引到地面。于是阿拉伯人开始挖井，建造水库，沿着地表和地下水网系统开凿运河网络。

为开展这些重要工程，新抵达的殖民者需要大量的劳动力，他们得经受恶劣气候以及在绿洲依然流行的疟疾的考验。苏丹人奴隶似乎成了克服困难的理想人群，他们来到这里，形成大比例的沙漠常住人口。各个阿拉伯部落在自己占据的绿洲上活动，征收农产品。真主的后裔们不会也不打算在那里生活，他们有一句格言："住哪儿都比撒哈拉强。"当然，现在法国人已经正式废除了奴隶制，虽然历史不长。

在这个过程中，廷巴克图从撒哈拉原首都的地位跌落到目前卑微的境地，最主要的原因也许就是奴隶市场的关闭。不过撒哈拉起初就是黑人国家，现在依然是黑人国家，它无疑会在将来很长一段时间里一直如此。

那些绿洲，丰茂的枣椰树林，就是沙漠的骨肉血脉；没有它们，撒哈拉便不可想象。只要看到人类，附近必然会有绿洲。有时候，城镇被绿树环绕，但城镇通常建造于树林之外，这样，肥沃的土壤就不会因为有人居住而被浪费。绿洲的大小根据它拥有的树木数量而不是靠覆盖的面积来估算，正如税费是根据枣椰树的多少而不是土地面积来计算。一个地区的富裕程度与绿洲的数量和大小直接成正比。例如，菲吉格（Figuig）有一片绿洲，种有超过二十万棵枣椰树；而提米蒙（Timimoun）的绿洲长达四十英里，有极为复杂的灌溉系统。

在撒哈拉的绿洲漫步，就像走在秩序井然的伊甸园。步行道十分干净，两旁是手工抹就的泥墙，墙不太高，正好能让行人看见墙内的草木。在高大摇曳的枣椰树下，长着矮小些的石榴树、橘树、无花果树、杏树等。再往下，一块块正方形的土地，四周环绕着流水潺潺的沟渠，地里种着蔬菜和小麦。不管漫步到离开城镇多远的地方，你始终会觉得，那里每一寸土地都整齐、干净，得到了最优化的开发。来到绿洲边缘，你一定会发现，它不断在拓展。一片片幼嫩的枣椰树林向光秃秃的荒原纵深处蔓延。目前它们还没有结果实，但是再过几年就会有收成，最终，这片焦灼的荒野就会成为花园里的绿茵带。

绿洲上还有很多鸟儿，但居民们并不太喜欢鸟儿的歌声和羽毛。这些鸟会吃掉嫩苗，刚种下的种子一下子就被它们刨了出来，几乎每个成年男人和小男孩都带着弹弓。几年前，我带着一只鹦鹉旅行到了撒哈拉，这只可怜的鸟儿到哪儿都被当地人怒目而视。在提米蒙时，一天下午，有三位年长者来到我住的宾馆，劝我别把鸟笼挂在窗口，否则谁都不能保证它的命运会如何。"在这里谁都讨厌鸟。"他们意味深长地告诉我。

在绿洲上建造小凉亭是这里的风俗。这些亭子建筑带有一种游戏和幻想的味道，很有魅力。它们像小型的泥制玩具宫殿。日暮时分，男人们会和家人一起在此喝茶，如果城镇热得要命，他们也会在这里过夜，或是叫上朋友们一起来玩上几轮龙达（Ronda），即北非人很喜欢的一种纸牌游戏，再来点音乐。如果有人请你去他的凉亭坐坐，你会发现，走上再多的路都不虚此行。你至少要喝上三杯本地的传统茶，得吃上一大堆杏仁，再不情愿都得吸上不少大麻。流水潺潺，空气里弥漫着薄荷味，主人还会拿出笛子。有一年冬天，我询问了其中一所房屋的卖价，还真让我格外心仪，那房价相当于25英镑。最吸引我的一点是，房主想保留宅地的耕种权，因为他觉得那块地里若不种东西简直不可想象。

撒哈拉和北非其他地方一样，民众的宗教庆典中常常包括一些皈依伊斯兰教之前的仪式元素，最典型的例子就是宗教舞蹈仪式，尽管受过教育的伊斯兰教信徒一直以来都不赞同这一习俗，可是它一直存在。即便是在宗教高度殖民化的姆扎卜（M'Zab），那里的清教已然普及渗透，仍有人保留这种舞蹈仪式。我在当地生活时，孩子们是不许在公众场合嬉笑的，但我还是看见十几个人在燃起枣椰树枝的篝火堆旁整夜跳舞，浑然忘我。现场必须安排两名壮实的护卫，时刻防止跳舞的人跌进火堆。跳舞的人屡屡被抬出火堆，最后终于不再做向空中腾跃的奇怪动作，而是步履蹒跚，跌倒在地。他立刻被扶出圈子，身上被蒙了条毯子，他之前的位置便由新人好手替代。现场没有音乐或演唱，而是有八位鼓手，每个人的乐器大小不一。

在其他地方，舞蹈类似于摩洛哥阿特拉斯的柏柏尔人影舞。舞者手拉手围成一个大圈，男女相互间隔；舞蹈动作很有规则，不会乱来，虽然不断有人会感到迷狂恍惚，但绝不会产生集体效应。在表演现场，我还见过圈子中央站一个女人，她边唱边跳，周围人轮流唱和。表演很克制低调，不过偶尔也会有人出现失常反应，也许是因为缓慢的节拍和深沉的鼓点会带给人催眠作用。

图阿雷格人是阿尔及利亚卡拜尔的柏柏尔人的古老分支，他们反感罗马军团的"文明使命"，决定与所谓的教育者们隔开一千英里以上的沙漠距离。他们径直朝南迁移，来到一处他们觉得能保有自己隐私的地方，一住就是几百年，迄今差不多一直独立自主。在此期间，阿拉伯人占领了周围地区，而图阿雷格人仍然保留着霍加尔（Hoggar）地区的主权，那里是撒哈拉中心地带的一片广阔的高原。他们历来憎恨阿拉伯人，但又无法彻底拒绝伊斯兰化，尽管他们自己也绝非纯粹的穆斯林。女人在图阿雷格[1]社会中扮演着非常重要的角色，远非仅比一只羊更有价值的家庭财产。家族传承完全是母系的。男人得日夜蒙着面纱，面纱用精良的黑色纱布做成，据说戴面纱是为了保护灵魂。既然他们认为灵魂和呼吸是一致的，想必就不难发现其中的客观原因了。空气极为干燥，常常造成鼻道堵塞，而面纱能保持呼吸的湿润，起到了某种空气调节作用，也有助于阻挡邪恶幽灵，否则它们会大施淫威，让你鼻孔出血，这也是该地区常有的现象。

把这些人称为图阿雷格人并不公允。这个称呼带有侮辱的意味，原意是"迷惘的灵魂"，最初是宿敌阿拉伯人对他们的称谓，但这个称呼已经被外界固定使用。图阿雷格人称自己为"伊默察格"

---

[1] 原文为"Targui"，与Touareg通用，译文统一用"图阿雷格"。

（Imochagh），意为"自由之人"。在所有说柏柏尔语的人当中，他们是唯一发展出自己书面语体系的族群。没有人知道他们的字母系统到底有多长的历史，不过它确实是一个语音字母系统，和罗马字母一样富有规则和逻辑，有23个单个字母，以及13个复合字母。

不幸的是，图阿雷格人彼此相处并不很融洽，他们几百年来内战不断。相邻部落之间互相掠夺的事件时常发生，直到后来法国军队前来阻止。在掠夺出征期，丈夫不在家，妻子都很忠诚，图阿雷格人有严苛的道德戒律，不贞会被处以极刑。不过，若是丈夫离家在外，已婚妇女夜间可以穿着最漂亮的衣服，自由前往墓地，躺在祖辈的墓碑上，召唤名为"伊德布尼"（Idebni）的幽灵，这种幽灵总是扮成村里的年轻男子出现。如果女人能赢得幽灵的欢心，就会从他那里得到丈夫的消息；如果不能，就会被幽灵勒死。图阿雷格女人都很机智，总是能想方设法在墓地获得丈夫的消息。

1923年，人们第一次完成了汽车穿越撒哈拉的行程，当时从图古尔特到津德尔，或是从塔菲拉勒到加奥，怎么也得驱车几个月。1934年，当时我在伊尔福德，打听是否有大篷车去廷巴克图。有的，他们告诉我，说有一辆车几周后就出发，全程十六周到二十周的时间。那我怎么返回？大篷车也许明年这时候才回来。他们发现这条信息打消了我的兴趣，感觉很是惊讶。你居然还指望能更快一点吗？

当然了，撒哈拉之行最好的交通工具就是骆驼，特别是在你很能走的情况下，因为骑上差不多两小时骆驼，你会很乐意下来走上四个小时。一天天地走下去，很可能不骑骆驼的时间会越来越长。现在，你要是愿意，可以早上坐飞机离开阿尔及尔，夜间就深入沙漠腹地了。不过，落入这个诱惑的游客，就像读悬疑小说直接跳到结局部分，也就失去了旅程中绝大部分的快乐。真正想有所领略的人，最实际的方法就是驾驶卡车穿越撒哈拉，这是骆驼和飞机之间的折中方案。

目前只有两条路线横贯沙漠（穿越毛里塔尼亚的安贝利尔车路尚未对公众开放），两者我都不会对自驾车游客推荐。不过，卡车倒是特意为这地区而生。就算遇到任何倒霉经历，等候时间都不会超过二十四小时，因为下一个镇上肯定还会有卡车等着，车上的清水储备也足够。可是单枪匹马的小轿车若是在撒哈拉遇到故障，那就麻烦了。

通常，你可以去镇上给下一站打电话，请人通知旅店老板你预计抵达的时间。假如电话线路不通（这情况并不多见），那就没法保证提前预留房间，除非你寄信，但那样太慢了。要是不自带毛毯旅行，提前到达时会遇到麻烦，因为旅店很小，常常只有五六间屋子，冬天晚上又很冷，气温零下好几摄氏度，黎明前会降至最低点。同一个院子，下午两点大太阳下的气温会上升到125华氏度[1]，而次日清晨只有28华氏度。因此你最好在到达下一站之前确保有房间和床。倒不是说那里一定要有什么取暖设备，而是得确保能关上窗户，这样你就能让厚重的泥墙保留住一些白天的热度。即便如此，我醒来时仍然发现床边玻璃杯里的水结了一层冰。

此地的极端温差无疑是气候干燥所致，这里相对湿度常常低于5%。试想，当地夏季的土壤温度高达175华氏度，可想而知，设计街道和房屋时最重要的考虑就是尽量避光。街巷要保持阴暗，所以得建造在地面以下和房屋之间，房屋的主墙面不开窗户。法国人在大多数的建筑上引入窗户设计，不过，窗户得朝向宽敞的、拱形的游廊，这样它们在通风时还能有一些采光。这样设计的结果是，一旦你进入阴

---

[1] 华氏度，即华氏温标的标度，与摄氏度的换算公式为：摄氏度＝（华氏度－32）÷1.8，如125华氏度大约为51.7摄氏度，28华氏度大约为零下2.2摄氏度。

影处，就会觉得幽暗压抑。

即便在撒哈拉，任何地方也都会下雨，而且下雨是一件值得庆贺的事情，人们打鼓、跳舞、放礼炮。暴风雨迅猛剧烈，不可预测。鉴于它的破坏效应，我不禁疑惑，人们为何要如此欢天喜地地庆祝？倾盆大雨冲下干涸的河床，冲刷着所有东西，还常常对城镇造成破坏。房顶塌陷，墙壁也经常随着倒塌。雨下久了，撒哈拉的所有城镇都会受损，因为这里的建筑材料全是陶波土[1]，它比我们的土砖要软。事实上，整个村子被村民遗弃的现象并非少见，人们会在附近重新建造房屋，就让老房子的墙壁和房基坍塌，回归本就是原材料的泥土中。

1932年，我决定在阿尔及利亚南部的姆扎卜过冬。一天夜里，雨很大，破旧的公共汽车从艾格瓦特（Laghouat）出发，朝南方向没开多久，就穿过了一片大约一英里宽的平坦地带，那里比周围的地势略低。就在这期间，水开始在我们周围涨起来，不一会儿引擎就熄火了。乘客们跳下车，涉水而行，很快水就涨及腰部；到处是披着呢斗篷的暗白色身影在洪水里缓缓移动，就像一只只鹳鸟。人们在到处寻找走回旱地的浅水路线，可是没找到。最后，他们把我——这群人中唯一的一个欧美人——扛了起来，一路把我背到艾格瓦特，把汽车和行李都丢在雨里泡着。两天后，等我到了盖尔达耶（Ghardaïa），大雨（这还是七年来的第一场雨）已经在路堤旁积起了一个池塘，那路堤还是法国人在那条线路上修建的。如此大的积水量，对于当地居民不啻为令人兴奋之事。几天里，不断有妇女带着水罐来打水。孩子们试图蹚着水走，有两个小孩还溺水了。十天后，水差不多干了，只留下厚厚一层亮绿色的浮沫，可是女人们仍然带着水罐过来，拂开泡沫

---

1 Tob，秸秆和泥土（通常还有肥料）的混合物。

渣，取用下面的水。就这一次，她们能在家里储备足够的水了。平常生活中，水是昂贵的商品，每天早晨她们得到镇上卖水的商贩那里买水，而商贩那里的水是从绿洲上运来的。

在撒哈拉，花钱能买到的便利舒适，恐怕不及地球表面上的绝大多数可到达之地。不过你仍然有可能在这里找到一处平坦之地躺下来，来几根带着沙子的萝卜，来一些面条和果酱，来几块带筋带皮被委婉称为鸡肉的东西，再来一段蜡烛，夜里脱衣服时点着用。由于必须自带食物和火炉，有时就没必要计较旅店"餐饮"的好坏了。不过，如果你完全依赖罐头食品，那它们很快就被吃完了。最终一切消耗殆尽，包括咖啡、茶叶、白糖、香烟等，于是游客就会慢慢适应没有这些奢侈品的生活，把脏衣服堆起来当夜里放脑袋的枕头，用呢斗篷当毯子。

也许此刻该有这样的合理质疑：那干吗还去呢？答案就是，一个人身处此地，就会不由自主地经受这样的孤独洗礼。一旦体验了这片广袤、晶莹、静谧之地的魔力，其他任何地方就不再有冲击力，就不会像这里一样赋予个人置身于某种纯粹之境的无上满足。他会不惜一切舒适生活和金钱的代价，再度返回，因为纯粹之境是无价的。

丹吉尔来信

原载于《伦敦杂志》（London Magazine，1954年7月）

自从1931年我第一次在此地居住之后，这个城市变化如此巨大，要不是这里的气候和天气深刻烙印在记忆中，我都难以辨认出这原来是同一个地方。空气和风诚然旧曾谙，即便在灼热的阳光下，丹吉尔奇特的暖风中都自带些许凉爽！某一天，空气清澈爽冽，西班牙山脉清晰矗立，仿佛横跨街头；次日，空气又会像发光的气团，连港口停泊的货船都在白热化的大气中变得朦胧。风是存在的，来自东方的风——黎凡特风[1]从地中海骤然突起，仿佛自大力神柱[2]之间喷涌而出，简直令人不可思议，它夜以继日地呼啸着，不肯停歇。如此情形依然。随着此地的繁荣发展，即1939年战争前不久一直到1952年暴乱，这段时间的狂热发展使其他一切烟消云散。即便在卡斯巴[3]，几乎所有的街巷都发生了改变。丹吉尔的穆斯林们无一不对建造和重建充

1　Levante，指从地中海西部穿过直布罗陀海峡向内陆吹来的一种东风。
2　Pillars of Hercules，矗立于直布罗陀海峡入口处的南北两座峭岩。
3　Casbah，在阿拉伯语中指堡垒，也可以用来描述城市中的老城区，与麦地那区类似，区别在于麦地那区会有许多城门，但是卡斯巴区只有一进一出两个城门。

满热情。

不久前，法国区还在城镇边缘，正午时分人们可以在那里驻足，聆听桉树上的蝉鸣。还有露天市场，那里是一片小树林，是眼镜蛇、杂耍艺人、山间小灰猴们各显身手的阴凉去处。要去西迪阿马尔（Sidi Amar），你不必搭乘市政公共汽车，而是坐着铃铛作响、哗叽布篷开裂、两匹马拉的马车前往。没有收音机的叫嚣和交通的嘈杂，你听到的是尖厉的莱塔管[1]吹奏声，看到的是麦地那区火把游行队伍将新娘送往夫家新宅，新娘子身披阿尔梅里亚服饰蜷缩着坐在驴背上。现在，她和基督徒或犹太人一样，改乘出租车了。

"丹吉尔所有的乐趣都消失了。"人们喜欢这么说。没有可以漫步的去处，除非你喜欢逛商店、爱坐车。汽车大行其道，丹吉尔变成了都市，也可以称作迷你都市，反正就是都市。在我看来，城镇和城市的本质区别在于，走出城镇你通常可以靠两条腿步行，而逃离城市则需要其他的交通工具。要不是卡斯巴还有这样一些角落的存在，如古老山脉、海滩、附近的西班牙区等，若非业务所需，人们真的没什么理由要专程赶过来，尽管此地没有寒冷天气，没有政府，也颇多怪癖，其中多数特征是负面的，可人们一般反倒觉得这些是优势。

这里确实没有征税，经济上也没有政治干涉。你爱用什么货币支付都行。进入该地区也不需要签证，一旦到了此地，你可以一直住下去，根本无须烦心是否要申请居住证，要不要去警察局。我觉得，1954年的人世自由莫过于此。在刚过去的六七年间，这里的生活成本增长可观，但和世界绝大多数地方相比还算不错。雇用一个厨娘一周大约是1英镑，食物（除了上好的肉食）的市价低廉，一个月2～8英

---

[1] Rhaita，是非洲西北地区一种双簧管乐器，和阿拉伯长笛、土耳其唢呐类似。

镑的钱就能租到温馨可人的阿拉伯小居，价位根据面积、方位、卫生状况等不一，1加仑汽油只卖1先令8便士，与之相比，欧洲大陆的价位简直是天文数字。去年所有物价都下跌了，而且从趋势看降价还会继续，至少近期如此。这对有闲的外国居住者不啻福音，只要此地的生活空闲并非持久态势。糟糕的是，城市显示出严峻的颓势。1952年3月的反法事件对信仰造成了打击。结果，大量黄金流出丹吉尔，银行家将业务转移到南美，房地产跌入谷底。繁荣都市一夜变成废弃的鬼城。民族主义者（借助炸弹和手榴弹）瓦解摩洛哥法式生活的运动从未停歇，它当然也无法缓解此地投资者的恐惧。同样令人沮丧的还有这样的消息，即劳工组织抵达了国际区，决心要建立工会，达到工资上调的目的。劳工组织的理念若是宣传开去，将会对现有经济造成毁灭效果。因此，在这岌岌可危的小乐园中，外国居民没有任何可庆幸的理由。

要找到和丹吉尔一般大小的城市，其居民如此匮缺市民尊严，并彻底失却文化生活，实在很难。这其中重要的原因在于，在那些之前纷至沓来的人当中，很少有真正打算留下来的。丹吉尔就是新的藏宝山，人们涌过来，想方设法大捞一票，再赶紧闪人。可是，就像在好莱坞，那些不想回到以前的农场、工厂而留下来卖饮料和当女店员的人一样，来到这里的人们没法迅速变成百万富翁，只能继续留下来，既不肯放弃希望，又不愿承认失败。此外，失败者的生活在哪里都差不多，他可以在法国区的一家咖啡馆露天座里一直坐到晚上八点半，加入西班牙人的散步队伍，沿着巴斯德大道一直走到九点左右，然后吃晚饭，到了十点半前往电影院，仿佛回到了马赛、马德里或罗马，而不是身处距离埃兹拉市场（Souk ez Zra）四分之一英里的地方，在那市场的昏暗客栈里，躺着身裹吉拉巴[1]长袍、从山地来的柏柏尔人，毛驴成群围绕。夏天，丹吉尔的最佳季节（尽管英美游客偏偏要在一月份来此地，还不停抱怨雨太多），人们常去海滩，好在那里从不会拥挤，星期天下午斗牛场还有斗牛表演。我觉得，很多当地人不会注意到这里缺乏文化生活，因为大多数人来城市前住在自己的家乡，那里本就没有这方面的概念。

上周，丹吉尔第一家画廊开张了，这也算是一个艺术爱好觉醒的信号吧。开幕展的作品来自摩洛哥年轻画家的领军人物艾哈迈德·雅各比。这位二十三岁的穆斯林画家是非斯一位宗教诊疗师的儿子，他的作品初看颇具超现实主义的形式化和原始特征，大多与魔幻主题相关，这或许与他的家庭背景不无关系。因此，仔细推敲，那些看似随心所欲的幻想其实是对民间传说的描绘，或是对宗教信仰的诠释。巫术、咒语、施法、春药，甚至是致死毒药等，仍然是丹吉尔人生活中非常重要的一部分，难怪这位年轻摩洛哥画家（虽然人们在暗中依然相信这类药物的功效，但因为他们的职业显然不具有伊斯兰特征，因而能更为超然地对这方面加以观察）会展现这一本土文化现象。究竟丹吉尔在城市规模和文化上是否足以支撑这种新型的乡土画廊，还得拭目以待。

最离奇的是，此地人们所热衷建造的大量昂贵建筑，只会让城市显得更为随意不经、混乱和破败。二十年前，这里还有一群摇摇欲坠的建筑，现在它们都消失了。这地方真是糟糕极了，就像一件首饰，安放首饰的盒子远比珠宝本身更珍贵。蓝天碧海，苍山依旧，可是城市中，除了少数几个顽固的摩尔人还住在蓝色房屋里，其他建筑早就

---

[1] Djellaba，当地一种带袖连帽外套。

没了蓝色调，不再融入这和谐的蓝色魅力中。相反，人们追随潮流，让城市忤逆于自然和美的法则。

不过，当你生活其中，必然会对此地心怀矛盾情绪。这种强烈到难以忽视的特征，就像小姑娘脑门上留着的鬏发。你确信身处世外的美好，觉得在这个社会组织迅速扩展、政府日益膨胀的世界，无政府状态依然随时会发生。这里没有爱国热情，没有部落忠诚，甚至没有狂热的机会主义，这是一种精神上的健康。在这里，你至少可以幻想，个人依然有掌控力，这令人愉悦。你不必受官僚的干扰，这种快乐和自由比物欲更甚。哪怕毫无一夜暴富的可能，大家还是愿意继续留下来，人们完全能理解个中原因。

就算我并未全身心投入，我至少一直热衷于观察丹吉尔的进化，我会继续留下来，因为这里对我具有某种奇妙的、难落言筌的魔力。想必那些个性中具有明显幼稚病迹象的人会特别喜欢此地。从外表看（这也是我们进行观察的唯一视角，无论我们在此住了多少年），本地人的生活有一种像煞有介事的特色，就像扮家家酒，居民们穿着戏服不停玩着买卖游戏。下面的卡斯巴和麦地那区就是一大堆孩子搭的建筑积木，被随意散落摆放在山间。当你蜷缩或躺在那些小小的屋子里时，你立刻回到了幼年时的扮家家酒游戏，虽然都是些小桌子、小茶杯，还有俗艳的垫子和少量的家具，但总是能让人产生如此幻觉。乞丐们从门外走过，唱着歌，每个人唱得都不一样，此时那久已遗忘、却突然熟悉的深入内里的感觉臻于纯粹。

当然，我的意思并不是说摩洛哥的穆斯林比任何其他国家的人都更聪明或更有魅力。他们自有乖僻之处，会让人觉得比其他人都更难相处，和丹吉尔一样令人心绪矛盾。我无法很快对集体个性加以概述。事实上，经过了二十多年时间，我才认识到，对于当地人的性情和信念，我之前理解错了。如果机器被阿里一碰就坏，这是因为阿里在潜意识中就想破坏那机器，认为所有机械装置的常态就是出现故障。当本应发挥效能的设备无法工作，你就会看到每个人都在偷着乐。穆斯塔法明知店铺开门前会需要很多白糖，却经常忘了要提前一天买足量，那并非因为他生性轻率，或是只留意眼前之事，而是因为他有意不愿引起真主的注意，以免真主觉得他自以为能活到第二天而降以惩罚。就他所知，上天会另有安排，而自以为是的表现则会招来灾难，即便心里笃定，也不能真的付诸行动。

很多摩洛哥人都只凭事物的当下状态进行判断，就当大限随时将至。他们刚刚开始领悟到，他们的世界和外面的世界之间的差异，并非类别不同，而只关乎时间。这个发现十分危险，因为他们会加紧赶超，由此忽视很多关键的事情。若是差异只关乎品位，一切无事，无非目标不同的两个并存世界。可现在他们又决定与我们同路了，便惊讶地发现自己远远落后。他们既不知道我们要走向哪里，也不知道我们为何要去那里，只是决心与我们同行，以为只要忽略两种不同文化的历史差距，就能走到一起。可光靠决心是不够的。对普通的摩洛哥人来说，"西方现代民主"只是空泛的单词。在这里，到处能听到人们提及1954年基本路线：都怪美国。假如摩洛哥人死在印度支那，假如雨水太多或太少，假如失业了，假如妻子病了而青霉素又很贵，或者假如法国人还留在摩洛哥，那一切都得怪美国。美国要是有心，就能改变一切，可它偏偏啥都不干，就因为它不喜欢穆斯林。

迄今，法国区日益严峻的抗议形势并未直接波及丹吉尔。那里还出了几桩杀人案，不过据悉只有警方和当地人将此事告知了法国人，也没人把不长眼的炸弹丢入卡萨布兰卡的日常生活中。不过正如穆斯林所言："科斯塔着火，这里就会觉着热。"此时，非官方的人们正齐心协力制止当地老百姓抽烟,因为烟草是法国人带来的,此举效果斐然。一旦看到有人抽烟,就会有几个或一群人走上去,礼貌地询问他有何宗教信仰。如果他回答是"伊斯兰教",这些人就会指责他,请他立即戒烟。这是一种警告。一旦他再度被发现抽烟,很可能就会被揍得鼻青脸肿。这样麻烦就来了,因为他若是报警,就会面临更严重甚至致命的打击。不过,如果他不报警,又被警察发现了,那他肯定会被当作支持民族主义的嫌疑犯而坐牢。陷入这样的小小冲突真是身不由己。

尽管事态发展令人忧心忡忡,城市却依然亲切友好,令人很难对形势严肃正视。"没准儿我们都在睡着时被人杀了呢。"人们笑着这么说,也没人会当真。

收音机里不时传来慵懒挑逗的阿拉伯语小调,传播着可疑的政治意图。为了更显时髦,他们还加了脍炙人口的法文副歌:

> 有个玩意儿真奇怪,
> 名字叫作原子弹,
> 美国把它扔过来,
> 挡在街头拦车马,
> 管它叫作和平弹!

往昔之窗

原载于《假日》（1955年1月）

1955年7月下旬的一天，一个小伙子腋下夹着一本平装书，走出塞维利亚的西班牙长枪党[1]大厦，拐入西尔皮斯街的阴影处，在街道上高高撑起的帆布篷下径直走着，走进科拉雷斯饭店。一进去，他就点了安达卢西亚凉菜汤，一种世间最好的冷汤，而后打开书，这本书是他半小时前刚买的。他用涂黄油的餐刀割开书页。书的封皮上印着"西班牙浪人吟"，尽管他很了解加西亚·洛尔卡[2]是何许人也，大学时也读过此人的两个剧本，但他在开卷时还是格外兴奋，第一次看到诗行整齐的西班牙诗歌，抑制不住激动的心情。他聚精会神地读着，餐厅窗户对着后街，窗外有个吉卜赛姑娘盯着他看，朝他嘘了三次，他才注意到。姑娘棕色瘦削的手从窗格子里塞进来，手上拿着一盒波迈烟。他当然会朝着姑娘微微一笑，举了举自己那盒切斯菲尔德烟，视线又回到了书上。

---

[1] La Falange Espaola，佛朗哥统治下的西班牙法西斯政党。
[2] Garcia Lorca（1898—1936），西班牙著名诗人、剧作家、戏剧导演，《西班牙浪人吟》（*Romancero Gitano*，又译为《吉卜赛之歌》）是其主要诗集之一，出版于1928年。

小伙子正在做一件至关重要的事，他并不是在读书，因为书上的文字他只能懂大概一半。他脑海里充满了各种画面，都是前几天他目睹的：大教堂里金灿灿的巨型雕塑画，吉拉尔达钟楼上凭栏望见的天井里的橘树，特里亚纳河对岸小咖啡馆里跳舞的吉卜赛人，阿尔卡萨尔城堡后花园里的绿荫。这本书无非是一个入口，是催化剂，可它就像占卜师的水晶球，能让人集中注意力，引发一种近乎着迷的状态，他需要这种状态来让自己感觉正置身于当地的文化生活。他想了解这个遍地花园、阳光炙热、奇异而平坦的城市，让它成为自己的一部分，将他带回美国。这地方也许是塞维利亚，也许是佛罗伦萨或洛桑或基拉尼或阿维尼翁，或是美国人能涉足的欧洲上千城市中的任何一个，然而渴望与感受却是相同的。这个美国人会不断寻找，要抓住自己想要的东西，回国时他就能带着这种无形的战利品，这比任何其他东西都更值得珍惜。

美国人正在为整个世界引领20世纪的时尚。无论如何，至今我们确实不负所望，美国人现在很习惯于把自己视为领袖。不过，在文化方面，我们经常发现自己仍然会望向大西洋彼岸，期待获得指点。我承认，把这种回望仅仅归因于审美上的势利，某种程度上也说得过去，但原因并不完全如此。为何欧洲对我们依然至关重要，这里有更深层次的原因。

我认为，真正阻挡我们自身文化彻底而无阻碍地繁荣发展的，正是技术本身。我们急于弄明白自己是怎么忘掉这一点的，但我们先得明白被忘掉的到底是什么。我们日益意识到，过于强调技术会对艺术造成一种不良的后果。我们在无意识中或其他心态下，想要更好的东西，我们感到不安，开始怀疑自己是否失去了塑造文化时尚的某些核心元素。否则我们为什么依然对欧洲如此着迷，一方面对她的古老毫无疑问地略带轻蔑，但同时又被吸引过去对她进行探索，一年又一年、一代又一代，人数越来越多。除非本能告诉我们，我们会在刚走出不久的那段清晰可见的历史部落遗迹中发现自己想要的东西。

对一些人来说，这种探索会把他们引向特定的博物馆、大教堂和节庆典仪，这些都是欧洲文化明白无误的证据。不久前，我前往罗马的卡拉卡拉大浴场观看歌剧《托斯卡》。皓月当空，现场有一万观众，演出和制作均属顶级，不用麦克风。与此同时，还有另一个年度歌剧季也在进行中，就在维罗纳巨大的罗马剧场，等歌剧季接近尾声时，第十四届国际电影节就按计划在威尼斯开启。意大利的游客，或者说欧洲任何一地的游客，必然会发现诸多安排有序的文化活动。他可以按照自己的兴趣安排行程，参加斯特拉福镇的莎士比亚戏剧节、哥本哈根的皇家丹麦芭蕾舞节，或在瑞典哥特兰岛上观看神迹剧《来自丹麦的彼得》；还有数不尽的音乐节，有的专门纪念某个作曲家的作品（如赫尔辛基的西贝柳斯音乐节、拜罗伊特的瓦格纳音乐节等），有的更加综合一些（如萨尔兹堡、斯特拉斯堡、格拉纳达音乐节等），还有的更加细化（如在萨里郡黑斯尔米尔的早期英国音乐节、比利时布鲁日的钟乐器音乐会等）。欧洲到处都是这样的盛典，尤其是在夏季。

这当然很棒。可是我相信，美国人想要寻找的，觉得最重要、因而也最想带回来的，是一种包罗万象的东西。我可以称它为童年时代，即个人的童年时代，它与我们文化的童年时代有着某种联系。我们绝大多数人或多或少都是被移植的欧洲人。从文化上说，我们在美洲的短暂时期和在欧洲的漫长岁月不可同日而语，而我们似乎遗忘了这一真正的往昔，脱离了传统的精神土壤，而文化之根是必须根植在那片土壤中的。

我们的工具文明貌似和往昔脱钩。它不是任何深层神话的延续或产物，无论思维的理性部分如何赞同这样的文明，思维的另一部分，即真正决定而非诠释喜好的那部分，却对此文明十分不满。我们渴望的是体验灿烂，个人在靠近这灿烂时会心无芥蒂地感到自己就是历史进程的一部分，哪怕再是渺小，依然不可或缺。如果我们不带任何先入为主的、关于欧洲"文化"如何形成的想法，只需心怀些许的谦卑、些许的想象，欧洲就会把失落的童年交还给我们，那个我们从未经历的童年，它如此具有召唤力，能让我们在时间和空间中好好定位自我。这是第一步，也是必不可少的一步，我们由此通往领悟之路，明白在自己眼里，在世人眼里，我们究竟是怎样的。

文化在本质上意味着从过去汲取意义，并将其赋予当下。个人文化就是其记忆的总和，它并不是触手可及的事实、名号、日期的叠加，而是一切所思所感的汇总，即知识的总和。

假如我此时面临着选择，要决定究竟是去看马戏还是去教堂，去咖啡馆还是去看公众纪念碑，去嘉年华还是去博物馆，恐怕我多半会选择去看马戏、去咖啡馆和嘉年华，而其他需要努力的选择就得看心情了。坦白说，我觉得自己并非当今所说的注重文化之人。这或许是因为在我看来，任何时刻，某地的文化就是居住其中的人和其中的生活，而不是人们从先辈那里继承的遗产。他们或许从遗产中受益，或许并没有。受益当然更好，可不管怎样，他们的文化是由他们自己而不是他们的历史来展现的。

我十几岁和二十几岁时，长期旅居欧洲，旅居在这里指的是不断变动方位，常常每天都在旅行，整年如此，我当时热衷于这样的生活，现在回想起来都很难让人理解。我像大多数在欧洲的美国人一样，随性自由，样样通吃。我徜徉了几百处博物馆、小教堂、画廊、大教堂、公园、遗址，还有墓地，这一切令我赏心悦目的、所谓文化的实物证据依然可寻。然而，或许因为我当时年轻，对这些东西懵懂无知，相较于那些特殊场所的氛围，文化物件自身给我的印象并不深。我每次步入文化圣殿，立刻会感到自己完全脱离了生活，走出了现实世界。有这样的态度，无怪乎我很难记得在这些幽暗之地究竟见证了什么，它们在我记忆里变成了总体感受中的一种氛围，这一总体中的亮点无疑是街道、咖啡馆、火车站、剧院、乡村广场、市场、农村风光等。

可是，无论我是否理解或欣赏，这些幽暗之地依然在我的脑海里。它们是我欧洲记忆中幽深、神秘的核心，正是这一难以名状的核心（也许恰恰是因为它的神秘）此时赋予我的记忆以意义和方向。

人的思想有一种怪异的倾向，它会从几百万的素材中选择少数细节，作为经历向我们展现，好像在对我们说："只有这些值得留存，这些毫无关联的记忆。其他的我都删除了。"于是，就因为弥足珍贵，这些历历在目的回忆必然越发熠熠生辉，光芒甚于日月，有了自足的生命，而这些不合逻辑的小片断自身就成了象征，烙印在我们的记忆中。

因此，为了参加音乐节在慕尼黑逗留的那一周，最终蜕变为伊萨尔河的乳白色波光，呛人的焦味可乐气味，以及让我沉迷不已的德意志博物馆，我宁愿在它的地下室里吃一顿阴森的午餐，也不愿走出博物馆去好好吃一顿再返回。（这里补充一点，这家博物馆到处是一碰按钮就能启动的自动装置。）还有，冬日的阿尔卑斯山会蜕化出融雪和谷仓的混合气味；春天的阿尔卑斯山则变成了路边的风信子和冰凌，而夜晚在乡村旅舍的留宿伴着瀑布的水声；夏日的阿尔卑斯山变成缆车索道、一丛丛在山间采摘的薰衣草，还有在寂静、灼热的阳光下嘎吱作响的冰川凉气。关于海德堡，我唯一能记起的就是夜里独自在城堡逡行，受到惊扰的蝙蝠擦身而过，差点撞断我的脖子，还有耶稣升天节的早晨，我坐在坡上观看两群不同种的蚂蚁斗争，教堂钟声正在敲响。关于萨尔茨堡，则是山上的城堡慢慢褪去迷雾的晨衣。至于威尼斯，那里的生活其实令人略感不安，你觉得自己仿佛是画中人，这恰恰是因为这幅画并没有你想象中的那么令人激动。还有柏林，夏日夜晚很短暂。在六月你可以去古老的克洛尔歌剧院观看《诸神的黄昏》，走出剧院时西边的天空还是亮的。接着你会在咖啡馆里坐上一小时，等到回家时，天已破晓，麻雀啁啾。说到圣米歇尔山，除了煎鸡蛋卷，还有导游讲述的关于中世纪士绅的不幸遭遇，讲故事的导游正拉着他那群游客穿过一处极为幽暗的地下城："他们就这样被扔在那里，一个一个喂了老——老——鼠！"

在艺术方面，几乎每个法国人都有不会出差错的品位和感悟力：不幸的是，这根本就是夸大其词。一年冬天，我住在巴黎伏尔泰街的一个宽敞的工作室里。我小心翼翼、还有点得意地往墙上挂了米罗的三个巨型"构造"作品，是由木头、石膏和绳索做成。当时房间里只有这三件艺术品，有天夜里我返回工作室时，发现它们不见了，很是震惊。我冲到楼下问门房，当时她正和姐姐一起打扫公寓，我告诉她米罗的作品不见了，并问她离此地最近的警署在哪里。她看上去很困惑。"先生，您工作室里没什么艺术品啊。"她说。我形容了一番。"哦！"她笑了，"就是您钉在墙上的旧木头啊，我把它们和木柴一起丢进地窖了。我以为先生您会很乐意丢掉它们呢，太占地方了。"

我不得不将那三件构造作品拿回画廊修补,还被告知得等大师从巴塞罗那回来后才能修复。

有一年春天,威斯特伐利亚的一个温泉疗养地办了一次音乐节。我至今还记得此事,也许是因为这个音乐节要求人们全神贯注地参与,而我又没有这方面的能力。由于自觉能力不足,就对某件事情印象深刻,这是很常见的。当时樱桃树上花朵盛开,绿草茵茵,走在嘎吱作响的砾石路上,头顶的菩提树被精心修剪,小径始终在绿荫中延伸。空气馥郁芬芳,小镇和周围的乡村都沐浴在洁净无尘的清澈氛围里。

头一晚我出师未捷,和旅馆的店主起了争执。在登记时,我在国籍一栏填了"美国",在职业一栏写的是"作曲家"。半小时后走过柜台,我恰好又看到登记簿,发现店主在"作曲家"前面莫名其妙地加了一个词——"爵士乐"。到了一定的年纪,这种事情就成了对个人尊严的严重冒犯,于是我立即将"爵士乐"划掉。可倒霉的是,这事被店主看到了,他赶紧走上前,说一旦当局知悉了登记簿上的信息,就不能再对此加以修改了。"警方禁止的!"他喊道。这就引发了关于我职业的争论,他大声地坚持说他对我到底是干什么的毫无兴趣。美国作曲家就是爵士乐作曲家(他说成了"嚼士乐"),没啥好啰唆的。我马上心头火起,这种情况下很容易发脾气,我把对他的恼火转移到了音乐节上。次日上午,我决定搬离此地,挑了一家有漂亮花园的旅店住下。那地方住满了音乐家。从我入住那一刻开始直到三天后我离开前往汉诺威,这期间在纯然关于音乐的源源不断的谈话中,唯有语言障碍才造成了一点空歇,否则谈话就全是施纳贝尔、欣德米特、吉泽金、西盖蒂、巴托克、富特文格勒[1]，节奏、合唱、即兴演奏，还有那怪异、词尾屈折的、停顿晦涩的语言，只有音乐家才能听懂，他们就用这些语言来表述各自的主题："啪啪啪啪，锵锵锵啊锵噗，啪啪啪啪，砰！"

我一开始就断定自己无法融入。我这是干吗，一个美国青年，单枪匹马地大老远赶来加入这神圣的朝觐吗？我父母又在哪里呢？我为什么没在学校学习呢？男人们对此已经有点过于投入，而女人们的投入更让人觉得可怕。

到了下午，我们就坐在沿主街林荫深处的咖啡馆里，喝着啤酒，吃着浇了鲜奶油的冰激凌。夜晚当然是去音乐厅，每个懂点配乐和乐谱的人都会认真对着曲谱听。接下来就是真正有趣的时刻，听众回到咖啡馆，和演奏者作曲家一起，畅所欲言发表着各种观点和感受。不过，当大家最终都上床睡下，乡村的夜晚万籁俱寂。到了清晨，炊烟升起，弥漫在空气中。

既然我不依不饶地和其他人展开了论战，我觉得就应该义不容辞地坚持到底，坚定认为冗长的现代乐音乐会总体是乏味的，还有此后的研讨会，以及进餐时无休止的讨论。不过星期天清晨依然明媚美好，我得在上午十点钟举行的关于当代捷克艺术歌曲的专题座谈会和惬意地漫步穿过果园上山俯瞰小镇与山谷之间做出选择。我能预见，那个幽暗的会堂里必然会充满令人哀伤的、不和谐的声音，于是选择

---

[1] Artur Schnabel（1882—1951），奥地利钢琴家、作曲家；Paul Hindemith（1895—1963），德国作曲家、中提琴家、指挥家；Walter Gieseking（1895—1956），出生于法国的德国钢琴家、作曲家；Joseph Szigeti（1892—1973），美国小提琴家，原国籍匈牙利；Bela Bartok（1881—1945），出生于匈牙利，20世纪最重要的作曲家之一；Wilhelm Furtwangler（1886—1954），德国著名作曲家、指挥家，曾两度担任柏林交响乐团首席指挥。

了漫步。即便如此,我和音乐未曾分离。鸟鸣和村庄教堂的钟声,让我感受了一场更为情景交融的音乐会。

我较晚才回去吃早午饭,遭了不少白眼,被指责吊儿郎当。此后还有人心思独特,将我这一貌似浮躁的个性归于国民性,众人立即表示赞同。假如一个人不善严肃正经,这本质的缺陷会让人们对他心生惋惜而非责备。惋惜的情绪会让大家感到欣慰,于是我发现自己又被人们豁达以待了。我就这么忍着,直到次日清晨悄悄溜到车站,赶上了头班火车离开。这就是我还能记起的一次音乐节的终曲。

我第一次去普拉多博物馆是二十二年前,11月的某个午后,下着雨。当时我从马拉喀什经马德里前往巴黎,随同的是阿卜杜卡迪尔,他是一个十五岁的摩洛哥土著男孩,被我带往伏尔泰街,去我朋友的住所学做管家事务。年少的阿卜杜卡迪尔之前还没什么机会了解欧洲和欧洲文化,他还从没见识或听说过绘画。

我俩第一次意见不一发生在看一幅格列柯[1]的大幅油画作品时。看了不一会儿,阿卜杜卡迪尔就说:"它坏掉了。"

"坏掉了?你指的是什么?"我问。

"它粘住了,不动了。"

我耐心解释,说这不是电影,然后我们走进一间屋子,里面都是博斯的画,西班牙人喜欢称他为博斯科[2]。那些画大多是这位佛兰德大师关于惩戒、厄运、毁灭主题的个人描绘。我们在《圣安东尼的诱惑》前停下来,那幅画将最邪恶的小恶魔们描绘得淋漓尽致,无以复

---

1 El Greco(1541—1614),西班牙画家,原国籍希腊。
2 Hieronymus Bosch(1450—1516),荷兰画家,早期荷兰画派的重要代表人物,其作品大多收藏于荷兰、奥地利和西班牙。"El Bosco"是西班牙人对他的称呼。

加。阿卜杜卡迪尔无须基督教教义作为前提，就能看懂充满画布的那些扭曲狰狞的魔鬼的本质。于是他流露出惊慌的神情。

"这不是电影吧？"他轻声问，我再次向他保证，说不是的。

"可是，"他继续说着，声音高了起来，更尖厉了，"那是真的火焰和鲜血，是真的魔鬼啊，你看哪！"

我们赶紧走进另一个展厅，那里的画作是宁静的佛兰德室内画和风景画。他释然地叹了口气："啊，别，朋友，我不想待在这里看这些东西了，它们太糟糕了。西班牙人真是疯狂，把这些东西拿出来。"

到了下午，他胆子多少大了一些，我想他大概会为自己之前的反应感到羞愧难当吧。他一度靠近一幅尤为栩栩如生的耶稣受难画，用食指试探性地摸了摸，想让我注意到他的壮举。"瞧！血没有流下来！是干的。"这一尝试鼓舞他继续进行冒险，开始在画作之间窜来窜去，摸摸皮肉、树干、骨头、云朵和水流，直到被警卫看见，对他做出了严厉指责。

"住手，禁止触摸。"警卫语气凝重，在肇事者面前来回摇摆着食指。

"他在说啥？"阿布杜卡迪尔问。于是我告诉他，并解释说画不能触碰，否则会弄坏的。

"可是所有人都死了，还干了呢，"他不以为然地说，"怎么会弄坏他们呢？西班牙人真是疯了。"

类似的事情最近也发生过。我的一位摩尔人司机，第一次离开家乡摩洛哥，开车送我去科尔多瓦大教堂。当我们靠近那座巍峨的、纯乎东方的建筑时，他满意地感叹道："嗯，这是我们的。"我真不该回应说"是啊"，因为他把我的首肯理解为这座建筑就是一座清真寺。结果，无论是看到广阔的庭院，还是走入教堂内部，这错觉一直挥之不去。走进教堂后，他就像所有恭良的伊斯兰教徒，径直去找水。没等我明白过来，他已经驻足在圣水泉旁，卷起了袖子，把脸埋在水里，然后咕噜噜地漱口、吐水、拍打和擦洗，就像一千年前此地的祈祷仪式。幸好当时教堂这个位置很幽暗，下午时分少有人去，因此趁着还没人听见和看见，我就让他打住了。否则我们俩都得被送警局。看到他这无知的亵渎之举，科尔多瓦很少有市民会轻饶的。

我如此耽于渲染西班牙，是因为我认为，西班牙是美国人在欧洲最有收获之地。鉴于这只是个人想法，而非经得起证实的论点，我只能依赖个人对这卓越美景的体验，以此加强我的观点。这是一个能"融入"的平易国度，这里的人们热情好客。同样重要的是，他们对自己的西班牙文化有着格外清醒的认识，并十分自豪。从视觉上看，它是西欧最戏剧化的国度，你始终能轻而易举地捕捉到并记住各种强烈反差，西班牙几乎在方方面面都具有矛盾特色。它风景中最关键而独特的元素，就是给人在荒芜中极具丰富的印象，它的建筑是东西方在比例和形态理念上的冲突，国民从整体上看贫富反差巨大，由于西班牙民族自辉煌时期到当下的历史中，经济和社会结构变化相对较少，所以至今该国依然有强烈的历史色彩。你只需离开主路驶入山区，就能置身于精神特质尚未被机器时代干扰的国度。

我自小就喜欢曼努埃尔·德·法雅（Manuel de Falla）的音乐，他是近代西班牙伟大的作曲家。所以我第二次去西班牙时（自那以后我又游历该国十七次，每次都收获满满），决定至少去亲眼见一下他。在加的斯（Cádiz）我已经参观过他出生的故居。他就应该选择格拉纳达作为故乡，那是一幢很小的房屋，有一个阴暗的花园，就在被阳光暴晒的阿尔罕布拉山坡上，那里都能听到夏宫喷泉的水声，而跨过狭窄的山谷就是萨克罗蒙特[1]，他可以每日去山上聆听吉卜赛人演奏华美的音乐。我的确亲眼见过他，见过好几次，那穿着黑衣的瘦小身影，急匆匆地在村里狭窄的后巷走着，头顶是高大的树木，他是去参加正午的弥撒。当地人会心怀敬意地指着他，告诉我："大师来了。"一天，我下决心去拜访了他。他和他姐姐住在一起，两人都很严肃而好客。我们在狭小的露台上坐了很久，吃着水果，谈论音乐。傍晚前离开时我答应会再去拜访，可我还是食言了。

在埃尔切（Elche），棕榈树林宛若撒哈拉的绿洲，那里一家旅店老板莫名其妙的举止，刷新了我的认知下限。我结完账，给了行李生小费后离店，只听店主人冲上街，手里举着那根长长的黑色马海毛掸子，追在马车后面跑，不一会儿差点赶上马车了，边跑边可怜巴巴地朝我喊："也给我点小费吧，先生！"

关于巴塞罗那，我还记得那昏暗的大教堂，还有高迪[2]在格拉西亚大道设计的蘑菇公寓楼，圣家堂那不可思议的外观，以及美丽的黑色和金色相间的伯利恒圣母小教堂内部（唉，墨索里尼的炸弹让它失去了昔日的绝色）。我记得所有这一切，真的，不过最历历在目的是一个小广场。一个炎热的下午，我跌跌撞撞走进广场，看到五十来个面色凝重的人围成一圈，在刺耳的短笛和双管笛声中，跳着一种庄严的萨达纳舞；记忆犹新的还有乘坐摇晃的缆车，它高高悬挂在海港上，身下的水面蔓延开去，缆车开往蒙特伊克，我是去那里吃午餐；还有暮光中提比达波山（Tibidabo）上的集市，伴着傻乎乎的音乐，城市的万家灯火自东面一盏盏亮起，而西面松柏覆盖的山坡渐渐褪去了绿

1　Sacro Monte，西班牙安达卢西亚地区格拉纳达市的一个传统街区，该地的吉卜赛人居住在山坡上的洞穴中。
2　Antoni Gaudi（1852—1926），西班牙著名建筑师。

色，沉入寂静和幽暗中。

至于纯粹的体验，如同音乐般明净的，则是某个夜晚，我发现一扇小门，有人疏忽大意忘记关了，就在阿尔罕布拉宫旁一个菜园的西墙。当时满月当空，四下无人。我走进门去，见菜园通向正式的花园和露台，一直到宫殿。两姐妹大殿里喷泉的水汩汩地流进盆中，奇妙的是，水声格外响亮，淌下来的水滴和上面暗处的水流共鸣着。桃金娘庭院幽深处，小青蛙在欢快地呱呱叫。我下了楼，踮脚沿着炙热的长廊走，停下来倾听宫殿地面到处传来的流水声。到了使节厅，我倚在窗边，听到从下面幽暗的阿尔拜辛区某处传来一阵孤单的歌声，那是一首歌的片段："你在说着我爱——你。"这西班牙人也许是对着整个被征服的摩尔民族在歌唱吧。我之前曾去过阿尔罕布拉宫，后来也去了很多次，可是那个夜晚的两小时，与所有其他的在那里的参观感受都不一样。它们截然不同，完全不属一类，计量单位也不一样。

塞维利亚的一半居民正在酣睡。几道阳光透过遮阳棚洒进西尔皮斯街，颜色从正午的黄色渐变为下午三点左右的金色。吃完一顿漫长而厚重的午餐后，美国小伙子有点瞌睡，他起身上街，胳膊肘里又夹了本书，脑子里有了模模糊糊的打算，想要去圣十字街逛逛。到底去不去，这得看他意志力够不够强，因为他脑海里又浮现了另一个画面：那是关上了百叶窗的宾馆房间，光线幽暗，床铺清凉。小睡片刻一定很惬意。没错，睡个午觉。他会把一切带回美国，一样都不落下。每一个睁着眼、开动脑筋的时刻都会让他在了解世界的征途上更进一步，而这，确实是我们能够发现的、对文化最真实的丈量。

土耳其之旅

原载于《假日》（1955年5月）；《绿首蓝手》（1963年）

土耳其海轮M/S塔索斯号，1953年9月25日

当我宣布打算带着阿卜德斯拉姆一起前往伊斯坦布尔时，朋友们一致质疑：比他更聪明的大有人在，干吗非带着他去土耳其呢？我也不知道。他也许会成为累赘，可是我指望他最终是一把万能钥匙。他懂得如何与穆斯林打交道，可以凭着本能拿捏好得体和礼节。他能靠直觉判断局势，同时善于沟通、畅所欲言。他善于撒谎，连他自己都信以为真。在讨价还价上，他更是行家里手，要是没砍成价就付了钱，那简直是对他的侮辱。他目不识丁，完全是文盲，可是他即便心知肚明，也毫不在乎，因为他毫无半点对法律的敬畏心。如果你指出这个不能做那个不能做，他会不以为然：" 啊！就是空气法令！"在涉险钻空子上他显然远胜于我。不幸的是，我能读会写却不善谎言，也不会讨价还价，宁愿麻烦也不敢越雷池一步。不管怎样，木已成舟，阿卜德斯拉姆已经上船了。

我与土耳其的第一次亲密接触来自今天下午的茶歇时间，当时船正驶离那不勒斯湾。乐队演奏着一支探戈舞曲，几番重奏后，终于听出曲名就是《印度之爱的呼唤》。卡普里岛的悬崖峭壁在夕阳余晖中显现，我瞥了一眼正要入口的饼干，停下手细细端详。它就是普通的竹芋粉做的小茶点，上面浮印着"hayd park"字样。我寻思着这词的意思，回想起朋友们曾对我说过的一场滑稽浩劫，它最终导致土耳其人用音标来标示外来词语。这些变形的词汇看起来就像乱码，除非你大声读出来，它们才会自行重塑为明白易懂的英语、法语，有时甚至是阿拉伯语。Skoç tuid 貌似古怪，读着读着突然就变成了 Scotch Tweed（苏格兰粗花呢）；tualet, trençkot, ototeknik, 还有 seksoloji[1]，都一样，你盯着一直看就会慢慢明白。合成拼字法会不断在字形上提醒人们，土耳其有着达成"现代化"的决定。

塔拉布亚，博斯普鲁斯海峡

今天下午风很大，天气寒冷。狭小的马尔马拉海上波涛汹涌，浪尖泛着白沫，四下一片幽暗。在地中海航行的三天中，此时的船颠簸得格外厉害。若说第一眼看到的伊斯坦布尔令人印象深刻，那是因为当时彩虹横亘在铅灰的长天，划出完美的弧线，让人忽略了沿着西海岸的那一整排阴郁的工厂烟囱。在港口来回晃荡了一个小时后，我们靠岸边很近了，足以看到幽黑的针尖状的尖塔群（真是数不胜数

---

[1] 分别是 toilet（厕所）、trench coat（风衣）、auto-technic（汽车技术）、sexology（性学）这几个英文单词的变形。

啊！）映衬着燃烧般的夕阳余晖。这是诗意的序幕，就像大多数书籍的序言，它与此后的内容没多少关联。在众多形容词中，你绝不能用"诗意"来描述上岸的情形。码头一片节庆氛围，仿佛一家高雅的水岸餐厅，或是某一个大型的拉丁美洲机场，灯火璀璨，遮阳篷在风中摇摆，甲板上簇拥着高声呼喊的人群。

半个钟头的时间里，海关就是混乱的缩影，最后总算派来了一位检察员，我们有幸在通过时无须打开任何行李。出租车停在一片巨大水洼另一侧的黑暗尽头，因为刚下过雨。我选择住伊斯坦布尔市区的，而不是贝伊奥卢区的宾馆，穿过金角湾就到。可是出租车司机和前排座的同伴不肯去那里。"只去贝伊奥卢。"他们坚持道。我知道行情，坚持己见。我们很快汇入车流，经过加拉塔大桥，朝着我想去的宾馆进发。倒霉的是，我忘了在意大利时各位朋友的建议，没有预订房间。房间客满。于是我们在伊斯坦布尔一家家地找宾馆，再过桥上山，去了贝伊奥卢区的所有宾馆。没房间，没房间。这里有三个在建的国际公约区，此外，现在又是土耳其的假期，到处都客满。连我们刚离开的塔索斯海轮都客满了，包括港口的另一艘船，今晚也被用来当宾馆。到了十点半，我只好接受建议，坐车前往博斯普鲁斯海峡二十五公里外的宾馆，他们在电话中保证有空房。

"您要带浴室的房间吗？"他们问。

我说是的。

"那我们没有。"他们告诉我。

"那就不带浴室的吧。"

"还剩一间。"就这样吧。

一旦离开城市，沿着幽暗的公路行驶，阿卜德斯拉姆就开始不停地盘问前排的两个土耳其人。显然阿卜德斯拉姆觉得这两人不像地道的穆斯林,一上来就考问他们的《古兰经》知识。我以为他们应对得还算自如,可是阿卜德斯拉姆一脸鄙视。"他们啥都不懂,"他用马格里布语[1]说道,接着又用英语问,"你们一天祈祷几次?"

那两人笑了起来。

"人们可以在清真寺里睡觉吗?"他继续道。司机忙着在窄路上转弯,同伴则操着一口纯个人的奇怪英语替他回答。"甭睡清真寺,好多人都有自个儿的家。"他解释着。

"你们有罪吗?"阿卜德斯拉姆追着问,拼命想从这些外国人的行为举止上抠出点缺陷来。

对方耸耸肩。

阿卜德斯拉姆严肃地高声说道:"你们这里人们不开心,不像埃及。埃及有好政府。"

那家伙火了。"人人都开心,"他反对道,"在宗教上埃及也开心。可埃及人有时会打埃及人。我问他们路,他们对我说要做善事[2]。如果你在伊斯坦布尔问,说你一定去哪里,人家就会带你去,可是他不要你做善事。过去,少数人在上边,多数人在下边。现在,你拿你的钱,我拿我的钱。以前,你拿我的钱,你就有钱。以前,土耳其和埃及一样有法鲁克[3]。"话说到这里,他打住了,可阿卜德斯拉姆丝毫没听进去。

"埃及是很好的国家。"他反驳道,直到抵达目的地,都没人接茬。到了宾馆,司机的同伴开始描述起西方现代民主这一"迷人的"

---

[1] 原文为"Moghrebi",即马格里布地区的阿拉伯语,与标准阿拉伯语有一定差异。马格里布地区原指埃及以西的整个北非地区,后专指突尼斯、阿尔及利亚和摩洛哥三国。
[2] Bakhshish,该词源于波斯语,有"施舍""行善"等意,也可指小费。
[3] Farouk,早期伊斯兰教信徒的领袖,现为普通阿拉伯人的姓氏。

新理念。自打谈话一开始,我就拿出笔记本,在黑暗中跟着他的语速飞快记录着。他们表达着未受教育的普通土耳其人对新概念的看法。直到1950年才第一次有了真正的民主选举。(此后还有过吗?)对阿卜德斯拉姆来说,他有着传统的穆斯林思想,西方现代民主这概念毫无意义,你不可能让他明白,他不会听的。

宾馆建在博斯普鲁斯海峡的山坳边,像一只巨大的木盒子。大堂里宏伟的楼梯向上伸展,楼梯两侧栏杆的底部分别站立着两个真人大小的女人像,人像都是铅做的,外面涂着白色珐琅,看上去几乎是大理石像。餐厅的装饰更加现代一些,有20世纪初的风格。从高大的壁画似乎能看出画家研究过同时代的蒙维尔[1]的画风,画中的女性脖颈纤长,腰节较低,头戴钟形帽,身穿及踝长裙,应该是在博斯普鲁斯海滨野餐。

在餐厅吃晚餐的只有我们,因为快半夜了。阿卜德斯拉姆抓住时机激情满满地高谈阔论起来(半是马格里布语半是标准的阿拉伯语,还夹杂点英语),结果吃到最后一共上来了十四名服务生和传菜员,他们都挤在餐桌旁倾听。这时有人提议让主厨过来,于是主厨汗津津地笑着上来了。主厨之所以被叫来是因为他比其他人更能讲阿拉伯语,这里的人都说得不太好。"是老派穆斯林。"领班解释道。阿卜德斯拉姆立即要他背出伊斯兰教的信仰宣言,他轻松应对,一字字地随着阿卜德斯拉姆诵念起来:"Achhaddouanlaillahainallah..."小伙子们露出一脸崇拜的表情,见主厨得到尊贵的外国客人的认可,开心极了,尽管自己并没有主厨的功力。很快,宾馆经理也过来了,想必是来餐厅一探究竟的,毕竟这么晚了。阿卜德斯拉姆要来账单,看

---

[1] Louis-Maurice Boutet de Monvel(1851—1913),法国画家和插图大师。

到上面写着罗马文字，马上抱怨起来。"拿阿拉伯语的来！"他的口气像是在下命令。"您是穆斯林？那就上阿拉伯语账单。"经理抱歉地解释说阿拉伯语"很危险"，之前就有人因此入狱。为了说得更明白些，他又补充说，谁要是让老婆蒙面纱，也得入狱。"不能太过穆斯林。"他解释说。阿卜德斯拉姆听不下去了。"我就非常非常穆斯林。"他宣称。然后我们走出了餐厅。

大床离地面很高，又没有足够的被褥，我只好把大衣加盖在身上。天很冷，应该把窗户关上的，可屋角边用矮木板隔开的洗手间兼淋浴室散发出一股混合臭味，气味太浓，根本不能关窗。来自黑海的风从房间低拂而过，吹了一整夜。上床后不久，大家安静下来，很久没人说话，正当我以为阿卜德斯拉姆已经睡着时，他发话了："那个穆斯塔法·凯末尔[1]坏透了！他丢尽了祖国的脸。真是狗娘养的！"由于那时候我正在写东西，而且也不确定自己在这场哲学冲突中该持怎样的立场，我只好说："你说得对。愿真主保佑你平安。[2]"

西鲁克兹，9月29日

我们住在伊斯坦布尔境内的西鲁克兹，就是我最初想要的那家宾馆。窗外就是出租车站点。从清晨开始嘈杂声不断，人们大声喊叫，摁着喇叭，拼命不让刚来的出租车挤到排长队的车流前头。城市到处

---

[1] Mustafa Kemal Atatürk（1881—1938），土耳其首任总统，1934年被授予"阿塔图尔克"（意为"土耳其之父"）为姓。
[2] 原文为"Allah imsik bekhir"，阿拉伯语表达，通常用作晚上告别时的祝福语，类似于"晚安"。

禁止鸣喇叭，在这里却不管用了。不停有尖厉的吵架声，人人都参与其中。伊斯坦布尔的出租司机就像一个与众不同的族群，是唯一能有组织地从外国游客身上获利的人。在船上、餐厅、咖啡馆，外来客和本地居民的价格是一样的。（集市的买卖自然是一种讨价还价的争论，这没啥好解释的。）不过出租司机可以更活络些，因为从形式上说，他们的交通工具安装着里程表，但在使用方式上他们可以做到让不打表更显便利。你刚坐进车，里程表显示17里拉30库鲁，于是你让司机把表归零重新开始，他笑笑但什么都没做，等你下车，表上显示18里拉80库鲁。你便把差价给了司机，即1里拉50库鲁。不行的！他会要2.5里拉或3.5里拉，或者更多，反正绝不会接受所谓公平的里程表差价。因为大多数游客会支付所要求的价格后走人，司机根本不跟你争论，你要是顶真，他很可能大发脾气。乘出租车也有事先讲好按打表价格付费的，但那样的话司机就会慢慢开车，尽可能绕路，在目的地附近大声叫唤，街上谁都听得见，以此多赚些钱。除非你事先声明过，否则他会让其他人拼进来，一直挤到透不过气。

　　街道狭窄弯曲，地势常常很陡峭，交通很拥堵，还有很多有轨电车和公共汽车。所以出租车跑起来就像风，只要前面有哪怕几码[1]的空隙，就会冲到最左端，赶在与迎面而来的车流交会前，尽量避开障碍。我习惯了巴黎和墨西哥城的状况，两个城市的出租车都臭名昭著，可我觉得伊斯坦布尔的在惊悚效果上一枝独秀。一天，我坐出租车，当时司机额外多接了两个客人，还好心地让那两人和他一起坐在前排。路上，他看到有个姑娘站在街沿，便减缓车速停下来，也让她坐上了车。警察看到了，警告他不能这么做，毕竟一个姑娘和五个

---

[1] 英美制长度单位，1码等于3英尺，合0.914 4米。

男人坐一起很可能会引发骚乱。他吹响哨子，要强迫制止。司机骂骂咧咧，猛地一个左转，假装不知道自己停车搭上过一个年轻姑娘。车子撞上了什么东西，我们都跌出座位。大家下了车，看到最后的一幕是：司机站在路中央，一旁是撞烂的车子，他冲着自己撞倒的人大叫大喊，交通立即瘫痪。阿卜德斯拉姆记下他的车牌号码，指望能说服我进行法律诉讼。

因为禁止鸣喇叭，出租车司机只能把手伸出车窗外，猛力拍打车门，让大家知道有车过来。有轨电车的刮擦声、大型马车的喧嚣声，响彻铺鹅卵石的街道，让人很难定论禁止鸣喇叭在减少噪声上究竟是否有效。司机也习惯了在行程伊始就递上香烟，这是为了此后的致命事故提前向受害者示好。他们偶尔还会为你唱歌。有一天早上，从清真寺到塔克西辛姆广场，我听司机一路上都唱着"荡妇"和"快来我家"，但与此同时，他依然以严谨的节奏——遵守着车子一路经过的交通警示。

伊斯坦布尔是一个快乐的城市，尽管所有的间谍小说都喜欢拿它当漂亮的背景，但你很难在那里发现任何不祥之兆。一些古旧的建筑是石砌的，但更多的房子是木料建筑，从外表看仿佛从未油漆过。圆顶屋和尖塔矗立于凌乱的城市中，就像从一大堆灰烬中长出的巨型灰色真菌。从外观看，伊斯坦布尔的基调就是凌乱。它不是邋遢，只是不整齐；不是肮脏，只是昏暗单调。你很难用"美丽"来形容这个城市，但你也无法指责它无趣。陡峭的山坡和海港景色会让你想到旧金山，拥挤的街道又让你想起孟买，它的交通设施令人联想到威尼斯，因为你可以乘船去很多地方，一路不停有停泊点。［花上三便士就能前往属于亚洲的于斯屈达尔（Üsküdar）。］可怪异的是，街道会让人想到那个几乎已经消失的美国。我一次次地由此回忆起一个童年时见过的新英格兰工业城市。还有，那一整排的低矮房屋就像纽约的斯塔滕岛上斯泰普顿的某条后街。这座城市的美学特征就是不可思议与不可调和，它是摄影家眼中的天堂。这里没有土著区，或者你也可以说这里到处是土著区。贝伊奥卢，即所谓的高档区，就和桥对面低档一些的城区一样，不太关注自己的外表。

你漫步下山前往卡拉柯伊（Karaköy）。海港里散布着凯科斯群岛（Caïques）成千的岛屿、划艇、拖船、货轮和渡船，水汽和薄雾缭绕。透过薄雾，你能看到索非亚大教堂、苏丹艾哈迈德区、苏莱曼尼耶清真寺的穹顶和塔楼的朦胧轮廓。左边地势更高一些的区域景色纯粹，那里靠近天际，延绵着白雪皑皑的亚洲山脉群峰。随着街巷的阶梯往下走，就来到水边，四周的人也越来越多。在卡拉柯伊，光是在人行道上往前走就得集中最大的注意力。你会觉得，全城125万居民全上街了，都在加拉塔桥上来来往往。以西欧的标准看，这群人穿着不佳。伊斯坦布尔民众混乱的裁剪效果未必源于贫困，更多是因为他们在利用欧洲服装一事上观点各异。这些人在种族上并不单一，各种面孔从黎凡特人到斯拉夫人再到蒙古人不等，其中蒙古人主要是来自安纳托利亚东部的士兵。除了语言，那里似乎没有其他共同特征，甚至连衣衫褴褛都各式各样，因为通常有一些男女是懂得如何穿衣打扮的。

加拉塔桥有两层，下面一层是巨大的码头，船只从那里出发沿上游前往金角湾和博斯普鲁斯海峡，再过去就是亚洲的边远地带，下游则通往马尔马拉海的各个岛屿。那里还有各种大小和形状不一的渡船，像龙虾紧贴漂浮的木条般紧靠在岸边。走到桥的另一头，同样多的人，同样拥挤的交通，只是房屋更老旧，街道更狭窄，你这才意识到自己真的身处东方之都。如果你还想看到比"名胜"更多的东西，就得再步行几英里。伊斯坦布尔的特色来自无数迥异而隐秘的细节，只有细心观察这些细节的变化和重复，你才会慢慢对它们所构成的模式有所领悟。这就是漫步的关键所在。一路尘土飞扬，几个小时走下来我常常感觉嗓子疼。我尽量不走主街，那里有马匹和运货马车嘚嘚经过。我往小巷里走，那里很狭窄，只通行人。巷子一般通往小广场，那里的墙面挂着小毯，高高的葡萄藤下一片绿荫，地上铺着毛皮。几个土耳其人坐在地上喝咖啡，水烟壶冒着泡。每次当我驻足凝望，一定会有人让我喝点咖啡，吃几个绿色的核桃，还把自己的烟管递过来让我抽。对此我莫名抵触，一直不肯接受邀请，但今天阿卜德斯拉姆答应了，只是他有些懊恼，因为水烟壶里装的只是烟草。

大麻及其衍生品在土耳其是严令禁止的，其他相关的禁品像酒精等，在这里倒是可以喝。酒精饮料是政府的专卖品，在任何香烟柜台都可买到。这并非琐碎小事，而有着重要的社会意义，因为这两样东西的心理影响截然不同。酒精通过缓解压抑而削弱个性。喝酒的人至少在短时间里会有一种融入感，而大麻并不消除压抑，反而会加强它，迫使个人越发孤僻，导致他耽于沉思，变得迟钝。在西方国家，如果一批民众出于反抗的目的（这在美国有先例），要以很激进的方式与周围社会进行隔离，那最快捷有效的办法就是用大麻来取代酒精。

10月2日

今天漫步时，我们来到苏莱曼尼耶清真寺后山顶上一座古老的火警瞭望塔。由于门口没有禁止入内的标志，我们便走了进去，一共上了一百八十级晃晃悠悠的螺旋式木台阶，到达塔顶。（阿卜德斯拉姆计的数。）快登顶时，我们听到印度音乐声，原来是一台收音机调到了新德里的频道。突然，水从天降，透过地板缝隙哗哗地落到我们头上。我们刚要躲开，却被清洗楼梯的男孩看到了，他执意让我们继续登上顶层去坐坐。顶层的视野巍然壮观，那里是俯瞰城市的绝佳处。火盆里正烧着炭火，我们喝着茶，聆听着荡漾在空中的安纳托利亚歌曲。诸多的窗户外轻风吹拂，下面的城市遥远宁静，自各个方向绵延在起伏的大地上，塔顶的瓦片在秋日阳光下显出粉红色。

后来我们又前往潘代利餐厅，就是那间我一直耳闻却从未找到过的餐厅。这一次在我们几番努力之下找到了，它就在一座破旧的房屋里，缩挤在马具店和水果批发店之间，毫不起眼。小店温馨舒适，我们在那里吃到了伊斯坦布尔最美味的食物，有杂菜汤、烤肉、土耳其花斑豆，以及其他佳肴。我吃着吃着，大概正嚼着细面条时，忽然咬到了嘴唇。阿卜德斯拉姆毫无同情心地说道："嚼东西时你要是像别人一样一直张大嘴，就不会这么倒霉了。"听他这么说，我更加痛得厉害了。潘德里餐厅是我见过的唯一一家没把塞满冰柜的食物当众展示的本地餐馆。其他餐馆里，你通常会被引到冰柜前，自己选择想吃的东西。在荧光灯下，食物会显得苍白而毫无吸引力，尤其是肉类，被切成一块块，看上去很陌生。吃饭的时候，通常会有收音机播放古老的爵士乐，有时会是一支土耳其或叙利亚的歌曲。虽然茶不错，但没有好到像品尝甘露的程度，类似那种放在极小的玻璃杯里，能一口饮尽的佳饮。我常常一次叫上好几杯，这就让人很迷惑。当你说要喝水，就有人端上蒙着锡箔纸的小瓶子。因为水是免费的，我怀疑它们就是自来水，也许这么说有失公允。

到了夜里，我们前往贝伊奥卢昏暗的红灯区，就在英国总领事馆后面。每幢房子的入口处就是一个小小的正方形门，过去人们被禁止进入的美国非法酒吧的入口就是这个样子，方形入口镶着门框，门里是单调的黄色光，还露出一个姑娘的脑袋。

在我看来，土耳其人似乎不带有那种怪异的情绪（显然所有心怀真正信仰的信徒都有这样的情绪），即那种把自己和非穆斯林区别开来的必然的、根深蒂固的差异。至少，土耳其人在主观上竭力弥合着由于宗教导致的隔阂，那个将伊斯兰教信徒和世上其他人隔开的深壑。游客因此会对他们产生一种特殊的亲切感，这不仅仅是因为游客心怀善意，对其他文化族群怀有单方面的好感，也因为土耳其人渴望和感受到了某种感情。他们希望理解和取悦他人，这令人感动，这种愿望很强烈，以至于他们时常会忽略了认真倾听，结果事与愿违。不过他们的好心很少会受挫，长此以往就会大大弥补一些过错，如送上客人压根儿没点过的早餐，或完全指点了相反的路等。当然还有语言障碍。生活在伊斯坦布尔，真的需要理解土耳其人，可是我对阿尔泰语一窍不通，为此吃了很多苦头。每次我提出什么要求，十有八九会出错，即便有时我找来说法语的客房部经理，对方还镇定地安慰我，说所有雇员都是傻瓜。旅行指南上介绍这家宾馆有"豪华"设施，是最高级的那一档。档次排序上"豪华"之后是"头等"，它在表述上十分匪夷所思："这类宾馆也算得上豪华，不过各方面仍然很舒适便利。"看过了这一档次的几家旅馆大堂，里面尽是没有坐垫的沙发和废弃的婴儿车，我很庆幸自己住的是豪华套间，里面的电话机是白色的，这样在我把话筒拿到嘴边之前，就能看到上面爬着的小蟑螂。反正这类虫子不太显眼，稍微喷点浓度不高的滴滴涕立马就完蛋。幸亏我住在这里，要是住头等宾馆，我那两瓶杀虫剂可撑不了多久。

10月6日

圣索菲亚？现在叫索菲亚大教堂，它已经不再是有宗教活动的清真寺，已经不用了，就像凯鲁万城（Kairouan）的那些清真寺也停用了，因为它们被异教徒的脚践踏过，受了玷污。希腊报纸进行了宣传运动，目的就想回到往昔，将索菲亚大教堂复原为东正教礼拜堂。此举注定会失败。五个世纪以来，穆斯林一直把它当作清真寺，他们不会愿意看到它重新回到基督徒手中。所以它现在成了博物馆，除了展现自身的建筑特色，其他一无所有。我更喜欢公园另一头的苏丹艾哈迈德清真寺，不过，遗迹毕竟不能与活物相比。苏丹艾哈迈德清真寺依然是做礼拜的场所，伊玛目可以戴土耳其毡帽，真主名字的最后一个重音节就在高大穹顶下的空气中回荡，男孩们在远处角落里晃动着上身做祈祷，背诵着《古兰经》里的章节。当游客的脚步绊着了俯身祷告的人，或是鲁莽地使用闪光灯或禄来福来反光照相机时，没有人会理会。在阿卜德斯拉姆看来，这种让人难以置信的干扰就是对伊斯兰教的不尊重，他对此怒火中烧。（在他的祖国，异教徒根本不能踏足清真寺。）他走来走去，愤怒的感叹越来越大声。他从男孩们开始入手，暗示他们生活在这样一个遍布罪恶的国家真是太不幸了。大家茫然地看着他，继续祈祷。他说着说着声音大了起来，开始批评敬拜人的服装，因为这些人穿着短袜和拖鞋，头上是贝雷帽或帽舌反戴的便帽。他明白法律禁止戴非斯帽，可自从到这里后，他对凯末尔的不满越积越多，我觉得已经强烈到让他难以压制。他见伊玛目进来，觉得时机到了，便朝着这位可敬的长者走去，认真地行了个额手礼，对方也很热情地回敬他。此后，两人退到一个小房间里，待了十来分钟。阿卜德斯拉姆出来时眼里噙着泪水，满脸愿望达成的表情。

"唉，你明白了吗？"他高声说着，一边和我走上街，"这个可怜人真的非常、非常难过。他们一年只有一天做斋月。"听到这里，连我都有点震惊，没想到传统的斋月被缩减到了一天。那位伊玛目似乎无比欣慰，居然有年轻人对宗教依然如此虔诚，他抱怨说现在土耳其的年轻人都丧失了精神。

今天我和一位女士一同午餐，她在本地生活了很多年。身为西方人，她认为要了解土耳其，最重要的是要意识到，这个国家正在慢慢世俗化和民主化。在凯末尔看来，宗教在各国无非是精神鸦片，他竭力予以打击，而此举很可能是致命的。去年有一个美国人来到此地，他是耶和华见证会成员，按照教会的一贯做法，到大街上散发宣传册。可是没多久警察就过来逮捕了他，把他关进监狱，最后还将他驱逐出境。

10月10日

16世纪初，"冷酷者"塞利姆[1]从波斯国王那里夺取了一个最为神奇的器具，我目睹了这东西。这战利品就是那可怜国王的宝座，形状简单，体积巨大，用黄金凿刻而成，上面镶嵌着好几百颗巨大的祖母绿。今天我就在托普卡帕故宫见到了它。这宝座还配了一个基座，也是由镶祖母绿的黄金制成。看了一会儿，阿卜德斯拉姆就跑到这些珍宝的展厅外，站在庭院里，怎么哄都不肯进去。"太多财宝会看坏眼睛的。"他解释道。我不同意，倒是觉得它们很漂亮。我想方设法

---

[1] Selim I（1470—1520），即塞利姆一世，别名"冷酷者塞利姆"（Selim the Resolute），在1512—1520年间为奥斯曼帝国苏丹，帝国疆域在其治下得到充分拓展。

让他说出突然跑掉的真正原因，可他就是没法说清楚。"您知道黄金和珠宝是罪恶的。"他起初这么说。我说我知道的，让他继续解释。"如果长时间看着这些罪恶的东西，人会疯的。您也知道这一点。我可不想发疯。"他说。我回答他说我倒是很想试试看，然后走回展厅继续欣赏。

10月16日

最近几天，我一直在大棚露天市场里逛。我是机缘巧合下才发现这地方的，因为我在城市漫步闲逛时从不列计划。攀上绵延不断的山坡，随便走上一条街，都满是顾客和商贩，街两旁商铺林立。最好别在商品前驻足，可是你又很难做到。

露天市场就在一个巨大的蚁冢般的建筑内，它们是城中城，里面大街小巷宽窄不一，宛若梦境中蜿蜒曲折的回廊。据说，那里的顶棚下有超过五千家商铺，这个数字可信与否我没有多想，我也没有一一走过那所有四十二个出入口，也没有探究过到底有多少隧道画廊。从外表看，那些个体商铺缺乏非斯和马拉喀什等地的服装市场的色彩和活力，也见不到像突尼斯露天市场那样的彩绘迦太基廊柱。露天市场建筑的独特在于巨大，从某种程度上说，也恰恰是因为它的幽暗和混乱。在巨大的敞开空间的中央，即两条宽阔的走廊交会处，有一个奇异的构造，形状与大小和从前纽约第五大街上的交通塔楼差不多。建筑底层有一个小小的厨房。如果你走过外围的曲折楼梯，就会发现自己身处一个很小的餐厅，里面有四张小型餐桌。于是你坐下吃饭，目光沿着隧道望去，视线掠过行人的脑袋。那是卡夫卡小说《美国》中的场景。

露天市场的古董店很有名。可以想象，游客们大多意志薄弱，几乎就是没有防御能力的猎物，那里始终挤满了这样的一群人。所有商人都沿着各个画廊站立，恭候游客光临。商贩都有兄弟、父亲、叔叔和堂表兄弟姐妹，他们各自经营商铺，游客由此挨个经过一个家族的各个成员，每个人脸上都不会露出任何遗憾的表情。在一家店铺，我听到大胡子店主向一个轻信的美国女人郑重保证，说她方才买的琥珀香水是通过冲压琥珀珠子提取的，那珠子和她此时正在看的那串项链上的完全一样。倒不是说如果他告诉对方这珠子就是鲸粪做的，他就更诚实了；主要是我在这里闻过的琥珀还从没遇到过龙涎香呢，原料几乎全是安息香。

如果你停下来朝着古董商的橱窗看，那就麻烦了。很快你就会意识到，有人拽着你的衣服，很亲切地把你拉到门口，声音殷勤，用各种欧洲语言——问候试探。除非你做出身体上的抗拒，否则就被用力推搡着进了店铺。于是你面对店主，还有一排排古老的银器和丝绸，对方开始了热情的攻势，使出了各种东方促销的经典套路。"您一脸尊贵，和我的东西配极了。""生意不好做，您可是我今天的第一个买主啊。"一只肥胖的手还掸着香烟灰。"要是没和您做成这笔买卖，那我今天就不睡了。我都那么老了，您忍心毁了我的健康吗？""就买一件吧，不管怎样。就买一件最便宜的吧，如果您喜欢，买点吧……"如果你啥都没买就离开，那完全可以给自己加十分了。在这里的集市，你不必懂土耳其语。如果你可以不说英语、法语或德语，会发现这里的穆斯林更乐意用阿拉伯语对话，而犹太人讲的是磕磕巴巴、安达卢西亚式的西班牙语。

今天，我走背街小巷前往大棚露天市场，这是以前没发现过的一条路，它沿着下坡通往鲁斯坦帕夏（Rustempaşa）清真寺。沿街的商铺给街道蒙上了一层怪异的气氛：从外面看，商铺样貌都很相像，靠近细看，我才发现每个摊子都卖着一大堆形形色色、超乎想象的物品，像个大杂烩铺。我想好好看看商品，因为阿卜德斯拉姆一直说要买橡胶底的鞋。我们随便挑了一家走进去。趁着他试穿胶底运动鞋和凉鞋，我就在这个宽敞、昏暗的房间里盘点了一部分货品。货架和柜台上放着足球、穆斯林念珠、军用皮带、本地双簧管的簧片吹嘴、门钩、各种尺码和颜色的骰子、水烟壶、仿蛇皮的表带、园艺剪刀、未经过鞣制加工硬得像石头的皮拖鞋，还有厨房水槽用的黄铜水龙头、十英寸[1]长的仿象牙烟斗、压榨纸做的手提箱、铃鼓、坐垫、各个等级的军用勋章，以及塑料游戏计数器，等等。天花板上还垂挂着左轮手枪皮套、鲁特琴和貌似捕蝇纸条的拉链系结物。墙上竖直倚靠着梯子，地板上放着条纹帆布折叠躺椅，侧面印着麦加风景的巨大铁皮箱，还有一大堆木刨花，六只相当布尔乔亚神态的猫咪惬意地躺在刨花堆里。阿卜德斯拉姆没买鞋，店主就开始盯着我和我的笔记本看，毫不掩饰怀疑的表情，他也许认定我就是在寻找被盗物品的秘密警察。

10月19日

在全球"改变自我"的进程中，物质利益或许得以不断积累。难道这些利益能抵消破坏所造成的空虚吗？当政府对传统的民族信仰加

---

1 英美制长度单位，1英寸合2.54厘米。

以系统性改造时，这个问题就十分关键。诸如"进步""现代化""西方民主"等唯理性的词语并没有实质意义，因为即便这些词真正产生作用，上层所强加的概念也将它们原本应具有的价值瓦解了。毋庸置疑，当伊斯兰教信仰被日益淡化之后，土耳其的年轻一代也就更愿意接受我们关于20世纪人类应该怎样生活的观点。以往对宿命（书面表述为"mektoub"）的无助感消失了，取而代之的是对于人类有能力改变自身命运的昂扬信念。这是迄今最伟大的一步，不幸的是，这一步一旦跨出，一切都可能发生。

阿卜德斯拉姆天性不太乐观。他眼中的世界，他所认为的美好世界，正在遭受各方的侵蚀，正在他眼前分崩离析。

一起走吧

彼得·W. 赫伯林《撒哈拉沙漠摄影集》序（1956年）[1]

西撒哈拉沙漠是这个不断萎缩的星球上最后一片广袤而不为人知的土地，像无垠而神秘的月球表面，仿佛自成体系，独具自然规律。它如此接近欧洲大陆，又出乎其外，旅行者即便迷失在马托格罗索的丛林最深处，都不会像在这里一般感到如此远离尘嚣。当下的人们热衷于相信人类已基本征服了大自然，他们信心满满地声称已"驯服"了撒哈拉，因为人类已在它表面努力划出了三条小路，也至少暂时说服了一部分当地居民，让他们放弃长期以来对旅行者营地的劫掠。不过，一旦让穆斯林渴望从欧洲主宰中独立的狂潮稍稍从阿尔及利亚再往南移动一些，那三条羊肠小道就会毫无用处。你得当空飞越撒哈拉而不是驰骋穿越，从低旋的飞机上望去，那黄沙漫漫的路径甚至踪迹难觅，西撒哈拉的一切又回到了二十年前里奥德奥罗[2]的时代。里奥德

---

[1] Yallah，在阿拉伯语里即"一起走吧"的意思。赫伯林的撒哈拉摄影集最早于1956年出了德语版，英语版一年后发行。——原书注

[2] Río de Oro，位于西撒哈拉南部，由于当地居民交易西非矿金，葡萄牙人将此地称为"黄金河"，19世纪后半叶为西班牙殖民地。

奥罗名义上属于西班牙，可事实上它属于当地人。当飞机盘旋过低，让当地人感到不开心时，他们就会朝它射击，机翼上的弹孔足以证实究竟谁有归属权。"拥有"土地是一回事，真正涉足其中又是另一回事了。

在写此序言期间，尼罗河谷与大西洋之间有三条常规的汽车路，它们被称为法兰西帝国的生命线。最近开放的、出入者最少的是古老的"帝国车道"，它从摩洛哥到塞内加尔，途经毛里塔尼亚。另一条是在它的东面，是奥兰–加奥之路[1]，它沿着干涸的祖斯法纳–萨武拉河谷（Zousfana-Saoura）一直延伸，而后骤然下降，穿过撒哈拉最荒凉险峻的塔内兹鲁夫特（Tanezrouft）地带。最后一条在最东面，是最早、最经典的一条路线，自阿尔及尔向南，穿过姆扎卜和北撒哈拉的几个重镇如盖尔达耶、古莱阿（El Goléa）、因萨拉赫（In Salah），越过霍加尔山脉，进入尼日尔殖民地，最终抵达津德尔。除了最后一段路程，整条路线就是哈尔特–奥杜安[2]远征车队1923年首度完成汽车穿越撒哈拉的壮举所走的路线。彼得·赫伯林追随的也是这条路线。

每条路都是由数百年前的沙漠居民开拓完成的，它们在最大程度上避开了沙土荒漠地带，这些山峦起伏般的沙海散布在撒哈拉的表面，只占了1/10的沙漠面积——这可能与人们普遍认为的大相径庭——却是汽车旅行的最大障碍。如果线路远离沙土荒漠，哪怕在狂风中道路依然清晰可见，可一旦靠近这片区域，例如有些地方就不可避免会这样，那司机的麻烦就来了，因为路被盖住了，而且通常会掩

---

1 Oran，北非国家阿尔及利亚西北滨海城市；Gao，西非国家马里东部一城市。
2 乔治–玛利·哈尔特（Georges-Marie Haardt）和路易斯·奥杜安–杜比罗伊（Louis Audouin-Dubreuil），1922—1923年两人带领雪铁龙车队第一次完成穿越撒哈拉之旅。

盖相当长的一段距离，这样人就会有偏离路线、陷入沙坑的危险，而且沙坑很深，位置又距离其他经过的车辆很远，想重新定位或被发现的可能十分渺茫。此外，携带的定量水分补给又少得可怜：面对撒哈拉尽情赋予的骄阳和纯然的寂静，你还能多煎熬几天？

本书是个人南行之旅的记录。他穿越了遍布阿尔及利亚的荒凉丘阜地带，那里冬天整片区域被白雪覆盖，直到抵达杰勒法（Djelfa），那是地球上最悲凉的地方之一。杰勒法这个城镇位于乌莱德纳伊尔山区（Ouled Nail），因柏柏尔舞女而出名。这些舞女从那里出来，给男人带去欢乐，当她们在北非的窑子里赚够嫁妆钱，便会返回故乡，和等着她们的部落男人结婚。那地方以南到波形山脉之间还有一片间隔地带，山脉阻断了北部的沙漠和第一个绿洲艾格瓦特。

由于绿洲的重要性是由女性人数、结果实的枣椰树数量来衡量的，因而艾格瓦特就算是较为贫穷的绿洲。不过，它是第一个能看到塞吉亚（seguiat），即流水渠道的地方。水渠对撒哈拉绿洲的耕种至关重要，因为点缀沙漠表面的枣椰树树林是人工种植的，维护森林就需要持续劳作。只要发现地下水源（撒哈拉几乎到处都有）离地表很近，人们就会想办法把水引出地面，对周边地带进行灌溉。伊斯兰元年后，在阿拉伯人长达几世纪的迁徙到来之前，土著黑人居民必然有过某种灌溉方式，可是后来者发明了当下所使用的水利系统，其复杂程度令人叹为观止。克萨尔（ksour，绿洲中的村庄）的人口大多数仍然是黑人，不过他们和最初的黑人居民并不一样。土著居民对外来者心怀敌意，不断撤退，渐渐汇入一个区域，即今日的提贝斯提高原，而阿拉伯征服者通过输入苏丹人来取代前者，以维护绿洲。没有这些与恶劣气候进行抵抗的黑人，也许今天的撒哈拉沙漠就不会有城镇。维护绿洲就是不断努力拓展它，必须种植新树，并将树木移植到耕种地的边缘地带。只有这样才能遏制流沙所引发的土地破坏。差不多每个绿洲都有一部分区域正慢慢地、不可逆转地被沙丘掩埋。

艾格瓦特南部就有干谷，即高度侵蚀区域，那里完全没有植被，遍布着无数细小尖利的碎石，几乎让人无法踏足。在这个不毛之地的中央，几条干涸沟壑的交会处，就是姆扎卜的黑塔波利斯[1]。那是一个奇怪的地方，那里的居民也很古怪。他们是姆扎卜人，欧洲人常常称其为"伊斯兰教清教徒"。

整个北非都有一个习俗，每逢星期五，托尔巴（精通《古兰经》，但尚未达到经法师[2]地位者）会坐在墓地里，为死者背诵宗教典籍中相应的章节，并收取少量报酬，因为普通人缺乏足够的学识进行这一仪式。姆扎卜的托尔巴不仅能行此事，还是阿尔及利亚人当中最精明的商人（俗话说"有姆扎卜人在，犹太人都不能掉以轻心"）。在阿尔及尔和地中海沿岸地区的其他大城市里，这些人形成了一个小小的商贩群体，他们习惯于把家庭和老婆丢在沙漠里，一走就是一两年，去大城市赚钱。这期间他们生活拮据，就睡在自己店里的柜台下面，吃得也能少则少。主人的归期总是不定，也从来不会预先告知。某一天，妻子一抬头，就看到丈夫在家了，回来住上几个星期，打理果园，修补房屋，加固和儿子们的亲情，另外，再孕育一个后代，当然这得看真主的旨意。然后他又离开了，依然没有归期，去奥兰、君士坦丁或其他地方和最大的两个儿子会合，没准儿还会带上另一个稍小的儿子，只要他年纪足够可以在店里帮忙。做个姆扎卜人可是正经的事业，一旦走入这一群体，就能感受到严肃节制的氛围。孩子们玩耍

---

1 M'Zab，位于撒哈拉沙漠北部地区；Heptapolis，意为"七城"，指姆扎卜地区的七个定居点。
2 Fqih，伊斯兰教中对精通《古兰经》律法的学者的称呼。

时要是笑起来，就会受到指责，女人得用白布层层裹体，被遮蔽的双眼透过重叠的织物往外偷望，谈话都是轻声低语，一旦有人经过，就得转过脸去。

这些人最初从北部迁徙过来，近亲繁衍越来越严重，这使他们差不多成了遗世独立的一族。你会觉得每个人都来自同一个家族，男人们都长得很相像。他们大多个子很矮，有点敦实，脸庞干瘪枯黄，始终一副严肃的表情，甚至有些闷闷不乐。很少能遇上这样一群人，他们对任何享乐都深表不满，并从无他求。

过了姆扎卜，就进入沙姆巴（Chaamba）。沙姆巴人和姆扎卜人很像，不过他们是闪米特人，又是游牧民族。19世纪后期，法国企图将阿尔及利亚和西非殖民地联合起来时，这些人可让法国士兵们相当头痛。现在，他们和其他的撒哈拉居民一样，都被"平复"了，但是关于这些人狡猾凶猛的传说依然在城镇市场和咖啡馆里游荡，那里到处有这方面的传言。

到了古莱阿，游客才第一次有了探索荒漠的机会。尘土飞扬的古莱阿被不断侵蚀，逐渐退化，而这片广阔的石化之海上，金色沙石的山脉宛若寂寥的波澜般静美。伫立遥望那些破败的堡垒，想到这地名的另一种发音与那条著名的、使马德里熠熠生辉的阿尔卡拉大街（在摩洛哥，它的发音近乎"戈莱阿"）如此近似，不禁莞尔。

此地被欧洲人统治（此过程当然打破了之前所有的社会、道德、经济模式，徒留内在混乱）之前，花园的主人和城镇的管理者都是穆瓦迪人（El Mouadhi），他们是四个沙姆巴部落中的一个。这里是典型的撒哈拉范式：穆瓦迪人更喜欢住在沙丘间的帐篷里，而不喜欢固定不动的城镇房屋。他们把住房屋的耻辱留给黑人及其家属，这些人在地里耕种，保养棕榈树，而他们自己从不进城，除了椰枣丰收季节，只有那段时间他们会过来打包椰枣，将果实带回荒漠。在撒哈拉，"城镇"一词并不带有我们习惯认为的聚集概念，它是一个去中心化的存在，是一个地区，一般与绿洲的范围重叠，被划分为比较独立的村庄，就像绿洲之间的关系，因为绿洲都是沿干涸的河床分布，彼此相隔一日的步行距离，轮廓线蜿蜒曲折。例如，因萨拉赫有十二个克萨尔，也可叫村子，它是提迪科尔特（Tidikelt）大区的政治经济中心。世界变化得太快！1891年，根据指挥官比苏埃（Bissuel）（佐阿夫兵团[1]的一位营长）编撰的公报，人们前往因萨拉赫购买象牙、鸵鸟羽毛、豹子和狮子皮毛、犀牛角、金末、熏香，还有奴隶。关于最后提到的那件商品，他还附加了一份详尽的价格表，奴隶根据其年龄、性别，各有相应的价格，这份文献颇有参考意义地说明了当时的奴隶价值。来源地（廷巴克图）的价格，从50法郎（4岁至10岁男孩）到350法郎（11岁至16岁女孩）不等，成人的估价在这两个极端数字之间，而因萨拉赫的售价则是其两倍甚至三倍。那还是距离20世纪开始之前九年的价格。

现在，游客经过因萨拉赫时会把汽油箱装满，并在城市的泳池里凉快一下。他也会在当地过夜，因为最近的村庄一个是在三百公里外，另一个是在不同方向的四百二十公里外。这座城镇在撒哈拉的地位，曾经如同廷巴克图对苏丹一样关键，至今仍然重要如昔。

因萨拉赫能为研究地下水渠提供绝佳的一手资源。这些地下水道就是古代人民聪明才智的见证。它们包括长达好几英里的、缓缓倾斜的隧道，大小足够让人在必要时可以钻入。水源来自上面端口的水井，水道的构造方式使每片花园都能获得相应的水资源份额（绝不超

---

[1] 法国于19世纪30年代在非洲组建的军事部队，士兵多从当地人中招募。

额），水流稳定。这个系统相比地面分水系统要高明不少，因为它能尽量减少水分蒸发，还能消除不必要的争端，如谁将谁的合法水量份额抢占了等。在绿洲地区，运河是开放的，水流由一系列的水闸控制，能够被轻松加以调整和改变，因而杀戮流血的世仇冲突常有发生。

在热爱撒哈拉的人眼里，最迷人的居民是图阿雷格人。原因显而易见：他们选择生活在世界上最遥远偏僻之地——撒哈拉的正中心，那里人数寥寥，纯正的中世纪风俗正在迅速消亡。在这一族人中，骑士依然进行马背长矛比武，委实令人瞩目。还有一个令人叹为观止的事实，在所有北非和西非居民中，他们是唯一有自己设计的字母表的，该体系有23个单音字母和13个复合字母，在法国人征服期间，所有部落成员都能理解和使用这个字母系统，因为他们都识字。这足以让族人自成一体。他们是柏柏尔人，语言源于含米特语系，人们一般认为，当古罗马人在对现今的卡比利亚地区进行殖民化时，这些人为躲避被征服的危险，开始了漫长的南下迁徙，最终来到以霍加尔山脉为中心的区域。在这坚不可摧的堡垒地带，他们展开了系统的掠夺性远征，劫掠了势力可及范围内的所有商队。因此，在法国人还没听说霍加尔之前的好几百年里，图阿雷格人就以"沙漠海盗"著称。在这些人的快骑骆驼可抵达之处，人人都憎恶和害怕他们。无怪乎，当法国人开始对他们进行征服时，轻易就能从各部落征募兵力，因为后者长期遭受图阿雷格人的践踏。

当时在北非的大城市，女性都被当作财产购买并隐藏在没有窗户的屋子里，图阿雷格女人却享有名望和自由。图阿雷格女人一直坚定不移地实施一夫一妻制，男人只能娶一个妻子，不能纳妾或通奸。孩子归母亲所有，也由母亲教育，并继承母系名号和等级，而不是父系的。女孩到了婚嫁年龄，可以自己选择夫婿，不受父母的干涉；如果她拥有个人财产，无须将其上缴家族保管，因而大部分财产都由部落的女性来掌管。有趣的是，这里的男人将脸层层蒙起，还画起眼影。他们还解释说，空气太干燥，需要将呼吸中的湿润保存起来，尽可能重新吸回，而眼影能保护眼睑不受尘土和阳光暴晒的伤害。不过这个习俗最终并不限于所谓的实用性，因为男人即便在室内也蒙脸，吃饭时也会害羞地转过脸去，将食物从面纱下面塞进去，生怕脸部"裸露"出来。

离开霍加尔地区怪异的花岗岩穹顶和大圆石形状的山峦（最高可达一万英尺），道路继续延展，越过多岩高原，一直来到与此接壤的尼日尔边境地带。那里依然是撒哈拉腹地，只是景致有了微妙的变化。天空更低、更为压抑，阳光似乎更烈，能见度好像并没有提高，倒是更差了些，到了绿洲，透过枣椰树和柽柳，还能间或看到猴面包树。

这里的空气更为温和，绿草和荆棘灌木绵延数英里。渐渐地，人们的衣着也变了：男人穿着长长的、袖子宽大的、被称为博博袍（Boubou）的白棉布袍，女人则袒胸行走在光天化日之下。这是又一片有人居住和宜居的区域，可以放牧牲口和耕种。村庄敞开着，房屋由植物纤维和树干搭建而成，而不是用泥土材料。房屋之间有空间隔开，不像更北面的房屋建筑那样彼此簇拥，唯恐空隙会带来凶险。不过这里的道路依然是沙石地面。

"尼日尔领地"向北绵延，越过北回归线好几英里。"领地"这个名称似乎并不符实，因为这里大部分就是撒哈拉沙漠。尼日尔河只灌溉着地处西南角的很小一片区域，而绝大部分地区都是非常荒凉的沙漠，一大片的广袤荒漠占据着中心地带。在南部，沿着尼日尔河本身及靠近尼日利亚的边境地区，有狮子、长颈鹿、鸵鸟、野猪，以及其他一些热带草原的典型动物，而在东南角连接乍得湖的区域，有大象与河马出没。

这片广阔的非洲地带，面积五十万平方英里，人口只有两百万，是全世界人口最稀少的区域之一。在其中三个最主要的族裔中，没有一个是严格意义上的黑人，尽管长期日晒早已让这些人的皮肤十分黝黑。图阿雷格人当然是北方来的白人，颇尔人（Peuls）（人类学家对他们进行了各种研究，其名称好像有很多变体）则来自尼罗河上游地带，在某个遥远的过去，这些人穿过整个苏丹来到这里。还有豪萨族（Hausa），他们有着某种黑人个性，但占主导的是含米特人的特质，讲的是纯正的含米特语，这些事实使得他们被排除在纯粹的黑人文化之外。

所有这些人都信奉伊斯兰教，虽然开罗或非斯的乌里玛[1]在看到他们混乱无章的宗教仪式时无疑会十分震惊。如果能深究这些人的集体无意识，就会发现其中留存有深重的万物有灵论残余，而这残余在信仰转变为一神论的几百年过程中都并没有消除，这一定会让乌里玛更加惊骇不已。不过这些人名义上都是穆斯林，而且城市中更有教养的居民对穆罕默德信仰的熟悉程度与其他各地的人并无二致。

过了尼日尔领地的首府津德尔，道路向东转去，沿着尼日利亚北部边境一路前往乍得湖。途中可见一群群漂亮的长角牛，它们已经成了颇尔人生存于世的理由，假如这些牛的主人不是穆斯林，它们很可能会成为被崇拜的对象，就像瓦图西人[2]对待它们一样。村庄里的店主都是豪萨族人，他们健谈而聪明。那里也有羞涩的博罗罗人

---

[1] Ulema，指伊斯兰教学者，宗教领袖。
[2] Watusi，分布在非洲卢旺达、布隆迪等国家的主要族群之一，擅长牧牛。

（Bororo），让·戴斯摩[1]将这些人形容为"阴柔"，大概只因为他们容貌精致，而且像图阿雷格人一样涂眼影。博罗罗女人能制作精美的苏丹穆斯林风格的陶器，上面的几何图案十分优雅。

西非最广泛使用的语言是豪萨语，它就像在中非盛行的斯瓦希里语一样，是各个部落之间的通用语，因为彼此使用方言无法沟通。不过在乍得湖附近，豪萨语就不起作用了，从那里再往东一直到红海，舒瓦阿拉伯语（Shuwa Arabic）成了主要语言。在很多情况下，由于距离遥远，这种方言不易发生改变，它比当下的埃及和叙利亚的语言更接近《古兰经》中的经典阿拉伯语。

今天那些有幸看到乍得湖的人们正见证着一场地质死亡之痛。每年，炙热的撒哈拉阳光都会从湖水表面汲取一些水分，所丧失的水量略多于河流汇入湖中的补给，因此水平面正不断降低，尽管速度的确不算快，每年下降不到一英寸，但试想，这个湖的平均水深早已低于五英尺，不消多久乍得湖在人们谈话中就真的会成为过去时。湖的消失无非又为撒哈拉日益严重的脱水历史增添了一笔，幸亏有尼日利亚的科马杜古河（Komadugu）的水流汇入，北部也有一定的水量经过加扎尔河（Bahr el Ghazal）源源不断地注入。此外，最重要的是洛贡河（Logone）与沙里河（Chari）融汇的水流，它流经乍得湖南面大片的丛林流域，因此，目前的乍得湖仍然比日内瓦湖大四十倍。有人认为，颇尔人是非洲人相貌最漂亮的一族（尽管也有人觉得瓦图西人或马赛人最美），他们一直被视为和不少其他族裔，如马来人、吉卜赛人、犹太人等如出一辙。然而，并没有令人信服的理由将他们的起

---

[1] Jean d'Esme（1894—1966），本名Jean Marie Henri d'Esménard，法国作家、记者，出生于中国上海。他于1936年拍摄了一部关于尼日尔的纪录片。

源追溯得如此遥远。人们普遍认为，他们是尼罗河部落的游牧民族，在过去两千年里，这些人在非洲大地上到处流浪，最后在西苏丹安定下来。如果你觉得颇尔人与瓦图西人和马赛人一样，也是牧牛民族，那你只能得出如此结论，即这三个民族之所以都拥有非凡的高贵气质，是因为他们有着共同的天命，或者是由于某种至今无法证实的种族联系。

丹吉尔印象

原载于《民族》（1956年6月30日）

晚上漫步走入佐科契柯广场。小小的广场上咖啡馆林立，就算没有官方正式确证，你也能发现，其实丹吉尔与摩洛哥其他地区的一体化早就开始了。你在那里看见的，不是通常的欧洲游客和本地居民，不是穿长袍的穆斯林老人和麦地那附近街道上的本地犹太人混为一体，而是更多穿着欧式服装（大多是蓝色牛仔裤）的年轻穆斯林坐在咖啡桌旁。不时有一行人吵吵嚷嚷地沿街从露天座穿过，消失在另一条小巷的黑暗中。那是两三个警察在押送一个衣衫被撕裂的违法穆斯林，那人因在前往军需部的途中喝酒被捕，明天就会被判入狱六个月，罚款五百比塞塔。假如是女人，同样的惩戒之外还得加一条处罚，即剃光头发与眉毛。

那些曾经每晚在此逗留的欧洲人去哪里了呢？都好好地躲在住所，或是坐在有日光灯照明的巴斯德大道的法国和意大利的咖啡馆里。他们知道，城里有些地方是不该去晃荡的，而且人人都在窃窃私语，说摩洛哥解放军[1]已经抵达丹吉尔，这自然不妙。可是一周周过去了，什

---

[1] 20世纪50年代摩洛哥一军事组织，目标是将摩洛哥从法国、西班牙统治下解放出来。

么事都没发生。难道丹吉尔会一直这么沉闷无聊下去吗？妓院关门，晚十一点半或凌晨一点时，咖啡馆服务员叠放椅子，拉下百叶窗，此后街道上安静得能听见蟋蟀唱歌，公鸡在屋顶打鸣。建筑大楼间还悬挂着巨大的条幅，它们横贯街道，上面的文字是阿拉伯语，说穆斯林异性若是被发现走在一起或相互交流（除非他们能证明是夫妻），就会被起诉。当然，这事也没办法被识别，不过事态很可能会一直延续下去。

《华尔街日报》最近刊出题为"丹吉尔骚乱：享有财政自由的狭小神秘地带出现震荡"的头版文章。至少目前情况属实。到处都是关于融合的讨论，人们乐此不疲。你会听到西班牙理发师说："局势很糟糕，真是丢人。"法国侍者会告诉你："时日艰难，您也知道的。我们该怎么办？"在巴黎咖啡馆，你会听到旁座的英国淑女如此评论："还有比这更糟糕的吗？可我觉得大家应该能熬过去的，是吧？"美国酒吧的老板会紧张地扫视周围，坦言："我可不想被牵连进去，我是从多巴哥岛的某个小地方打听到消息的，觉得这事很重要。"这事指的是正式一体化，非穆斯林的丹吉尔人更关心的是此事何时发生，而不是到底该怎么一体化。他们确信这事对自己不利，除此之外，什么都无法确定。

生活成本越来越高，据估计会有100%的涨幅，但这并非他们关心的首要之事。对丹吉尔人来说，一体化是否会第一次出现财产税、所得税、银行持股税、发行新货币（唯一法定货币）并由任意汇率来决定其价值等情况呢？这些事情会发生吗？最终会没收非穆斯林的产业吗？欧洲人会被迫离开，但更糟糕的是，他们能在暴力冲突肆虐之前脱身吗？常人很难做出预测，而可以或应该进行预判的少数政治领袖又宁愿含糊其词，避重就轻。5月30日，《西班牙报》刊出了一篇对已不复存在的改革党（现已并入独立党）领袖阿卜德拉拉克·托雷斯

（Abdelhalak Torres）的访谈，在被问及丹吉尔的未来时，他说："很难就这个问题做出答复，首先你得了解那些有资格表态的人的确切观点，到底情况会怎样……"

局外人要对事态发展做出判断，要么是基于这类纯粹从欧洲居民利益出发的访谈，它们始终让人们确信形势会很快好转，要么就是基于同一类的政要们对穆斯林民众的发言纲要，其中反复提及的观点完全不同。这些发言都热切地恳请政府给予配合，以维持秩序。

为什么在欧洲人当中，即便是那些最赞成新政权的人，都会对即将到来的局势表示怀疑呢？因为期待事态顺利发展是可笑的。有人会认为，在这类事情上，最初的不稳定是常态。我的怀疑则建立在这样的事实基础上，即我认为，北非当下的局势源于大量的误解。伊斯兰教信徒和西方人的观点从根本上就难以调和。"相互依存中的独立"，这是法国在处理突尼斯和摩洛哥问题上的知名公式，对普通人而言，它只是毫无意义的口号，因为这些人所了解的独立意味着有权利组织军队，足以一劳永逸地让所有基督教侵略者滚蛋。伊斯兰世界里，到处都是在感情上坚持万隆原则[1]的人，只有时间可以改变这一切。另外，尽管哈比卜·布尔吉巴和苏丹穆罕默德·本·优素福[2]的最终目的是各自国家的利益，他们当时也参与进来，希望能通过与西方的诸多合作，竭力达成自己的目标。达成目标相当困难，策略必须有所调整，时间和结果主要取决于阿尔及利亚战争的结局，因为决定北

---

[1] 指1955年4月18—24日在印度尼西亚万隆召开的"万隆会议"（亚非会议）宣言所提出的"和平共处十项原则"。
[2] Habib Bourghiba（1903—2000），突尼斯独立运动之父、突尼斯共和国首任总统；Sultan Mohammed ben Youssef（1909—1961），即穆罕默德五世，摩洛哥独立后首任国王。

非命运的关键地是在卡比利亚（Kabylia）、奥雷斯山（Aures）、内门查（Nementcha）、迈杰尔达（Medjerda），而不是在巴黎的奥赛码头（the Quai d'Orsay）。

在法国和摩洛哥的谈判之路上，阿尔及利亚问题一直是绊脚石，很难有其他出路。每个摩洛哥人都热切期待阿尔及利亚解放军在并非势均力敌的反法殖民战争中获胜。现在摩洛哥独立了，法国的担心成了事实：虽然摩洛哥解放军于1956年3月在形式上归顺于苏丹，但它早已在城市设立了招募站，并在沿阿尔及利亚边境的摩洛哥东部的荒地上建立了为阿尔及利亚军队提供补给的中心，而对这些事实法国从法律上是无从阻止的。

长期以来，只要一提及"摩洛哥解放军"，摩洛哥政府就含糊其词。首先它已经不存在了，人们一般认为，当某些部落首领赶到拉巴特向苏丹交出武器时，军队已经解散。接着它又出现了，不过只是在骚乱地区维持秩序。这几个星期，在里夫（Rif）山区中心地带，在阿特拉斯（Atlas）山脉中部，以及在摩洛哥最顶端的西北角，法国安全部队和这支军队不断遭遇。村庄和种植园遭到袭击，有法国官兵及穆斯林高官被劫持，法军护卫队遇到偷袭，一场有效的反抗运动正在展开。

5月中旬，新摩洛哥军在拉巴特成立，此时，如何准确定位解放军再一次成为重中之重。解放军的发言人宣称他们的组织与苏丹的正规军是一体的。国防部长艾哈迈德·莱达·格迪拉（Ahmed Reda Guedira）在被问及此说法正确与否时回答说："我不知道。"

当然，问题的核心是权力在谁手里、谁听命于谁。格迪拉这种含混表述的目的自然是不希望民众只看到官方声明的表面现象，他们显然希望由军队和警方来应对不断蔓延的违法现象，否则摩洛哥很可能倒退回旧时的无政府状态。尽管重建秩序能让国家总体受益，可某些活跃的小团体还是热衷于制造混乱。说得委婉点，无论是公路上的普通土匪，还是有组织的殖民顽固分子，以及极端政治左翼，他们都不愿意帮助政府承担这一艰难责任。新政府则竭力想获得各方的帮助。在行政管理运作上，它完全依赖法国的指导，不敢太过公然地反对后者，如替大多数穆斯林说话，赞同他们明显反法的政治观点。在目不识丁的公民心中，清算几乎还没开始。

目前，在营造摩洛哥政治氛围上最有影响力的两个人都在开罗，他们分别是由宗教导师变身为政客的阿拉勒·法西（Allal el Fassi），此人是独立党创始人；另一个是阿卜杜勒·卡里姆[1]，一位决不让步的资深斗士。据最近报道，他们两人之间也有不同观点，但差异仅限于战术步骤。阿拉勒·法西希望与法国方面谈判（即由此决定"相互依存"的条款），允许法方依然以顾问身份留在摩洛哥境内；阿卜杜勒·卡里姆则坚持这样的态度，即只要北非任何地方还有一个法国士兵在，就无法达成任何协议。由于目前附近地区就有五万名法国士兵，而且每周都有更多的后备军加入，阿卜杜勒·卡里姆的方案貌似很不现实，如果付诸实施，很可能会增加战争威胁，这是双方有责任心的民众都希望避免的局面。这两人都有传统的穆斯林的虔诚，也就是说，他们在宗教排外上都是极端主义者。如果你斗胆频繁光顾丹吉尔麦地那区背街的小咖啡馆，就会看到他们的肖像摆放在苏丹像的两

---

[1] Abd el Krim（1882—1963），发起并领导大规模反抗法国、西班牙殖民统治的摩洛哥柏柏尔人领袖。

侧,而对面墙上往往挂着埃及的贾迈勒·阿卜杜勒·纳赛尔[1]全身戎装的画像,仅此一幅,独占整个墙面。纳赛尔成功地驱逐了基督徒,消除了基督教的影响并治国有方,他是青少年的偶像。

因此可以理解,目前生活在平静的国际区的欧洲人应该感到不安。这方面,丹吉尔比摩洛哥的其他城市更甚,因为它缺乏城镇规划。丹吉尔各色居民之间总要在街边道上时时混杂交会,欧式城市被夹在古老的麦地那区和新生的伊斯兰无产阶级的大型城镇之间,而后者是过去十年间在田野和沙丘上崛起的。在丹吉尔,人们想当然地认为民众间的差异可以轻松地协调融合,而城市的实际构造也基于这一观点。

欧洲人不管愿意与否,总是不断与摩洛哥人产生接触,而他们也立刻意识到了当下的这一趋势。那种要命的"回到法国老家"的惺惺作态现在业已消失,而在过去,法国人沉迷于卡萨布兰卡和阿尔及尔等地时有过这种妄想,结果他们忘形到罔顾身在异乡为异客的事实。在丹吉尔,你得明白穆斯林是怎么想的,知道他们有怎样的感受。穆斯林们坐在数以百计的小咖啡馆里,听着新闻简报,那些广播用的不是他们自己的马格里布语,而是标准阿拉伯语(对此他们在理解上不很准确,但能基本把握意思)。消息很糟糕时,整个城市都愁云密布,非穆斯林过客会感到这愁云针对的是自己,而这并非纯粹的想象。收音机对每个摩洛哥人咆哮呐喊,告诉他们基督徒正在阿尔及利亚杀害穆斯林,说基督徒依然占有摩洛哥的最佳地段,而以色列并未被摧毁,说他们的家乡丹吉尔依然会从摩洛哥、从祖国的疆域上被割开去。此外,每天下午四点一刻,开罗电台会向北非播放尖酸刻

---

1 Gamal Abd el Nasser(1918—1970),埃及共和国第二任总统。

薄的宣传节目，在这个节目中，法国、英国、美国等被描述为邪恶的魔鬼。另外，一旦有稍微好一些的消息，诸如一次成功的伏击，消灭了一部分法国军人或是击落了几架直升机等，便人人欢呼雀跃。在这里，你根本无法脱离现实。

6月1日，在丹吉尔，摩洛哥外交部长艾哈迈德·巴拉弗莱耶（Ahmed Balafrej）发布了一系列声明，这些话人们似乎已在各种出版物上读到过无数次：苏丹希望丹吉尔和摩洛哥其他地区的一体化能在和平气氛下进行；要采取一切预防措施确保境外投资，权力转移的结果是生活水准的提高；在最终接管"以防止城市生活瘫痪"之前，应该正视过渡政权这一事实；此外，最重要的是，国王陛下的丹吉尔子民应该牢记，绝不能脱离"中央权力"。

自由货币市场是丹吉尔最重要的功能，究竟它能否被允许继续存在，这一点部长并未提及。不过，只要有任何形式的边境存在，摩洛哥就会不停抱怨丹吉尔的"脱离"，而大多数欧洲人也意识到，若是边境缺乏任何形式的管控，自由货币市场就难以维系。也许会有解决的途径。

到目前为止，形势还是安定的。不管发生什么，我们都很难对摩洛哥人渴望民族独立，或竭力纠正国家长期遭受的不公等加以指责。同样，我们也在尽可能清楚地理解这一局势，即对方为了各种不同目的，也许宁愿保持模糊状态。对此，他们同样不该指责我们。

鹦鹉学舌

原载于《假日》（1956年11月）；《绿首蓝手》（1963年）

鹦鹉很有趣，漂亮，长寿，还忠诚热情，不过造物主给予它最独特的禀赋是模仿人类声音的能力。若是有一只鹦鹉不会说话唱歌，我们就会觉得它算不上真正的鹦鹉。出于某种原因，发现这种小小的、长羽毛的、面部滑稽而苍老的生命居然能说人话，确实有一些头脑单纯的人会把潜意识的想法当真，觉得鹦鹉其实就是人（当然，它假装成鸟），拥有人的思想和情感。

在中美洲和墨西哥，我曾经一连几个小时听印第安仆人在厨房里和鹦鹉谈话，其实是一种自言自语，只是间或从栖木上会传来一声感叹，神奇般融入进来成了对话。我就此询问印第安人，发现他们答复的意思如出一辙，即鹦鹉就是人类灵魂的暂居地。遗憾的是，我们的理性思维不接受这种奇思怪想，可是这返祖现象就在眼前，不由得你不信。

另外，未受教育、淳朴天真的印第安人从鹦鹉身上找到了良师益友。汤里要放点什么、祭典时该戴哪条围巾之类的事，都得和鹦鹉做长时间交流，这对他们而言本身就是某种教育，只是我们很少有人会花时间或精力去提供这种教育。难怪在美国,大多数鹦鹉都是由乡下的拉丁裔来驯养。除了话语交流,同样重要的是,这得是一种与一两个人保持持久交流的关系。鹦鹉并非喜好交际的鸟类,它通常只与极少数人发展近乎亲密的关系,对其他人则非常冷漠,甚至有敌意。它的人际交流就是一夫一妻制的单纯延续,从一人而终和从一鸟而终没有本质差异。

我清楚记得自己第一次与鹦鹉心有灵犀那一天。那是在哥斯达黎加,妻子和我与牛仔骑了一上午的牛,口干舌燥。在农场入口处,我们向一位农妇讨水喝。大家大口喝着水,休息片刻,聊聊天。这农妇指着一个阴暗角落说:"瞧,多有趣!"那里的一根木条上停着七只小东西。她把木条抬到光亮处,我看见这七个表皮粉灰色的小包包上都长着形状完美、黄色的钩形鸟嘴,还都张开着。我仔细凝视,发现它们褶皱的皮肤上长出了亮绿的羽毛。我们谈论起小鹦鹉的饮食和抚养,女主人还很慷慨地要送一只给我们。简忙说她可不想拆散别人的家庭,于是我们离开时没有带走鹦鹉。

可一周之后,为了等船,我们得在一个叫"水盆"(Bededero)的小村茅屋"旅馆"过夜。我们的房间是架空的,搭在一个巨大的烂泥塘上面,泥塘里还有肥猪打滚,一旦它们的脊背顶到支撑房间的梁柱,房间就会晃悠起来,很危险。船要十五个小时后才来,我们无事可做,只能在热得透不过气的房间里坐等。百无聊赖中,主人在门口出现,指端还停着一只发育成熟的鹦鹉,问我们想不想与它聊聊天。

"它会说话?"我问。

"当然了,鹦鹉学舌嘛。"他对我的无知表示惊讶,又补充道,"当然,它不会说英语,只说自己的语言。"

他把鸟留下来,自己走了。这鹦鹉还真说着自己的语言,连语言学家都没法把这种语言归于任何方言。它最爱说,也说得最温柔的词语就是"Budupple"。它重复了好几遍,情绪越来越激动,脑袋往下转了八十度,又兴奋地说:"Budupple mah?"然后就闭嘴了一会儿。

我们当然把它买了下来。主人将它放进一个装糖的粗麻布袋子里,我们就带着它往下游出发了。"水盆"旅店楼底下的河湾还没有消失于我们的视线时,那鸟儿就已探出袋子,得意地爬上了我的膝盖。在此后的两天前往圣何塞的旅程中,只要别忤逆它,这只鸟还算温和,可一到圣何塞的旅馆,它就吞掉了长柄望远镜的一块透镜,还吃掉了一管牙膏,啃掉了大半部俄罗斯小说。大多数鹦鹉都只吃中间的馅儿,把残余的留下,可这只鹦鹉弄坏啥就吃啥。我们坚信它吞下的镜片会带来大麻烦,可是一天天过去了,巴杜普尔什么事没有。到了利蒙港,我们给它买了笼子,不幸的是,只能买到马口铁的,结果,等我们在巴里奥斯港下船走进海关时,这笼中客已经锯断铁条,站在了笼子上面。它的爪子牢牢地抓着笼子顶部,身子可以高度倾斜,尖喙能叼住一切够得着的东西。我们排队等着各项官方手续的折磨时,它够着一位体型壮硕的法国女士,把脑袋探到女士的裙底,沿着她丰满的小腿努力往上爬,使劲用尖嘴和脚爪着力。它引发的事故让其他乘客兴致勃勃地干涉了一番。

次日上午,我们在六个搬运工的共同引领下穿街过巷,去赶前往首都的火车,半路上,我放下笼子,想换换手,巴杜普尔就滑落在地上,朝一棵杧果树蹒跚而去。我冲它背后扔了笼子过去,接着继续赶火车。等上了火车,车刚开动,就听月台上一阵骚乱,只见巴杜普尔飞撞进开启的车窗,落在座位上。那个印第安人还不嫌事大,抓紧时间说道:"这是您的鹦鹉。"他得意扬扬地上下挥动着破损的鸟笼,向我们道别。看来,在巴里奥斯港,马口铁明显比鹦鹉肉值钱。

几天后，我们抵达安提瓜岛，并让巴杜普尔定居在旅店后院的一棵鳄梨树上。我常常想，那里常驻的鬣蜥蜴通常会猎食鸡鸭，不知那鹦鹉能否努力生存下来。

经历了如此坎坷的养鹦鹉经历，我应该让它安静地留存在记忆中并心满意足了。可是我总在思忖，要是换一个更加快乐的氛围，不知巴杜普尔会过得怎样。总之，鹦鹉并不适于长时间旅行。我越是这么想，就越执意要再养一只试试。两年后我住在阿卡普尔科（Acapulco），房子的木制天台十分宽敞，养鸟或其他宠物都没问题。

我从养墨西哥柯托洛绿鹦鹉开始。一般人会觉得柯托洛绿鹦鹉貌似小鹦鹉，一样有绿色的羽毛，可能色泽更深一些，样貌也和鹦鹉差不多，除了嘴巴更小点，头上的羽毛是橘色的，而皇鹦（loro real，拉丁美洲人对鹦鹉的称呼）则是黄色的。这只柯托洛绿鹦鹉，包括我养过的所有鸟，都没有学会讲任何可被人听懂的话。你试着想象一下那种配着老式橡胶气囊的巴黎出租车，若是你录下挤压气囊喇叭的声音并用两倍速播放，那声音就和这种鸟叫差不多。柯托洛绿鹦鹉唯一还算聪明的表现就是，它一见到我就能像出租车鸣喇叭似的打招呼，还一遍遍地重复。后来我把它放飞了，又养了一只真的鹦鹉。

这只鸟成了我的宠仆，尽管它并没有什么值得称道的语言储备，但是它能在栖木上跳某种黑人扭摆舞，而且舞姿曼妙；还能同时模仿军号声，差不多就是一首完整的军队进行曲。厨房就是它的司令部，罗莎、安帕罗、安东尼奥这些人闲得无聊时，会用香蕉块、玉米饼碎等贿赂它，让它表演。它有时候会到天台闲逛，或是沿着走廊参观房子的其他部分，不过它最喜欢厨房的幽暗和烟火味，五分钟不到，就会有人抚摸它，给它喂东西吃，至少会有人对它说话。

此后家中的鹦鹉属类的宠物（其间我还养过一只狒狒、一只豹猫和一只獾,后者相当于热带浣熊)就是被称作"希特勒"的长尾小鹦鹉。它大约4英寸高,根本碰不得,整天趾高气昂地在家中走来走去,不停发出叫骂声,脾气始终很大,有时还会啄仆人裸露的脚趾。它发出噼啪和吱吱的声音,只会讲两个西班牙单词"笨鸟"(periquito burro),还总是以此作为长篇训诫的结语。每到这时,它就会激动得浑身颤抖,令人联想起一流演说家口中的"如我所言"。它本身并不很有趣,毕竟个性很单调,可我就是很喜欢它,它有着使不完的精力。我离开此地时,它是我养过的飞禽走兽中唯一带走的萌宠。

有一阵子,我留意到街上的一只雌性金刚鹦鹉。它浑身红艳,羽毛中夹杂着蓝色和黄色,嗓音有号令天下之势。我常常在下午过去钻研它的语言天赋,没多久,我就决定买下它,虽然我明白,要听懂它能呐喊出来的那几个可辨词汇纯属偶然。不可能有人对它提起过一种叫果仁蜜饼(baklava)的东方甜点,或是巴拉克拉瓦(Balaklava)战役,它也更不可能听到过有关马克斯·恩斯特的超现实主义画本《百首女子》[1],其中一个主要人物是被称为罗普罗普(Loplop)的魔鬼,然而这些单词却在它的自言自语中清晰出现。有时候它会突然爆出西班牙单词agua(水),每个音节音量一致而清楚,不过我觉得这也纯属偶然。总之,它走进了我的天台,横扫整个家庭,包括其他鸟儿,在众人中激起一阵怒潮。每天早上五点,它就爬到此地的制高点柠檬树顶上,拍着修剪过的翅膀,发出风吹床单的声音,令人难以置信。谁都无法制止它,也许除了隔了三户人家住着的那位警察。一天一大早,他拿着左轮手枪赶过来,要是我允许他走上天台,他肯定将那鹦

---

[1] Max Ernst(1891—1976),著名德国画家、雕塑家、画本作家。《百首女子》(*La femme cent têtes*)是其于1929年出版的一部图画小说。

鹉一枪毙命了。"先生，我再也受不了了。"他解释道。（之后他拿着两个比索离开，去买玉米饼了。）

在鹦鹉类鸟儿的身上依然能看到某种类似蜥蜴的特征，金刚鹦鹉在这方面尤其显著，是鹦鹉家族中长相最怪异、最不可思议的一支。每次我细细观察罗普罗普时，就会想起不久前在巴西发现的巨型鹦鹉化石。所有的金刚鹦鹉身上都有某种远古特征。在野外，当它们一起飞翔时，会形成特有的椭圆形盘旋，看上去和其他大型的、毛色鲜艳的鸟儿一样。可是当它们失去了翅尖和尾翼，只能蹒跚、缓慢爬行、攀爬和扑棱时，就会显出怪异的自然感，好像它们有着远古的记忆，那时它们还没有这些附加的特征，动作起来就和今天被囚禁时是一样的。

"囚禁"一词并不贴切，因为在拉丁美洲谁都不会把金刚鹦鹉关进笼子，它们始终是自由的，有时候蹲在栖木条上，或是附近的树上，好像从没想过要逃跑。我只见过美国人用铁链束缚或笼子关住金刚鹦鹉，这时它们就会很凶残、暴躁，而主人提到这一点时还颇感自豪。鹦鹉也一样，虽然它对自由和随意行动的热爱没有那么强烈，却也同样讨厌被囚禁。它对自己的笼子很是喜爱（前提是笼子的铺板得干净），不过笼子的门要敞开，这样它就能自由进出。把鹦鹉关进笼子是没什么意义的。

罗普罗普顽固不化，贪得无厌。铺板的角落里放着一碗供它独享的甜甜的奶咖，不管我们给它吃什么，它都会先把食物在碗里蘸蘸，然后再吞下去。我们为它供奉的食物，开销简直是大花血本，远非一般支出，因为我们几乎得把桌子上所有东西都递给它，以免它爬到餐桌上来。万一它爬上了桌，那可就是万劫不复：银餐具四处散落，杯子翻倒，食物飞溅。它像除雪机一般横扫一切。这倒不是说我们把它宠坏了，而是说，当你遭遇那长着一把修剪树篱的大剪子般鸟嘴的东西，每个人都会有那么一瞬间的迟疑。

一天下午，简去塔斯科（Taxco）度周末，罗普罗普觉得我一个人肯定很孤独。见我躺在吊床上，它便走过来对我叨叨，我从地板上支起身子，重心压在臀部，它就爬上吊床来了。我立即换了个吊床，还事先小心翼翼地把床悬空架起。它咯咯地笑起来。一旦我想做点有难度的事情，它就起劲了，它有大把时间达到自己的目的。于是它爬下来，穿过地板，攀上了撑着吊床的一根支柱，然后顺着绳子滑进我的怀里。没等我回过神来，一切都来不及了。我当时穿着泳裤，它显然是让我意识到，如果想赶走它，后果可不得了。它无非是想让我挠它的肚子，而且已经渴望了很久。两个小时里，我漫不经心地挠着抓着它的下腹部，而它则仰卧着，那双白痴般的眼睛一开一闭，享受着某种神秘的、无可名状的鸟类的狂喜。自打那天起，它会在屋子里一直跟着我，向我抛媚眼，高喊："果仁蜜饼！罗普罗普！"一心想把我的双腿当树干一路爬到我脸上。那纯粹的热忱真令人叹服，渐渐也让人心烦。后来我把罗普罗普又卖还给了原先的女主人。

第二年，我发现了一只最好的亚马孙鹦鹉，它堪称完美，真有非凡的模仿才华。我是在一个小花园里看到的，它正栖息在自己的笼子里，知道自己被人盯着看，一副泰然自若的神情。我靠近它，问它叫什么名字。它慢悠悠倒转过身子，把脑袋搁在最接近我的横杆上，风情万种地用假声回答我，几乎是低语呢喃："科——托——罗——托。"尽管这确实是它的名字，可显然是误称，因为这鸟不是科托罗种，而是鹦鹉种，还是大型的。我们短暂地聊了一会儿天气，之后我就把这新伙伴连着笼子买了下来，一共六美元，拎着回家去。印第安女仆们可开心了，她们觉得自己在厨房里花很长时间梳头时，若没有鹦鹉聊天陪伴,就像缺了什么似的。她们需要有美容顾问。"这个样子你喜欢吗?"她们问道,而后嘴里咬着梳子,把发绺换了个位置,"那这样呢?"科托罗托可是只聪明的鸟儿,它沉稳恬然,有条不紊。它喜欢每天早上六点半开笼子,七点吃香蕉。九点左右它就出笼子,站到笼子顶上,一直待到中午。然后,它在房子里巡逻一趟,一间间屋子地蹒跚而行,确保一切井然有序。接下来,它就攀上一个老旧自行车的轮胎,那东西挂在天台的阴凉处,它就在那里栖息,直到我们在一旁吃午餐。这时候,它会加入聊天,发表点简短的评论,诸如"真的?""怎么样?""对!"等,如果讨论变得格外激烈,它还会爆发出歇斯底里的咯咯大笑声。到了下午,它会和家里其他人一样睡个午觉。阴影渐长时,它就抒情满怀,日暮时刻鹦鹉总是如此。女仆们聚在厨房里准备晚餐,它也走回那里,爬到笼子顶上,开始监督她们两个小时左右的工作。等它感到困倦了,就会走进笼子,温柔地要求别人关上笼子门,罩上罩子。

　　科托罗托的表演剧目似乎根据兴奋程度而非选择来定。安静的时候,它以低声独白来表达,内容听不太清楚,以西班牙语短评为停顿点;稍微再兴奋一些,它就完全讲西班牙语了。接下来就是咯咯笑,再进一步就是尖声歌唱。(它肯定一度生活在某个糟糕的女高音身旁,因为一首调子平缓的诸如以"我不知道心有多冷"开始的歌曲,它总是唱得一字一顿毫无变化。)此后,会是一派奇异的乡村家庭景象,起初是婴儿啼哭、抽泣、哽咽,接着是母亲的抚慰声,父亲疲惫苍老的喊叫声响起"别吵了!",狗儿紧张地吠起来,几只不同种类的家禽,包括火鸡,也发出了声音。最后,如果它的情绪继续得以发展(这并不多见),它会发出一连串的丛林呼唤。无论是谁,听到这声音都会很快逃开,生怕受到伤害。一般情况下,这些不同的情绪阶段都间隔得较久,不过,一旦爵士乐唱片高声响起,就会引发它起伏不定的全音阶表演。尤其是单簧管的声音最能刺激它,它的咯咯笑声会转变为哭号,哭号转为狂吼,狂吼很快转为丛林呼唤。到了这个点上,你一定得把唱机关了,或者离开屋子。

科托罗托是一只优秀的鸟儿,它只咬过我一次,而且错不在它。当时在墨西哥城,我买了一双新鞋,结果走起来吱吱作响,天黑之后我穿着这鞋走进家门,还忘了开灯,默不作声地直接朝着科托罗托走去。它就站在笼子顶上,听到不熟悉的鞋子声,它倾过身子,朝着不速之客发起攻击。当它发现自己弄错了,就很不好意思地装出困极了的样子,可是我之前好几次吵醒过它,还从没引起如此糟糕的结果。

现在我和两只鹦鹉一块儿生活,我这么说,而不是说"我养了两只鹦鹉",因为后者的表述会有它们是我的财产之嫌。一个生命,它能整天留意你生活习性和声音起伏的细微变化,更像是一个长期一同生活的重要朋友。这两只鸟儿曾先后有过离我而去的经历,最后我都是通过这样或那样的方式,把它们从新主人那里赎身后带回家的。赛斯是非洲灰鹦鹉,是我见过的最伟大的表演家。不过话说回来,非洲灰鹦鹉和亚马孙鹦鹉一样,都是表演天才,非要拿两者来比出高下是不公平的。赛斯于1955年8月出生在利奥波德维尔(Leopoldville),照鹦鹉的标准来看,它还是个襁褓中的婴儿。如果它不断地接受现在的训练师的培训,就是那位在我厨房工作的虔诚穆斯林妇女,它准会像所有优秀的穆斯林一样,在青少年时就颇通《古兰经》。另一位陪伴了我十四年的客人是一只黄色脑袋的亚马孙鹦鹉,是我从一个摩洛哥人那里买来的,当时此人在丹吉尔的大街上兜售它,还一口咬定它的名字叫"巴巴里奥"(Babarhio),在马格里布语中就是"鹦鹉"。我把它带到铁匠铺,把绑在它腿上的铁链给剪断了。剪铁链时它尖叫着，引来了很多人，它竟把铁匠的手啄出血来，引得众人一阵喧闹。更难的事情是为它找一只鸟笼，在丹吉尔，我压根儿找不到足够结实的笼子来关住它。最后我打听到，有一位住在偏远的古山地区的英国女士，她的一只鹦鹉几年前死了，也许那只笼子还在。就在等着这位女士找回笼子的那一周，巴巴里奥把我在市场上为它买的两只笼子弄成了一系列有趣的铁丝雕塑，还在我的宾馆房间上演了一场大浩劫。一只鹦鹉一旦熟悉了生活环境，无论你给它多大的自由，起初肯定会有麻烦，骚乱必然发生。

我几乎是立即让巴巴里奥适应了旅行。我用两条长长的本地男子用的羊毛腰带包裹鸟笼，还用白色羊毛的儿童吉拉巴再裹一层，让它足够温暖，还把外衣的小袖子伸在外面，那笼子看上去就像个婴儿，头上还戴着一个大大的铜圈。这玩意儿可不省心，尤其当那只隐身的鹦鹉在笼中幽暗环境待烦了，常常又是咳嗽又是窃笑。

诚然，在热带和亚热带国家，鹦鹉是家中最有趣又可爱的伙伴，是你一旦离开它就会非常想念的朋友。多尼亚·维奥莱塔是在奥科辛戈的市场上卖面包的中年寡妇，她就养了三十年左右的鹦鹉，后来鸟儿被狗弄死了，她伤心得不得了，为此关闭了三天铺子。等后来再开张，只见她柜台上放着一只玻璃盖的小棺材，里面躺着经过防腐处理的爱宠鹦鹉。她黯然神伤，郁郁寡欢，只要有人向她表示哀悼，就禁不住落泪。"它是我世上唯一的朋友。"她抽泣道。当然，这并非事实。不过考虑到她的丧友之痛，你也就能对这样的夸张言辞释怀了。她又说："懂我的只有它。"其实这话不假，尽管纯属主观感受，但很有道理。我脑海里就浮现出这样一幕：多尼亚·维奥莱塔在她的小房间里对着鸟儿倾诉心事，而对方端坐在她面前专心倾听，不时给点不着调的评论，而她会按着自己的想法解读。哪怕那鸟语毫无逻辑，对一个孤独的人来说却意义重大。

我觉得自己对鹦鹉的莫名好感可能源于小时候听过的一个故事。哥伦布从新大陆带回一群鹦鹉，进贡给费迪南国王，其中有一只逃出宫，进了森林。一位农夫看见了，他之前还从未见过这样的鸟，就捡起石头要砸它，想弄到那身漂亮的羽毛。正当他瞄准目标时，鹦鹉昂起头喊道："噢，上帝啊！"那人呆住了，手中的石头落在地上，他瘫倒在地，说："请饶恕我吧，夫人！我还以为您是一只绿鸟呢。"

兼住岛生活即景

原载于《假日》（1957年3月）

两种风景最能打动我：沙漠和热带雨林。这两种极端的自然地形，就植被而言，一种极为稀少，一种尽可能地多，两者都能把我带入一种近乎陶醉的状态。不幸的是，当你对两个截然对立的事物都有所好时，就会像钟摆一样来回摇摆，还会摆得越来越有规律。

我在北非买了一幢房子，那里靠近沙漠。过了一段时间后，我发现自己对丛林充满了思念。由于距离摩洛哥最近的雨林在撒哈拉和苏丹的另一头，我便扭转方向，朝东方寻找那片植被极盛之地，突然想到可以前往锡兰。那里有茂密的植被，也能享受另一种陌生文化。

当然，情况往往如此，我最终发现那地方与我之前想象的迥然不同，它和我所期待的"东方"风格差异很大。欧洲各国，如葡萄牙、荷兰、英国等陆续占领那里，给当地文化留下了深深的烙印，不过那里也有诸多令人意想不到的迷人之处，抵消了我最初的失望。当地人特别善解人意又好客，食物也是我在赤道地带吃过的最美味的，宾馆服务无可挑剔，最重要的是，那里拥有无尽的热带绝佳胜景。

我探寻着锡兰，渐渐熟悉了那里奇妙的晨景和无与伦比的落日。

清晨，一旦雾气消散，岛屿的魅力尽收眼底，此时的色泽和轮廓最为清晰。渐渐地，随着日光增强，一切又朦胧起来。海岸上的日落尤为壮观，令人惊叹，整个过程只有短短几分钟。几个月来，我从一地换到另一地，每到一处，都觉得胜于之前，心里盼着能最后发现某个地方，买下来常住。

我离开英国前，看到过距锡兰南海岸不远的一处优质地产的图片，那是一个小小的、圆顶状的岛屿，制高点上有一幢样貌奇特的房子，房子沿岛屿侧翼展开，土地渐渐融入参天大树的浓荫之中。在我想寻找某个国家进行深入探访时，当我需要在锡兰和泰国之间做出选择时，这些图片比其他任何东西都更让我有一种冲动要选择前者。可我还是返回了欧洲，当我从马塔拉（Matara）坐火车绕过韦利加马海湾时，那绿树蓬松的小岛只在我眼前忽闪而过。然而那记忆难以磨灭。图片上那木麻黄的大树，扶手栏杆，惊涛骇浪，还有那蜿蜒的、棕榈遮阴的海岸线，都留存在我的脑海。于是，当我再次来到锡兰时，便决定要前往海岸边面朝小岛的韦利加马客栈。在那里可以直接面对阳光下的青葱草木，我还下定决心要上岛看看。

第一天一大早，我就穿上泳裤出门了。海水温暖宜人，十分钟后我游到了长长的船码头，四周寂静无声，只听见海水拍打着支撑着码头的木桩。码头一端有一扇关闭着的门。我走过去，有条狗叫了起来。很快就有人从树丛间走出来，他披着件白色纱笼，身体其他部分都裸露着，嘴唇、牙齿和粗硬的胡子因为嚼槟榔都染成了砖红色。我给了他1卢比，他答应带我在这片宅地参观一番。

这里比我想象的好太多了，简直就是我从小就梦想和渴望过无数次的地方。可当我回到科伦坡，再次对这个小岛进行详细了解时，果不出所料，得知主人并没有出售的意愿。我再次返回欧洲，心里一直惦念着这座小岛，而这一回我的想象已变得真切：木栈道上缕缕阳光的色彩，花朵上太阳的热情气息，海水撞击巨石的轰鸣。我对海岛的渴望因未曾满足而越发强烈。

半年后的一天，我在马德里收到一份电报，上面写着："塔普拉班岛卖主同意以×卢比出售。有意请即电汇。"我手里攥着电报，冲到楼下书桌旁，赶紧往锡兰发电报。树林、礁石、放着帝国风格家具的奇异房屋，一切都是我的了。只要我愿意，随时可以前往居住。

我把买房的事情告诉妻子，她却没有我想象的那么激动。"你疯了吧！"她高声说道，"锡兰的外岛？你怎么过去啊？"我解释说只要坐船经过地中海和红海，在印度洋航行一段距离，抵达科伦坡，接着跳上火车，就到了韦利加马渔村。"只要上了岛，南极就近在咫尺了。"我补充道。她久久地凝视我。"你可别指望我去那里。"她说。

可是三年后，她站在了那里的一块黑岩石上，就在木麻黄树下，视线越过印度洋，眺望着南极。

按照契据，那座自海中崛起的小岛原名"加杜瓦"（Galduwa），这是一个僧伽罗语单词，意思是"岩石岛"。自人们有记忆起，那里的制高点上就有房屋了。1925年，一位名叫摩尼-塔尔万德伯爵的悠闲绅士将它买下，修造了一所仿庞贝风格、梦幻般的八边形房屋，据说此后他出于所谓"温和的自大妄想"的心态，不断地对房子加以装修。（他还把小岛更名为"塔普拉班"，那是古希腊人对锡兰的称呼。）

从一开始，他真正想要的建筑就不是一所有内部空间的房屋，而是一个能与外面景致相得益彰的亭子，从亭子的各个角度都能观景。于是，他很开心地要把房屋之间的墙壁拆除，这样所有九间屋子（包括浴室）事实上就会变成一个大间，完全敞开透风。接着他选定了海湾对面的小岛，他格外喜欢那岛屿的形状，认为那是北眺的绝佳景点。随后，他开始建造八角形房屋，站在房屋正中心可以看见那小岛，映入眼帘的首先是圆柱，再远一点是一条门道，越过经典的花园小径，最后是那片人工种植的树木丛林。结果可想而知，就像大多数脱胎于幻想的事物，非常不切实际。

由于那地方空了好几年，只有园丁夫妇俩居住，因此需要好好重建。离开摩洛哥前，我们已经为那些巨大的床铺定制了新的垫子，到了科伦坡，我们还购置了床单、毛巾、蚊帐、厨具、煤油灯，一只新炉子，还有大量食物。我记得在韦利加马的商店里有各式手电筒、纱笼、自行车和爆竹，其他货品就很少了，日常所需的诸如醋、盐或咖啡等东西根本就无从寻觅。

在陌生环境中生活，最初的节奏无疑会很缓慢，你会怀疑自己能否适应这种慢条斯理、冗长沉闷的时光。然而日复一日，你发现时间不知不觉中变快了，直到最后你压根儿忘却了时间的游走。我们渐渐习惯了这样的生活，它的奇异之处就在于"无所事事"，无处可去，无人可见。但也许，这里的日常生活显得困难重重，完全是因为在来到塔普拉班岛之前，我们做了一个非常错误的决定。

之前有人提醒过我们，说那两个住家仆人可能不会做饭，于是我们在抵达科伦坡时雇了一位厨师，此人名叫费尔南多，曾经在货船上帮厨过几年。我起初有过顾虑，觉得带着城市的僧伽罗人去乡下会不合适，因为世故的外人会引发诸多摩擦，最后造成不可收拾的麻烦，我还真该留意这一点的。费尔南多甚至拒绝走进那洞穴般的仆人房，更别提在房里睡觉了，他在主屋书房里搭了一张行军床。就算我并不很了解锡兰人主仆间的礼仪规矩，也应该有足够的直觉，意识到住家仆人会认为对此坐视不管是可耻的。他们立即就表露出不满，一直想让我明白费尔南多根本就多余碍事，可那时候，我没有顾及他们的暗示和不快。首先，费尔南多在睡梦中会大喊大叫。我本来一直盼望着能享受美好的热带长夜，聆听虫儿呢喃、浪花拍岸，现在却不断被毛骨悚然的深夜呼喊吵醒。费尔南多的睡眠就是一个漫长的噩梦，据他自述，他在白昼也好不了多少。在他看来，不光我们的仆人，所有南岸的人都是危险的小偷和凶手。他一去市场买食材，必定会发生打架斗殴，警察都来抱怨了。他们说，唯一的解决方式就是我们雇当地的厨师。

解雇费尔南多轻而易举，不过再雇一个厨师可不容易。似乎没人喜欢住在岛上，哪怕是离岸仅一百码的岛。最后，朋友们深表同情，张罗着帮我们找新厨师。这回是一个本地居民，他坚持要把儿子一起带上当助手。于是我们有了六个仆人，包括打扫厕所的。

小岛对面菩提树上的乌鸦啼鸣，像闹钟铃声般唤醒了古纳达萨，他立即起床，沏好茶，端到我们床边。每天他都会从屏风后面走出来，呼唤着："主人——早安——请喝茶。"我喝下两三杯浓烈的唐嘉纳茶（Tangana），再加几片新鲜白菠萝，精神为之一振，便开始每日清晨的环岛巡游。我经常在一条石凳上休息，那里是眺望韦利加马海湾的观景胜地。尽管东升的太阳尚未浮上山岬，阳光已经散发出暖人心脾的热量。远处的渔船队伍越过那一排白色礁石，驶入广阔的海洋，鼓起的风帆就像巨大的鲨鱼鳍背。几十只黑色的小螃蟹从岩石缝里钻出，侧行着朝我爬过来。一阵刺痛让我从沉思中惊醒。茂密的树枝弯垂在石凳上方，红色大蚂蚁在树上做巢，那蚂蚁叮起人来和小黄蜂的感觉差不多。

我马上起身回去，一直工作到早饭时间。上午余下的时间则用来平息仆人的争吵，做收支账目，等微风停下，皮肤感到闷热潮湿时，就跳入海中。午饭虽然每日不同，但必有咖喱，每每辣到流眼泪（我居然莫名其妙地渐渐乐享其中），之后就是午后小憩，很快沉入梦乡。此时常有劲风，吹得蚊帐如波浪起伏，空气中弥漫着波涛拍岸激起的咸咸迷雾。

通常，在鬼魅舞者开始击鼓前，夜幕已然降临。人们并不每晚击鼓，否则我们根本睡不好，因为鼓点一旦敲响，就会持续不断直到次日中午。倒不是说鼓声很响亮，可当你知道击鼓开始了，就很难待在家里。这些佛教诞生前的古老仪式曾是本地社群最重要的活动，几百年过去了，虽然它们在众人眼里已经退化为一种原始"迷信"的遗风，但真正优秀的舞者仍然能唤醒古代神灵，让观众为之颤抖。

夜晚，我们常常穿着泳装下水，游到对岸换上衣服，衣服是仆人们顶在头上事先抬到那里去的，然后我们就朝着鼓声走去。有时人们在村民家里或是集市上跳舞（我们总是被拉进人群，受邀坐在场地前排的座位上，还有烟草和软饮料招待），不过最令人难忘的场面是在棕榈树林里，那里离海滩很近。在黑暗中，戴着面具的人们呼喊着，举着燃烧的火把在树丛中跳跃，渲染着激动人心的氛围。通常，鬼魅舞是一种充满魔幻的庆典，目的是驱赶疼痛、精神疾患和厄运，主要是通过引发个人恐惧，让当事者自动驱逐邪恶，即一种最基本的休克疗法。

我非常惊讶地发现，很少有锡兰人看过这样的表演，而且他们大多数人竟然对自己的民间风俗一无所知（唉，简直冥顽不化）。在塔普拉班岛的仆人中，基督徒对此表示不赞同，而佛教徒则略感好玩，但他们宁愿整晚坐在岩石上钓龙虾和螃蟹。

韦利加马的很多居民（不少人来自科伦坡）都上小岛来拜访我们。一个炎热的下午，一位医生和他的妻子一同来访，他们穿着正式，碰面时我们正穿着泳装懒洋洋地倚靠在地板上。他们来访的主要目的是想问问我们为何还没去过当地的圣公会教堂。还有一天，整个邮局的工作人员都来了。此外，各色政客和律师、警察局长、附近几个大橡胶园的主人、记者和摄影师，还有单纯的观光客等，都会不期而至，都得好好招待。有一回，八位年轻和尚抬着一尊巨型泥塑当礼物送到家里。还有一次，一群穆斯林来邀请我们去陆地上共进晚餐，我们一时犹豫，他们便解释说晚宴早已为我们备好，就等着上菜了。显然，我们不去也得去。好一场盛宴！

最初几个月，尽管因为工作所需，我更愿意独处，可本地人让我盛情难却，他们对任何人都友好亲热的态度令人惊讶，初到任何异乡，都不可能遇到如此情形。有一阵子，我在登岛码头的入口挂上铁链，锁上门，可钥匙老是会放错地方而找不到，我们就经常被困岛上。于是我贴了一个告示，上面清楚简明地用很大的罗马字母、僧伽罗语、泰米尔语、阿拉伯语等文字写明，来者必须提前得到允许才能进入。这显然很荒诞。到访者打个招呼，拍拍门，园丁走过去，双方达成某种经济上的共识，园丁便带着这些人开始参观，除了不走进屋子，什么都能看。当然，那共识的具体细节他们都有意对我屏蔽了。

或许因为语言障碍，我差不多三个月后才让园丁明白，从游客手里赚钱并非他的天生权利。有一位到访者曾带着来自科伦坡的一群教师一同过来，他对我说："这位园丁对自己身为国家历史遗迹的管理者深感自豪，而您，先生，能住在此地真是太幸运了。"

这句话真让人大开眼界。我不仅感到幸运，还忧心忡忡。被一个新兴的、具有强烈民族主义精神的国家的公民告知，说我住的地方是国家遗产的一部分，这事绝不振奋人心。不过我尽量显得开心，并表示赞同。

在锡兰这样一个人口密集、富裕繁荣的国家，驾车的人们总有地方可去。这个国家不大,大多数名胜都离主要的高速公路比较远,而塔普拉班岛在旅游指南书上被列为容易到达之地。不过,当发现有游客从遥远的孟买赶来,我着实有点吃惊。有一次,一位美国女士在我这里住了两星期,我就对她讲起过此事。(她坦言,自己来亚洲,一方面是想目睹活着的印度王公,另一方面是想在喜马拉雅地区找到拉萨犬。)一天,我们正坐着吃午餐,园丁和他妻子过来了,有些衣冠不整,说刚才在大门口和八个印度人起了争执,他们把其中一人推倒在台阶上,结果此人撞倒了两位女士,还有一个小女孩。我们礼貌地表达了担忧,谢过他们,继续午餐。没过多久园丁又回来了,还从纱笼的兜里取出一张纸。"这是那位印度大人给的,"他说,"是吵起来之前给的。"

我看了一眼,把纸条递给女客。她撕心裂肺般尖叫起来。原来那位先生请求我允许他一行人到房屋周围走走,落款签着"班德王公"(The Maharaja of Bhand)。

锡兰法律规定,任何在该国居住超过该年度六个月免税期的外国人,必须从他的国际收入中征收该年度的全年税额。(税率很高。)这自然打消了我长期居住在塔普拉班岛的可能。

一天清晨,一群人从岛上破浪游到对岸,每个人头上都顶着旅行袋。小牛车在旅社前等着把行李运到车站,这个季度的最后一次韦利加马朝圣之行正沿着狭窄的公路展开,我们经过那座庭院扫得干干净净的佛教寺庙,经过阿育吠陀草药房,走过排排杧果树,拴着铁链的蜘蛛猴在树上跳跃,走过阿卜杜勒·阿齐兹无线电和照相器材商场,以及其他熟悉感人的景致。经过每一处,我都细细凝望,并问自己:"这是最后一次吗?我还会再看到这一切吗?"现在,似乎一切都不能想当然。

锡兰来信

原载于《民族》（1957年4月13日）

锡兰给人怎样的第一印象呢？我七年前初到锡兰，尽管自那以后那里发生了很大的变化，但一些不变的细节至今历历在目：烟花、节庆的旗帜和灯笼，成千的乌鸦鼓噪喧闹着，树枝上悬挂着成串的圣诞节灯泡，原始木雕似的双体船搁浅在沙滩上，瘤牛拖曳着巨大的彩车，寺院周围伞状的佛龛，僧伽罗人孱弱的身体和被槟榔染红的双唇，而最最难忘的是那里恣意繁茂的植被。到处绿树成荫，树林是景观的主导，亘古永存。巨大的雨豆树和古老的菩提树上枝叶颤动、光泽摇曳，那里还有面包树和木菠萝，高耸入云的椰子树（我住所附近的椰子树高达八十英尺），以及纤细无比的槟榔树。若非茶树和橡胶树格外引人注目，那里的乡村野外不过是平淡无奇。

锡兰并不像南美那样有着真正意义上的雨林，后者令人望而生畏，毫无艺术美感，而这里恰恰相反，无论景致多么原始，你都会觉得布局精巧，赏心悦目。你一旦离开城市，就仿佛进入了繁茂的植物园。如果你走进雅拉禁猎区（Yala Game Preserve），对那里的动物也会有类似的印象。日落时分，你会看到半英里开外的小池塘边有十几头大象，可当你想摄影时，一定得坐进车里，因为出于安全考虑，该区域禁止人不带追踪器随意溜达，而追踪器的基本功能就是确保人们在任何情况下都不走出汽车。总之，你觉得自己就像身处巨大的动物园，可以随意观赏一切动物。凶猛的大象和水牛十分危险，汽车遭遇攻击、乘客受伤甚至遇难的事故并非罕见。不过，尽管你知道这一切，依然感觉身处人为营造的环境。也许这是因为你在距离禁猎区几英里外的地方，能看到一模一样的水牛在稻田里安静地耕作，样貌类似的大象被象夫牵引和吆喝着在公路上缓慢行走，铃铛摇晃。至于豹子和熊，哪怕你一早醒来，在圆屋的厨房外看到它们的脚印，都算是难得的幸运了。

锡兰的朋友们常常告诉我，如果我喜欢喝茶，那一定别去参观茶厂。确实，那里的工人们赤脚沾着牛粪，在一堆堆茶叶之间慢吞吞地走来走去，此后茶叶未经消毒就上了你的茶桌。不过我依然热衷喝茶。当地有个茶叶品牌叫"唐嘉纳"，是我迄今喝过的茶中最棒的。

近期你一定听到很多人在谈论茶叶生产国有化一事。国家花费了上千万的卢比购买了一些茶园，并在合作基础上进行运作，目的与其说是提高工人的生活待遇，不如说是为了使资金不流出锡兰。听到茶农们告诉你，说政府以一英亩[1]900卢比收购"实际"价值3000卢比的茶园地，你也不会太过惊讶。

种茶在这里曾经是高利润产业，有资产的人常常买上几百英亩地。假如说你有一块400英亩的中小型茶园地，你就需要500名工人，每年能从茶树上采摘大约40万磅[2]的茶叶。但是每一株茶树，一年中每隔15天采摘一次，一次只能采4.5盎司[3]的茶。也就是说，采茶工人若是

---

1 英美制地积单位，1英亩合4046.86平方米。
2 英美制质量或重量单位，1磅等于16盎司，合0.453 6千克。
3 英美制质量或重量单位，1盎司等于1/16磅，约合28.35克。

根据一天所采摘的茶叶重量获取工资，干活一定得速度飞快。值得注意的是，干这个低薪工作的不仅只有泰米尔人，而且只有泰米尔女人。这活不需要特别的技术，采茶人只需要能辨认每一株茶茎上的所谓"皂叶"，认准后就将达到这一标准的好茶叶都采下来。同一株茶能提供五种不同等级的茶叶，这取决于叶子的大小，经过不同网眼的筛子的筛选，最上等的锡兰品种名为"碎橙白毫"（Broken Orange Pekoe）。

茶叶加工很简单，从植株之物到杯中之物最短只需要24小时，虽然一般要求30小时。这里人人喝茶，当地每个火车站上都有商贩将茶递进车窗向乘客兜售。酒饮生意就难做得多。至于如何、何处、何时可以卖烧酒和棕榈酒，有诸多法律规定。（这两种锡兰酒饮就相当于墨西哥的特基拉龙舌兰和布尔盖龙舌兰酒，其中的差别是，前者的原料是槟榔，而后者是龙舌兰植物。）进口酒饮是专供有钱人的，1/5瓶的杜松子酒卖8.2美元。对游客来说，锡兰已经不再是便宜国度。在五次到访中，我发现价格一次次不断上涨，这一次宾馆房价和餐饮都是1950年的两倍，虽然官方和黑市的美元汇率没变。

似乎人人都认为，锡兰的共产党人中没有一个曾在莫斯科受过培训。领袖们带着妻子一同出现在罢工现场，给路人分发传单，这属于接近民众的地方性事务。几年前在马塔拉发生过一件令人瞩目的事，党员们得知党派候选人失利，竟剃掉眉毛以示哀伤。锡兰的另一件政治怪事就是"兰卡平等社会党"（Lanka Sama Samaja）的存在，这是一个托洛茨基党[1]，在本地的政治生活中有着很大影响。我一到此地，

---

[1] 指根据托洛茨基（Leon Trotsky, 1879—1940）所主张的政治理论建立的党派组织。

就不停有人告诉我，说当地的第三国际即将和第四国际[1]联姻，可既然第四国际依然存在，看来联姻不过是第三国际的一厢情愿罢了。

目前，该国占主导的组织是人民联合阵线（M.E.P.），这是一个联盟组织，它在组建过程中把锡兰政治活动中大多数心怀不满的人聚集在一起，包括了斯里兰卡党（班达拉奈克[2]自己的社会主义党）、平等社会党，以及锡兰共产党等。人们对保守的联合国家党（U.N.P.）非常不满，因为它自政权独立后就一直把持权力。鉴于它的官方名称使用的是英语而非僧伽罗语，人们便认为它有着明显的倾向性。当联合国家党的约翰·科特拉瓦拉[3]爵士任期将满时，国内几乎所有人都对他厌而远之（哪怕原因各不相同甚至相互对立）；即便如此，当人民联合阵线获得压倒性胜利，班达拉奈克成了候选人时，对此人人都感到惊讶，尤其对获胜一方的大多数人来说，他们并没完全准备好接任政府的职责。

美国援外合作署（CARE）此时正在当地实施一个大范围的学校午餐计划，其中一位雇员告诉我，他去到一个偏僻乡下的学校，校长不经意中向他透露，说自己大半年来都没有领过薪水，而这种事并非罕见。"那你怎么生活？"这个美国人问道。"借钱喽，"校长说，"人们会借给我钱，因为我给政府打工。政府很快会支付的。"当这个美国人向教育部核查此事时，他每次都会发现，这些可怜的校长真是大错特错：薪水不发根本不是因为拖延，他们任教的学校并不在官方名录中，教育委员会甚至都不知道有这些学校存在。这位合作署雇

---

1 "第三国际"（1919—1943）是由列宁创立的、总部设于莫斯科的国际共产主义组织；"第四国际"是由从第三国际中分裂出去的托洛茨基及其追随者于1938年创立的国际联合组织，又称"世界社会主义革命党"。
2 S.W.R.D.Bandaranaike（1899—1959），锡兰第四任总理。
3 John Kotelawala（1895—1980），锡兰第三任总理。

员还补充道，在政府权力更迭期，很多档案资料都丢失或被毁，有时是故意为之，目的是加重继任团队的职责压力，很多小怨小恨大多莫名其妙，仅仅因为人民联合阵线宏大的乌托邦式承诺和既有成就之间存在差距，连人民联合阵线的热情支持者都觉得这差距未免太大了。人们普遍认为，如果当前政府失败的话，联合国家党（并不由科特拉瓦拉领导）即便现在没有当权，在下一次选举中也会接管权力。不过，似乎到时会有很大的障碍要跨越。有些人认为国家有可能会平安退回到前人民联合阵线的局面，那他们似乎太没有想象力了。

僧伽罗人中少有人过度吹捧印度的非暴力政策。很难想象会有人采取非暴力抵抗策略，这样的情感反应和我们的实在太像了。幸好僧伽罗人天性尊重礼节，较为隐忍，这些性格特质尚未被政客彻底破坏。但僧伽罗人对在锡兰的欧洲人并不友好，这也是对外来者几个世纪的剥削所产生的自然反应。普通游客一般有常规的朝圣游览路线，会前往阿努拉德普勒（Anuradhapura）、波隆纳鲁沃（Polonnaruwa）、康提和西基利耶（Sigiriya）等地，若到访者不依循这样的游览计划，就会发现自己成了被反复质询的对象，陌生人会以一种并不一定很友好的口吻问他："你想要什么？你来锡兰做什么呢？你为什么来这里？"政府的态度也类似，它就喜欢为难访客，尤其是美国人。这几年我还算是幸运的，可其他政府还真没让我在集中营（用当地的委婉语说，就是"筛选营"）里连续待过四十八小时，就因为他们自己的领事馆犯了个技术性错误，导致我的签证失效，而领事方面也承认了。除了在锡兰，我没有真被其他海关稽查剥光了衣服，赤身裸体，任工作人员用手指摸着我衣服的缝线搜查。在前一例中，他们说我被怀疑是国际间谍。"可我为谁做间谍呢？"我反问道。在第二例中，他们是想搜寻蓝宝石和红宝石。两件事情中，他们都是公事公办，严格得要命。

在该国长期被葡萄牙和荷兰占领期间，国家内部依然保持独立，对侵略者充满敌意。即使到1815年，英国最终征服了康提的最后一位国王，它的独立传统都没有彻底消亡。精神不死，但当务之急是加强内部凝聚力，有理性地努力获取某种形式的统一。在国家自治上，富有文学头脑的僧伽罗人以前常说："锡兰就像是印度脸庞上滑落的一滴泪珠。"现在他们再也不这么说了。它太有可能变成一个政治事实。这个论调引发了激烈的民族主义，而民族主义又滋生了宗教沙文主义，于是佛教徒不断扩张，打压印度教徒、穆斯林和基督徒，还导致了专门针对泰米尔族的歧视性法律，后者是少数族裔，锡兰最怕他们通过印度进行间接反击。

去年，加尔奥耶河谷发生了大屠杀悲剧[1]，今年独立日，北部和东部泰米尔人居住区域发生城镇大暴动，这些暴力事件都是随着政府的政策必然伴生的。没有一个宗教团体会局限于国家的一个区域，你在每个城镇都能看到印度教的寺庙、清真寺、天主教和新教的教堂，以及神圣的佛教寺院等，去各种圣殿（诸如亚当峰或令人难忘的卡达拉伽马丛林神社等）的朝圣者包括了所有教派的信徒。几百年来，在各种宗教信仰上，这里一直有着相互包容的传统。对于这种传统的强制性保留，以及对它不顾一切代价地加以维持，其重要性应该不言自明，如果国内真的能达成某种哪怕是形式上的融合。

---

[1] Gal Oya，是斯里兰卡东南部一条河流，据此形成一片河谷地带。加尔奥耶动乱，也被称为1956反泰米尔大屠杀（1956 anti-Tamil pofrom），是锡兰自治领对泰米尔人的第一次有组织的大屠杀。

肯尼亚来信

原载于《民族》（1957年5月25日）

蒙巴萨

我不记得自己在阅读布里克森男爵夫人（Baroness Blixen）于战争时期创作的那部巨著《走出非洲》之前，是否听说过肯尼亚这个地方。即便读完这本书，我唯一记得的也就是那里有被称为马赛人的民族，他们靠养牛得来的奶和血维生，那里的乡野到处有狮子、长颈鹿和斑马在游荡。后来在英国，我了解到英国人曾经占领过肯尼亚，在那里完整地拥有过一段喧嚣潇洒的好时光。失去印度后，他们把肯尼亚变成殖民地，让英国殖民传统的形式基本保持不变。最近那里爆发危机，当地的新闻报道又十分煽情，这勾起了我前往那个国家的欲望。

我没有选择在内罗毕机场降落，而是以传统方式从印度洋进入蒙巴萨港。夹在东北季风和西南季风之间的蒙巴萨是一个酷暑城市，而在肯尼亚的英国人和那些留在印度、锡兰、马来亚[1]的不同，前者似乎觉

---

[1] Malaya，半岛马来西亚的旧称，指马来西亚西部地区，简称"西马"。

得没有蒲葵扇或任何类型的扇子会更好玩带劲。（若提空调那可有欺君犯上之嫌。）所以，你就睡在小烤炉中悬挂着的蚊帐里。城市很有魅力，也很开阔。不知怎的，那里的主街道让我依稀想起迈阿密海滩的购物区，不过当地人口要国际化得多。在这个季节，咖啡馆和集市挤满了一群群来自哈德拉毛（Hadhramaut）、索科特拉岛（Socotra）和阿曼（Oman）的阿拉伯商人，都是些面相凶猛、皮肤棕色的男人，腰带上插着匕首，蹲坐着，等风来，这样他们就能乘坐形状古旧的独桅帆船顺风驶往家乡。这些人讲着经典的阿拉伯语，信心十足地要以1000先令的价格售卖他们那些锋利的双刃匕首。（他们没有护照，在内地对那些毫无疑心的非洲人进行赊销，大赚一笔，然后又通过武力威胁，向那些要买他们商品的人收取非法高价。）蒙巴萨在感觉上更像亚洲而不是非洲，店铺都由印度教徒和穆斯林经营，这些人讲的是古吉拉特语或旁遮普语，具体得看他们来自印度的哪个地方。不过，无论是非洲人、亚洲人，还是欧洲人，每个人都会讲斯瓦希里语。不懂这种通用语就会感到格格不入。斯瓦希里语是非洲人和欧洲人、非洲人和亚洲人，最重要的是肯尼亚本国不同地区的非洲人及周边国家边境地带的非洲人之间，进行沟通的必要语言。它是一种拼音文字，混合使用罗马字母和阿拉伯字母。最近政府也开始接受这种文字的电报。

  桑给巴尔苏丹声称拥有整个肯尼亚海岸到内陆10英里范围内的陆地，以及大量的岛屿。这一权利还得到了英国的认可，前提是该国愿意为这块地支付一年1.6万英镑的租金和利息，并使用官方称谓"肯尼亚殖民地与受保护领地"。肯尼亚此时对这些事情可能并不太在意，但桑给巴尔却很重视，等到人们开始讨论肯尼亚自治权问题时，它显然会成为重要之事。谁会得到什么？怎么获得？

  今天的本地新闻刊发了一篇题为"食人狂魔杀害四十三人"的文

章，引起了我的关注。我以为文章会讲述同类相残的事件，可发现原来说的是狮子。昨天，其中一只狮子从蒙巴萨岛越过港口，溜达进了利科尼（Likoni），还有两只走上了内罗毕郊外的街道，它们一脸惊讶，还饶有兴趣地捕食居民的狗。警察不得不开枪打死了它们。假如你为了狩猎而射杀狮子，就得支付20英镑以获得许可，还得另付至少10英镑的皮草加工费。

内罗毕

　　肯尼亚除蒙巴萨之外只有一个城市，那就是首都内罗毕。乘坐公共汽车去那里要十一个小时略多一些时间，旅程还算舒适。大多数路程是直接越过山坡和平原的公路，路面的泥土呈鲜红色，就像一条带子，而一英里外的汽车宛若一团红尘，头顶是热带高地特有的湛蓝天空，将远处的地平线映衬得格外清晰。长颈鹿大多站着不动，远远望去就像巨型的木制玩具，斑马和鹿则更为活泼好动。当公共汽车在几处偏僻沉闷的小村站点停下来时，我这才第一次也是最后一次看到非洲人经营的店铺，这在蒙巴萨和内罗毕都是见不到的。汽车在一处偏僻的地点停下，上来了几个马赛乘客：女人们脖子上一圈圈地缠着沉重的金属线圈，耳垂上耷拉着巨大的耳环，男人则带着工艺精巧的长矛。他们上车付了车费，车子开动了。车行驶了几英里路之后，在一个杳无人烟的地方，这些人摁响了下车铃，车停了下来。他们慢悠悠地走下车，站在车门口，从一个外壳镶满珠子的葫芦往外倒水喝，一副悠闲的神态。从他们那口马赛语中，能听出这些人最早来自尼罗河流域，人们一般认为这些人属于"落后"族群，对西方理念和发明持强硬的漠然态度。这方面,他们和近邻基库尤人截然不同,后者可塑性更强,也渴望尽可能多地吸收欧洲文化。随着对西方思想的理解加深,基库尤人在政治上也更加精明,会煽动全面反抗,竭力让自己在当下成为国家历史上的焦点群体,因为他们既从民族角度,也从部落立场思考问题。

从低地逐渐爬坡的进程非常缓慢,让人意识不到海拔高度的变化。要不是周围空气寒冷下来,你都不会相信已经来到了5500英尺高的地方。不过,现代化大都市突然在荒野上出现,这着实令人震惊。你仿佛瞬间置身英格兰,无尽的车流上方闪现着琥珀色的迷雾之光,你恍若隔世地觉得这些汽车从虚无驶入大漠,又不知去往何方。内罗毕地域辽阔,汽车是"必需品"。

在宾馆,我首先注意到的就是我的房间像一只笼子,每个窗户都封着粗大的铁栅栏,连房门都从上到下焊着铁条,门闩也安在裹着铁条的铁框子上,这样,哪怕外面的门板被砸破,人还是无法闯进室内。这一幕让人不悦,不由令人联想起基库尤人折磨欧洲人的酷刑,以及犯人慢慢被弄死的可怕传说,我在前往肯尼亚的船上听英国乘客说起过这些事。"现在谁都不雇基库尤人做仆人了。"他们告诉我。说这话的人显然是误听误信了。我房间的服务生就是个基库尤男孩,餐厅也有几个这样的侍者。

到了肯尼亚,我决定不向任何人提起茅茅党[1],我也做到了。英国人和我谈话时也从不提起这个词。谈论招致英国方面强烈报复行为的基库尤民族主义者的所作所为,往往会有麻烦,一定会有麻烦。

---

1 Mau-Mau,肯尼亚国土自由军(Kenya Land and Freedom Army)的别称,曾带领肯尼亚人民进行争取民族独立、反抗英国殖民统治的武装斗争。

我曾经问一个英国人："导致这些麻烦的原因究竟是什么？"每次问，答案都不一定相同，但是都同样含混，缺乏想象，有着雷同的模棱两可。"俄罗斯的宣传""免费学校""部落内部突然高涨的野蛮性""土地所有权方面的困难"，甚至还有"埃及的干涉"（通过开罗电台），这些都是我听到的各种原因，却没有一条原因与下面各条哪怕有半点接近："对种族歧视的不满"，甚至是"贫穷""饥饿"等。当然，上述因素非洲人是承认的。然而，即使英国人和非洲人无法在原因问题上达成一致，他们对当下局势所造成的结果似乎意见相同。英国人一般对他们在肯尼亚的统治前景并不乐观，而非洲人则对自己最终的胜利充满信心，尽管目前困难重重。

目前，非洲人的最低工资，即他们纷涌至内罗毕期望赚取的工资，是每月82.5先令，等于一周2.75美元。（外加一个月20先令的房租补贴。）在相对极少数的有工作的非洲人当中，绝大多数是拿最低工资的。（肯尼亚的食品价格不低。）肯尼亚劳工联合会成员观点一致地告诉我，亚洲人的月工资没有低于500先令的。当然，英国人赚得甚至比他们在英国的都要多。"同工同酬"是联合会的宗旨之一，但这一点不可能是首先达成的目标。因为，尽管英国方面坚持认为茅茅党已成为过去，但此地目前仍处于"紧急状态"中，而紧急状态则意味着非洲人在任何时候都可能被逮捕，不经审讯就被囚禁在一个大型的临时居留中心，或是在任何地方被任意遣返保留地。三月下旬时雷诺克斯·博伊德[1]就在下议院宣称，今年在肯尼亚逮捕的非洲人达到

---

[1] Alan Lennox-Boyd（1904—1983），英国保守党政治家，多年负责英国在非洲的殖民地事务。

了每月三千人。

内罗毕的非洲人生活区被称为定位点,早在"麻烦"产生前就已经被指定为非洲人专属的居住区。它们都在城市外的沙漠地带,周围环绕着巨型的带刺铁丝网。没有任何装修,一切都是原始模样,就像大门恰好敞开的集中营。如果你站在皇家内罗毕国家公园的高坡上,就能看到远处绵延铺展着这些凄凉的定位点,它们在荒野里忍受着阳光炙烤,你很难不去这么联想:连肯尼亚的野生动物都活得比这些人类居民要好。

我受邀去参观一些非洲人的家,于是有机会考察了几处定位点。在普姆瓦尼(Pumwani)定位点,一个标准间大小是9英尺长、7英尺宽,里面住着一家五口,两张床板就占满了房间,中间连一张椅子和桌子都放不进。隔壁的房间一模一样,住着四个未婚男子。住在这种令人绝望的泥地和污垢中,生活毫无意义。每个房间每月要支付给政府26先令的租金。在济瓦纳(Ziwana)定位点,一个女人和她十二个孩子同住在一间略大些的房间里。玛卡达拉(Makadara)定位点的居民似乎略少一些,那里的一家主人告诉我,说政府提供小屋的地基(因为非洲人不能在城市拥有土地),余下的得由居民自己花钱来建造。尽管如此,他们仍然得为每间房的常规使用每月支付32先令租金。租期十年,到期后建筑就被扒掉,费用还得他们承担,地产归还给政府,建造房屋的居民得不到半点补偿。

值得注意的是,除了那些在最近的敌对冲突中丧生,以及拥挤在临时拘留中心的4.4万人,肯尼亚受过教育的非洲居民大多数居住在内罗毕定位点,是那里10万居民中的一部分。即便居住条件让人不堪忍受,能住在那里就是一种特权了,而且这种特权还随时会丧失,而被迫回到保留地就等于被剥夺了一切维持生计的可能。内罗毕的非洲人须持通行证。你随时都能看到这样一幕：警察会检查某个非洲人的通行证，而后者一脸担忧。有趣的是，南非联盟为了实施种族隔离，对定位点和通行证这两种制度的运作在形式和名称上都是一致的。

也许在行政和高级专员公署部门，少数非洲雇员还能享受同工同酬的待遇，这总算还让人看到一丝希望。可是，只要当局对非洲人的具体行为依然有着绝对的控制，那么非洲人就不可能与亚洲人和欧洲人同工同酬。

在宾馆的酒吧里，我问一位愤世嫉俗的英国政府职员，他是否认为三月份的立法委员会选举属于通常所谓的"自由选举"。他的回答是："我想是的，就和其他极权国家一样自由。"他接着很快又补充道："我真得好好努力，学会闭嘴！"然而，肯尼亚劳工联合会秘书长汤姆·姆博亚（Tom Mboya）则认为，选举是朝着预期方向迈出的一大步，尽管该国的非洲人中有选举权的不足1/10。立法委员会的官方成员都是来自英国的公务员，非官方成员则根据"对等比率"进行选举，即有16个岗位由欧洲人（约4.5万人）担任，还有16个则分给非欧洲人（肯尼亚余下的约600万人）。这还不算反讽的，更令人崩溃的是，在非欧洲人岗位上，8个给非洲人（约600万人），8个给亚洲人（大约15万人，其中约2.5万人是阿拉伯人，余下的是印度人）。

这8个非洲人被依法选举出来后，一致决定拒绝参政，由此形成了一个反对派。他们认为，参政就等于对当前的做法予以默许。他们目前最关心的是要取代利特尔顿计划（Lyttleton Plan），即1954年危机爆发期间发布的一项妥协措施，该措施提出了某种保证，确保该国依然受驻伦敦殖民地办事处的控制。利特尔顿计划的最大危险在于，它对在肯尼亚的内阁政府（地方自治）敞开了大门。在当前情况下，自治只能导致某种政权的建立，使得欧洲殖民主义者能自由立法，公开支持彻底的非洲隶属，由此消除所有建立民主政府的发展可能。

三月选举之后不久，8位入选立法委的非洲人发表了新闻声明，阐述了自己的立场。声明中的一段这样写道："我们……由此声明，当前最迫切和紧急的需求是确保立法部门的宪法改革，让所有人都能有真实有效的发言权，为实现此目标，我们将倾注所有心血和努力。我们坚定一致地反对任何民族对我们肯尼亚民众持有长久的政治和经济控制权。"该声明还附上了以下签名：汤姆·姆博亚（内罗毕）、奥金加·奥廷加（尼安萨省中部）、马辛德·穆利罗（尼安萨省北部）、伯纳德·马特（中央省）、阿拉普·莫伊（裂谷省）、詹姆斯·恩扎乌（阿坎巴选区）、罗纳德·恩加拉（滨海省），以及劳伦斯·奥古达（尼安萨省南部）等。

除非你真正身处这个到处是带刺铁丝网和监视塔的地方，否则就很难理解，上述所表达的观点意见竟会导致这些阐述者在当地报纸上受到集体攻击，被斥责为"头号敌人"。在4月5日《新评论》（内罗毕）的一篇题为"幸存"的社论中，姆博亚先生的立场被评论为"荒诞可笑"，文章以斜体字的建议作为结尾："肯尼亚当前的重中之重是努力工作，延长工作时间。"

相对温和的《肯尼亚新闻周刊》则表达了这样的态度："让我们对此事尽量保持明智。"其观点是，非洲人政府"意味着肯尼亚文明的终结，以及向黑暗时代的倒退，倒退回无数世纪前非洲人一无所有的自治时期"。非洲人对此的回应是，只能靠当今对肯尼亚实施的手段来维持殖民统治的强权者，根本没脸提及"文明"。对他们而言，"向黑暗时代的倒退"就是一种进步。

姆博亚愤然否定了英国人在东非所热衷的论点，即肯尼亚部落冲突很严重。我被反复告知，基库尤人如何受到他们邻居的憎恶，瓦坎巴人又如何提出要采取行动来反对茅茅党（该党最初只不过是基库尤人的组织），基库尤人又是如何因更重视教育和文化，而不是"老老实实干活"，被其他部落称为"肯尼亚的犹太人"的，还有各部落之间无法相互理解或达成一致，等等。姆博亚说，这些都是一厢情愿。姆博亚是卢奥族，在族裔上和基库尤人差异很大。"我们要团结起来，必须如此。肯尼亚就是撒哈拉南部所有非洲殖民地的一个试验案例。"

"我们被称为茅茅党，"一个基库尤人申辩道，"你知道茅茅党是什么意思吗？"我说不知道。他把手放在肚子上。"这里是空的，这人就是茅茅党，明白吗？"和大多数革命斗争一样，肯尼亚的自由运动也有其恐怖主义元素，不过遭遇恐怖主义攻击的欧洲受害者人数极少，从该运动开始至今大概有五十人。要是把这个数字与英国人的反恐怖主义运动[1]受害者相比——"我们的死亡数量超过10万。"内罗毕的一位工会秘书这样告诉我。你会意识到，对当地任何企图改变殖民社会基础的行动，无论那举动多么微不足道，欧洲人的反击都十分残忍。茅茅党在鼎盛时期被铺天盖地大事报道，只因为这样的一个事实，即茅茅党的行为很容易引发轰动（他们笃信万物有灵论，有宣誓典礼和残害俘虏的仪式），能让新闻记者大书特书，此外并无其他合理的解释。例如，1954年和1955年独立战争期间，死在摩洛哥恐怖主

---

[1] 无论怎样渲染英国人的反击手段都不为过，这其中包括发放赏金这样的权宜之计，即每杀掉一个基库尤人就能因反恐怖行为而领赏。另外值得注意的是，在敌对矛盾激化时期，政府还实施绞刑，数量惊人。从1952年10月至1956年3月，就有1015人被处决，平均一天一个。——作者注

义者手下的法国殖民者数目惊人，可因为那场斗争的反殖民主义特征昭然若揭，无从伪装，全世界的媒体报道就微乎其微。根据大多数关于肯尼亚冲突的文章推论，茅茅党目前就是（英国人喜欢用"过去曾是"）一群狂热的野蛮人因嗜杀本性而产生的一种非理性现象。这种不切实际的观点在当地的欧洲人那里很普遍，再进一步发展就变成了纯粹的殖民主义宣传。

由于本国工业带有种族结构的特征，工会运动必然会根据这种结构进行自我组织。因此，肯尼亚劳工联合会就有九个工会，各自成员全都是非洲人。我在东非最难忘的经历，就是有天下午和晚上我在联合会大楼里一间间办公室地跑，和各个工会的领导谈话。他们磕磕巴巴地讲述着对工会制度坚定不移的信念，有人用斯瓦希里语，这得经过翻译我才能明白，有人则用英语，不过所有人表达的意思都一样，即"工会制度是我们唯一的希望"。这些办公室都小得难以想象，夜幕降临后，唯一的照明就是桌上的蜡烛。

这里的种族隔离十分深入，但并不彻底。所以，尽管内罗毕和蒙巴萨一样，车站里有欧洲人和非欧洲人的专属候车室和厕所，但市区的公交车上只有一等座和二等座区域，而且座位完全根据乘客自己的选择来定。这样的安排就会导致一些怪异的日常现象。例如，一位穿卡其短裤的非洲警察一个人坐在我前面宽敞的三人座上，见一位英国妇女上车，警察便移动身子，坐到了最里面靠窗的座位，为她让出空座来。她怒气冲冲地盯了警察一会儿，用全车厢都能听到的声音说："好吧，你可真让我太有面子了！"而后愤愤然地走到我后面一排坐下了。她的旁座是一个英国男人，她边坐下边说："你见过这种匪夷所思的事情吗？"两人一同大笑起来。可是我就不懂了。我想当地一定有法律规定欧洲女人和非洲男人不能在公共交通上并排坐吧。我对此并不知情，不过，我一有机会就询问此事。并没有这样的法律，座位根本不是问题。那英国女人之所以生气，仅仅是因为那警察见她上车没有起立，看来，有一些非洲人真会起立的，那是对"上等人"表示尊敬。

蒙巴萨

阿西河（Athi River）拘留营两天前发生了一次骚乱，当时我尚未离开内罗毕。一个英国警卫被人捅了一刀，媒体施压要求政府采取严厉的惩戒措施。今天有一则新闻报道，说一群茅茅党犯人在从采石场工地前往营地的途中逃跑了，现在还有二十名犯人逍遥法外。要是我没到过内罗毕，也许还多少会盼着将这些人逮捕，因为必须得维持地方秩序。可现在我很犯难，只希望他们能有好运气。

丹吉尔日记：一段后殖民主义插曲

南非，开普敦（1957年）

城市依旧，在山巅延展，那里能远眺四周环绕的港湾，远眺海峡和安达卢西亚山脉。傍晚时分的丹吉尔市中心，人们在沿着巴斯德大道的大片空地上坐着，仰望云朵在高高的头顶上盘旋打转，像成群的蝗虫蜂拥而来。英国人依然有他们的山间别墅，但是要让工人将花园打理得井然有序却越来越难。美国人即便不肯丢下凯迪拉克轿车，至少也已经放弃了域外法权，当警察前来阻止，不许他们在单行道上逆向行驶时，他们再也不能冲着对方做鬼脸；在被告知某处禁止停车时，也不能咆哮着"去你的，浑蛋"了。为了让街道更多"欧式"风格，姑娘们被鼓励"裸露着"，即不戴面纱地走来走去。与此同时，现在所有的标语和广告在罗马字母之外还必须用阿拉伯语，这样城市就比之前几年大大减少了欧洲色彩。

你若是看见新面孔，那这人很可能就是警察。城市里遍布警察，他们大多不穿制服。殖民时期这些人被称作"切卡玛"（chkama），即告密者。他们也是技能熟练的密探，例如这些人惯于诱捕那些姑娘，她们乐于被花言巧语的年轻男子尾随。时机恰当时，多情的追求者会将外衣领子翻转,露出自己的警徽,这种伎俩在老派的丹吉尔人眼里真是太讨厌了。

时下正值摩洛哥独立胜利两周年。城市主干道两旁的大树上闪烁着彩色灯泡。为了庆祝苏丹自1947年后首度到访丹吉尔,年初时人们在法国广场中央建造了巴洛克风格的巨型凉亭,此时,凉亭被打扫得干干净净,重新拉起了电线,让上面的阿拉伯语格言(包括那四个标示年代的数字1377)再次闪亮。人们激动地盼着黄昏来临,在连接一幢幢建筑的灯串下面走动着。在人们的感觉中,丹吉尔是个很小的城市,灯盏一多,它就显得宽敞起来。

有一部分摩洛哥人为庆典在这个时节举行感到遗憾,因为这会让五万人左右的西班牙居民误以为是在庆祝耶稣基督的生日。在丹吉尔,圣诞节一直是一年中的重要节日,西班牙人提前两周就开始渲染起来,他们戴上面具,扮成牧羊人,在大街上模仿军队检阅,还演奏着桑梆巴(这种乐器会有节奏地发出狮子般的咆哮),拍着手掌,打着响板,肩扛酒瓶,不时痛饮瓶中的红酒,间或高歌一曲。这种无拘无束的庆祝活动与当时摩洛哥年轻一代的爱国者所推崇的清教主义格格不入,而且因为只有西班牙人沉溺于此(尽管穆斯林、犹太人和基督徒也很喜欢),所以这种仪式今年就不太被人接受。还有两天就到圣诞节了,到目前我还没见到桑梆巴、欢乐的牧羊人,或是任何与12月的节日有关的庆典。此时西班牙军队正忙着射杀摩洛哥人,他们的战舰正在轰炸阿加迪尔以南的摩洛哥海岸。从我窗口望去,能看到穆萨山(Djebel Musa)后面,就在休达市(Ceuta)的入口,那里有不少西班牙军队扔下的带刺铁丝网路障,目的是阻止西班牙人和摩洛哥人之间爆发武力冲突。鉴于以上一切,你就能理解西班牙平民当下的谨慎了。

休达和梅利利亚（Melilla）两城正好位于里夫山的两端，马德里政府认为它们是一个西班牙大都市的重要组成部分（法国人描述阿尔及利亚现状时，其逻辑与此也大同小异）。有人认为，在历史的某一个节点上，这两个城市脱离故国，向非洲漂浮而去。自独立以来，摩洛哥人心目中最重要的事情一直就是这两个重镇的解放，而且它们恰好又是摩洛哥仅有的地中海港口。当然，从理论上说，从来就不存在主权更迭的问题。官方认为，梅利利亚（1506年起归属西班牙）和休达（1580年起归属西班牙）一直是西班牙不可分割的要塞。

目前，因伊夫尼（Ifni）飞地控制权这一相对不太重要的问题，摩洛哥南部正开展游击战，人们普遍认为这无非是长期大规模军事行动的一个开场白。这一战争是由阿尔及利亚民族解放阵线[1]和摩洛哥解放军领导的，目的就是将法国和西班牙人从所有的撒哈拉领土上驱逐出去。在过去一年半的时间里，摩洛哥人一直认为，他们的国家完全应该把领土权向南延伸，一直越过里奥德奥罗，越过西属撒哈拉和法属毛里塔尼亚，直到塞内加尔北部边境地区。阿尔及利亚人也同样坚信，不管国境内发生了什么，北纬20～30度、东经0～10度的土地就不该被法国人统治。最近我和一位摩洛哥政府官员就"大摩洛哥"方案进行了一番交流，令我感兴趣的是，他用一个观点来证明这项政策的合理性，该观点认为，在16世纪的萨阿迪王朝时期，摩洛哥的统治权一直延伸到苏丹，于是我轻描淡写地评论道："这样说来，安达卢西亚和卡斯蒂利亚也必须被合并过来。"他笑了。"先做重要的，"他说，"这事不急。"

1　F.L.N.，全称为Front de libération nationale，是阿尔及利亚的一个民族主义政党，成立于1954年。

摩洛哥和西班牙两个国家在某种程度上实际正处于非正式的战争状态，可目前摩洛哥人对西班牙却少有怨恨，这简直令人不可思议。这种无所谓的态度或许源于这样一个原因，即近期的反殖民主义仇恨几乎全都冲着法国而去。在1953年至1955年间的法摩战争中，佛朗哥大元帅从这一传统中捞得了不少政治资本。当时，尽管法国人不断恳请，他依然拒绝在自己的摄政领地上将民族主义运动宣布为违法。由此，在前西班牙领地上的相对公正就远远大于在前法国领地上的，也就是说，西班牙政府对殖民地臣民的态度和它对西班牙公民的态度只是程度上的不同，都很粗暴和独裁，而法国人对自己在摩洛哥的国民的偏袒，与它在统治本地摩洛哥人时的讽刺轻蔑态度，两者的差异就惊人得多。确实，有很多西班牙人在种族和文化方面对摩洛哥人的态度略有改变，他们倾向于将后者视为同样的人类，而法国殖民者对这些人历来以"动物"称呼。〔关于他们态度上的不同，这里还有一个小例子：假如在得土安（Tétuan）、拉腊什（Larache）或另外某个西属摩洛哥城市街道上，但凡有穆斯林葬礼队伍经过，总会有西班牙行人停下脚步，并在胸前尊敬地画着十字，可是我从未在前法领区见过这样一幕。〕

阿拉勒·法西是叱咤风云的独立党的创始人领袖，他一直非常活跃，当下正在摩洛哥内陆地区进行全面考察，凭借自己非凡的演说才能说服部落族人和农民们加入摩洛哥解放军，招募志愿军的活动正在摩洛哥全国进行着。这里的欧洲人普遍认为，苏丹是没有能力阻止解放军的，后者有时的确很可能让他十分尴尬为难。不过，摩洛哥人内心肯定明白，这是一种策略，它一定是穆罕默德五世政策的一部分，即让正式的官方军队和非正式军队同时存在，而且不必对后者负责，这做法在各方面都很站得住脚。（在伊夫尼的敌对冲突中，为了保护

"摩洛哥人民"的边境，皇家军队只用来进行防御。）

欧洲人显然会质疑：非官方军队比官方军队更强大，那如何保持安全呢？可是摩洛哥人不会有这样的疑虑，因为他们深信苏丹和解放军目标一致，而去考虑其中的错综复杂和困难只会带来失败。谁又能肯定普通老百姓是不对的呢？显然也没有证据能表明苏丹没有真正的控制权。诚然，如此假设，对国际上普遍接受的观点，即苏丹是民主和当下局势的坚定捍卫者，多少会有影响，可难道这不就是君主对国家的首要责任吗？当《时代》杂志吹嘘说穆罕默德五世无条件服从西方，它指的也只是其当下的外交政策，而非国内举措，后者才是他真正的要务。摩洛哥人认为，皇家军队和解放军就是左膀右臂，他们各自都很清楚对方在做什么。

丹吉尔，这个拥有诸多暧昧酒吧、妓院、男妓和皮条客，还有躲避苏格兰场和美国联邦调查局（F.B.I.）追捕的走私者和难民的地方，这个竭力却徒劳地想让自己"罪恶城市"的虚名名副其实的古老丹吉尔，已然死去，已被埋葬。这个地方白天和往日无甚区别，可是在离开两年后返家的本地人眼里，这里的夜景令人震惊。"全消失了！都不在了！"他喃喃自语，一边搜寻着街巷里曾经熟悉的景象，那里幽暗而荒芜，出乎他的意料。社会改革家们已经离开，而他们坚决要反对的就是卖淫和嗜酒，对同性恋和吸食大麻的宣战号角则稍显轻缓。头一年的日子很艰难：丹吉尔居民是所有摩洛哥人中唯一的一批城里人，他们没有经历过哪怕是一小段的受恐怖主义威胁和艰难时日的生活，怎么也不肯相信独立党宣布的肃清运动是认真的。上面只好从其他城市调来部分重装武器队伍，以劝服丹吉尔市民，因为当地警察好像也和公众一样对此持不信任态度。一年前，夜间的街道打斗声不断。现在，监狱塞满了罪犯，民众已经深信独立党不达目的不罢休，就是要消除政治突击队，并让警方充分适应局势。

不过这也带来了一个问题：必须彻底解散丹吉尔的警力，由来自国家其他地区的人来替代原先的警员。这样的人事大换血必然会引发本地居民广泛的不满。之前，丹吉尔居民已经能熟悉地辨认这个小地方所有法律官员的面孔，官员们也一样对老百姓很熟悉。现在，这样的人际熟稔被终结了，执法机关变得机械、匿名，而匿名会导致某种程度的执行无能。正如一位摩洛哥律师所言："每个曾经给藏匿的恐怖分子递过三明治的小孩都能得到警察制服和左轮手枪。"当地民众的愤怒就好比说，假如法国突然把摩纳哥[1]的大门攻开，法国宪兵取代摩纳哥警方时摩纳哥人会产生的反应，同样，丹吉尔已经变得偏狭而封闭。它现在唯一还保留的特权就是能买卖外币。从所有其他角度看，它现在只是摩洛哥的一个城市，虽然在蓝法[2]之下，但它仍然比大多数城市更有活力（卡萨布兰卡、非斯和梅克内斯就很悲惨），因为侵害摩洛哥的经济危机在本地比在其他地方要轻，然而它必然不再是置身事外的地方，能像以前那样通过牺牲贫困居民的利益，为来自全世界的暴富者提供便利了。

进口商品的关税急剧上升，这样欧洲人的生活成本就是两年前的两倍左右。然而摩洛哥人基本靠本国产品维生，日子倒是比之前的稍好一些，因为虽然本地产品的价格也涨了，但是大多数公民的收入还是高于物价上涨带来的损失。不幸的是，随着生活状况的整体改善，失业率也高了。目前的危机能被征兵缓解一部分。军队的扩展，无论

---

[1] Monaco，欧洲西南部国家，位于法国东南的地中海岸。
[2] The blue laws，殖民时期订立的禁止在星期日从事商业交易的清教法律。

是正式的还是非正式的，显然都不是真正的解决手段，但是它能暂时抵挡一下民愤，也许这在其他的大多数国家还能维持比预期的更长一些时间。好在撒哈拉地域辽阔。

这种氛围类似于间奏曲，民众正等着演奏重新开始。"你认为情况会怎样发展？"你问他们，可是他们的回答很含糊矛盾。尽管他们并没有弄明白这样一个现实，即当下穆斯林和"西方"观点之间存在着基本分歧，他们唯一能清楚表达并真心诚意怀有的愿望，也是任何有责任心的欧洲人不愿意听到和看到的，即他们强调："希望很快会爆发另一场大战，这样我们就有机会了。"

寄自纳盖科伊尔[1]的信

原载于《哈珀斯》（Harpers，1957年7月）；
《绿首蓝手》（1963年）

科摩林角，南印度，1952年3月

　　我在此地的这个宾馆已经住了一周。无论早晚，这里始终热得令人难受，气温在95～105华氏度浮动，大多数时间几乎连微风都没有，这情况在海边实属罕见。每间卧室和公共客厅的天花板上都安装了很大的电风扇，可就是没电，我们只得用油灯照明。今天午饭时，一辆宽大的凯迪拉克最新型轿车开到大门口，车后座上有三个肥胖的矮个子男人，他们只在身上环腰处挂着一条薄薄的腰布。其中一人将一串钥匙交给司机，自己下车走进宾馆。大门附近有一个开关箱，司机打开箱子，用其中一把钥匙打开电源，整个宾馆的电风扇都开始呼呼地转了起来。接着，那三个小个子男人也下了车，走进餐厅吃午饭。我赶紧吃完饭，这样就能上楼，光身子躺在床上享受风扇了。那可真是难忘的一刻钟时间。不久，风扇停了，我听到来客开车离去的声音。

1　Nagercoil，印度泰米尔纳德邦一城市。

宾馆经理后来告诉我，这几个人是特拉凡哥尔邦[1]的政府职员，只有他们有开关箱的钥匙。

昨晚我醒来，睁开双眼，天上没有月亮，四周依然很黑，不过阿拉伯海上的高穹有一颗星光透过敞开的窗户照在我脸上。我坐起身，凝望那颗星辰。星光似乎和北方国度的月光一般明亮，它穿过窗户，在墙上形成长方形的光影，这图形又被我脑袋的侧影打断。我举起一只手，活动着手指，手指影子也很清晰。那片天空中只见到这颗星，其他的星在它旁边都黯然失色。当时离稍过六点的破晓时分大约还有半小时，一丝风都没有。在如此寂静的夜色中，波浪拍打着附近的海岸，那声音就像远处传来了巨大深沉的爆炸声。那是一种轰鸣，不仅能听见，还能感受到，尾声是尖厉的嘎嘎作响和咝咝声，接着就是很长一段彻底的寂静，正当你以为一切终于安静下来时，轰鸣又开始了。乌鸦开始尖叫，喳喳不停，四周依然漆黑一片。

这个城镇和最南部的其他地方一样，仿佛由尘土堆积而成。街上到处是尘土和牛粪，走在路上，巨大的母牛在你前面跳跃疾行。一阵热风自城外的沙石地里飘荡而来，棕榈树上棕色的扇叶沙沙作响，叶子相互碰撞，那声音就像巨大厚重的包装纸在摩擦作响。小个子的黑人走得很快，他们耳垂上的钻石熠熠闪亮。由于他们腰布上编织镶嵌着珠宝和黄金，这些男人看上去不仅仅是有钱，简直富得令人咂舌。女人佩戴钻石时，大多将它们镶在穿过鼻孔侧翼的洞眼上。

我第一次到印度，是通过特努什戈迪[2]进入的。这就像外国人从墨西哥跨越美墨边境，进入偏僻的亚利桑那州农村，从而初识美国。

---

[1] Travancore，后与科钦邦（Cochin）合并为现今喀拉拉省。——原书注
[2] Dhanushkodi，印度泰米尔纳德邦一个岛屿东南端的一座空城。

那是一个被上帝遗弃、令人不适并感到有点恐惧的地方。此后我才像一位诚意满满的游客那样,来到了孟买这座无比巨大、其貌不扬的都市。不过我对首站不是任何都市颇感满意。在认识城镇之前最好先领略陌生之地的村庄,尤其是在像印度这样一个错综复杂的国度。现在,我已经在这个国家走了大约八千英里的路,可我并没有比初到时多了解它一点。好在我见过很多人,走过很多地方,至少比最初的无知多了那么点具体、确切的想法。

如果在抵达孟买之前你没有谨慎为上,预订好房间,那就得遇上各种麻烦,举步维艰。那里宾馆很少,仅有的那么两三家还算舒适的宾馆始终客满。我不喜欢预订房间的限制,因为这有损冒险刺激。因此,我第一次到这里时,唯一能入住的地方就不会有一流的设施。白天和傍晚倒没什么,可到了夜晚,幽暗的走廊地板上每一英尺的地方都被晚到的旅客占据,他们自带垫子,铺开就睡下,宾馆就以这样的方式每晚可多接纳几百个旅客。客人们手脚相触,还互相踩踏。这种经历他们显然再熟悉不过了,因为碰擦难免,他们从来也不争吵。不过在科摩林角倒是客房众多,面积宽敞,此时我还是唯一住宾馆的客人。

外面下着雨,我乘坐从阿勒皮(Alleppey)到特里凡得琅(Trivandrum)的公共汽车,正往此地而来。前排座位上坐着两个小个子印度尼姑,我一直在想,这么热的天她们怎么受得了那么厚重的袍子。司机边上坐着的是一个满脸浓密大胡子的男人,除了身上缠着腰布外,还穿了一件欧式衬衫,模样格外显眼,衬衫的扇形下摆差不多垂到了他的膝盖。他还带着厚厚一沓印着泰米尔语及英语的杂志和报纸,即便从我坐着的位置,都能看清楚这些读物都是在苏联印刷出版的。(有过几年的经验,能认出这一点并不难。)

车子突然抛锚,停了下来,此时已经很靠近一个村庄,和这里无数的村庄一样，它就隐藏在棕榈树林的深处，那里热得令人窒息。司机根本没朝乘客瞥上一眼，耷拉着脑袋，头搁在方向盘上，一副绝望的样子。大家心怀期待地等了一会儿，接着就开始起身。头一个下车的就是那个大胡子男人。尽管他一路并未和任何个人有过交谈，他还是向大家真诚地说了声"再见"，然后撑着伞上路了，但胳膊下不见了那一大沓报纸刊物。我这才意识到，就在过去一个小时的某个时刻，当时谁都没预料到车子会出故障，也没想到大家会集体下车，那时候他已经将报纸或杂志一一放在了空着的座位上。这种做法与美国同志们30年前在地铁中的所作所为完全一样。

就在我发现此事的瞬间，那两个尼姑也站起身，急忙收拾起那些"资料"，走下车，朝那个男人追过去，一边用英语喊着："先生，您的文件！"他转过身，她们把东西递给了他。他没有说话，但是神情很恼火，他接过那沓东西，继续赶路。两个尼姑走回来，拿起自己的行李，从表情看，不知道她们是否意识到自己方才做了什么。

几分钟后，大家都下了车，朝村子走去，只剩下司机和我两个人。我行李太多。于是我问他："车子出了什么问题？"

他耸耸肩。

"那我怎么去特里凡得琅？"

他也不知道。

"你能检查一下引擎吗？"我继续问，"听起来好像是风扇传动皮带。也许你能修好的。"

这句话让他彻底从漠然中回过神来，他转身看着我。

"我们在特里凡得琅有人民政府，"他说，"引擎不许碰的。"

"那谁来修呢？"

"今晚我会打电话到特里凡得琅，做个汇报。明后天他们就会派人来检查。"

"然后呢?"

"然后,检查人员汇报上去,接着维修人员就会过来。"

"我明白了。"

"人民政府,"他又说话了,试图让我明白,"和其他政府不一样。"

"确实。"我说。

他好像要把话说得更明白些,指着那个大胡子男人坐过的座位,"那位先生是印度共产党人。"

"哦,是吗?"(至少一切公开,司机也不会搞错"人民政府"的意思。)

"是很有权力的人,特里凡得琅议会的议员。"

"那他人好吗?受大家喜欢吗?"

"哦,是的,先生。有权有势的人。"

"可他人好吗?"我不依不饶地问。

他笑了,肯定在笑我太实诚。"有权有势的人都是无赖。"他说。

还没等天黑下来,过来了一辆本地公交车,在几个村民的帮助下,我把行李搬到了那辆车上,继续赶路。

投给印度共产党的大多数选票来自印度教徒,这的确令人印象深刻。诚然,穆斯林的经济状况大体上还不算特别拮据,但他们拥有严格的宗教观念,连基督教都因太多的异教色彩而无法接受。如此你就能想象,当这些人看到印度教的宗教艺术不断发展,看到这种艺术所展现的神明、恶魔、各种变形和化身等,内心会泛起多少嫌恶和不满。

一天,我在马德拉斯(Madras)的康内马拉旅馆吃早饭,餐厅的穆斯林领班给我讲了个故事。有一次他在奥里萨邦(Orissa)旅行,那里一个镇上有一座印度神庙很有名,说是庙里养着五百条眼镜蛇。他决定去见识一下这些传奇的蛇。到了镇上,他租了辆马车前往神庙,在庙门口遇到一位僧人,后者提出可带他在庙里转转。由于这位穆斯林看上去很有钱,僧人提议让他预先捐五卢比。

"为什么这么多?"他问。

"给眼镜蛇买鸡蛋啊,你也知道,有五百条呢。"

既然能见到那些蛇,这位穆斯林就把钱给了僧人。一个小时过去了,僧人带着他在庭院和回廊里不停地转悠,介绍着浅浮雕、菩萨像、廊柱和大钟等,最后穆斯林提醒僧人之前答应过的事。

"眼镜蛇吗?啊,没错。但它们很危险,也许你愿意改天再看?"

据他回忆,当时听僧人这么一说,他乐了,因为他心里一直有点怀疑。

"哦不,"他说,"我现在就想看看它们。"

僧人很不情愿地带他走进克利什那[1]高大石像后面的一间小小的凹室,指向一个幽暗的角落。

"是这里吗?"他问。

"就是这里。"

"蛇呢?"

就在一个小小的围墙角落里,有两条没精打采的老蛇。"差不多要饿死了。"他对我说。可是,等他的眼睛适应了昏暗的光线,看到的是几百只蛋壳散落在蛇窝外的地板上。

"你们吃了不少鸡蛋吧。"他对僧人说。

僧人只是回答:"好吧,那五卢比你拿回去吧。不过,如果有人问

---

[1] Krishna,即印度教中的神祇"黑天"。

起眼镜蛇，请你发发善心，就说在我们庙里真看到了五百条。好吗？"

这段逸事的目的是要表明领班的观点，即印度教徒在宗教事务上经营惨淡，这也是穆斯林的普遍观点。从另一方面看，有一点很重要，即印度教徒认为伊斯兰教教义不完整，难以令人信服。他觉得伊斯兰教的严谨克己特别束缚人，并哀叹它缺乏神秘主义哲学的内容，而自己教义中的神秘主义哲学内容十分丰富。

我受邀前往孟买北部郊外的一个电影片场吃午饭。我们在户外吃着咖喱，女主人是这部正在拍摄的电影的主角，她只会讲马拉地语，她丈夫就是该片导演，能说一口流利的英语。吃饭期间，他说到自己身为印度教徒，被迫放弃卡拉奇的工作、住宅、汽车和银行存款，当时是巴基斯坦形成的分治时期，后来他身无分文地移民到了印度，努力重新开始。另一位来到片场的客人是埃及人，他对这个故事非常有兴趣，当时就插嘴说："这真是不公平。"

"是啊。"主人微笑道。

"那你们的政府又是如何对付留在印度的穆斯林呢？"

"反正没有，就我所知。"

那个埃及人真的愤愤不平起来。"可是为什么没有呢？"他问，"你们采取的是同样的原则，这没错啊。"

电影导演认真地看着他。"你这么说，因为你是穆斯林，"他说道，"可是我们不能把自己放在那个立场。"

谈话就在这样不太友好的气氛中结束了。没过多久，大家开始传递起一包包槟榔。我正好有颗牙齿坏了，就没有加入，而是离席走进花园。出于科学兴趣，我开始观察那些没彻底嚼烂的槟榔叶子和槟榔果，想找到双头尖的叶子。这时那个埃及人走过来，一脸的不屑。这确实是很典型的两种对立的道德立场的较量，是两种行为观念，一时无法和解。

要把印度这样的地方建设成一个国家，显然是一个艰巨的任务，那里有印度教、伊斯兰教、袄教（Parsees）、耆那教（Jainists）、犹太教、天主教和新教，有些人说着被随意强加为国语的印地语，但他们大多数人很可能更会说古吉拉特语、马拉地语、孟加拉语、乌尔都语、泰卢固语、泰米尔语、玛拉雅拉姆语，或是其他一些语言。我都怀疑是否能采取一个统一的方案，或者，说实话这是否真有必要。

当你来到两个省份的交界地带，就常常会发现公路上挡着一道道栏杆，你的行李必须接受彻底检查。这就像是在美国，那里的禁酒州和非禁酒州之间会有严格的道路管控，但检查的程度没有这么细致。梅尔卡拉至坎纳诺尔[1]快速公路的交界地带的这段对话可为一例：

海关官员："箱子里是什么？"

鲍尔斯："衣服。"

"那只里面呢？"

"衣服。"

"那所有这些箱子里呢？"

"衣服。"

"请你全部打开。"

当十八只行李箱都被认真检查后："老天，天哪！都关上吧。所有这些东西我都可以征税的，不过在这里，反正你无论如何都没法拿这些东西做买卖。穆斯林人太精明了。"

"可我并不想卖我自己的衣服啊。"

---

[1] Mercara，即马迪凯里（Madikeri），印度卡纳塔卡邦一山城；Cannanore，印度克拉拉邦一城市。

"把箱子都关上吧。我说了,这些都免税。"

还有一天,一位来自印度北部拉尼凯特(Raniket)的教授入住宾馆。那天晚上我们聊了好久,就坐在我房间窗边的椅子上,那里可以眺望大海。我们的话题就是到这里来的人们一直在谈的:印度。我问了他好多问题,其中一个是:印度南部为什么有那么多印度教寺庙禁止非印度教徒进入,为什么入口处要有军人守卫?我以为自己心里早有答案,即他们害怕穆斯林的干扰。根本不是,他告诉我。主要目的是不让某些基督教传教士进入。我表示不相信。

"当然了,"他坚持道,"在我们做仪式时,这些人进来嘲笑我们,还奚落我们的神像。"

我表示不同意这一说法:"可即便他们愚蠢到要做这种事情,出于礼节,他们也不会这么做啊。"

他只是笑笑。"可见你并不了解这些人。"

这里的邮局是商店后楼上一间狭小闷热的屋子,里面的草席上坐满了男孩子。邮政局局长是个小个子老头,戴着很大的钻石耳环,还架着一副金边眼镜,裸露着腰部以上的身子。他也是一位教授,中断了自己的学术工作,临时卖起邮票来。刚和他接触时,他的英文听起来很流利,但很快你就会发现那些语言不适于口语交流,几乎没法和他说话。既然有男孩们在听,他就非得装得样样都懂,所以他有问必答,差不多想到什么词汇就脱口而出。

昨天我去邮局往丹吉尔寄一封航空信。"丹周尔(Danjore),"他说,一边推了推眼镜,"四亚那。"[丹周尔在南印度,靠近特里奇诺波利(Trichinopoly)。] 我解释说这封信要寄往摩洛哥的丹吉尔。

"没错,没错,"他不耐烦地说道,"是有很多丹周尔。"他打开一本邮政规则手册,大声地朗读起来,十分随意,读了整整有六分钟(虽然令人难以置信)。我站着没动,完全愣住了,没有打断他。最后他抬起头来说:"这里没提到丹吉尔。没有去那里的飞机。"

"好吧,那寄海运多少钱?"(我以为这样一说,就能计算出航空邮寄要额外收多少费用,可是我对此人判断错误。)

"对了,"他语调平静地回答道,"这也是个好办法。"

我决定把信带走,改天去邻近的纳盖科伊尔镇邮局再寄。反正不多久我还要再加几封,这样到时可以一起寄掉。离开邮局前,我冒失地提到天气实在太热,正午时分,在那间不通风的阁楼,这么说简直太轻描淡写了。可邮政局局长听后不乐意了,他小心翼翼地摘下眼镜,用镜腿指着我。

"我们这里的天气可是完美无缺,"他说,"不冷不热。"

"确实,"我说,"谢谢了。"

最近几年,印度的生活发生了一些显而易见的改变,变得越发欧洲化了。这还是在小一些的城镇,大城市的西化就更早了。早先,寺庙只用电灯泡和椰油灯照明,现在天花板上亮起了日光灯,浴池、神像、庙门用的是红、绿和琥珀色的泛光照明。近来,扩音设备不断侵扰人们的耳朵,哪怕在寺庙也不例外。你简直无法享受音乐会或舞蹈表演,到处是高音喇叭的喧嚣,完全破坏了音乐效果。在小镇上,距离电影院一英里你就能听到大门口扩音器刺耳的声音。

今年,在南印度很少看到男人裸露上身、腰系布片、脚穿拖鞋了,更多的人身着衬衫,下穿长裤,脚蹬正式的鞋子。同时,一些服务也慢慢停止,对西方游客来说,它们的存在与否是旅游愉悦与不快的分水岭,诸如车站餐厅(火车上没有餐车)和头等车厢的淋浴设施等。几年前它们还有的,可现在都关闭了。乘坐火车,你会被车厢里的灰尘和煤烟呛死,汗流浃背。

有一次，我在一个集中营被关了四十八小时，该营地是锡兰政府在印度境内设立的（美其名曰"筛选营"）。他们说我有国际间谍嫌疑，而我的惊讶和愤怒则使他们更加确信了这样的怀疑，认定我罪证确凿。

"可我到底在为谁当间谍呢？"我无奈地问道。

营地主任耸耸肩："为国际组织。"

一圈圈带刺铁网外，到处是虫子，还有流浪狗不停地狂叫，但更让我恼火的是，当时营地上关押着两千来人，营地中央的高塔上安着高音喇叭，白天无时无刻不在播放着印度电影音乐。幸好每晚十点喇叭不响了。后来，我不停地做出狂乱举止，引发各种麻烦，他们把我拖去营地医生那里，医生诊断说我的状态岌岌可危，我这才得以从那污秽之地脱身。释放我的原因是他们意识到，如果再把我关押下去，一切责任后果得由他们负了。"他们会把他关在塔莱曼纳尔（Talaimannar），"我听到医生说，"这可怜的家伙已经神志不清了。"

在迈索尔邦（Mysore）的大都会酒店或是梅拉拉（Merara）的北古尔格邦俱乐部这样的地方，旧殖民主义的生活遗迹仍然随处可见：那些幽灵显现的样子都是英国人的形象，他们穿着马裤和靴子，皮肤被阳光晒得黝黑吓人，谈论着打猎壮举和英勇事迹。可在那些希望忘却这一历史的地方，这样的形象就非常罕见。

印度的年轻一代有意要忘却很多事情，包括一些值得去记住的事。他们似乎并没有很好的理由去摆脱自己国家最悠久的传统，即印度教信仰，或是最近的收获，即独立传统。后者无论从宗教思想方面，还是从甘地的传奇形象方面，至少对那些文盲民众而言是不可或缺的。宗教思想让政治胜利成为可能，而传奇则提高了甘地在他们心目中的圣雄地位。

有政治头脑的年轻知识分子不喜欢这样，他们在文章和演说中不断攻击甘地，说他是印度人民的"叛徒"。很显然，他们被愤怒驱动着。可他们究竟愤恨什么呢？首先，他们在潜意识中不能接受自己无法继续保持宗教信仰一事；其次，他们的组织没有信仰支撑，所以他们必然会憎恶过去，尤其憎恶那种返祖现象，即人们在思维运作上明显的非理性，以及对表面现象的主观臆断。他们所宣泄的那些恶毒言辞直接针对青少年，这个年龄层的人缺乏常识，很容易被谣言煽动。

至少每个城镇都有一些有觉悟的青少年。就在此地，在科摩林角，我想了个法子，带着几个青少年来到他们村里一个男人家中，听男人说自己的哥哥中了邪，他们呆住了。（后来他们对我说，想不到一个美国人会相信这种鬼话。）据那个叫苏布拉马尼亚姆的男人所说，他哥哥是个画家，曾在马德拉斯一家很大的电影制片厂担任艺术指导。为了证明自己没撒谎，他还抱来一大沓相当专业的电影布景草图。

"后来我哥和厂里一个心胸狭窄的男人起了争执，"苏布拉马尼亚姆说，"那男人就对他施了符咒。他就这样失去了理智。不过到年底他会好的。"他哥哥当时就在院子里，目光空洞，胡子拉碴，头上盖着一块很大的土耳其毛巾，一直垂到了肩膀。他走过我们身边，穿过大门不见了。

"他现在在看心理医生……"这些摩登的年轻人悲哀地转动着他们的脚，他们发现，居然让一个美国人见证如此可耻的一幕，而当事人就出自他们当中，这感觉太让人受不了了。

这几个年轻人觉得必须奚落一下那可怜的苏布拉马尼亚姆，可是当话题转到母牛身上，我笑了起来，他们就弄不懂我为何笑了。我发现，他们的表情一下子变成了近乎喜悦的尊崇。母牛崇拜是通俗印度教的一个要素，至今尚未被20世纪的无信仰论彻底替代。诚然，它已经有了新的典礼形式。现在，大众的母牛崇拜仪式常常在现代化混凝土建筑的大型体育馆里举行，仪式上会为养了最佳母牛的主人颁奖，而庆典的宗教色彩依然很明显。母牛身上装饰着珠宝花环，人们排上好几个小时的长队，就是为了获得能给母牛喂食香蕉和甘蔗的难得机会。等再也吃不下了，这些母牛会就地躺倒，或四下溜达，好几百个年轻姑娘就专门为母牛表演起神圣舞蹈。

在印度，母牛想去哪儿就去哪儿。它可以躺在庙里，也可以起身走动，在马路中央躺下。如果周围的车水马龙惹恼了它，它会缓缓站起身来，继续沿着街道朝火车站走，到了那里，只要它愿意靠在售票窗前面，没人会去阻拦。在高速公路上，它似乎知道卡车和公共汽车司机在一英里外就能看到自己，会放慢车速，等来到它面前时，差不多会停下来，因此它不必从菩提树荫下移动身子走出来，那棵树还是它特意选定用来休息的。人人都认可它在世上的至高地位。关于普通印度教徒对这种神兽所怀有的情感，我读过的最生动的描述来自一篇小文章，作者是一位公务员候选人，文章题目就叫"母牛"。其实，这位有志青年投稿此文是为了展现他的精湛英文，感动人倒在其次。

母牛

母牛是一种绝妙的动物，它[1]是四足动物，因为是雌性所以能产奶——不过只有产下小牛后才有奶。它和上帝是一样的，是印度教徒眼中的神，对凡人很有帮助。但它一共有四

---

[1] 此文作者误用了"he"来指代母牛，这里统一译为"它"。

条腿，两条前腿，两条后腿。

它全身都有用处。尤其是牛奶。用处可多了！做各种酥油、黄油、奶油、凝乳、乳清、溶脂，还有炼乳等。另外，它对补鞋匠、船工，乃至全人类都有帮助。

它动作缓慢，因为它体形丰满。它的另一项活动对树木、植物和取火都很有用。通过手工压出扁饼，放在太阳下晒干，就能实现这个用处[1]。

它是唯一能吃下东西再反刍的动物。此后它用牙齿咀嚼放在嘴里的东西。它的眼睛一直盯着草地。

它唯一能用来攻击和防卫的武器就是自己的角，尤其是生下小牛之后。它会拱起脑袋，让牛角武器与地面平行，立刻快速向前冲击。

它也有尾巴，但是和其他类似的动物不一样。尾巴的另一头也有毛，这是用来吓走苍蝇的，苍蝇会停在它全身，不停地烦它，所以它就用尾巴拍打苍蝇。

它的脚掌摸上去很柔软，所以它不会把吃的草压碎。夜里它就趴倒在地上睡觉，会闭上眼睛，它的亲戚马儿就不闭眼。这就是母牛。

飞蛾和夜虫在我那盏油灯周围盘旋。有时候，一只虫子会很快飞到玻璃罩顶上，熠熠闪烁。椅子下的水泥地面上会出现轮廓清晰的一圈汗珠子，都是两个钟头内从我身上滚落的。通往卧室和洗手间的门都关着，我每天晚上就在两个房间之间的更衣室里工作，因为那里虫

---

[1] 这里描写的是牛粪饼。

子少一些。但是，因为抽烟和用巴提香（bathi sticks）来驱赶飞虫，更衣室里的空气令人窒息。今天报纸上说，贝拉里（Bellary）暴发了黑死病。我不停地想着这个问题，很怀疑为最终基本战胜这样的疾病所付出的代价是否真的值得。这个代价就是废除一系列的信念和仪式，而正是这些东西让生死过程中的意识阶段有了令人心悦诚服的意义。我持怀疑态度。安全是虚假的神，一旦你开始为此做出牺牲，你就输了。

护照

日记；收于谢丽·纳丁（Cherie Nutting）的《昨日芬芳：细描保罗·鲍尔斯》（*Yesterday's Perfume: An Intimate Portrait of Paul Bowles*）

一天下午，贾斯汀·达兰纳亚法拉的哥哥（动物园园长）邀请艾哈迈德和我到他那里去参观。我之前说过非常想看老虎幼崽，他就把小老虎放出来了。小虎当然非常漂亮，比成熟的猫稍大些，也重一些，爪子巨大，已经能破坏东西了，只是小虎出于礼貌没把爪子张开。整个过程中，它们的举止真可谓无可挑剔，我不敢相信人可以把一头真正的孟加拉虎抱在怀里上下抚摩。主人说他想要卖掉两只小老虎，价格也合理，一对八百美元，还是兄妹俩。我有点动心了，但很快意识到，带着老虎旅行，即便是幼崽，都会遇到难以应付的麻烦。等它们长大了该怎么处理？这比迈克尔·普夫爵士（Sir Michael Puff）所遭遇的可要更为棘手，当时他买了一头小象，把它带回家乡威尔士。只要有头脑的象夫一直跟着，大象还好应付，可两头成年老虎就会是大麻烦。

也许，抱着抚摩两头温顺的幼崽虎有助于打消艾哈迈德本能的恐惧感。他肯定明白老虎是危险的野兽，可当我们来到迈索尔，买下了印度王公的老虎园，他仿佛忘掉了这一点，开始感情用事起来。他回想起手上摸到的柔软毛发,因为这是他唯一的触觉感受,老虎似乎变成了友好的动物。总之,他最后差一点涉险送了命。

我相信,王公在设计动物园地形时咨询过哈根贝克[1]。老虎们有一大片地可以随处走动,没有围墙的限制。有一条很深的干涸壕沟把里外隔开作为防护,动物们都会小心谨慎,以免跌落沟中。那里有一座低矮的白色建筑物,是用来架通壕沟的桥梁,有铁吊环一直通往建筑顶部,艾哈迈德很快就爬到了那里。那是一个平台,没有栏杆。三头老虎意识到有人出现,立刻冲下小山坡。老虎当时非常兴奋,我猜想,饲养员就是从那个平台把食物从上面抛下去喂它们的。老虎不停跳跃着,不断发出吼叫声,巨大的爪子刮擦着墙面。艾哈迈德这才发现,自己站在平顶边缘,老虎离自己的脚非常近,他好像进入了一种催眠状态,马上要前倾后仰跌倒了。我赶紧喊道:"别动!"这一喊把他拽回到现实,让他慢慢离开平顶边缘。一直到他爬回到地面,老虎还在继续咆哮跳跃。此后艾哈迈德都不愿意再提起这段经历。

---

[1] Carl Hagenbeck(1844—1913),德国野生动物商人,由他发起的动物园建筑的转型被称为"哈根贝克革命"。

丹吉尔的不同世界

原载于《假日》（1958年3月）

1931年夏天，格特鲁德·斯泰因邀请我去她法国南部比利宁（Bilignin）的别墅住两周，每年她都有几个月在那里避寒。刚过了一周时间，她就问我离开那里后打算再去哪里。当时我还没好好周游世界，便回答说维勒弗朗什会是个好地方。她露出了些许轻蔑的表情。"谁都能去里维埃拉[1]，"她说道，"你应该去更好的地方，干吗不去丹吉尔呢？"我有点犹豫，解释说那里的生活开支超出了我可以承受的预算。"胡扯，"她说，"那里很便宜的，对你正合适。"

一周后，我登上了一艘名为"伊梅雷蒂二世"（Imeréthie Ⅱ）的船，目的地是北非各港口城市。我还真得感谢格特鲁德·斯泰因的明智建议。从我到达丹吉尔的第一天起，一直到接下来的几年，我一直待在那里，并爱上了这个白色之城。小城蔓延于山丘之上，从那里能远眺直布罗陀海峡，视线一直延展到安达卢西亚山脉地带。

---

[1] 维勒弗朗什（Villefranche）位于法国滨地中海的旅游度假胜地里维埃拉（Riviera）地区。

那时候的丹吉尔是个引人入胜的、安静的城市，人口大约六万。那里的麦地那非常古老，街上众人穿着明艳奇异的服装，每条街都通往郊外，城郊边界种满甘蔗、仙人掌和高大的天竺葵，形成了一道自然围墙。现在，贴着这道厚厚的植物边界的是新公寓楼破败的立面，穆斯林们已经舍弃了带盘花纽扣的东方外衣，也不再穿蓝色、橘色、浅草绿色或鲜粉红色的肥大裤子，而是穿着从美国打包进口的李维斯牌牛仔服装，以及二手雨衣。这里人口增长了至少三倍，我甚至怀疑，现在游客是否已经不再觉得这个城市安静而富有魅力了。在最近的二十多年里，世界上肯定有不少地方在外观上也发生了这样的变化。

一座城就像一个人，一旦你亲近熟悉了，就会对它的外貌熟视无睹，所有视觉上的装饰都变得肤浅。城市的个性在很大程度上由居民来决定，若是要改变这些人的行为和态度，则需要长久的时间。对于愿意花时间，也有意愿了解本地居民的游客而言，丹吉尔依然是一个迷人的城市。长期居住于此的外国人仍然能发现大多数自古以来就让此地充满魅力的元素，因为他知道在哪里能找到它们。丹吉尔至今依然是个小城，你只要在主街上走走，一定会遇到十来个需要驻足聊会儿天的朋友。结果，原本打算走十分钟的路，一般得花上一个钟头甚至更久。

你会撞见十年前身无分文来到此地的波兰难民，他曾在这里靠借钱卖花生维生，现在已经开了一家生意兴旺的卖熟食和酒类的商店；你会遇到美国建筑工，他当年来摩洛哥是为了建造美国空军基地，现在则变成了自由投稿的记者；或是因为对大元帅佛朗哥评头论足而被关入西班牙的监狱多年，现在成了市政管理办公室文员的穆斯林；还有来自罗马的裁缝，他没有如愿积累财富，一直渴望回家；一名英国女按摩师，二十年前度假旅游时途经丹吉尔，不知怎么的就没再离开；开了大书店的比利时建筑师；曾在布拉格大学教了十七年书的穆斯林，现在此地做阿拉伯语私人辅导；喜欢这里气候的瑞士商人，出于个人喜好在此地开始经营餐馆和酒吧；为一家美国公司当会计的印度贵族；为人做衬衫的葡萄牙女裁缝。除此之外，你还会遇到不少向你打招呼的西班牙人，他们大多数出生在丹吉尔，此后从未离开过。这里的穆斯林占人口的70%，他们依然喜欢坐在小小的咖啡店里，喝茶或咖啡，玩牌、国际跳棋或多米诺骨牌，大声喧哗，声音盖过了收音机里的埃及音乐。这里的确没有什么变化。

虽然那些喜欢丹吉尔的人有时候会觉得似乎存在某种阴谋，正在把这个城市变成世上最可怕的地方，但其实要达成这种企图极为困难。除了麦地那的几个角落，一些老旧的摩尔人建筑还没被改建，其他的已经没有什么可被破坏的了。即便女人已经不蒙面纱，可以玩似的给自己买大上四码的人造纤维晚礼服，或者最后一幢有着堡垒外观、大门布满装饰钉的老房子已经被推倒，旧址上要建造混凝土住宅，面积足以居住六户人家，每个房间还装上了日光灯，这个城市看上去依然没有什么变化。

随着一切旧事物被有序地摧毁（而新的欧式建筑基本上无一例外地丑陋不堪，摩洛哥人建造起来的就更是糟糕），丹吉尔该如何避免这美学上的噩梦呢？我觉得，首先是它的地形拯救了它：这个城市沿着山丘建造，延展于丘陵的侧翼，一边是海洋，另一边是略有起伏的平原，远处是崇山峻岭。城里少有平坦地面，每条街的尽头都是自然风光，这样，人们的视线自然会掠过近处的景致，眺望那色彩斑斓的港口、海上的船只，或是山脉线，或有着遥远海岸线的海洋。无论你站在何处，明艳的天空，哪怕多云，都会让建筑仅仅成为容易被忽略的结构，而你只会关注远处的自然美景。你不会留意这个城市，你的目光望向城市之外。

麦地那区的背街蜿蜒曲折，有时候会穿过房屋下面短小的隧道，有时会沿着长长的阶梯，带着人们进入孤独、沉思的漫步。除了偶尔会撞上行人或驴子，你可以专注于思考。自从1947年返回此地，我经常连续几个小时漫步于这些街巷（顺便还了解了如何区分通道和死胡同），专心思考丹吉尔和我究竟是怎样的关系。假如你不知自己为何喜欢一样东西，那就值得去探个究竟。

我的探索收获并不是很充分，但至少此时我确信，在一定程度上，丹吉尔是个集往昔和当下于一身的所在，活跃的当下现实被同样活跃的昨日历史赋予了某种深度。我觉得欧洲的过去大体上是虚构的，要了解它，你必须掌握前提知识。丹吉尔的过去是一种具象的现实，像阳光一样能被感知。

丹吉尔差不多就是一个巨大的集市。战后以来，它在本质上一直就是一个自由货币市场，新的摩洛哥自治政府也许可以在经济生活中发挥日益积极的作用，而不必采取货币控制政策。在不断国际化的那些年里，城市个性中戏剧化、超越法律的一面不断彰显。这个城市的确是一个买卖外交情报的市场，它也是商品在最终越过边境时不经海关检查就能装载和卸货的地方。而且更重要的是，这个地方的居民来自各个国家，他们无须提供身份证明就能在此生活。另外，这里什么税收都没有，欧洲的出口商可以十分方便地在此设立办事处，尽管他们的产品可能从未在摩洛哥海岸几千英里之内流通过。这样的时代已经成为过去，这种不受管制的自由也不可能一直延续下去。外国企业的撤回造成了大衰退，高失业率很可能导致危机；商店里堆满了各种来自不同地方的商品，可是买主寥寥；城市缺乏工业，只有店主、代理商、街头小贩和招徕顾客的人。

钟表广告随处可见，在商店橱窗及人行道的霓虹灯上闪烁着。麦地那主街中心，佐科契柯广场南端一幢建筑的屋顶上就矗立着一个巨大的钟表造型，全部由大大的亮片制作成，一直在人们的头顶上方颤动闪烁着。对大多数人而言，这种地方，最小的时间计量单位就是克西姆（qsim），即五分钟！不过，丹吉尔人近来颇有时间意识，孩子们常常叫住你，一脸认真地问你现在几点几分，当你给出的答案有点不可思议时，他们会饶有兴趣地倾听。

街道上还有一个不会被忽视的特点，就是无处不在的货币兑换店，门口石板上写着世界主要货币和西班牙比塞塔的买入和卖出汇率，还包括黄金兑换率。汇率都是用粉笔写的，数字时刻变动。稍微简陋些的兑换点就是在街道旁放一个箱子和一把椅子，卡列西亚金斯街的上段两边就摆满这种简陋的兑换点。我个人觉得还是银行省钱。

这里的人喜欢把丹吉尔描述为"中心"，意思就是这地方从直布罗陀乘渡船两个半小时抵达，从伦敦乘飞机则是五个小时，从卡萨布兰卡坐车七小时（如果你小心驾驶），以撒哈拉沙漠为起点坐火车三整天（假设全程不遇到任何外来的蓄意破坏），从纽约乘船六整天。虽然北欧的居民觉得这里是冬天的避寒胜地，可当地居民享受惯了其他三季的好气候，常常在冬日离开，因为这里会有来自地中海的倾盆大雨，尽管不冷，但必定会潮湿，假如往南几百英里就能享受到阳光，何乐而不为呢。从12月到次年4月，大雨会随时光临。这期间你也许能在瓦蓝的天空下安逸很多周，但雨是肯定会下的，就像7月到11月里肯定会有好天气一样。我常常想，25年前这里又是怎样的气候呢？当时此地被称为"丹吉斯"（Tingis），是一个贸易港口，由海岸那边过来的迦太基人掌控，而当时摩洛哥还是一片茂密的森林地带，常有象群出没。我尤其好奇，不知道当时的冬天是否比现在要温和些。我推测是这样的,不过这很难令人信服。

其实,丹吉尔本质特征的变化并不比它的气候变化大。从众所周知的历史开始,它就一直和外界保持着联系,各种事务不是由外国势力的代理人就是由为这些人的利益服务的摩洛哥人直接掌控的。迦太基没落后,它长期以来就是罗马殖民地,此后陆续被汪达尔人、拜占庭人、西哥特人、阿拉伯人(长达八个多世纪以来,这些人自身之间以及他们和皈依伊斯兰教的摩洛哥人之间不断争夺这片土地)、葡萄牙人、西班牙人、摩洛哥人自己占领,最终接受了法国的领导,而后由国际共管委员会代表其权利,后者的主要势力则在法国、英国、西班牙三方成员国手中。("二战"期间佛朗哥认为轴心国必胜,便把该委员会的控制权抓在自己手中,战争结束时又被迫把它交还给了国际共管委员会。)现在它由摩洛哥国王统治,并由摩洛哥军队掌控。

几年来,我一直带游客"观光"丹吉尔。可想而知,在这个专业向导比比皆是的城里,我作为一名业余导游就会有诸多劣势,甚至会遭遇危险,而且做导游本身并非特别愉快的消遣。可是,若9/10的人对此地的混乱荒谬略感有趣,对它的丑陋肮脏明显反感,对它所能展示的一切毫不在意,那至少还有1/10的人会对它一见钟情,而就是这1/10的人会让这个累人的工作特别值得。这些人,也包括我,会觉得死胡同尽头的白墙都独具神秘感,就像穆斯林人家中柜橱般狭小的房间会让你想起幼年游戏的魔力,或是尖塔里传来的宣礼师祷告,也会突然让你联想到一首歌曲,那旋律会彻底改变当下的一切。有人说,这种感觉会让人拒绝长大。如果真是这样,那对我还真适用,因为童稚对于我就意味着保留所有的想象力。诸如丹吉尔这样的地方,想象力就是乐在其中的必要元素,有了它,你目力所及的细节并不限于原貌,而是触类旁通地引发了一个秘密体系,展现出这个城市的复杂生活既有整体性，又有极其多样的独特性。

我会带游客们看一些什么呢？恐怕不多。除了所谓的苏丹王宫，这里没有其他"名胜"或历史纪念碑。王宫是18世纪的建筑，现在里面有一家小小的博物馆。我导游能力有限，还从没带任何人前往过苏丹王宫，因为那地方不太有趣。不过游客基本上不会错过那里，因为城堡区所有的小孩都有一个坚定的生活意愿，就是把尽可能多的游客指引到王宫的大门口。

有时候，游客会希望我领悟到，他们最心心念念的是去看看"红灯区"，那是佐科契柯两旁的几条背街小巷。这档子事，我总是留给专业导游去操心，反正这样的游览从来不会成功，游客们会沮丧地发现，穆斯林的机构曾对一切都严格封闭，除了信念。我用了"曾"这个过去时，因为自摩洛哥获得独立以来，所有的妓院都关了，无论其中的住客或将来的顾客信仰如何。

我带游客参观佐科契柯，那里欧式的咖啡馆午夜过后不久就关门。通宵开业的时代过去了，那时候你还能凌晨五点过来买咖啡喝，看到那些疲倦的舞者从夜店里出来，在几个头发擦得油光锃亮的混混护送下回家。现在佐科契柯成了严肃与白昼的名胜，那里的顾客大多是穆斯林，他们坐着谈论政治，喝着软饮料，一边四下观望，或加入广场中央频繁发生的打架斗殴，这些斗殴往往发生在警察与附近非官方的社区治安员之间，斗殴的起因通常是为了争夺对那些疑似喝酒犯法的穆斯林的羁押权。传闻说在城市的这个区域最终要禁酒。

在以前，街边咖啡店遍布佐科契柯，但渐渐地，它们都成了古董店，越来越多的印度商人经营着这些店铺，所以小广场上现在只剩下五家咖啡馆了。中央咖啡馆的主顾都是非西班牙籍的欧洲人和美国人，因为那里最宽敞，也最明亮。擦鞋的男孩们、乞丐、买彩票的总是最喜欢聚集在那周围，风趣的摩洛哥年轻人铆着劲地向你推销牙刷、玩具、钢笔、风扇、剃须刀片，还有人造丝围巾等。因此，若要找个安静聊天的地方，或是能就着一杯咖啡看上半小时报纸，你最好另找别处。

那几年，我在中央咖啡馆见到过一些相当稀有的顾客，他们坐在身裹吉拉巴长袍、头戴土耳其毡帽的客人当中，有芭芭拉·赫顿、萨默塞特·毛姆、杜鲁门·卡波特，还有塞西尔·比顿[1]等。一天我路过咖啡馆，还看见埃罗尔·弗林[2]坐在那里，他试图用报纸挡住脸，一群西班牙姑娘站在她们认为是礼貌距离的三英尺外盯着他看。赫顿女士在佐科契柯出现是因为她当时暂居丹吉尔，就住在麦地那区我居所的附近。不过我们的住所风格迥异。据说她住的地方最初是二十八幢独栋穆斯林房屋，房屋被推倒后，重建为现在的结构，而我住的地方一直保留着原来的风貌，就像狭小、局促的鞋盒，一只挨一只地摆放着。

丹吉尔真正的中心是"露天佐科"，即一座露天市场，穆斯林在那里售卖各种东西，从长尾小鹦鹉到酪乳，从柏柏尔毛毯到热甘栗，从沙发垫到日本玩偶，应有尽有。八十年前，来丹吉尔的游客若是太阳落山后抵达，就会在城墙根的此地待上一整夜，等着次日清晨城门打开。现在的露天市场是个非常大的广场，就在麦地那的南墙外。白天，这里宛若喧嚣的海洋，满是公共汽车、出租车、乱哄哄的行人，还有吵吵嚷嚷的小贩。海洋正中是一个岛屿，在我熟知它的二十五年

---

[1] Barbara Hutton（1912—1979），美国社会名流、著名慈善家，有"珠宝女王"之称；Somerset Maugham（1874—1965），英国作家；Truman Capote（1924—1984），美国作家、编剧、剧作家；Cecil Beaton（1904—1980），英国时尚、人物和战争摄影师，画家，舞台服装设计师。

[2] Errol Flynn（1909—1959），奥地利裔美籍演员，在好莱坞电影中以浪漫角色出名。

中，它的面积不断萎缩，越发阴暗，因为越来越多的地段被数量日益增长的车辆占据。以前有说书人、乐师、杂耍艺人以及各种娱乐表演者聚集在大树下表演节目，近几年来，这地方发展成为一个小村庄，村里有东倒西歪的小木屋，房屋间还有狭窄的通道。乡下来的穆斯林涌入其中。如果你不介意，可以摩肩接踵地在里面挤进挤出，看着这些人为了大盘的面包和羊奶酪讨价还价。在这个岛屿上，稍宽敞些的两条街道都用来展示花卉、焚香，还有诸如明矾块、染指甲叶、沐浴泥、化眼妆的硫化锑等美容材料。

广场和阡陌纵横的街道上每时每刻都挤满了成千喧闹的商贩和顾客。然而，到了夜晚，你会听见空寂的黑暗中回荡着一种孤独的声音，它来自那些木板搭建的窄小的商铺，来自守夜人或摊主的鼾声，这些人蜷缩在自己的商品堆里睡着了。黎明前，柏柏尔人的篷车和毛驴已经在乡村公路上朝城市方向走了一整夜，终于快抵达了。他们运载的商品主要是食物，这些东西会在露天市场附近的一个大院子里卸载。太阳照常升起，如同它照常落下。若逢周四或周日，那里会聚集更多来自四周丘陵地带的人，因为那两天是特定的集市日。

城里的老派欧洲居民最热衷于逛露天市场，他们曾经抗议所有对市场进行现代化改造、净化、修建停车场、造公园等的方案，并如愿以偿。现在摩洛哥人对市场拥有了治理权，人人都在猜测，在当下的凄惨暗淡中，这个昔日生机勃勃的绿洲究竟还能维持多久。我觉得，只要市场的运作者不让它消失，它会依然存在，幸好这些人不像城里的穆斯林那样被进步的病毒感染，还未囿于为改变而改变的观念，因此露天市场上的喧嚣、烟尘、艳丽的混乱还能再延续一段时日。

〔我低估了热心公益事业的摩洛哥人的热情。此文写完后不久，市场就被推倒了，地面铺上了沙砾路，种上花卉。不过，在离开旧址几百英尺的地方,就在西迪·布阿比德(Sidi Bouabid)清真寺后面,又腾出一片空地,开辟了新的露天市场,到1958年,我们会有新的市场了。]

我常常带孩子们去海滩和山间。那些游水时喜欢有玩伴的应该去市政沙滩,那是丹吉尔海湾一片长达五英里的半圆形沙滩,从任何宾馆都能步行抵达;而喜欢独处的人则应该去广阔的大西洋海滩,那是一片一望无垠的平坦白沙滩,自大力神石窟(the Grottoes of Hercules)向南延展,越过塔哈达兹干河(Oued Tahardatz),直到旧时的西班牙区。这片沙滩完全没有被破坏,是我所知的最美沙滩之一。至于山脉,其制高点大约高出港口一千英尺,山上覆盖着浓密的桉树、意大利伞松和柏树林,被认为是整个丹吉尔最宜居之地。三百年前,这片林地曾被用作一处作战基地,当时摩洛哥人正试图把丹吉尔从英国人手里解放出来,但他们没有在战争中获胜。不过,现在英国人又获得了那里很大一部分土地,所以拥有土地的和在山上居住的,大多是英国人。那里还有曾经的两位苏丹的宫殿:一座是本·阿拉法宫(Ben Arafa),本·阿拉法其实并不是苏丹,但1953年法国人将当任的君主流放时,是他行使了苏丹的职权;还有一处是帕迪卡利斯别墅(Perdicaris),这座远离尘嚣的建筑充满了浪漫色彩,仿佛出自沃尔特·司各特爵士[1]的作品。那位不太受人欢迎的贵族格拉维于1956年去世前不久买下了它。

1957年夏,穆罕默德五世正式宣称有意将丹吉尔立为自己的夏都。此事是否能真正实现,我们拭目以待,不过这里很多人相信这一举措会解决当地的经济危机,他们为此满怀憧憬,希望传言落实。我

---

1 Sire Walter Scott(1771—1832),苏格兰著名浪漫主义历史小说家。

个人的猜测是，无论这个城市的经济会有怎样的奇迹出现，飞涨的物价必然会让丹吉尔这个美国人生活的最便宜之地成为过去。

参观了露天市场、海滩和宫殿，还有一个是游客不能错失的，那是城里最重要的景观，它为所有其他景点赋予了现实意义，并决定了它们的终极意义。我指的就是普通摩洛哥人的日常生活。我们必须进入家庭，特别是那些中下层阶级的家庭，我们得走进街坊的小咖啡馆，那里完全是地道的穆斯林顾客。

因为民族主义情绪高涨，穆斯林对陌生外国人曾经的亲切中立态度多少受到影响，咖啡馆不像昔日那样容易融入。正因为如此，要找到能够有人认识我、店主能热情招呼我、能像对老顾客那样友好接待我的咖啡馆，就非常重要了。

几乎所有这些建筑的背面都有一片露天场所，上面遮盖着芦苇帘子，那地方一般要高出房间地板，进入时需要把鞋子脱了。

人们盘腿坐着，尽管有非正式的禁令，他们还是掏出烟斗，照常吸食。咖啡馆就像男人的俱乐部。一年中，男人们会频繁出入。他们自带食物，在那里食用，有时他们还会在席子上伸展四肢，躺下睡觉。咖啡馆就是他们的邮件地址，比他们的家庭地址都更受用，毕竟家里女眷都在。咖啡馆就是社交约会之地。在面积小一些的咖啡馆，除了已经熟悉的那群老主顾，任何其他人从门口进去，大家都会心怀谨慎和些许怀疑。每家咖啡馆都有各自的传奇和逸事，只有最早的那一群顾客能听懂。正是在这里，穆斯林们所喜欢的诸多故事和复杂的笑话被不断讲述，这里也是普通百姓最感到愉悦和自由的地方。如果咖啡馆又恰好能提供摩洛哥本地音乐（这种情况现在实属罕见），我就会不顾一切敌意的目光，走进去坐下聆听。我觉得很少有游客会如此渴望聆听摩洛哥的咖啡馆音乐。

不过，对一般局外人而言，家庭生活比咖啡馆生活更不容易领略。在中产阶级家庭里，一旦有任何非直系亲属关系的男人或男孩、穆斯林或其他人等来访，所有女人和女孩子就会很快地躲起来，直到客人离开后才出现。不过，在收入低一些的家庭，社交规矩会相对宽松些，所以我只要告诉女佣或司机，说我的一群朋友要去参观穆斯林家庭，见见家里所有人，人们会欣然提出邀请。我并不是说，在某个穆斯林家庭里看到的一切会和我们不在场时一模一样，但如果我们待的时间足够长，大家往往会放松下来，那户人家的生活节奏最终会开始回归正常，这样我们就有可能看到家庭内部生活的清晰一幕。

根据我们的标准，这里的人们的确贫困潦倒。例如，我们现在的这位女佣负责做早饭、打扫五间屋子、洗涤所有衣服，月薪是8.33美元，而且不包餐食。就算在1958年的丹吉尔，这都是很低的工资了。可是如果你到她家去看看，就会发现那里无可挑剔，她和家人的生活方式还令人感到一种东方的恬然甚至富足。这是一种特有的天赋，即能够在贫困中营造出满足感，我一直对此心怀崇敬。但是从另一方面看，这些人又是超级幻觉大师，他们简直就像魔术师变戏法，能让最变幻莫测的手法举止表现得宛若天成。

我至今都弄不明白，为什么访问这些贫寒家庭的经历会令人如此舒心愉悦。也许这只是因为主人和客人都有意化繁为简，甘之如饴。主人深谙谈话中沉默是金的道理，而客人也入乡随俗，抛却前见。客人时常恬然倚坐在靠垫上，轻松交谈，而主人又彬彬有礼、浑然自如，这当然令人愉悦。夜访将尽，主人让你深信他们比你更为满足舒畅，于是你礼貌道别，走入宁静的月夜街巷。不消几步，从城堡门口就能俯瞰那成千的白色立方体，那些麦地那的民居，耳畔只有浪涛拍岸的声音，或是邻家屋顶两只公鸡催眠般的轮流啼鸣声，这同样令人愉悦。倘若我间或自问,选择在这个独特迥异的城市居住多年,我是否有点不正常?这时候,我会十分确信,而且能很容易地说服自己,如果重回1931年,如果我有精准预测未来的天赋,我很可能依然接受斯泰因女士的好建议,会再次涉足丹吉尔。

身份的挑战

原载于《民族》（1958年4月26日）

无论在书评还是在出版社的宣传简介中，无论在此地还是在英格兰（那里这种体裁更受欢迎），写游记的作者一定会想到这样的问题：会有谁来阅读，居家读者还是旅行者？假设这样的分类区别了两种性情，而且很多潜在的游客都仅仅因为条件所限无法达成看世界的愿望，那我猜想，游记的读者群几乎全部由旅行者构成，即那些已经出游过的和那些希望出游的人，然而不幸的是，现在的读者只占这些人的一小部分。

即便在近一百年前，旅行仍是特殊行为。除了少数幸运而执着的人，远方遥不可及，接触异国他乡的愿望大多得通过阅读以间接达成。现在既然从理论上说，人人都能想去哪里就去哪里，那么游记的目的就不同了：它的重点从某一地变成了某一地对个人的影响，游记的视角必然变得很主观，而且更具"文学性"。但是，这会让游记作者失去原本会有的读者。旅行者偏于外向，并不看重二手经验。如果他计划前往南美，哪怕是梦想着要去南美，他不会急于先去了解伊舍伍德[1]

---

[1] 这里可能指的是Christopher Isherwood（1904—1986），英国作家。

对此的印象，他想要的是一本关于各个共和国的历史、气候、风俗、名胜景点等资料信息的简明指南。他甚至并没有确定必须有某种观感，当他亲眼见到阿空加瓜山时，他才不会在乎别人是怎么感受的呢。

那什么是游记呢？在我看来，它就是关于某人在某地遇到的事，别无其他。它并不包括旅馆和高速公路信息，也不包括一系列有用的词汇短语、统计表，或是游客应该穿怎样的服装之类的建议。也许这样的书会形成一个种类，最终会消失。我希望这事不会发生，因为我最享受的就是阅读一位睿智的作者确切地讲述他出游时遇到的事情。

最佳游记的主题就是作者与某地的冲突。哪一方赢了并不重要，只要冲突得以如实记录。作者需要有天赋来好好地描述相关情形，这也许就是诸多擅长以小说风格来写游记的作家会让作品长存于读者记忆的原因。当其他一些同样是信息精准的旅行记录变得模糊而被遗忘许久后，你依然忘不了伊夫林·沃[1]在埃塞俄比亚的愤怒，忘不了格雷厄姆·格林[2]穿越西非时的漠然，忘不了奥尔德斯·赫胥黎[3]对墨西哥的失望，忘不了纪德在刚果对自己社会良知的发觉。这些作家在小说创作上富有技巧，可我却独独偏好他们为数不多的游记而非小说，这或许有悖常理，但我确实如此。

那些叙述详细的游记，它们有着明确的任务或使命，加之不少探寻记录和征服经历，显得独具魅力，可读者往往能感觉到这类作品大多出自顺便也写写文字的旅行者，而非写旅行体验的作家。（米歇

1　Evelyn Waugh（1903—1966），英国著名小说家、传记作家和旅游作家。
2　Graham Greene（1904—1991），英国著名小说家，被认为是20世纪最伟大的作家之一。
3　Aldous Hexley（1894—1963），英国作家和哲学家。

尔·维尚格[1]的《斯马拉记》是众所周知的例外,因为他最终要追寻的是内心的渴望。他寻找的是狂喜感受,可他只感受到身体的痛苦,他只好把日记当作净化器,以此进行转化。)

有一种类型的书,其写法和主题更像是传记而非游记,不过,由于这类书主要讲述远离家园的个人身处相对陌生的环境,因而在一定程度上可归于旅行文学。它是一种详细私密的叙述,写的是某位作家在外国某地长期居住的日常生活。这一类书中,我喜欢的有弗兰德劳的《万岁墨西哥!》、阿克莱的《印度假日》、迪内森的《走出非洲》、彼得·梅因的《马拉喀什的街巷》[2]等。这些书中,作家的个性是关键元素,它们的魅力在于其文字明显聚焦于个人态度和反思。

试想,假如我现在要写一本游记,我的行为举止会和目前的不一样吗?我坐在小公园的长椅上,那里可以俯瞰里斯本。海港的各种声响在我身下飘浮,孩童们在我身旁的草地上嬉戏笑闹。太阳虽然被一层薄雾蒙着,阳光依然明晃晃的,空气中有一股说不清到底混合了什么成分的春天味道。突然,孩子们来回拍打传递的红色小皮球穿过铁格子栅栏,越过栏杆掉入下面的庭院,院子是有围墙的。此后传来一阵高声斥责,玩球的孩子们四下散开,只剩下一个小男孩,他显然就是皮球的主人。只见他留在后面,抓住栏杆,眼巴巴地朝下面盯看着。此时,我有

---

1 Michel Vieuchange(1904—1930),法国探险家,第一个游历撒哈拉斯马拉(Smara)城墙遗址的欧洲人,由此撰写了《斯马拉记》(*Smara: The Forbidden City*),出版于1932年。
2 Charles Macomb Flandrau(1871—1938),美国作家、散文家,《万岁墨西哥!》(*Viva Mexico!*)出版于1923年;J. R. Ackerley(1896—1967),英国作家、编辑,《印度假日》(*Hindoo Holiday*)出版于1932年;Dinesen是布利克森(Karen Blixen,1885—1962)的笔名,《走出非洲》(*Out of Africa*)出版于1937年;Peter Mayne(1908—1979),英国旅行家,《马拉喀什的街巷》(*The Alleys of Marrakesh*)出版于1953年。

了答案。假如现在我要写一本游记，我会把小男孩喊过来，与他聊天，给他钱再买一只皮球。可是我这会儿没想写，只是静静地坐着，继续想象着，假如我有意要写这么一本书，我该怎么写。

说到真正的游记，如果作家打算叙述一段称心如愿的生活，却不去做笔记，也并不将自己视为某种感受工具，我想这就不能成为一种讲究精确、基于事实的工作。基于个人情感的模糊回忆始终比关于事因的精准记忆更为强烈。小说的内容的确依赖记忆，但写游记时，当记忆有太过改变文字质地之嫌时，就不适用了。

作者叙述时必须遵守严谨的忠实，任何有意的失真都相当于欺骗，否则就失却了写游记的愉悦目的。叙述必须尽可能逼真，我觉得最简单的办法就是尽可能准确地表述自己的感受。读者会理解所描写的地方究竟怎样，只要他对作家的个性和喜好有所了解，知道那个地方对作家有何影响。因此最关键的应该是，作家要坚持客观地展示自己的个性。这就提供了一种诠释标准，读者可以由此自行衡量各个细节的重要性，就像拿着比例尺对地图的某个部分进行测量。

按照线性时间顺序对旅游进行描述，这在本质上缺乏文学性。游记更多关乎作家的个性和行为。作家得确保有完整的体验，后者构成了写作内容。他写的故事首先必然是自己体验过的，如果故事趋向于令人觉得其中缺乏真实生活体验的必要元素，那作家就需要明白如何重新组织内容，让这些元素显现。他的创作力量并不用来应对写作问题，而是针对自己如何与外在环境发生关系。

毋庸赘言，无论当地为方便游客采取了多少措施，对作家而言，他依然会遭遇诸多障碍。如果作家最终与那个地方有一点真正的接触，那更多的是因为规避了那些措施，而不是从那些措施中得益。当地部门对游客的协助,目的是让个人探究变得多余。在很多国家,政府资助的旅游部门还有更进一步的、更居心不良的方案,即故意阻止外来游客与本地居民产生个人交往。作家自然是最有嫌疑的,不过他们就是要规避这样的干涉。"你不需要和他人聊天的。"在某个非洲国家,我曾被如此告知,"我们的旅游局会为你提供明码标价的指南服务,还有免费的英语旅游手册,上面有你所需的全部信息。"

还有:"我怎么知道你确实是游客呢?"这个疑问来自南美驻伦敦领事馆的一位工作人员,当时我在那里申请签证。"怎么了,我还能干吗呢?"我说。她回答道:"我不知道。你护照上写的是'作家',我怎么知道你打算做什么?""这倒确实。"我对她说,于是改去了远东。

一个旅人：保罗·鲍尔斯游记 | 悲哉美国，悲哉阿尔及利亚

悲哉美国，悲哉阿尔及利亚

原载于《民族》（1958年5月24日）

今年早些时候，有一天我正在丹吉尔邮局从自己的邮箱里取信，通往后面邮件分拣区的门口传来一声轻轻的招呼，喊的是我的名字。我转过身，那人是在登记窗口工作的一个小伙子。

"打扰您了，"他说道，"不知您对阿尔及利亚是否感兴趣？"

"谁会没兴趣呢？"我说。

他笑了："那改天我带朋友来拜访您，就待几分钟。"

"当然好，随时欢迎。我电话是14353，每天上午十一点都可以打给我，我们安排一下时间。"

"那就说定了。"他关上门。过了一会儿，我要走了，见他从登记窗口那里朝我微笑。

大约一周后，他带着两位穆斯林来到我家门口。我拿过他们的雨衣，他们便进了客厅，一直站着，直到我返回。那个邮局的小伙子自我介绍说他是古里特，随后把我介绍给另外两个人，贝努瓦先生和优素福先生。那两个阿尔及利亚人穿着得体的黑西装，模样像公务员，后来我

得知他们确实是公务员，是摩洛哥政府的雇员。我凭直觉认为他们是自己想结识我，这感觉一直没变。我们坐了下来。我们是用法语交流的，经过一些删减，对话如下：

贝努瓦：我发现您很喜欢摩洛哥装饰。
鲍尔斯：摩洛哥的东西我都喜欢。呃，我第一次来这里生活是二十七年前了。
古里特：那时我还没出生呢。
贝努瓦：您在这儿已经生活了二十七年啦？
鲍尔斯：不，不是的，不过这二十七年里有超过一半的时间都住在这儿。
贝努瓦：您不会觉得厌倦？
鲍尔斯：不会，完全不会。相反，我越住越喜欢这里。我经常四处旅行，但很喜欢回到这里。
优素福：那阿尔及利亚呢？您去过阿尔及利亚吗？
鲍尔斯：去过，我在那里过了四个冬天呢。主要是在南部。不过我到处走动，坐飞机、火车、汽车，还骑骆驼，还搭过卡车。我最喜欢骑骆驼。你不用非得骑在上面，可以下来在一边步行的。
贝努瓦：实话说，我还从没骑过骆驼。
优素福：您是美国人，先生。就因为这个，我们才过来见您的。我们非常钦佩美国人，觉得也许您能帮我们。
鲍尔斯：帮你们？我非常乐意尽我所能地帮你们，除了经济上的，这方面我可能帮不了。我可以做些什么呢？你们也知道，我既没权又没势，人脉也不广，又不结交权贵，什么都不是啊。

优素福：可是您了解美国。

鲍尔斯：现在恐怕连这方面都不行喽。

优素福（有些不耐烦了）：先生，那您说，为啥美国不想看到阿尔及利亚独立呢？为什么要反对我们？

鲍尔斯：首先，我不认为美国反对你们。

优素福：得了，先生，美国掏钱支持法国对我们开战，而且对我们从没表示过一次支持。这您不得不承认吧。

鲍尔斯：没错，美国是间接支持了战争。不幸的是，法国在欧洲，它一直是美国的同盟。但是我认为资金支持不会太久。我知道美国最近确实又给了法国很大一笔钱，不过持续不了多久。法国一直这么胡闹，它也受够了。

优素福：您倒是很乐观，我可做不到。

鲍尔斯：相反，我其实很悲观，我担心等到美国没了耐心的时候，已经太晚了。

贝努瓦：太晚了？此话怎讲？您认为法国会赢吗？我相信这事不可能发生。

鲍尔斯：不，我不是这个意思。法国当然赢不了。我是说，到时候美国觉得战争拖得太久了，阿尔及利亚人会投向东方。这样的话，美国不仅不能主张谈判，甚至还得帮法国继续打仗，而且到时候就是主动支持了。

优素福：不堪想象。

贝努瓦（与优素福异口同声）：是啊。

古里特：我觉得您确实很悲观，先生。

优素福：不管怎样，您说的完全是假设，是个人观点，并没有事实根据。您去过阿尔及利亚，见过那里的贫困，明白其中的原委。

鲍尔斯：是啊，当然了。

优素福：您也知道，现在的屠杀根本目的是要维持那个导致贫困的体制，所以您明白为什么我们要战斗。

鲍尔斯：是的，是的，当然了。

优素福：我们想知道的是，我们怎样才能让美国公众关注这件事？如何让他们明白，支持法国是不道德的，是目光短浅的？我们如何能赢得同情？

鲍尔斯：我相信你们已经赢得了大多数美国人的同情，只要他们知道阿尔及利亚爆发了战争。

优素福：只要他们知道？您这话什么意思？难道还有人不知情？

鲍尔斯：当然了，你也知道的，美国人不太关心时事，除非和他们直接相关。不过，正如我所说，了解事态的人都会同情你们，不会站在法国一边。这一点你要相信。

古里特：可是，美国政府并不代表美国民众。

鲍尔斯（笑了起来）：你真这么认为？（停顿了一下。）不管怎么说，大多数美国人是不会关注阿尔及利亚的。这令人难过，可事实如此，美国就是这样。

贝努瓦：真是很可悲，无论是对我们还是对美国而言。

优素福：是啊。先生，您刚才说，担心我们这一方与您所称的"东方"结盟。我想，您也了解我们一贯反对阿尔及利亚共产党提出的所有主张，是吧？

鲍尔斯：可在被打死的匪徒尸体中一再出现法国人。

优素福：这无关紧要。毕竟，很多国家都有士兵加入我们的队伍。法国人会小心翼翼地尽量不提此事。您也知道，您在这里或在美国读到的新闻全都来自法国官方，您不至于会天真到完全相信它吧。

鲍尔斯：那当然，真希望能不时地看到来自其他渠道的新闻。

古里特：我会每周把我们的机关报《神圣勇士报》[1]放在您邮箱里，让您看看不同的新闻。

鲍尔斯：那太好了，不会给你添麻烦吧？

古里特：您可以每星期在登记窗口把钱付给我。

（古里特和贝努瓦用阿拉伯语简短讨论，是否让我在某个报摊买《神圣勇士报》会更好，不过他们最终还是认同了古里特的建议。）

优素福：您说在阿尔及利亚过了四个冬天，您在那里的时候一定交了一些朋友吧。我是说阿尔及利亚朋友。

鲍尔斯：是的，我在各地都有一些泛泛之交。不过大多数人很快就消失了。例如，1948年1月我在阿德拉尔（Adrar），不知道你们认为那里是阿尔及利亚的还是——

优素福：它当然是阿尔及利亚的。

贝努瓦：不完全是阿尔及利亚的。它在撒哈拉。

优素福：阿尔及利亚南面与法属西非接壤，朋友。法国人总是这么说，所以一定是这样，对吗？

鲍尔斯：好吧，我在那里有朋友。（转向古里特）其实，他们中有一个人也在邮局工作。他后来给我寄了一箱枣子，寄到了纽约。不过，他还给我附了封信，叫我千万别回信感谢他。第二年我回去时他已经不在了。法国人逮捕了他和其他十一二

---

[1] El Moudjahid，创刊于1954—1962年法国与阿尔及利亚战争期间的一份法语报刊，战后成为民族解放阵线政府的官方报刊。

个人，把他们关进了法国监狱。也没有人知道究竟是什么原因。（发现优素福正要开口）我明白的，他们是民族主义者，可那时候大家都是啊。同样的事情也发生在了贝尼阿巴斯（Béni Abbès）的朋友身上。我听说，他的罪名就是一天晚上他们在指挥官的窗下面吹了一支民族主义歌曲的口哨。

贝努瓦：您指的是西迪贝勒阿巴斯（Sidi-bel-Abbès）？

鲍尔斯：不是，是贝尼阿巴斯，贝沙尔（Bechar）南边。当时我第一次意识到还真有这种麻烦。当然，我读到过1945年法国轰炸的事件，但与此事无关——

优素福：是吗？您在哪里读到的？

鲍尔斯：在《现代杂志》（*Les Temps Modernes*）上，很偶然读到的，文章提到那三天里穆斯林的死亡人数是4.6万。你们觉得数字有夸大吗？

优素福：没有，我认为真实数字也许更高。这种情形下很难有确切数据。

鲍尔斯：总之，从1954年10月31日起，我就一直关注这些热点事件。很长一段时间我都盼着能有法国方面"自杀"的好消息，这大概也是美国无法加以阻止的原因之一吧。

优素福：是啊。回到我之前的话题，我很想知道，依您所见，美国人是否普遍确信，或这么说吧，是否倾向于认为，我们与你们所谓的"东方"彼此惺惺相惜？

鲍尔斯：这想法我可从来没提到过啊！我只是说我担心，美国方面总有一天会意识到自己受够了法国在阿尔及利亚的不端行为，可到那时候，你们想建立一个新国家并与西方保持哪怕只是表面上的友好，可能就太晚了。

优素福：就是说我们应该倒向另一方，不是吗？

鲍尔斯：我并没有为此指责你们哪。再说了，你们有什么理由要对那些拒绝帮助自己的国家依然保持忠诚呢？

优素福：恕我直言，先生，您似乎并不完全了解当下的局势。对我们来说，忠诚与否并非症结所在，关键是是否可行。我们首先要获得独立。为此我们需要大量武器，而这些武器是我们靠自己的力量从在阿尔及利亚的法国人那里缴获来的。没错，我们也从埃及和叙利亚那里获得武器弹药，即便说那两国得到了苏联的支持，因而我们也是间接受益，那也没关系。苏联早就在联合国支持我们了。只要局势依旧，我们就不需要拿自己未来的独立作抵押，以求得帮助。想必您也清楚这一点。

鲍尔斯：听你这么一说，我就很欣慰了。我读过你们的两三本宣传册，一本是关于解放军外籍志愿军的，另一本关于阿尔及利亚历史的，还有一本关于民族解放阵线的运作。假如这些书能正式出版，我觉得益处会很大，至少在美国是这样。这也是我目前能想到的唯一具体的建议。要来点威士忌吗？（他们都谢绝了，于是我倒了三杯水。离开前，优素福问我要了两本我的小说的法文译本，我给了他。此后我再也没见过优素福和贝努瓦。）

作者注：此后不久，《世界报》(Die Welt)刊登了记者维尔辛格(Wirsing)对费尔哈特·阿巴斯(Ferhat Abbas)的一篇采访报道，采访是在后者在日内瓦的住所进行的。采访中，这位阿尔及利亚领袖提到代表民族解放阵线的三人委员会到访了莫斯科和布拉格，目的就是获得重武器。根据那篇报道，该委员会被告知，得到这些资助的前提是民族解放阵线必须拓展其政治基础，纳入"各个阶层的阿尔及利亚人民"的利益。委员会还得到如此提议，即如果能接纳现住阿尔巴尼亚首都地拉那的前阿尔及利亚共产党党员阿里·布·哈里(Ali bou Hali)进入民族解放阵线执委会，那他们的请求就会得到重视。

民族解放阵线很快就予以否认，说该采访并不存在，并谴责《世界报》的这篇报道是捏造。

小非洲

原载于《假日》（1959年4月）；《绿首蓝手》（1963年）

卡车行驶了十四小时，才从凯尔扎兹（Kerzaz）到达阿德拉尔，中途只在奥格鲁（El Aougherout）绿洲停下来吃了顿午饭。整个过程中，那位老人始终坐在车厢地板上没动过位置，他双腿盘在身下，连帽斗篷的帽子覆盖在头巾上，以免脸部遭受透过地板扬上来的细沙的磨刮。撒哈拉通用汽车公司车上的头等座旅客可以和司机一起坐在玻璃隔间内，我当时就坐在其中，不时转过头，透过污迹斑斑的窗格子，看看身后在尘土飞旋的车厢地板中央那个静静坐着的孤独身影。吃午饭时，我看到他脸上那对炯炯有神的棕色眼睛，还有浓密的白胡子，忽然觉得此人长得十分英俊严肃。

到了下午，尘土越发肆虐，日落时分我们终于抵达阿德拉尔，司机和我都风尘仆仆。我下了车，抖抖身子，那个小个子老人从车后部爬下来，满身尘灰瀑布般从他外衣上滑落。他绕到卡车前面和司机说话，司机是个好心的穆斯林，他很想冲个淋浴洗洗身子。不幸的是，这个好心的穆斯林是城里人，对乡下人抑扬顿挫的话语不太耐烦，他猛地把车门关上，根本没注意到老人的手指还夹在门缝中。

老人平静地用另一只手将车门推开，他的中指指尖被夹脱了一小块皮，垂在那里。他很快扫了一眼，镇定地舀起一把无处不在的尘土，将手指被夹开的两部分捏到一起，再把尘土倒在上面，轻轻地说了句："感谢真主。"说话时，他不动声色，一边拿起自己的那捆行李，走开了。我站在一旁看着他，充满了惊讶，一直想着同样状况下他和我举止上的差异。不露出半点疼痛的表情实属罕见，对导致伤害者丝毫不显出怨恨也委实奇怪，如此情形下还能对上苍表达感恩，更是怪异至极。

显然，这种隐忍克制的行为并不常见，否则我不会对此记忆犹新。不过，此后的经历让我明白，这种事情算是本地的典型，对此我一直难以忘怀，它成了北非人民值得钦佩的一个特征。"我们所见的此生并不重要，它转瞬即逝，就像一场梦，"他们对我说，"太过当真就是荒谬。还是多想想环绕周身的天堂吧。"那里的风景确实有益于思考无限的本质。在非洲的其他地方，你会意识到脚下的土地，意识到植物和动物，所有的力量似乎都集中在土地上。在北非，土地并不是风景中的重要部分，因为你很快就会发现自己的视线仰望天际。在不毛之地，天空是终极的主宰。

一个在宗教久已脱离日常生活的文化环境里生长的人，突然来到另一种文化氛围中，那里的宗教教义和自然行为近乎合一，他必然为此感到震惊，而这正是身处北非所能体验到的巨大魔力之一。我指的并不是埃及，在那里，这种古老的和谐已然消逝，已经从自身内部衰败了。我对纳塞尔总统之前的埃及的印象就是一大片干涸、分裂的土地。总而言之，它和地中海地区其他非洲国家的历史不同，在种族和语言上截然不同，更像是黎凡特的一个区域，而不是我们一般认为的属于北非地区。不过，在突尼斯、阿尔及利亚和摩洛哥，仍然有很多人的生活遵从着一种悠久的模式，即神与人类和谐一致，理论与实践相互协调，语言与肉体同一（或任由人们如何理解和定义这种原始的生存状态，我们本能感知自己曾经享受过这种状态，而现在早已失掉）。

我并不是说北非的穆斯林是一群神秘主义者，不是说他们不关注身体的舒适而仅热衷于精神的享受。只要你曾经从这些人那里买过哪怕是一只鸡蛋，你都会认识到，一旦涉及金钱，这些人就非常擅于自我保护。坏掉的草莓总是放在篮子底部，小扁豆里一定会掺杂沙砾，牛奶里肯定掺水，所有其他东西都类似。不同的是，如果你是在农村市场问价格，人们会统一口径地回答："五十，你给个什么价？"可以这么说，在 beah o chra（即卖和买；请注意，在这些人心里，卖在买之前）方面，只有印度人比他们精明，印度人更少感情用事，所以也更成功。

在摩洛哥，你走进市场买钱包，不知不觉中就会被带到里屋，面对一屋子的古玩铜器和小地毯。眨眼间你已经手捧一杯薄荷茶坐了下来，眼前还摆着一盘糕点。此时，笑容可掬的绅士们穿着古代阿拉伯长袍和婚礼服装在你面前展示着，而方才在门口招呼你的商贩全都不见了。一番展示后，你会怯生生地再次要求想看看钱包，你发现大门口附近就摆着不少。于是你很可能会被告知，卖钱包的人此时正在祷告，不过他很快会回来的，你现在何不趁机看看穆莱·伊斯梅尔店里的漂亮珠宝？买卖是买卖，祷告是祷告，两者都是生活的必需。

当我遇到同样在北非此地旅游的美国人时，我会问他们："你们来这里想发现什么？"尽管说法不一，但毫无例外，他们的答复简而言之就是：神秘感。他们期待神秘感，而且也发现了神秘感，幸好这东西很难瞬间消失。阳光穿透露天市场花格子天顶形成的图案，狭窄街巷里不期而遇的拐弯和隧道，依然掩藏于面纱下的女性面容，建筑中隐藏着秘密，哪怕房屋的前门敞开，依然难以洞察内里，所有这些都是神秘的。破晓前，独自赶骆驼的人在火堆旁吟唱，宣礼师在夜晚呼唤，这些声音如同声音的亮光穿破寂静，更有无处不在的达波卡鼓声，即女人们敲击手鼓的清脆声，响彻大城市的房屋和简陋的乡村小屋，只要你听觉与视觉并用，你也会发现其中的神秘。

这是一种奇特的感受。当你深夜独自走在安静幽黑的街道，遇到一堆被雨水浸湿的纸板箱，经过那里时，你会发现自己与端坐在它后面的男人四目相对。是小偷，是乞丐，是此地的守夜人，还是秘密警察的暗探？你脚步不停，四下张望，听见自己的足音在空荡的街巷墙壁间回荡。你的脑海里浮现了一个念头，觉得自己会突然听到阴谋者的哨音，糟糕的事情很快会发生。再往前看，你发现在商铺拱廊的深处，还有一个男人倚靠在折叠椅上睡着了。于是你意识到，整条街上都有人睡着，或是清醒地坐着，即便在万籁俱寂的时分，这里也始终有人在。

摩洛哥直到1955年末才获得独立，不过早已有一小群穆斯林年轻人，他们自由地结交作家和画家朋友（这些人大多是美国姑娘和小伙），后者来到这片区域游历，并喜欢上了这个地方。这些人之间常有稳定的、安静的聚会，展现出东西方礼仪的神奇结合。那里通常不会有穆斯林姑娘出现。大家在垫子上舒展四肢，或是坐在地板上，一旁是基夫烟和大麻膏，不过半数外国人喝喝高杯酒就很满足了。他们欣赏大量的画作，席间还一知半解地就艺术、表现、宗教等话题高谈阔论。人们相互传递食物，穆斯林对欧洲礼仪尤为热衷，他们不仅自己按欧洲传统用大块的面包蘸吸盘底上油腻腻的酱汁，还竭力让大家也这么做，于是人人都忙着用面包擦盘底。干吗不呢？食物煮好了就是用那个法子来吃的，换个吃法味道就没那么好了。

很多穆斯林也画画。千百年来，这地方在形象再现上有宗教禁忌，他们的自然表现形式非常抽象。你能在画布上看到柏柏尔人的精美工艺设计,那些图案始终回避真实再现,但也能暗示出可辨的事物。当然,这些画作在艺术家游客眼里非常精彩,他们对其中的模仿深表赞叹。北非的垮掉一代都迷恋音乐,他们通过广播、唱片和录音机听音乐。他们对自己国家的音乐充满热情,但是和父辈们不同,他们并不歌唱或演奏音乐。他们也喜欢诸如刚果鼓、印度音乐之类的异国元素,尤其热爱近期的美国爵士乐(诸如亚特·布雷基、贺拉斯·西尔弗、"加农炮"·阿德利[1]等)。

现在,关于非洲任何地方的写作都有点像是在努力描绘一架隆隆运转的过山车,无论你如何确切定义,都有错误表达之险。因为当你打开明天的报纸时,很可能发现一切又有了变化。总的来说,突尼斯和摩洛哥的新政府都希望在各自国家进一步开发旅游业。他们了解到,普通游客更感兴趣的是当地舞蹈,而不是新的公交站,游客也更愿意把钱花在参观阿拉伯宫殿,而非新的住宅工程上。在马拉喀什的格拉瓦这个极不受人欢迎的人物消失后不久,马拉喀什的大寺广场(Djemâa el Fna)就成了停车场。每个人都会告诉你,在整个北非,最吸引旅游者的地方就是马拉喀什的大寺广场。每时每刻你都能看到有游客在那附近的杂耍艺人、歌手、说书人、耍蛇人、舞者、巫师之间游荡。少了这块地方,马拉喀什就成了摩洛哥的普通城市。因此大寺广场得以重建,几乎再现了昔日风貌。

和马来亚与巴基斯坦类似,北非也居住着非阿拉伯人的穆斯林。《不列颠百科全书》二十年前就估算了摩洛哥的阿拉伯人口比例,不过此后并没有再涌入阿拉伯人,所以10%的比例应该依然有效。余下

---

[1] Art Blakey(1919—1990),美国爵士乐鼓手和乐队领袖,曾获格莱美奖;Horace Silver(1928—2014),美国爵士乐钢琴家和作曲家;Cannonball Adderley(1928—1975),美国爵士乐中音萨克斯手。

的90%人口是柏柏尔人,他们在人类学意义上与阿拉伯人并无关联。这些人并非源于闪米特族,早在阿拉伯人对他们的存在表示怀疑之前,他们就一直生活在那里。

即便在一千三百年后,柏柏尔人在如何遵照伊斯兰教义方面依然与最初把这个宗教带给他们之人的后代不尽相同。城里的穆斯林也抱怨说这些人没有好好遵守斋月的斋戒,他们既不蒙面纱,也不与女人们隔离,更令人反感的是,他们还热衷于组织异教团体,致力于对地方圣人的崇拜。在这方面,他们的宗教活动与正教大相径庭,以至于在敬圣节,即定期在诸多安葬圣人的神殿举行的重大朝圣活动期间,男男女女一起舞蹈,长时间地沉浸于迷狂状态。遵守清规戒律的年轻教徒认为此举极不道德,更有甚者,柏柏尔人应受谴责的还不止于这些昭然若揭之举。每逢这样的场合,柏柏尔人的自我折磨、诱发恍惚、火刑和剑刑,以及吃碎玻璃和蝎子等行为也并非罕见。

游客虽然憎恶血腥和肉体受折磨的场面,并竭力要将这一切遗忘,可他们一旦目睹这类一言难尽的聚会场景,其印象就一直挥之不去。对我而言,这些画面充满了美学张力,因为它们的目的显然是要证明精神力量超越肉体。看到一两万人积极地宣扬自己的信仰,共同展现信念的威力,你必然激动不已。你躺在火堆中央,我用刀划开双腿和手臂,他用巨石将尖锐的骨头敲打刺入大腿,此后,人们共同被尘土和鲜血覆盖,大家齐声歌唱,一起舞蹈,纵情赞颂圣人和神祇让我们能战胜痛苦,进而征服死亡。对参与者而言,筋疲力尽和迷狂忘形相依相随。

这种圣人膜拜是早期宗教的余烬复燃,被虔诚的城市穆斯林所不齿。早在20世纪30年代中期,这类活动就受到了限制。有一段时间,类似的公众活动被强烈压制。受教育的穆斯林之所以反对这类兄弟会活动，有以下几种原因。在突尼斯和摩洛哥的摄政时期，殖民主义行政机构毫不犹豫地利用它们来达到自己的政治目的，以确保更彻底的统治。此外，恰好目睹这些异教组织活动的游客们也一直认为此举是文化落后的表征。最重要的事实在于，这些仪式都有异端特征，真正的穆斯林是不能接受的。如果你向某个城市居民提及诸如"德科瓦教"（the Derqaoua）、"艾萨瓦兄弟教"（the Aissaoua）、"哈达瓦教"（the Haddaoua）、"哈马恰教"（the Hamatcha）、"吉拉拉教"（the Jilala）或"格纳瓦教"（the Guennaoua）等团体，他会大喊道："这些人都是罪犯！应该把他们关进监狱去！"你不禁会想，要让一个国家半数以上的人口都被监禁，恐怕也太难了。城市居民为何如此激烈地抨击这些异教派别，我认为原因之一是他们大多数人只是从这些人中出来的另一代人，他们了解官方对这些事情的态度，对自身在其中的诸多牵连感到某种愧疚自责。出生于能人[1]之家，一般人无法很快抛却这种境遇的影响。每个兄弟会组织都有自己的歌曲和鼓点节奏，组织内外的人能瞬间辨认出来。在童年早期，节奏模式和曲调序列成为能人潜意识的一部分，到后来，他们再听到这些旋律时就很容易进入恍惚状态。

  法里德的故事就是该现象的一种变奏。不久前他顺道来看我，我泡了茶接待他，当时壁炉里还烧着火，我取出几块烧着的木头，将它们放到火盆里，并往火盆里撒了一些慕斯卡（mska），慕斯卡是一种透明的黄色松脂，撒进火盆后，那里便散发出一股清新的熏香。摩洛哥人喜欢各种香味，法里德也不例外。过了一会儿，不等木块冷却，我又加了点焦瓦（djaoui），一种配方不明的复合松脂材料。

---

[1] 此处应指信仰该教并熟习其教规矩习俗的人。

法里德跳了起来。"你往火盆里加了什么啊?"他喊道。

我刚说出"焦瓦"这个词,他立即跑到另一个房间,砰的一声把门关上了。"赶紧通通风!"他喊叫道,"我受不了焦瓦!这东西要害死我啦!"

等焦瓦的气味消失后,我打开房门,法里德走了出来,还是一脸惊慌。

"你这是怎么了?"我问他,"你为什么觉得一点点焦瓦就会害了你?我闻了上百次了,根本没事。"

他哼了一声:"你呀!它当然不会害你。你又不是吉拉拉教信徒,可我是啊。我也不想的,可偏偏就是啊。去年我就被它害了,不得不去看医生,就是因为焦瓦。"

有一次,他在埃姆萨拉大街上走着走着,然后在一家咖啡馆前停下来和一位朋友聊天,接着就莫名其妙地瘫倒街边,等他苏醒过来,人已经在家中,一旁还有人在击鼓。他这才想起刚才有一阵熏香从咖啡馆里飘出来,立刻明白了是怎么回事。

法里德的童年是在山村度过的,家族的所有人都奉行吉拉拉教。他最早的记忆就是被绑在母亲背上,而母亲和其他人在舞蹈,跳着跳着就进入了恍惚状态。鼓点和焦瓦是两个不可或缺的外部因素,它们总是被用来实现人们所渴望的意识改变。等他到了四五岁,便形成了这种内在的机体反应,受到特定刺激后会很快进入恍惚状态。后来他来到城市生活,也就不再是能人了,也确实放弃了一切宗教活动。可条件反射依然在,正如他所预见的,现在他都二十好几了,尽管已经能自由地接受或拒绝某种鼓点节奏的影响,但只要焚烧一撮焦瓦,他就毫无招架之力了。

他说起过多次突发事故后的"苏醒"疗程,其中都涉及诸多细节,例如必须有父亲一方的亲人在场,此人会吞下一块令人讨厌的焦瓦,还得说出几个关键词,并且要用手鼓拍击恰当的节奏,以破除符咒。不过有一个事实不容置疑,即法里德一闻到焦瓦的气味,不管是否知情,都会立刻失去意识。

我认识一个人,他一骂起兄弟会就亢奋不已,可骂到最后会向我坦言,说他家族所有的长辈都皈依了吉拉拉教派。为了证明其中的危害,他立即说起自己祖母大约三年前遇到的一件事。他祖母和家族其他人一样,从小就是吉拉拉教信徒,不过她很晚才开始遵守宗教仪式,现在一直秘密进行。(照例,禁令并不意味着废除,人们只是秘密举行罢了。)一天夜里,子女和孙辈都去看电影了,老妇人独自在家,她无事可做,便上了床。她家在城镇郊外,当晚有吉拉拉教信徒在附近聚会。老祖母在睡梦状态下起身,像往常一样穿上衣服,朝着声音走去。第二天清晨,她被人发现不省人事地倒在一个菜园里,就在聚会进行的房屋附近,原来她跌进了蚂蚁群,浑身都被蚂蚁咬了。那户人家告诉我,说她跌倒的原因是当时击鼓声停了下来,如果鼓点继续下去,她就会清醒过来的,因为击鼓手会一直不停地击鼓,直到在场的所有人都走出恍惚状态。

"可他们并不知道她会去那里,"他们这么说,"所以第二天天亮后,我们把她抬回家,还得去找鼓手让她恢复意识。"把这种故事讲给外国人听,受过教育的年轻一代穆斯林会很生气,尤其当外国人对这类事情还很感兴趣时,他们就更恼火了。"难道你认为国内所有人都是圣灵舞者[1]吗?"他们会这么问,"你干吗不写写这里的文明

---

[1] Holly roller,这一用语起源于19世纪,指当时新教中那些自称受圣灵影响而狂热起舞的教众。

人，而偏要揭露那些最落后的东西呢？"

他们希望自己尽可能向外面世界展现"先进"的一面，我觉得这很自然。这些人觉得，西方人只对他们的文化与自身文化间的差异感兴趣，这是西方人的乖戾变态心理。不过我们当中的一些西方人就是这样。

不久前我写过一些关于北非穆斯林性格的文章。一位摩洛哥朋友不识字，想知道文章里写了什么，于是我读了几段话给他听，当场有人把它翻成马格里布语。他听完后的评论十分简短："真丢人。"

"为什么？"我问。

"因为你写的东西实事求是。"

"对我们来说，这并不丢人。"

"可对我们却是。你把我们写得就像动物。你说我们只有少数人能读书写字。"

"难道不对吗？"

"当然不对！我们都能读书写字，和你一样。只要我们上过学，就能。"

我觉得这句话很有意思，还把它转述给一位穆斯林律师，以为他会觉得很好笑。可事实并非如此。"他说得很对，"律师说，"事实不是你用感官感受到的，而是你用心来理解的。"

"可确实有客观事实存在啊！"我大声说，"难道你们对此并不重视？"

他宽容地笑了："我们的做法和你们的不同，不纯粹是为事实本身。那是统计学上的事实。我们对此也很感兴趣，没错，但我们只把它当作获取内在真相的途径。在我们看来，现在世间很少有可见的事实。"我能清楚意识到，这样的讨论无论怎样的似是而非，这位律师的观点依然是这里绝大多数城市居民所认同的，无论他们是否受过教育。

这里成年人的文盲比例估计是80%～90%，也许北非最迫切的需求就是全民教育。目前，受教育人口的比例还很小，正如我们自己所说的，一知半解最危险。在被欧洲人占领的北非地区，穆斯林受教育一事在很大程度上被忽视，对此欧洲人一直深感内疚。当前的统治者正殚精竭虑地企图让该地区受到西方影响，但他们的这种短视政策很可能迟早成为这一努力最大的障碍。对这些人进行教育并非易事，因为大多数人讲马格里布语，而这完全是一种口语，要阅读和书写，他们必须得用标准阿拉伯语，而后者和口语的差异就像拉丁文和意大利语的不同。不过情况正在慢慢发生改变。如果你坐在摩洛哥的一家咖啡馆，当时刚好有新闻广播，播音员开始说话时，烧火的男孩会停下手里的风箱拉杆，玩牌的人会放下手里的纸牌，聊天的也会停止交谈，每个人脸上都会露出紧张焦虑的表情。显然，他们对新闻报道都有着强烈的兴趣（最近连女人们都讨论政治了），因为他们明白自己在世界格局中越来越重要，只不过那近乎痛苦的表情是因为每个人都在费力地理解广播报道中的标准阿拉伯语措辞。此后，他们常常会就新闻到底说了什么展开争论。

"英国和也门开战，因为也门和贾迈勒·阿卜杜勒·纳赛尔关系友好。"

"你疯了。他说贾迈勒·阿卜杜勒·纳赛尔和也门开战，因为英国人在也门。"

"不对，他是说如果也门让英国人进去的话，贾迈勒·阿卜杜勒·纳赛尔就要对他们开战。"

"不，不！是向英国开战，如果他们给也门送枪炮的话。"

在这种场合下，即使并非人人都得到确切消息，但至少能使他们大大熟悉自己孩子在学校里所学的语言。

此时，北非穆斯林急切地试图证明自己的地位和欧洲人并无落差，而获得政治独立只是他们遇到的困难之一。北非人知道，普通游客一旦要对他们的文化做出评价，所谓的理解不过是带有屈尊态度的好奇。北非人明白，在欧洲人眼里，自己至多只是别致独特罢了。因此他觉得，要被人认真对待，就必须摆脱那种别致独特。传统风俗、衣着、举止等，必须被某种明确的欧洲性取代。北非人热衷于此，却从未意识到，他们所摈弃的才是最真实有效的，而他们所试图彰显的只是无意义的模仿。即便他们真想到了这一点，也不会觉得那些真实有效的东西会有什么意义。对文化遗产彻底漠然，这似乎成了早期民族主义必需的附属品。

北非人的好客习俗无以复加。作为客人，你就像家庭的一员，假如你没有尽兴，那就不是主人的错，而是你自己适应性不够，因为他们竭力要让你愉悦和舒适。前段时间，我受两兄弟的邀请，前往他们在非斯麦地那的大宅做客。他们把整栋房屋的一侧都让给我住，就是为了让我有宾至如归之感。那里有一个瓦顶天棚的庭院，两侧都有房间，庭院中心还有一座喷泉。有一大群仆人为我送上食物和饮料，主人尚未过来打招呼时，这些仆人还问我是否愿意见主人。他们过来的时候经常带着歌手和乐师，为的就是要让我开心。唯一的麻烦是，他们热情有加，把我当自己人，觉得我不会有兴趣进城。结果，整整两周时间里我一直和他们待在一起，根本没有机会走出屋子，甚至无法走出我自己住的区域，因为所有的门都锁着，上了门闩，门卫是一个年老的苏丹奴隶，只有他那里有钥匙。我长时间地坐在天井里聆听墙外城市的声音，有时还会听到隐约的乐音，真想不顾一切地听个真切。我仰望头顶那一方瓦蓝的天空，看着它随着暮色的降临慢慢变成柔和的浅蓝色。夜色渐浓，我盼着燕子在庭院盘旋，宣礼师开始呼唤人们做夜祷。此时，我只希望能有人过来，期待在漫无尽头的时间里能发生点什么。可是正如我说的，假如我感到厌烦无聊，那是我自己的错，不是他人的。他们已经竭尽所能要让我满意了。

就像那次在建于12世纪的非斯城堡时，人们给了我一架小小的手动留声机和一张唱片（里面收有约瑟芬·贝克[1]的年度热门歌曲《两位至爱》），在北非，你所遇到的是古老与摩登的混合，两头之间的好几百年时光隐秘遁形。这是此地最大的魅力之一：今日的你并不背负昨日或前日的记忆，中世纪遗迹之外的一切都是崭新的。法国人和犹太人的年轻一代都在北非出生成长，他们大多没有接触过自己国家的古代历史。有一位摩洛哥姑娘，她全家从拉巴特搬到了纽约，当人问起她对新家的感觉时，她回答道："嗯，当然啦，我是从一个崭新的国家来的，要适应纽约这些古老建筑还真不容易呢。我不知道纽约如此古老。"人们很容易忘记，法国是"一战"时期才开始进入摩洛哥，而卡萨布兰卡、阿加迪尔、丹吉尔等城市在20世纪30年代才如雨后春笋般地涌现。欧洲军队1920年才第一次进驻舍夫沙万[2]，我在丹吉尔自己的公寓阳台上就能眺望到那里的山脉。即便在阿尔及利亚南部，人们时常觉得法国人在那里驻扎的时间比在其他地方久得多，那里的战争纪念碑上刻着的战役时间都已经是1912年了。在20世纪最初的二十五年里，北非的边境不断通过战争向南推移，1936年"和解"结

---

1 Josephine Baker（1906—1975），在美国出生的非裔法国歌手，《两位至爱》（*J'ai deux amours*）是其在1930年演唱的歌曲。
2 Xauen，摩洛哥西北部一城市（有"蓝色之城"之名），另有Chaouen、Chefchaouen等拼写。

束前，才开始可以前往大阿特拉斯山南部，欧洲人第一次得以一睹德拉河、达德斯河和托德拉河三大流域的神奇地貌，虽然前提是必须遵守军方的严格规定。

要在北非偏僻地带不请自去，这绝非易事。记得在第二次世界大战结束前，我曾搭乘一辆穿越大阿特拉斯山前往瓦尔扎扎特[1]运农产品的卡车，进行过一次不可思议的旅行。出发前，我想象着能一路观赏建有奇妙彩绘塔楼的阿拉伯城堡，兴奋不已。可结果，我被迫在权当宾馆的一处陋室里住了三天，接着被塞进另一辆卡车直接返回了马拉喀什。一路上除了看到外国军团，听到附近营地时常响起的军号声，其他什么都没有。还有一次，我骑骆驼穿越东大沙海[2]进入突尼斯。我当时有两头骆驼，还带着一位吃苦耐劳的骆驼骑手，他负责在两头骆驼之间来回穿梭，敲击它们的后腿，让它们按照直线行走。这活真干起来可比听上去辛苦多了，虽然我们的路线大体朝东，但那两头骆驼中，一头莫名其妙地喜欢朝南走，而另一头也同样怪异，它偏爱北方。可怜的骑手不停地吆喝着骆驼，只恨自己分身无术。他的头巾不断松开，也顾不得自己正在编织的围巾，就让棉线和编针垂挂在脖子上，以便能随时捡起活来继续编织。

我们终于穿过边境，缓缓进入突尼斯，但很快我们就被警察扣住了。骆驼骑手和他的牲口被遣送回了他们自己的国家阿尔及利亚，而我则在突尼斯继续艰难征程。当地的法国官方显然打定主意要尽量让我难堪。在内夫塔（Nefta）绿洲，在托泽尔（Tozeur）的宾馆，甚至在凯鲁万的西迪乌克巴清真寺（Sidi Okba），我都遭遇了逮捕，被硬

---

1 Ouarzazat，摩洛哥中南部城市，有"沙漠之门"之称。
2 Great Eastern Erg，撒哈拉沙丘地带，大部分地处阿尔及利亚东北部。

拖进军需部，在那里接受盘查，并被告知不许在对方完全不知情的情况下轻举妄动。

根据他们的解释，尽管我有美国护照，但他们认定我是德国人。那段时间里，在小非洲（这是一位博学的官员对该地区的称呼）转悠的人如果不符合法国人心目中的游客形象，就会立即被怀疑。连穆斯林都会细细打量我，说："他不是法国人，是德国人。"对此我只得不予理会，唯恐自己的真实身份一旦暴露，就会被迫交上很大一笔钱。

在阿尔及利亚这个国家，你最好不停地走动，而不是在一个地方久留。那里的城镇没什么可看的，但自然风光引人入胜。冬季，坐火车穿越西部草原，一整天只看到各处白雪皑皑的茫茫一片，近处的树木、远处的山脉都消失了。同样是这些偏僻的地方，夏季酷暑难耐，风裹挟着尘土，旋成高高的黄柱子，刻意地从一览无遗的一条地平线平推移到另一条。当你来到这些地区的某个城镇，那地方就像野外午餐的残羹冷炙，被拉到无边无际的大停车场中央，你心里明白，这都是法国人造成的。阿尔及利亚人喜欢沿着野外美丽的海滨居住，也喜欢住在南部棕榈园、干河边的悬崖上，或是矗立于旷野中央的高山峰巅。柏柏尔人的村庄在略低一些的山区，沿着漫长的山脊铺展，山坡上到处是杏树。那里的男男女女沿着蜿蜒曲折的山路，在下面丰饶的山谷里开垦种植，这里的茫茫雪原曾经是法国人的滑雪胜地。往南的远处是一条条平行的红色锯齿状山脉，它们从东北向西南延伸，穿过整个旷野，将平原与沙漠隔开。

在最近半个世纪中，欧洲人再也找不到类似于北非此地的天堂般景致了。这个地方一直向20世纪敞开大门。随着欧洲化和民族主义的进程，人们产生了一种身份意识，认识到了这一身份的商业潜力。从此，北非人就会像墨西哥人一样，掌握并开发自身的价值，而不是在他人掌控下被动地向世人展现价值，这就会产生与往日截然不同的后果。北非仍然是旅游胜地，这毋庸置疑会继续保持一段时间。作为居民或未来的游客，我们也只有在这样的前提下来看待它。对这里的居民而言，现在的我们是以付钱消费的游客而非开拓者的身份来到这里的。这里的旅游当然不会像过去一样简便舒适，物价也涨了好多倍，但至少，我们和遇到的民众是平等共处的，这样的情形其实更为健康。

如果你在一个地方生活了足够长的时间，而那里一直在探讨殖民主义和自治政府的话题，你一定会对此有明确的观点。麻烦的是，在和你一同生活的居民中，大家立场各异，而且都很固执。支持殖民主义的人认为你无法"赋予"（我的原话）那些近乎完全是文盲的民众以政治权力，或期待他们创造民主，这一点毋庸置疑。可问题是，既然这些人迟早会掌握权力，那么趁他们对曾经的主人至少还心怀一定好意时，帮助他们运用权力，这也必然合理。法国人的顽固态度在一句话里表现无疑，这句话是阿尔及利亚机场的一位友好的移民官对我说的。当时他不无忧伤地说："我们的最大错误，就是让这些野蛮人学会了读书写字。"我回答说，我觉得，如果人们期望永远掌握统治权，那么这样说可以理解，但是我明白，既然法国人有理智，那他们就不会打算这么做，因为这也不可能。那官员不再露出忧伤的神情，也立刻变得不那么友好了。

在被法国占领时期，在马拉喀什的一次晚宴上，我邻座的一个法国人与桌对面的一个摩洛哥人在友好地探讨着。那个法国人说："你看看现实，亲爱的朋友。我们到来之前，部落之间战争不断。我们到来之后，人口增长了一倍。这总是事实吧？"

那个摩洛哥人把身子往前倾了倾。"我们能自己控制好出生与死亡，"他边说边微笑着，"假如一定要杀掉我们，就让其他的摩洛哥人动手。我们真心这么希望。"

里夫，音乐之旅

原载于《文化》[1]（1960年春）；《绿首蓝手》（1963年）

摩洛哥民间文化中最重要的元素是音乐。在这样一个几乎所有人都是文盲的国度，书面文学创作自然微乎其微。另外，就像西非的黑人，摩洛哥人在节奏上具有高超、优秀的天赋，这一点十分明显地体现在他们音乐与舞蹈结合的艺术上。不过，伊斯兰教信徒似乎对任何形式的舞蹈都不太喜欢，因此自穆斯林征服者到来后，舞蹈艺术作为当地居民天然的宗教表达模式就一直不受鼓励。但从另一方面看，几个世纪以来一直阻碍文学创作的文盲问题倒是促进了音乐的发展，整个历史与民间神话都囊括在了歌曲中。乐器演奏者和歌手取代了编年史家和诗人，甚至在这个国家演变过程的最近时期，即独立战争和当下建立准民主政体的时期，斗争的每一阶段都体现在无数的歌曲中。

新石器时代的柏柏尔人一直拥有他们自己的音乐，他们现在也依然如此。这是一种极具冲击力的艺术，有着复杂的韵律、有限的音阶范围（一般不超过三个相邻的音符），以及独特的发声方式。和大

---

[1] *Kulchur*，1960年创刊于纽约的一份文化评论季刊。

多数非洲人一样，柏柏尔人发展出一种大众参与的音乐，其心理效果往往是促成催眠。阿拉伯人侵入此地时带来了一种截然不同的音乐，那是针对个人的，旨在通过感知引起心理上的沉思状态。他们在摩洛哥充满敌意的地域景观中构筑起自己高墙围绕的城市，挖壕沟进行防御，还派出军队南下进入苏丹，北上进入欧洲，继续征服的历程。随着大量黑奴的输入，纯粹的阿拉伯城市文化不复存在。（女性奴隶和主人结合所生的孩子被认为合法。）在中央平原和北部山脉的丘陵地带，柏柏尔人的音乐采纳了诸多阿拉伯音乐的元素，而撒哈拉边缘地区的音乐又从黑人那里得到借鉴，演变为两者的混合产物。只有在非柏柏尔人难以到达的地带，概言之就是山区和高原地带，柏柏尔音乐才得以完整保留，成为一种纯粹的、原生态的艺术。

洛克菲勒基金会给我的项目时间预算是六个月，我要找到摩洛哥国内主要音乐流派的代表作，将它们录制下来。大家一致认为，这需要和摩洛哥政府进行密切合作。但是，和哪个部门合作呢？谁都不知道。因为录音材料将来要归华盛顿的国会图书馆档案室，拉巴特的美国大使馆答应帮我找到有权为给我提供相应许可的官员，因为我需要一份担保文件，允许我在该国的非旅游区域自由出入，一旦进入这样的地区，我需要上面有人能说服地方当局，帮我找到每个部落的乐师和我见面。

我们找了几个部门，有几个声称有权给予相关许可，但是没有一个部门愿意对项目做出正式批准。也许此事尚未有先例，没有人愿意承担开创先例的责任。走投无路时，我通过个人渠道，最终努力弄到了一份文件，贴上我的照片，并盖了公章，签了名。有了它，就可以开始工作了。当时已经七月初。到十月，工作已经进行了三个多月，我收到外交部来信，说我的项目时机不对，不能继续进行，但美国使馆建议我还是继续下去。到了十二月，摩洛哥政府知道了此事，立即告知我不能在摩洛哥录制音乐，除非有内务部的特许，不过那时候我其实已经基本完成了项目。当时大雪开始封住山路，因此打击并不算大。不过从此之后就不能录制需要政府协作才能找到的音乐了，摩洛哥东南部某些部落的音乐收集工作无法进行。好在我已经从其他地区录制了超过二百五十个选集，差不多囊括了印度以西地区最多样化的音乐类型。

克里斯托夫是个头脑冷静的加拿大人，他开着一辆大众车，有的是时间。穆罕默德·拉比人脉颇广，做助手很得力，年轻时曾一整年陪着一支探险队穿越撒哈拉前往尼日利亚。我们三人一同从丹吉尔出发，走了四条环形线路，每条线路时长五周，分别是：摩洛哥西南、摩洛哥北、阿特拉斯山区，以及撒哈拉边缘地带。两程之间我们就在丹吉尔休整。下面记载的就是第二条线路每天的详细情况，行程的大部分时间都是在里夫山脉地区，那里曾经是西班牙管辖区。

胡塞马，1959年8月29日

前往基塔玛（Ketama）的公路沿着西里夫山脉的山脊，视线能远眺几英里之外的地中海和南部边境，一路上除了山脉还是山脉，山上到处是橄榄树、橡树、灌木丛，还有巨大的雪松。在抵达基塔玛前的两三个小时里，我们不时遇到一群群修路工人——公路急需修缮。我们打算在一个小松树林里做午饭，此地下面就是一个村庄，村子在巴布塔扎（Bab Taza）和巴布贝莱特（Bab Berret）之间。我们走进树林，发现树荫下的干松针堆上到处有工人躺着，他们有的在睡觉，有的在抽烟斗。我们在阳光和风里支起了烧火设备，那地方离峰顶的松树林不远。林间风不停地将丁烷气火焰吹灭，好在最后我们还是吃上了饭。克里斯托夫像往常一样喝着肖索莱尔玫瑰红酒（Chaudsoleil rosé），穆罕默德·拉比和我喝的是滚烫的百事可乐，我们在舍夫沙万时往热水瓶里灌满了水，此时也已经喝完。结果，那瓶水成了我们三周里最后的饮用水。

吃中饭时，穆罕默德·拉比执意要听收音机，他想调到大马士革19米波段听新闻。最后他还真调到了台，他当然听不懂叙利亚阿拉伯语的播报，不过无关紧要。播的是新闻，里面在谈论卡西姆和问责法国，简单得连我都能听懂。穆罕默德·拉比一上午不停地抽着烟斗，此时有点兴奋。我们收拾行李准备再次上路。

大约下午四点半，我们看到了广阔的基塔玛平原，人们称其为黄色大草原，真是名副其实，至少在夏季是如此，因为那里干燥而金黄。远处星星点点的到处是牛群或羊群，一直蔓延到无尽的天边。牲口们仿佛被有意安放在那里，让草原有了规模和层次。起初，除了大片平缓的黄色以及四边高大的雪松外，什么都看不到。接着，近处的绵羊呈点状出现，再接着是右侧针尖状的奶牛，个头比绵羊还小，左边更远的地方时隐时现的斑驳则是另外的牧群。

巴布贝莱特的那家政府经营的旅店差不多有二十个房间，看上去完全是被人遗弃的样子，不过宽阔的前露台上放着一把椅子，大门敞开着。我走进去想询问能否住宿，里面也是一派荒芜。餐厅里有桌椅，但其他房间都空荡荡的。在巴布贝莱特镇，当年西班牙人放弃了管辖权，把发电机也带走了，从此附近就没了电。前台毫无人迹，也不见纸张账簿，什么都没有，除了墙上挂着三排钥匙。我喊道："有人吗？"没人答应。最后，我在本应是酒吧间的那个屋子门缝里看见两条腿伸着，有人就躺在破烂的长沙发椅上，于是我走到门边看了看。有个年轻人躺在那里，他睁着眼睛，但并没有看我，他盯着的是天花板。他慢慢地把视线转向我，悠悠坐起身，稍稍舒展四肢，听到我说"请问"和"下午好"时依然没答应。我断定此人是住客，便又走回了大厅，可他立即就站在了我身后，没和我打招呼，只是问我想干吗。

听我说想要房间，他一脸嫌恶地转过身子。"没房间。"他说。

"一间都没有？"

"一间都没有。"

"那旅馆是开着的？"

"旅馆是开的，就是没房间。你们想要，明天大概会有。"

"那我们今晚住哪里呢？"

他又转回身子，毫无表情地看着我。烟斗抽太多了，我能看得出来。他一直不停挠着胯部，一脸惬意兴奋的样子。他边打哈欠边朝吧台绕过去。"你就不能在哪个地方支个轻便小床什么的？"我冲他身后喊。他继续往前走。我回到外面的车子旁，把情况告诉了克里斯托夫和穆罕默德·拉比，他们和我一起又走进屋去。他们才不信呢。

那个不停抓挠的人已经躺回了破沙发，把身子调整到惬意自得的姿势。这回他真的恼火了。我决定回到露台上去，再也不想看见他了。穆罕默德·拉比正打量着入口大厅和楼梯。克里斯托夫出来后，说房间多得很，说那个年轻男子终于清醒了，还说我们是可以住下来的。那几拨修路队的工头是要了不少房间（而且还不付钱），但还有十来个房间空着。

那个抓痒痒的人身兼经理、行李员、侍者、洗碗工、会计等数职，除他之外还有一个疯疯癫癫的厨师和一位里夫本地的老妇，后者负责铺床和拖地，这就是全部员工了。那个厨师还管着车库里的小型发电机，后来还带我们去欣赏了一番。

有人把卧室的门把手拆掉了，所以，如果房门正好被风吹得关上了，你得不停拍门，直到经理听见，他才会拿着自己加工的铁片上楼，把它戳进之前把手所在的洞眼里，把门锁转一转，这样你才能进门或出门，就看你身处门内还是门外。旅馆的厕所也一样，只不过没那么重要罢了，因为那里太脏，你横竖都不会进去的。抽水马桶里脏水都漫了出来，人们只好直接拉在地板上。1950年时我曾经在那里住过一夜，他们就把行军床支在浴缸边上，还在门上挂了个潦草涂写的标示，告知厕所坏了。可这并没阻挡住一拨又一拨的法国游客整夜砰砰地拍门，有些人还想破门而入，无奈门闩相当坚固。此时，我把脑袋探进那间臭烘烘的房间，不由得又想起那个无尽的夜晚，凌晨五点，窗下公共汽车下客的嘈杂声，屋后雪松林里军营传出的号角声，还有天台上板条箱里火鸡狼吞虎咽吃东西的声响。

我们想尽快前往基塔玛，希望能赶在政府办公室关门之前见到地方领导或哈里发[1]。于是，我们把行李留在房间，出发上路了。车子发疯似的在下坡路上颠簸飞驰，数以百计的里夫男人骑着马、骡子或毛驴，女人则步行着，走在上坡路上。与这些人擦肩而过时，白色尘土飞扬，行人对此也无可奈何。好在大家都心平气和，甚至还冲我们笑着挥手。

到了某个地点，你可以在公路上直接俯瞰下面深邃的山涧，两边坡上只种着大麻草。基塔玛是整个北非地区、现在很可能也是全世界的大麻草中心。这里也是唯一能合法种植大麻草的地区，因为苏丹允

---

[1] Khalifa，意为"真主选择的继任者"，通常作为伊斯兰教国家的统治者、领导者的头衔。此处指该地的行政长官。

许继续种植，直到这片地能够适应其他农作物的生长。目前这里唯一可种的就是大麻草。虽然摩洛哥人也可以在自家花园里种上几株，但唯一优质的大麻草只有基塔玛大麻。那里有绵延几英里的峭壁，石质土壤里都种满大麻草，根据当下的政策，这样的情形还能一直保持下去，直到居民找到其他能维持生计的方式。

大麻目前的情况让人感觉很荒谬。每年种植收获数吨重的麻醉药草，装船运出基塔玛，发往世界各地，这是合法的。可一旦有人被发现在兜售，他就会立即受到重罚并（或）关进监狱。拥有大麻不受处罚，但在公众场合吸食大麻，官方的态度会根据各地管理部门的态度而发生变化。八月时我在马拉喀什，发现吸大麻公开开放。在非斯，我只见过一个老人拿着烟斗。在丹吉尔和得土安，咖啡馆被吸食大麻的人弄得烟雾缭绕。在拉巴特、埃索维拉（Essaouira）、乌季达（Oujda）等地，没人吸食。在某些城镇，大麻能方便获取，且价廉物美，而在另一些地方，你连想都别想。这些情况当然都不稳定。在城里，两个月前你还能在附近买到纸包的大麻，突然间买卖就关闭了，而在另一个镇上，之前还有严格警戒，可这会儿人们居然能在警察局管辖范围的街上拿着烟杆腾云驾雾了。总而言之，在大阿特拉斯南部，大麻是奢侈品，价格昂贵，而在最北端的杰巴拉（Djebala）地区，年过十四岁的普通男性村民就能拥有满满一小袋大麻草，并在裤袋里插上支小烟斗。

我们停下车，往坡下攀行了一段路，想仔细看看这一片景象。我们从未见过那么多的大麻草，简直可以塞满汽车的一整个后备厢，而且谁都看不出来。穆罕默德·拉比抚摸着一株大麻草，一个老人从一旁漫步经过，在路边坐下，好奇地打量着我们。穆罕默德·拉比用马格里布语对他喊道："这里的大麻草是你的吗？"显然接下来他是想向老人讨要一些。可老人没听懂，只是盯着我们看。"真像头驴子！"穆罕默德·拉比哼着说。每每遇到只说当地塔里夫特语（Tarifcht）的里夫人，他就很恼火。如果一个摩洛哥人连一点点马格里布语都不懂，他就会为此生气。

等我们抵达拉齐布基塔玛时，部落里的大多数人都已经离开了（当天是赶集日），不过在露天市场那三个大庭院的雪松树下，还有几百个男人躺在小地毯和麻布袋上。商人们正忙着卷布匹，把白糖、玩具、餐具包装成一大捆——扎好。尘土飞扬，在夕阳余晖中形成了缕缕晃眼的金光。穿过空荡荡的市场时，我们不停地打着喷嚏。我们每次打听哈里发的办公室在哪里时，人们总是一脸茫然，好在我们终于问到，并设法到了办公室。我之前已经忘了1958年里夫人和拉巴特政府之间的那场短暂的战役，可当时这一段记忆迅速涌现。据告知，由于我们身处军事区域，要录制音乐，必须征得司令官的同意。没错，司令官此前一直都在拉齐布基塔玛，可这会儿离开了。谁知道他现在哪里？不过，他们正在村子下面造桥，也许他就在那里监工。我们便顺着小路继续往下走。在这样的混乱中要找到一个人，简直不可能。反正已是黄昏时分，加上还要赶大约十五英里的崎岖山路才能回到旅店，我们便打了退堂鼓，差不多爬过了一处小小的悬崖，朝着阿马里洛大草原方向而去。

由于哈里发也建议我们在返回旅店途中经过军营时停留一下，我们就拐了个弯，朝一幢三层楼的木屋开去，木屋貌似滑雪胜地的高档宾馆。只见十来个穿制服的摩洛哥年轻人瞪起眼睛，还立即用冲锋枪对准我们，做好了随时擒敌的准备。一个军士让他们退后，告诉我们说司令官大概晚上八点过来。

拉齐布基塔玛的哈里发提起过，距那里三十公里外有一个村庄，那里有人会吹莱塔管。对此我倒没有太大的兴趣,因为我已经在贝尼埃洛斯(Beni Aros),即杰巴拉音乐家的大本营所在地,录制了不少莱塔管音乐,其中不乏优秀作品。杰巴拉的莱塔管音乐与里夫的差别并不显著,只是后者在节奏感上更为精准。我想找的是"扎玛尔"(zamar),那是一种带有一对牛角的双簧管乐器。哈里发向我保证,说里夫中部的贝尼乌里亚格尔(Beni Uriaghel)就有。他如此竭力推荐莱塔管音乐,我只好恭敬不如从命,并打算花一天时间来录制。这还得看司令官是否愿意让乐手们为我表演,不过,哪怕在基塔玛地区没能录成音,我也不想花任何精力或时间劝服他。我一心只想继续向东,前往真正的里夫音乐所在地。

我们开车回到宾馆。夜色在山谷中降临,风呼啸着穿过房间,大门也被吹得砰砰地嘶叫着。我对等着见到那司令官越发不感兴趣。大家来到我屋里,打开床铺上面的电灯,灯光忽闪颤抖着。克里斯托夫和穆罕默德·拉比都习惯聚在我房间里,因为我那里设备齐全:双卡录音机、收音机、食物、饮料,还有火。除了睡觉,他们没理由要回去自己房间。我们借着暮光去车库看了看发电机,这才发现它只提供220伏直流电,看来录音机没法工作,也没法研究或聆听已经录好的磁带,真糟糕。一旦躺到那瘆人的床上,便觉得长夜寒冷难耐。我们得找个熬夜不睡的理由。

基塔玛位于里夫的高海拔地带,高度大约有六千英尺。太阳落山后,山间寒气就自上而下地渗透森林。修路工人们在各自房间吃着沙丁鱼。晚餐时空荡荡的餐厅很冷。我们一吃完饭就上楼泡咖啡。穆罕默德·拉比拿出一瓶布达佩斯库美露酒(Kummel),克里斯托夫递上半公斤装的麻烘饼,那是在舍夫沙万时有人向他兜售的。我们喝着库美露,只有穆罕默德·拉比吃了麻烘饼。

我忽然想到电灯可能会灭，而我们又没有蜡烛，便赶紧下楼去找经理。经理正在厨房和厨师一起擦干盘子，厨师还叼着长长的烟杆抽着基夫烟。没错，经理说，还有二十分钟灭灯，就是晚上十点之前，店里也没有蜡烛。我不信，问他说至少一根蜡烛总得有吧，是不是放在什么地方了。

　　"没蜡烛。"他很肯定地回答。

　　"一根都没有？"

　　"一根蜡烛都没有。"他答复道，一边继续擦着盘子，眼睛都没抬一下，"没有。"

　　这简直太过分了。我刚想回房间，立刻明白了是怎么回事。克里斯托夫曾从他那里讨到过蜡烛，我就不行，他对此心知肚明，此时又在玩他那莫名其妙的小把戏了。我站着不走，最后说："我真看不懂这家旅店。"

　　这时他放下盘子，转过头来对着我。"先生，"他慢条斯理地说，"难道您看不出这里是世界上最糟糕的旅店吗？"

　　"什么？"

　　他慢条斯理地重复道："这里是世界上最糟糕的旅店。"

　　"不，我看不出。"我说，"老板是谁？"

　　"一位住在附近的可怜懒汉吧。"他和厨师交换了一下眼神，显得神秘而好笑。我想不出任何回击的话，只说了句我以为这家店是政府经营的。过去，如果在个人交往时你想惹恼摩洛哥人，就把批评矛头指向家族或教会，现在讽刺政府也有同样效果，因为最后还得由摩洛哥人来负责。可他们谁都没听出我话里的揶揄口气。"不，不，不！"他们笑了起来，"就是个可怜的浑蛋。"

　　我上楼回到房间，一一通报了情况，引来一阵爆笑。克里斯托夫起身出了门。没一两分钟他就回来了,还拿着三根新蜡烛,外加两根烧了一半的。烛光一直亮到晚上十点半,接着我们就上床睡了。到了早上,浓雾弥漫,依然很冷。我不停地干咳,觉得自己肯定要病倒了。克里斯托夫和穆罕默德·拉比进来泡了咖啡。我说不想再找基塔玛音乐了,赶紧离店前往胡塞马(Alhucemas)去吧。我下楼结账,发现经理第一次显出差不多神志清醒的样子。我拿回找好的零钱,出于好奇又给了他两百法郎小费,心想若是他把硬币扔到地板上,那我立马捡回来离开。可是,他脸上的神色立刻活泛起来。

"我在这里都快疯了,"他坦言道,"我能做点啥呢?这里什么都没有,什么都坏了,样样东西都破了,又没钱,除了修路工人,谁都不来。任谁都得疯。"

我同情地点点头。

"当然,我很快也要走了,"他继续道,"我可不习惯待在这种地方。我是从得土安来的。"

"是吗?"

"我在这里差不多两个月了,不过下个星期我就走。"

"那你还算幸运。"我不相信他真会离开,虽然这会儿他激动得像是立即要冲出门,跑下高速公路,再也不回头了。有一些摩洛哥人就爱感情用事,迅雷不及掩耳。

"我要走的,真的,待在这里是会疯掉的。再见。"

我道了声再见,他祝我好运。

基塔玛东部的公路特别糟糕,路面粗糙,砾石遍布,没隔多远就坑坑洼洼的。有时雾气太浓,什么都看不到,除了车前三英尺满是尘土的路面。我们一路颠簸,雾气散去了。山谷下面有村庄。地面成了灰白色,那里巨大的方形土屋也是灰白的。那是典型的里夫建筑,一直没有改变过，那景色亘古永恒。

我们在塔吉斯特（Targuist）加了汽油。那地方是可怜的老阿卜杜勒·卡里姆最后的庇护地，法国人于1926年在这里俘虏了他。那里有很多犹太人，他们说西班牙语。那个摩登小镇就是一个巨大的赘疣，一条条街道又长又脏，风吹拂而过，扬起阵阵尘土，在脸上留下泥污，刺得皮肤十分难受。高速公路那一边的穆斯林村庄倒是更有吸引力，但是开车无法到达。从塔吉斯特远眺，天空黑沉沉的，风很大，一片乡野，一英里外都是荒芜凄凉的景色。终于下起雨来，好在暴风雨来得及时，我们就在涵洞旁吃了午饭，那里随风夹带的尘土要少很多（因为此处山谷里没有雨），我们可以燃烧丁烷气。

大约下午四点半时，我们开车进了胡塞马。海面一片铅灰色，小镇独有一种偏执狂特征：那古典的西班牙渔村仿佛置身噩梦。那里有一种灾难即将来临的氛围，遗世独立，像是一个流放地。流放地，没错。坐在破败咖啡馆里的少数几个西班牙人脸上就有被流放的神情。大多数西班牙人都离开了，那些依然留下的也不可能会承认，说他们不走的唯一原因就是自己哪里也去不了。

摩洛哥人盘踞着整个胡塞马，除了西班牙宾馆。我住进一间豪华客房，有铺瓷砖的淋浴房，水管里有热水，真是难以置信，这还是我到丹吉尔后的第一次。天气依然阴沉，突然就变得漆黑。到了晚餐时间，肥胖的西班牙侍者成了大家的笑柄，他肯定是喝醉了，端上食物时脚步蹒跚、摇摇晃晃。穆罕默德·拉比整个晚餐过程中都在捉弄他，寻他开心。

今天上午我们去见地方官。地方官挺友好的，对助手讲着当地的塔里夫特语。在南方的政府办公室，人们喜欢讲法语。他说明天晚上我们得去艾吉迪尔（Ajdir）要塞报到。那里因佐伦（Einzoren）的镇长会和我们见面，处理相关事宜。我们答应了。天空依然一片漆黑，空气凝重。

8月31日，凌晨4点

因佐伦的镇长是一位来自拉巴特的年轻人，二十岁出头，性情开朗。他坦言自己在里夫很是自得其乐，因为他在因佐伦交了个女友，她是个"百分之百的西班牙人"，名叫约瑟芬娜。在我们录音期间，他邀请我们和他还有约瑟芬娜共进晚餐。我们答应了，可结果只有我们三人坐一桌吃饭，他只给我们点了餐，自己和约瑟芬娜及女方家人坐了另一桌。

我们在一幢空荡荡的市政大楼里架起录音设备，那地方就在主广场中央，看上去像一所废弃的学校。到达那里后，我们发现一间屋子里已经挤满了女人和小女孩，三四十人，她们唱着歌，轻轻拍打着鼓点，大家都坐在直背椅子上，脑袋和肩膀都藏在身上披着的浴巾下面。一大群男子和小男孩默默地站在楼外的市场里，冲着这幢房子眺望，竭力想透过高高的窗台往里看。不时有人低语一两句。我对他们能保持安静心怀感激。

这个部落就是贝尼乌里亚格尔，尽管如此，还是没能找到吹扎玛尔双簧管的人。我问镇长能否找到，结果他知道的还没我多，他甚至不知道还有这样的乐器存在。乐师们也摇着头告诉我，贝尼乌里亚格尔部落的人不用它来演奏。"难道因佐伦之外的农村也没有？"我追问道。他们笑了，因为他们自己就来自那周围的山区，是被召集到村里来参加"节庆"的。

没人告诉我那些女孩是要参加团队歌唱竞赛的,每个村子会派两支二重唱队伍参赛,所以我没料到房间里会有如此奇怪的现象。她们两人一组地坐着,头靠得很近,每对人几乎都被一块大大的土耳其毛巾盖住了。声音穿透布料的皱褶,朝地板方向发出。唱歌时她们没有手势,头部也没有动,根本无从分辨谁在表演,谁只是坐着。即便是柏柏尔音乐,歌唱的不断反复还是很出人意料,但在她们演唱时,四下不停有呢喃和低语,以及人们的悄悄议论,对这些杂音干扰我十分恼火,这些干扰音一定会被麦克风录下的。可是,我根本无法捕捉任何表演者的眼神,因为压根儿看不见,连击鼓的女人都遮盖得严严实实。第一轮挑选不断继续着,一首接着一首,年长的妇女敲击着圆盘状班迪鼓(bendir)的鼓膜,这些随意敲击的弱拍几乎听不见。趁着歌曲还没停下,我离开控制台,走到镇长身边,他正笑容满面地坐在一张很体面的扶手椅中,四周是他的属下,都蹲伏在地上。我悄声问他:"这些人为啥不停地说话?"

镇长微微一笑。"他们在想马上要唱的歌词。"他告诉我。原来歌词是即兴创作的,我听了很高兴,走回那堆安派克斯牌录音器材旁边,戴上耳机,等着歌曲唱完。等姑娘们唱了差不多三十五分钟后,磁带转完了,我踮着脚再次穿过房间来到镇长身边。"所有歌曲都这么长吗?"我问。

"哦,我不叫停,她们会一直唱下去的。"他说,"你愿意的话,可以唱一整夜。"

"同一首歌吗?"

"哦,是的。是歌颂我的。你想让她们换一首吗?"

我解释说已经不在录了,他这才叫停。这之后便由我来控制挑选那一轮的歌曲长度。

这会儿有人传话,说莱塔管演奏组正坐在镇外的咖啡馆里,等着我们去接,于是克里斯托夫在一个向导的陪同下,开车去接他们。咖啡馆在二十公里外的一个村子里。车子到达时这些人正在演奏。他招呼这些人上车,他们一边演奏一边坐进车来,一路到了因佐伦,走进我所在的大楼,全程没有停下过音乐演奏。我让他们继续下去,直到结束,接着把他们叫到户外的广场上。穆罕默德·拉比拿着麦克风也走了出来,把它架在那群围观者围成的大圆圈的中间。莱塔管这种超级双簧管发出的交错尖锐的声音完全适于远距离聆听,它不属于室内乐器。

后来我们进了餐馆,广场上的男男女女不知怎的就聚到了一起,开始跳起芙拉雅舞(fraja)。这在阿拉伯文化影响深重的摩洛哥各地区极为少见,可是在里夫,男女一起参加娱乐活动并不被认为有伤风化。不过,即使在这里,男人也不跳舞,他们演奏乐器、唱歌、高声呐喊,跳舞的是女人。我在餐馆里听见喧闹声,赶紧回去拿录音器材过来,可人们看到我的举动后,就安静了下来。那里有一群来自塔祖拉赫村(Tazourakht)的优秀乐师,他们的音乐更为原始,节奏也比其他人更精准,于是我明白地告诉他们我十分喜欢他们的音乐,希望能多录制一些。看来此举不太明智,因为只有这些人来自另一个叫贝尼布瓦亚切(Beni Bouayache)的部落。录音时已过黄昏,录到凌晨两点时,整个表演看起来要完全变成一场狂野的晚会了。于是我告诉镇长说我们要收工了,可是他并没有叫停。差二十分到凌晨三点时,我们收线整理器材,镇长却说:"我们一直要继续到明天呢。"他谢绝了我们提出让他搭车回胡塞马的建议。我们驱车离开时,狂欢的声音越来越响。

8月31日

昨晚真是受够了，我们应该继续东行。可是地方官特意相助，还安排了明晚在伊斯默伦（Ismoren）的另一场录音，那是西面一个丘陵地带的村庄。今天，我说服了旅馆的两位里夫女服务员，请她们来我房间帮助识别一下我在1956年录制的一盘磁带，上面有十六首乐曲。我知道它们都是里夫音乐，可是我想弄清楚每首曲子都是来自哪个部落，这样就能有更明确地判断哪些类型值得花工夫去收集。没有监护人在场，姑娘们拒绝进我的房间，于是她们找了一个十三岁的男孩，带着他一同过来。这样很好，因为那个男孩能说一点马格里布语，而她们只懂当地话，还有一点点西班牙语单词。我一曲一曲地播放，让她们听一会儿之后辨认来源。只有两首曲子她们有点迟疑，而后很快就达成共识。我还需要贝尼布弗鲁尔、贝尼图津、阿伊特乌里泽克、格曾纳亚及特姆莎曼等地的音乐样本。我付了姑娘们一点辛苦费，她们很开心，离开房间时执意要把我的脏衣服带走，帮我洗干净。

纳多尔（Nador），9月6日

我们按计划继续赶路，于次日黄昏时来到伊斯默伦。那里的风景让我想到摩洛哥中部，高速公路旁的小径一直延伸到村庄，那是一条在宽阔倾斜的平原上不断上行的缓坡路。镇长没在家，因为有些信息偏差，他此时正在胡塞马。村民们邀请我们进了镇长的家，说乐师们都准备好了，只要我们愿意，可以立即开始表演。镇长的家是一幢西班牙式的房子，屋子宽敞，光线暗淡，家具很少。屋内角落里高高地堆着杏仁，差不多一直堆到了天花板，散发出潮湿的气味，房间闻起来就像废弃的农舍。电力很微弱，电波颤动摇曳，我让穆罕默德·拉比测试一下电流，因为我怀疑是直流电。糟糕的是我确实没想错，于是只能宣布，尽管大家都做好了准备，可是我没法在伊斯默伦录音。大家脸上露出了不可置信的表情，人人都很沮丧。"留下过夜吧，"他们对我说，"明天也许电流会好些的。"我谢过他们，说不行的，可是穆罕默德·拉比对这些人的无知感到恼火，便就电流问题发表了一番一言堂式的见解。没人听他的。大家开始在屋外的天台上击鼓，有个貌似当地学校老师的人被派来给我们上茶。他邀请我坐到镇长的大书桌前。看到我坐在那里，大家都笑了。一个年长的男人说道："他看上去挺像个好镇长呢。"大家一致同意。我打开三包烟，让大家传递着。每个人都很向往地看着设备，很想看到它启动。我们喝完一杯茶，接着喝，不停地喝，最后起身前往胡塞马，身边不停喧闹着班迪鼓声，两个男人在我们前面带路，大家沿着两旁种植仙人掌的巷子一直走出村子。

此后，我继续每天上午下山去政府办公室，在那里仔细研究墙上挂着的地图，想要找到希望接洽的部落。第一天，我发现有个官员在悄悄地查询我们的犯罪记录，结果显然让他们放心了。地方官和他的助手最初相当热情，可随着新鲜感慢慢减少，他们的态度发生了质的转变。他们似乎觉得，我们坚持要找某些部落，非此不可，表现得任性而执拗，而他们打了很多通电话，一次次安排都失败，也是受够了。这事让他们得每天忙上两个小时，每次都因为电力问题而作罢。我们也弄到了一台变压器，可是没有发电机，而因佐伦似乎是该地区唯一通交流电的村庄。

一天晚上，我们在西班牙旅馆的餐厅吃饭，有个杀气腾腾的士兵和穆罕默德·拉比坐在同一张餐桌上。我们落座后，发现此人已经喝醉了，而且还要发表政治演说。后来他和穆罕默德·拉比一起走了出去。凌晨3点，走廊里一阵喧哗。只见穆罕默德·拉比被街上的众多新兵搀扶着要回房间，而旅馆的门卫正大声呵斥着不让进。第二天是我们安排离开的日子，穆罕默德·拉比哼哼唧唧说难受。他竭力为大家往车里装行李，结果和行李一起跌进了后座，没再说话。天气一直多变，萧条阴沉。在特姆莎曼南部山区，哪怕天气正常，都有一种不真实的外太空景象。在铅黑的乌云下，电闪雷鸣，大雨倾盆，山谷延绵不断，一切出人意料，令人忧心忡忡。穆罕默德·拉比还不时呻吟着。

路况恶劣，幸好我们整日都没再见到另一辆车，至少到午后很久都没遇到。此时我们已经进入通往拉齐布米达尔（Laazib Midar）的平原，突然驶上了一条真正意义的公路。我的想法是，可以在附近找到一个住的地方，这样等我们在纳多尔见过省长后（因为此时我们正在纳多尔省，得一直前往省府获取工作许可），就能返回那里。可拉齐布米达尔只是个貌似边境的居住群，沿公路会集着一堆堆小房子，于是我们继续往前行。

后座的穆罕默德·拉比又开始哼哼唧唧起来："唉，倒霉啊！唉，真倒霉！"我对他说，又没人强迫他喝那玩意儿。"可他们硬让我喝！"他抱怨道，"真是这样的，我是被逼无奈。"我不置可否地笑笑。没人像穆罕默德·拉比那样吸那么多的基夫烟，喝那么多的酒。我觉得他是该明白这一点了，因为他从十一岁开始就一直这么经常地抽着，现在都二十五岁了。

"可那是在军营里，有八个当兵的，他们说我要不肯喝酒就是个娘儿们。胡说八道不是？"

"真糟糕。"我说。他算是消停下来了。

夜色阴沉幽暗，雨静静地下，我们抵达了纳多尔。车子在起伏泥泞的路上开着，最后停在了一家杂货店旁，我们问去旅馆的路。店门口的一个西班牙人说此地没有旅馆，我们得继续前往梅利利亚。这根本不可能，因为梅利利亚虽然在摩洛哥，四百五十多年来却一直是西班牙属地，至今仍然是。即便克里斯托夫与穆罕默德·拉比都有西班牙签证，我们也无法将设备运过边境，何况他们没有。我便说，无论如何我们只能住在纳多尔。那个西班牙人答道："那就试试看，去问加油站的帕科·冈萨雷兹吧。他也许能为你们提供住宿。至少他是欧洲人。"

一个摩洛哥小男孩在一旁听见了，喊道："莫赫塔尔旅馆就很不错！""旅馆"一词打动了我，于是我们出发去寻找。不到一小时，我们找到了，那地方就在一家穆斯林咖啡馆后面。门上还歪歪扭扭地漆着"莫赫塔尔旅馆"几个字。那地方让我莫名想起了三十年前在阿尔及尔城堡的土耳其浴场。旅馆由一群好管闲事的里夫妇女经营，我知道此地这样的人很多，可是至今难以区分差异。她们为我们安排了三间房，都一样的阴郁，而后陆续前来打量我们的行李和设备，此后她们肯定是碰头商量过了，接着就弄了一间"厨房"让我们使用。这间屋子到处都是垃圾，不过那里有两个栅格，如果有木炭，还可以取火。还有一个水槽，但已经被水堵满了，我猜想那准是去年的洗碗水。我们把垃圾扔出窗外，丢进了天井的花丛里（否则没其他地方扔），把自己安顿下来。此时，我们已经习惯了呼吸中的厕所臭气，可第一晚还真是不好受。我把窗子推开，发现外面的空气更糟糕。室内是腐臭的尿味，而吹入窗户的微风带着新鲜人粪的浓重气味。这味道怎么来的至今无从查找。反正我把窗户关上了，还点了几支巴提香，就算暂时搞定，开始准备食物。

次日清晨，我向外张望，阳光普照，我顿时明白了。穆赫塔尔旅馆就建在小镇边缘，离它大约五百码的地方，三英尺深的壕沟纵横交错，它们就是小镇的粪水沟，白天任何时候都能看到十来个男人、女人和孩子蹲在沟边。直到1955年，纳多尔还是摩洛哥的一个贫困村，那里只有几个西班牙人，可突然间，它就成了一个新建省份的省府。西班牙在这里依然驻扎着好几千兵力以"保护"梅利利亚，而拉巴特总是声称自己迟早要夺回它。因此可以理解，摩洛哥人本来就在此地驻扎了好几千士兵，接着又增加了几千，目的就是保护纳多尔。

这里的确人满为患。人们得用水桶和石油罐从街上的水泵站取水，食物价格昂贵，各种商品相当匮乏。镇上尘土飞扬，不停打旋，除了在东面，奇卡海（Mar Chica）浅浅的海水拍打着烂泥海滩，不计其数的死鱼随波浪上下漂浮在水面上。奇卡海是一个毫无用处的内陆湖，平均水深大约六英尺，深度正好淹死一个人。远处地平线上，那明晃晃的白色尽头就是一片沙洲，即地中海开始的地方，人们向往地眺望着它，想象那里必然有清爽的微风拂过。纳多尔就是一座监狱。宽阔的、种植着棕榈树和花丛的大道一直延伸半英里，从行政大楼直到死气沉沉的奇卡海海岸，这反而让此地更显丑陋。大道地势更低的一端，有一座外形怪异的大楼，像一个巨大的自动唱片点唱机，靠着一根根支柱撑着浮在水面上。这就是镇上最大的餐馆，我们每天中午在那里吃饭。散步道两旁有咖啡馆和水泥长椅。长椅上坐满了成百的西班牙和摩洛哥军人，神色抑郁沮丧，这些人之前都在街上闲逛，新来的人只能坐到棕榈树下的椅子上，那些椅子都是咖啡馆提供的。大家坐在那里，望着大街尽头，偏偏什么东西都不点。夜晚的气氛略活泼些，因为大街上照明不好，那些腐旧破败就隐形了。此外，天黑后那两拨军人也都各自进了军营。

今天上午稍晚些时，我们去了省长办公室。省长和苏丹一起在梅克内斯，不过他那位健谈的秘书留下了，正是此人接待了我们。"嗯好的，你们想要去贝尼布弗鲁尔部落。明天就行。现在去塞刚甘（Segangan）吧。"

这听上去也太简单了吧。他见我有些迟疑。"你们还是能在那位哈里发出去前找到他的。等一下，我给他打个电话，他会等的。"见我还是一脸疑虑，他补充道："有我的命令，他会等的。去吧。"

我心想，这是在打发我们。等我们再回来，这人也走了，那我一整天都浪费了，也许是两天。我的疑虑肯定表露得很明显，因为他激动起来，说："我这就打电话。马上打，瞧，我都在拨了。你们一走出门，我就和哈里发通上话了。你们放心去吧，我说话算话。"我明白，再这样磨蹭下去，我会更加不相信他了。看来也没别的法子，只能立即出发去塞刚甘。

但是那秘书还真打了电话，我们一到军事指挥部，即塞刚甘哈里发的办公室，他就一脸的热情坦诚。他拉上办公室的门，和我们一起来到街上。我们在洋槐树下走着，他说："我们塞刚甘有很多漂亮的花园。你们根据自己录音的喜好挑个花园就可以啦。"

"你有房间吗？"我建议道，"那里可以更安静。再说了，我得给设备通电。"

"花园比房间更好，"他说，"我们也有自己的电工，你可以尽管吩咐他们。"

我们检查了凉亭、乔木、喷泉和各处角落。我解释说在哪里录音不重要，只要室外噪声能尽量少一点，考虑到这一点，似乎室内更理想。

"不会的！"哈里发叫道，"录音期间我让所有的交通改道。"

"可这样一来，镇上居民就会觉得要发生什么事了，会赶来一探究竟，这样噪声反而大了！"

"不，不会的。"他保证道，"我会禁止所有人在附近溜达。"

显然，任何措施都会让人直接关注到我们，因为根本无法彻底执行。但是他一再强调，不断示好，我也就不再反对了，决定返回纳多尔后对秘书说说。我们找了一处用来录音的地方，那是一个公园的偏僻角落，绿荫遮蔽，就像在丛林深处，除了远处有公鸡啼叫，还是很安静。我们安排明天上午录制。回到纳多尔后，我就去找秘书，可是他当天不在办公室。我们只好听凭哈里发出于好意的安排了。

9月7日

看来我的焦虑是多余的。今天早上我们一到塞刚甘，就被带到城外一个完全不同的花园。哈里发派的电工已经接通了电路，一切安排妥当。

在柏柏尔人中，不仅在里夫，还有在大阿特拉斯山以南偏远地区，都有专业的民谣歌者。社区对这类人的接受程度不是太高，但也并不太鄙视他们。歌者身为艺人是受到尊重的，但他不断四处巡游流动，自然也会招来一些猜疑。里夫人喜欢将伊穆迪亚曾（imdyazen，此地和大阿特拉斯地区对游吟歌者的称呼）比作西班牙的吉卜赛人，他们说，唯一不同的是，伊穆迪亚曾和大家一样住在室内，而不像吉卜赛人那样住在城外的帐篷里。如果你问他们为什么这样，他们一般会这么回答："因为这些人和我们血脉相承。"在塞刚甘，我第一次遇到这样的游吟歌者,他们的主领乐手(chikh)就像是海盗电影中精心挑选来的龙套:一个壮实、粗野、开朗的男人,头上包着大手帕,而不是穆斯林头巾。他随身带着扎玛尔笛。连穆罕默德·拉比都是第一次见到这东西。我们对着它端详了一阵子,从不同角度拍照。它有两个不同的簧管,用线缠在一起,有各自的吹嘴和孔眼,每根簧管的一端都有一个很大的牛角。牛角拆装简单,无论有否牛角,这个乐器都能吹奏。

昨天,热情洋溢的哈里发承诺说会来两个扎玛尔乐手,今天上午开始的半小时,他依然向我保证,说第二个乐手马上就会来,可当我对此人是否会来感到焦虑,并向其他官员询问时,只见他们相互看着,眼神颇有意味,交流的语言突然从马格里布语变成了当地的塔里夫特语。我这才意识到自己太天真了,不该当众揭穿那谎言。出于某种个人原因,这位主领乐手不想让其他扎玛尔乐手也来表演,就是这样。他是这种乐器的高手,可以用各种方式来演奏,无论是站着、坐着、跳着舞,有牛角、没有牛角,还是伴着鼓声和人声合唱,独奏,他都拿手。我请他停下时他依然坚持不停演奏。两个小时里,我最大的困难就是要让他停住,因为那声音盖住了其他乐器,音效上有单调之嫌。最后我让他坐在离其他乐手十到十二码的距离。他继续吹奏,腮帮气球般鼓出来,独自坐在橘树下,乐滋滋的,根本没意识到自己的乐声并没有被录下来。

我之所以切掉扎玛尔乐手的声音,一个重要的原因是,乐队中有一位令人尊重的乐师,他叫布杰马·本·米姆恩(Boujemaa ben Mimoun),是在我见过的北非演奏家中极少数能对音乐演绎的个人表达有所理解的人。他的乐器叫柯丝巴(qsbah),是一种长长的芦笛,音域较低,在阿尔及利亚南部的撒哈拉地区很流行,但是在摩洛哥的大多数地区并不多见。自从在得土安遇到一群哈马拉部落（Rhmara）乐手后，我就一直想要录制柯丝巴独奏乐。当时，哈马拉乐手是同意演奏的，但他们的技艺一般，音效根本达不到我所希望的水准，于是我再次在因佐伦地区尝试寻找，也录到了较好的乐曲，但还是无法获得低八度的声音，因为有呼吸控制上的要求，那一段音域是最难掌控的。

我把本·米姆恩拉到一旁，问他是否愿意表演独奏，他很困惑。他很想讨好我，可正如他所说的："光有柯丝巴的声音，人们怎么才能明白它表达的是什么意思，除非有人唱出歌词来。"那个主领乐手看到我们在交谈，便走过来，想探个究竟。听到我的要求，他立刻说这事没法办，本·米姆恩也赶紧表示同意。我继续录音，但暗中将困难告知带游吟歌者来的那个村的村长。他坐在一旁的藤架下面，和其他要人一起抽着基夫烟。他似乎认为，真有必要的话，柯丝巴可以单独演奏。我告诉他确实有必要，并说美国政府也这样希望。他们商量了好一会儿，其间穆罕默德·拉比给众人递了不少基夫烟，于是他们答应试一试。为了不丢面子，那个主领乐手坚持说要一曲录两个版本，一个是柯丝巴独奏，另一个是有歌唱伴奏。我对这样的结果甚为满意。独奏是全部录制中最好的一部分，其中名为"Reh dial Beni Bouhiya"的那首曲子尤其精彩。在这片无垠的孤寂之地，能遇到一个孤独的骑骆驼的人，看他夜晚坐在火堆边，骆驼在一旁睡着，而他久久地聆听着柯丝巴那起伏不定的节奏，这是多么感人。那音乐，比我所知的其他乐曲都更能淋漓尽致地表达孤独的本质。"Reh dial Beni Bouhiva"是这一类型的最佳典范。演奏时本·米姆恩显得很忧伤，因为大家对我的录制大多不赞同，空气中略有些紧张的氛围。但是人人安静地坐着，直到表演结束。

此后，众人重新开始合奏，跳起舞来，我也觉得工作可以暂告段落了。鼓手们激动地跳跃着，几乎要绊住麦克风的电线，此时，一个戴着大头巾的高个子男人向麦克风走过来，冲着它大声叫喊。"这是在致辞。"村长解释道。致辞开始是对苏丹穆罕默德·哈米斯（Mohammed Khamiss）和他两个儿子——穆莱·哈桑（Moulay Hassan）王子、穆莱·阿卜杜拉（Moulay Abdallah）王子的赞美；接着就赞扬老朋友胡塞马省省长（因为在1958年因意见不合而爆发的里夫战役中，他的解决方案几乎得到了大家的一致认同）；最后，致辞者怀着极大的热忱，赞颂起阿尔及利亚的斗士，这些人被隔壁的法国人杀害，愿真主保佑他们。（不断有鼓点和呐喊声，公牛角笛冲着天空，发出狂野的呼啸。）我们喝了好多茶，返回纳多尔时已经太晚，无法在像踩高跷的点唱机似的餐厅里吃饭，于是我们打开一些烤豆罐头，就在我那脏兮兮的房间里吃着。

9月10日

经过在胡塞马的这番折腾，穆罕默德·拉比的身体更弱了。他的肝脏不太好，他加大了一倍基夫烟的量，希望能治好肝病。这法子没能起效，不过倒是带来了一个好处：点着的基夫烟散发着净化空气的作用，弥漫在周围，走廊里的尿臊味缓和了不少，尤其当他把门敞开时，这个习惯我要大加鼓励支持。他整天躺在房间里，昏昏沉沉的，仿佛飘在平流层之上，收音机一直调在开罗或大马士革的电台。大家在我的房间做早饭和晚餐，那里越发像摩洛哥的牛市场，地板四周角落上摆满了各式各样的东西。下床唯一能走的路就是跨过床尾板，踩到洗脸池的前面。每天都有几个目光炯炯有神的里夫女店主过来，很高兴地往里面看看，说："今天也不用打扫房间了吧？"床铺从来没铺过，地板也没扫过。我不想让任何人进屋。

今天早上，穆罕默德·拉比身体依然不适，结果他想起了之前继母想要毒害他的事。这是他津津乐道的一个故事，反复叙述，绘声绘色。这好像是他的一段创伤经历，倒是没啥好奇怪的。此事造成的结果是，他离家出走，一直躲了家人五年多。这期间，完全出于意外，他娶了两个妻子，她们都做过妓女，他也就接触过这两个女人。他至今认为，所有其他女人都是潜在的下毒者。他骂起女人来令人发指。

原来，他母亲在他父亲娶第四房妻子时离开了他，尽管她与其他两个妻子还能好好相处，但不愿意家里再多一个老婆了。所以她收拾行李，回到了查哈内姆（Tcharhanem），在那里她有一间小土屋，里面除了一张稻草铺的小床和几个陶罐，什么都没有。穆罕默德·拉比一直和父亲及其老婆生活在一起。那个新来的妻子最年轻，父亲不在家时，她就想和他上床。他可是有正常道德感的年轻人，当然愤而拒绝。那姑娘很害怕，担心他告发，于是想把他除掉。不久之后，她谎称午饭有点问题，说是要重新烧一下。下午四点半时，她把穆罕默德·拉比的那份食物端了出来。她算好年轻人一定饿坏了，确实也如此。狼吞虎咽之际，他注意到塔吉锅里的肉上面露出了一根线。他想把线拉出来，没用，最后他把肉咬到嘴里，这才意识到这根线是怎么回事，于是他用手指掰开肉，发现里面是一个很小的肉袋，装着各种粉料，还有其他东西，都被缝在一起，夹在大片的肉里。他还发现自己已经吃下了那小肉袋的一部分。他一言不发，爬到地板上，迅速离开了那屋子，直到现在都没再回去过，虽然后来他一直想规劝父亲摆脱这个老婆。

除了混在一起的毒药，食物里的"其他东西"，他自己都觉得说出来恶心，都是诸如磨成粉的指甲，切得很碎的毛发，他还强调是阴毛，以及各种小动物的粪便等。"比如呢？"我想要知道。"比如蝙蝠、老鼠、蜥蜴、猫头鹰的……我哪里弄得明白女人究竟想给男人吃什么东西啊？"他愤愤不平地喊道。到了月底，他开始脱皮，一条胳膊变成了蓝紫色。这并不奇怪，我不时见过。这也被认为是吉兆，它意味着毒药正在"散出来"。大家一致认为，如果毒药还在身体里，并不是人人都能轻易找到解药的。毒药是专业老手下的，据说拉腊什是个好地方，如果你对施巫术感兴趣的话，去那里肯定会有灵验的收获。

每个摩洛哥男人对巫术都心怀恐惧，他们中有很多人，例如穆罕默德·拉比，就从不吃穆斯林女人接触过的东西，除了他母亲或姐妹，或者他能真正信任的女人，即自己的妻子。可是往往妻子又是他最需要提防的人。她会用巫术让丈夫乖乖听话。这事得花好几个月，甚至几年，不过这毒药很有效的，它攻击人的中枢神经，会导致眼盲、麻痹、迟钝、失忆等症状，而这时妻子也许早就逃到国内其他地方去了。即使丈夫死了，也不会有人来调查。死了就死了，就此完蛋。尽管施巫术是要受罚的，可是罪行却很难被证实，成千上万的男人每天都会担心发生这样的事。幸好穆罕默德·拉比信得过他老婆。他经常打老婆，老婆很怕他。"她绝不会给我施巫术的，"他吹嘘道，"她要是敢动这个念头，我就杀了她。"他每次说起这事都是老一套讲法，不过每一次我都会发现更多细节。

"所以现在我再也不敢喝酒了，"他抱怨着，"巫术还残留着，会把喝下去的酒变成毒药。"

"那是基夫烟啦。"我对他说。

9月13日

在基塔玛开始的咳嗽至今没好，胡塞马空气干爽，咳嗽似乎有所缓和，但穆赫塔尔旅馆的情况好像又让咳嗽更加厉害起来了。现在为时已晚，我们已经待得太久，我觉得自己开始发烧了。

9月15日

两天后，我依然卧床不起，但感觉略好些。克里斯托夫很讨厌这里的环境，穆罕默德·拉比几乎要崩溃了。比起返回米达尔，一想到我们还得从这里再次回到纳多尔，我更是受不了。那几个女人为我们拎来一桶黑水，我把空酒瓶灌满，加了哈拉宗片[1]，这样我们就有了饮用水，可喝到最后我们才看见，桶底的污垢中居然还藏着一大块脏兮兮的抹布。我是今天上午才发现这事的，但水已经全被我们喝下去了。此时我只想拼命逃离这个地方。吃中饭时我试探道："你们觉得马上往东去怎样？"克里斯托夫思考了一番，穆罕默德·拉比也琢磨着。我已经放弃了特姆莎曼、贝尼图津和阿伊特乌里泽克。

乌季达，9月17日

我们将纳多尔抛在身后，赶紧前往阿尔及利亚边境地带，这才感

1　Halazone，一种净水用的药片。

觉连天气都仿佛明媚了起来。我们穿过贫瘠干燥的穆卢耶河（Oued Moulouya），还有贝尼斯纳桑（Beni Snassen）的山民生活所在的泽格泽尔（Zegzel）北部平坦肥沃的耕田。走过拜尔坎（Berkane）时天色渐黑，那地方是一处新兴发达的地区，小镇上到处是人，种满了棕榈树，亮着日光灯。这地方与中国香港之相像，仅次于纳多尔，可我们还是决定继续赶路，因为想及时抵达乌季达，好在旅馆里吃上晚餐，当然前提是还有旅馆开着。

差不多晚上七点，我们看到前方大约二十英里外玛丹普雷（Martimprey）的灯火，那里地势略低一些。我们正眺望着远处平原，只见头顶有三处火光，正慢慢向地面蔓延。探照灯的强光开始打旋，从后面阿尔及利亚的山脉投射下来。不到玛丹普雷的地方有一处岔路，我们开上了通向城南的赛迪亚公路，这样就能避开当局可能带来的麻烦，因为玛丹普雷完全处于边境地带，这段时间那里比军事要塞更严格。现在这条路上有一定的交通量，差不多每隔十分钟就有一辆小车与我们迎面驶过。我们前面那辆车的司机很执拗，就是不让我们赶上去超车，但克里斯托夫刚把车速慢下来，想拉开与前车的距离，那司机立刻也慢了下来，而我们又不能一直跟在他后面。克里斯托夫非常恼火，最后把车停在路边，说："我倒要看看这场战争怎么打，我们就瞧一下吧。"那红色的灯光照在东面的山崖上，一束束清晰的蓝光从不同角度射来，相互交错着。四下一片沉寂，连蟋蟀叫声都停止了。可是，前面那辆车也停了下来，大概在我们前方五百码的距离，我们很快就看到有人走了过来。穆罕默德·拉比低声说："如果他问问题，我们就照实回答。他带着枪呢。""你怎么知道的？"我反问道，可是他没回答。克里斯托夫关掉了车前灯，道路一片漆黑，我们看不见那人的脸，直到他走到面前。

"遇上麻烦啦？"他用法语问道，像海关检查员一样透过车前窗往里看。从仪表板照明灯的反光中，我看到此人很年轻，穿戴讲究。他很快朝车内看了看，慢慢把头转到另一个方向。探照灯继续在天空移动着。我们就说自己只是想看看，就像到了商店只看不买。"是吗？"他很快说道，"我以为你们遇到麻烦了。"我们谢了他。"别客气。"他轻声说，然后回身走入了黑暗。一两分钟后，我们听到了他关上车门的声音，可是引擎没发动。我们又等了差不多十分钟，克里斯托夫把车前灯打亮，发动了车子。那辆车也发动了，开始动起来，一直跑在我们前面，直到乌季达。在到达市中心前，他拐进一条小巷子不见了。

我之前一直担心，阿尔及利亚边境关闭后，特米努斯旅馆也就没有存在价值了，不在了。还好，它像往常一样开着，只是价格高了很多，食物也差了。现在的食物质量落差由浮夸的服务来填补。晚餐安排在室外棕榈树下，树木绕着一个很大的圆形水池。法语的交谈声不时被开软木塞的嘭嘭声点缀着，突然传来了一阵很响的爆炸声，我脚下的地面颤抖了一下。大家似乎都没在意，轻松平和的话语和笑声照常继续。不到一分钟，又响起了另一声轰鸣，声音似乎小了一点，但依然很强烈。侍者走过来，我便向他询问。

"是特莱姆森（Tlemcen）那边的爆炸声，"他说，"正打仗呢，已经打了两个晚上了。有时候一整个星期都很安静，有时候很吵。"上餐后甜点时，不到半英里外又传来一长串机关枪开火的声音，就在乌季达。"那是怎么回事？"我问。侍者不动声色。"我什么都没听见。"他说。这些天乌季达什么事情都会发生，没人会问。

当天晚上，戴高乐通过广播向民族解放阵线提出"和平"建议。出于无聊的好奇，我们吃完饭立即上楼收听广播。当将军一字一顿发出虔诚洪亮的声音时，外面那低沉的爆破声依然继续着，有时像天上的滚雷，有时又很像炸弹爆炸。穆罕默德·拉比静静地坐着，往空着的卷烟纸里装大麻和烟叶。他不时地问："他在说啥？"（因为他没学过法语），每次他问，我立刻回答说："屁话。"克里斯托夫被我们弄烦了。他在阿尔及利亚冲突上从来就不强烈偏袒任何党派，因为他觉得法国人多少会有一点善意。为了不打扰他收听广播，我走到阳台上，那里的爆炸声盖过了广播。爆炸声里没有伪善，话语和动机之间没有差异，意思只有一个：去死吧，阿尔及利亚人。

我不知道那一刻有几百万北非的穆斯林在收听广播，我想象着他们收听时嘴里会发出各种轻蔑和憎恨的词语。将军的独白结束后，克里斯托夫悲伤地说："但愿人们会相信他。"我不觉得这会导致更多危险，所以什么都没说。前线传来的响声继续着，一直过了午夜。我觉得又发烧了，得找到医用体温计。39摄氏度多一些。"乘以1.8，再加上32，102.2华氏度。天哪！我病了。"

我对他们说："我得上床躺着。"

9月18日

昨天上午我一直卧床。直到下午三点，我才起床开车去省长办公室。省长在梅克内斯陪苏丹，可是他的秘书虽然彬彬有礼，却不太配合。他说，他的管辖权的确一直到贝尼斯纳桑，但事实上贝尼斯纳桑根本没有音乐；他告诉我，其实他们需要音乐时都是从贝尼乌里亚格尔雇乐师的。那里没音乐。"那菲吉格（Figuig）呢？"我问道。"菲吉格没有音乐，"他直截了当地说道，"你们可以去，不过弄不到音乐的。这我十分确信。"我明白，他的意思其实是，他肯定会让我们一无所获。我心里的愤怒开始抑制不住了，觉得出于谨慎得赶紧离开办公室。我谢过他，回到旅馆倒头就睡下了。

他并非与众不同的类型，而是受过一些教育的摩洛哥年轻人，在他眼里，物质进步是重要的表征，为了获得哪怕是一点点的物质发展，都可以牺牲宗教、文化、快乐，甚至同胞的生命。可这些人对此又鲜少坦承，就像非斯的一位官员曾对我明说的："我讨厌所有民间音乐，尤其是我们这里的摩洛哥本土音乐，听起来就像野蛮人的嘈杂声。我干吗要帮你把这种我们拼命想毁掉的东西带出去呢？你要找的是部落音乐，可这里不再有部落了，都已经解散了。所以"部落"这个词没意义，根本没有部落音乐了，只有噪声。不，先生，我可不认同你的项目。"现实中，此人的观点可比当前政府的政策要极端得多。音乐本身并没有遭到太大的破坏，只是歌词上，现在被灌输了爱国主义情感。其实，所有大型的官方庆典上都会有来自全国各地的民间乐人队伍参加，他们的旅费和生活开销都由政府支付，而且他们会为广大观众表演。所以，他们的表演风格就变得相当圆滑，那些扩展的形式日渐消失，作品都偏于删节版，缺乏乐感。

9月20日

最近三天我一直卧床，发着烧，情绪低落，没弄到贝尼斯纳桑和其他部落的音乐。关于里夫音乐，现在可行的只有格曾纳亚的了。这些人生活在塔扎（Taza）省，要去那里可能很困难，因为路况不好。

白天，前线似乎没有什么声音传来，可到了夜晚，天黑不久又有爆炸声响起，还持续了三四个小时。穆罕默德·拉比不肯走出旅馆，他断言乌季达近来很危险。据他所言，每天都有埋伏和攻击。我觉得我们白天听到的爆炸声大多是庆祝圣纪节开始的爆竹声，不过我也认为，有一些爆炸声很难这样来解释。总之，这个城市离边境太近，很难有真正的安宁。我只想等身体好了就动身前往塔扎。

塔扎，9月22日

昨天早上我的烧退了，尽管身体还有一点虚弱，我还是起床打好行李，然后再次上路。早晨离开时天气凉爽，阳光明媚。可是等我们走过阿尤恩（El Ayoun），进入沙漠后，滚滚热浪再次从地平线的尽头袭来。我们在陶里尔特（Taourirt）外的一片麦田里吃饭，一旁经过的人们在柽柳树下停住脚步，坐下来看着我们。等我们走回车里，其中一些人还为抢我们丢下的空罐子和瓶子起了冲突。

差不多日落时分，我们到达塔扎，我又想躺到床上去了。可是当晚政府机关还开着，我便决定趁自己还没躺下，还在走动，先试着去找省长。我感觉体温又升上来了。从那里回来后我就直接回旅馆躺下了，一直没有下过床。好在我多坚持了一个小时，见到了秘书。果然不出所料，省长陪着苏丹去梅克内斯了。

秘书是位年轻的知识分子，戴着镜片厚厚的眼镜。他直截了当地说我这个项目很荒诞，不过倒没有公开表示反对。他甚至还直接打了个电话给艾克努勒（Aknoul）山区的一个部下。

"我知道了，知道了，"他很快地说道，"他去年去世的。啊，没错，真糟糕。那提吉乌兹利（Tizi Ouzli）呢？"他接着问。我在一旁做着手势,对他出声耳语着。"那里也没有,我知道了。"他听了一会儿,不时以单音节作答,最后谢过对方,挂了电话。

"艾克努勒那里的最后一个主领乐手在夏天去世了,他年纪很大了。那里没有音乐了。提吉乌兹利那里的人是不会出来的。连苏丹去那里的时候,当地女人都不肯走出家门为他唱歌呢。你明白了吧。"他笑着,摊着手,掌心朝上,"格曾纳亚那里是不可能的了。"

他说话时,我一直坐着盯着他看,心里早就料到他会这么答复,各种念头闪过我疲惫的大脑。他们对里夫人多么不信任,多么恐慌啊!可这个人竟公开承认疏离程度如此严重,这也未免太天真了吧!难道那些女人不会被惩罚?我想起有一个里夫人曾告诉我:"你们美国有黑人,就像摩洛哥有我们。"

"里夫之行就此结束。"我忧伤地对克里斯托夫说。

年轻的秘书指指书桌后面墙上的地图:"不过,在中部阿特拉斯,我倒可以在那里给你做些安排。就这几天时间,如果你愿意的话。是阿伊特乌莱恩(Ait Ouaraine)。"

"好的,我非常乐意。"我对他说。

"那么,请明天上午十点过来吧。"

"谢谢。"我们说道。

我回到这里的纪尧姆泰尔旅馆,上床躺下。房间还没打扫过,不过空间足够大,餐饮是放在托盘里送到房间的,其他都不重要了。昨天,克里斯托夫和穆罕默德·拉比在街上和一群职业乐师谈妥,他们答应今天来录音。这群人一共有三位莱塔管乐手,四位(用棒槌敲击的)托波拉(Tbola)鼓手,还有八杆步枪。起初他们开价很高,后来据解释,如果演奏时枪没法开火,价格就对半。大家谈妥了,只用莱塔管和托波拉鼓演奏。

穆罕默德·拉比吸了太多的基夫烟，肝脏长期有严重的功能紊乱，这使他大多数时间里都病恹恹的。昨天他晚饭后外出散步，一个小时左右就回来了，神情比平时坚定，他对我们郑重宣布："我戒基夫烟了。"克里斯托夫嘲讽地笑了起来。为了兑现诺言，穆罕默德·拉比把两个烟叶袋和那支珍爱的烟管都扔在我床上，他说："这些你拿着吧，给你好了。我不想再见到了。"可今天早上吃饭前，他出去买了一瓶只剩1/5量的威士忌，没等喝早餐咖啡，就先尝了一口。后来他走进我房间整理录音器材，还带着那酒瓶，克里斯托夫大声地开他的玩笑。

"你们要我怎样吗？"他恼火地喊道，"我不吸基夫烟了，难道还指望我连脑袋都空掉吗？"这话把克里斯托夫逗乐了，我倒是更难受了。我担心的是怒气冲冲的穆罕默德·拉比会惹来诸多麻烦。基夫烟能让人安静麻木，酒精则会让人冲出去砸窗玻璃。对穆罕默德·拉比来说，这往往意味着与警察干一架。我忧心忡忡地看着他做好了出发的准备。

这是第一次我不在场的录音。不过他们回来后，克里斯托夫说一切进展顺利。付钱时有过一点点争执，因为之前谈妥了不用步枪，可后来他们没忍住，在音乐演奏过程中，在三个点上他们开枪了，一次八响，同时响起。最后他们开了二十四发子弹的账单，但穆罕默德·拉比在白标威士忌的助力之下，坚决不付钱。"好吧。再见。"他们边说边高高兴兴地离开，到附近村子为婚礼演奏去了。

9月22日

威士忌确实发挥了功效，虽然结果出乎我之前的意料。今天晚上，酒瓶差不多空了。穆罕默德·拉比花了两个小时，一直想给他丹吉尔的妻子打电话。最后他联系到了他家附近的杂货店老板，让那人把妻子叫来，这才与她进行了五分钟暴风骤雨般的对话。我在旅馆另一头的床上都能听到他的吼声。等他走进我房间时，看上去很狂躁。

"我听到老婆的声音了！"他高声说，"我得马上去见她。她好像外面有人了。我今晚就出发。明天晚上就到了。"

"你扔下工作不干了？"

"我要去见我老婆！"他喊着，声音更大了，就怕我听不懂似的，"我只能这样做，不是吗？"

"你就这么离开我？我还病在床上呢？"

他只犹豫了片刻："克里斯托夫知道怎么照顾你。再说了，你没病，只是发烧了。我会把杂货店的号码给你，等你到了非斯就打电话给我。我一周或十天内就来看你，就在非斯。"

"好吧。"我说，根本不打算给他打电话。不管怎样，如果他继续喝威士忌，就最好别带他了。

因此，我现在有至少一磅烈性的大麻烟叶。再过两三天，我身体就恢复了，可以动身前往塔哈拉镇（Tahala），去阿伊特乌莱恩录制。里夫计划结束了，我只录到了两个地方的音乐。

马德拉群岛

原载于《假日》（1960年9月）

我第一次起了去马德拉群岛的念头时，英国朋友们劝我三思。"你会失望的，"他们说，"根本没什么特别的地方。"

"沉闷、憋屈的小地方。"

"这地方只有老妇人才会去。"

"马德拉！去干吗？"

"我那个笃信教义的姑婆以前常去那里，当然，这个老古板最后也死在那里了。"

"那里绝对是世界尽头！"

要不是我早就下了决心，无论如何都要前往，我还真会被这些异口同声的反对意见说动。再说了，知情人其实并未在场，这些人无非是表达了一番当下文艺伦敦所盛行的观点罢了。

我一直觉得自己应该喜欢马德拉，所以我就来了。幸亏来了。之前人们的描述是完全错的。照英国游客的评判标准，这好比他们坚持认为纽约的街道是空荡荡的，除了有华人在那里；或者说，加利福尼亚州全都是摄影棚。马德拉具有诸多特点，即便并不完全是旅游手册表述的那样。"全年气候宜人。""马德拉自大西洋中升起,仿佛从一堆不可思议的天青石废墟中浮现了一颗奇异的绿宝石。"(我相信类似的幻象都会有某种迷幻药的效果,不过我怀疑真会有什么药丸吃下去,让你觉得冬季的气候都如此宜人。)

这里的悬崖峭壁确实令人叹为观止地从大西洋深处崛起。马德拉面积大约285平方英里,的确是一块被海洋环绕的巨大火山岩。海的气息无处不在,哪怕是岛内平静的山谷,也确实常有咸咸的海水味。必须坐船上岛,群岛位于里斯本西南570英里外,距摩洛哥海岸正西面320英里。这里没有飞机跑道,1958年时水上飞机业务也中断了。

四百年前葡萄牙诗人卡蒙斯[1]曾经形容此地为"世界尽头",这个表述不无道理,尤其在天气阴郁时,大西洋波涛拍岸,陡峭的悬崖峭壁被低浮盘旋的云朵笼罩。这是一个崎岖荒芜、令人不适的国度,只是气候较为温和,人口高度混杂。最初,那里居住着葡萄牙人,后来意大利、西班牙、荷兰的移民不断加入,而后又有穆斯林和犹太难民从信仰基督教的西班牙逃离而来,最后,来自非洲大陆的黑人以奴隶身份来此地的甘蔗园劳作。现在的本地人口就是所有这些人种无差别的混合。这里有强壮的男性,他们习惯了与风浪搏斗,却无法理解20世纪游客的心理,而游客则认为他们是令人钦佩的一族。本地人并不觉得自己超乎寻常的坚韧有啥了不起的,无非是恶劣环境逼迫之下的产物罢了。

初到此地时的一次交谈让我一直难忘。当时我激动地对一个马德拉人谈起此地的美景。我说他根本不知道自己生活在这么美好的地方有多幸运,他平静地回答:"是的。鸟儿也能让监狱的院子亮堂起来,

---

[1] Camoëns(1524—1580),葡萄牙著名诗人。

它飞走时都不知道自己来过。"

在丰沙尔（Funchal）的昆塔维吉亚（Quinta Vigia）公园，到处张贴着小告示，上面写着：请珍惜植物。不珍惜都难啊。在马德拉，你清醒地意识到四周植被环绕。植物在温暖潮湿的空气中长得很快。在野外驾车穿行时，你会觉得每一片土地都曾被精心雕琢美化过。很难相信，没有人工设计规划，这么巨大的岩石花园会自然存在。

土壤地面都用于种植，整座山脉的斜坡垒成了层叠的阶地，每一层大多有自己的小水渠，通过近旁的灌溉水道供水。灌溉水道是一个复杂的网状灌溉隧道工程，它让宝贵的雨水能从山顶往下流进大海。普通的灌溉渠宽不过三英尺，深不过两英尺，但是水质干净凉爽，你禁不住想喝一口。渠道工程始于1836年，至今仍在进行中。目前长达435英里，渠道的每一块石头都是手工雕凿和摆放的。

日暮时分，工人下班了，他们不看报纸，而是在花园里忙活着。每家每户的花圃都不小，还有花格架和藤架。每扇窗户前都放着花箱子，最小的院子都种满了棕榈植物和喜林芋，连最简陋的棚屋都被繁花绿藤和香蕉树围绕着。偏远乡村的公路沿线常常种着常春藤，或是百合、蕨类植物等。有时，藤架上的葡萄藤能横跨过高速公路，徒步旅行者能在树荫下很惬意地行走。在丰沙尔中心，有三处幽深的山涧，到了雨季就会有湍急的溪流轰鸣着从上面冲下来，一路向大海奔腾。两岸沿线种满了九重葛和其他开花灌木，它们遮蔽着山涧水道，使条条水流变成了隧道，人站在桥上，山涧上下什么都看不见，只见头顶上的隧道顶，那条长长的、繁茂密实的花带。脚下二十英尺处，水流冲刷而过。

六百多年前，葡萄牙人发现了马德拉，当时这里的山坡全都覆盖着原始森林，没有任何人类涉足的痕迹。植被密度非常大，殖民者决定要把所有树木都烧毁。这想法被证明是很糟糕的，因为这番大毁灭迫使他们再度出海而去。据说大火整整烧了七年才熄灭，而原始森林差不多被销毁殆尽（只有岛屿北部的少数几片地区还有树木幸存）。可在后来的几百年里，这里肥沃的土壤和独特的气候条件再次让一切欣欣向荣。

虽然岛上的原始植物并非独特的热带种群，有大量来自葡萄牙非洲殖民地的外来树种和花卉，它们在此繁衍茂盛，不是因为气温升到很高，而是因为温度从未降到很低。

原始森林未被毁坏的地方，有树蕨和槭树，栗子树和竹子毗邻生长；城镇还有从外面引进的金香木、蓝花楹、木棉树等。

从一方面看，我的伦敦朋友们没说错：大多数来岛上的游客都是英国人。他们乘坐英国船来到丰沙尔，直接入住英国人经营的郊区大旅馆，一住就一两周，也许三周，但是很少再久了。从理论上说，他们打网球或高尔夫球，或是在大泳池里游泳（因为没有什么海滩），聊以消磨时光。可是这些消遣他们也只在有幸遇到好天气时才有，他们的运气一般不太好，因为大多数人是冬天雨季来的。我给美国人的建议是，一定要在干旱季节来马德拉，也就是夏天来，否则他们会败兴沮丧的。

不过，不列颠岛国的民众对偶尔有半小时的阳光，哪怕是阴天不下雨，都甚感欣慰，这也是他们不断将此地作为冬季旅游胜地的原因吧。

我第一次登陆丰沙尔，对其他信息尚不太了解，便跟着英国人住进了巨大的旅馆。那里安静舒适，却像疗养院一样令人压抑。我得在卧室里穿上外套，因为没有暖气，确实如此。（不过，当时美国人冬天去英国，在室内也得添衣服保暖。）透过纱窗的细小网眼，我隐约看到梯田状的花园里有棕榈植物、香蕉树，还有木瓜，植物在零星出现的别墅红瓦屋顶后探出枝丫，再远处就是一片巨大的灰色背景，那是附近的山脉，山顶常年云雾缭绕。每天有好几次会细雨飘摇，仿佛自山脉上的天际抖下了一片雨帘，轻柔地朝我摇摆。等到雨帘飘到旅馆时，一道苍白的阳光早已在远处高坡上的悬崖处闪现，这时穿雨衣的英国游客就会在湿漉漉的花园里兴奋起来。

"我就觉得太阳会出来。"

"多美好，不是吗？"

"可比昨天棒多了！"看到他们对这个貌似糟糕透了的天气还如此欢欣，我简直震惊。

最终让我下定决心从那里搬离的，是单调乏味的"英式"餐。我住进了城里的一家葡萄牙旅馆，那里号称有葡萄牙美食菜单，自此我再也没有回头渴望过烤牛肉和约克郡布丁。这里也没有暖气，不过，一旦有了住房和三顿美味佳肴，一天只需花费两个半美元，你不会再有其他的奢望。

酒饮时尚和其他一切时尚一样，循环往复。在过去几十年里，甜酒并不太受欢迎。例如，我住进葡萄牙旅馆前很少喝波特酒，也几乎没尝过马德拉白葡萄酒。令人惊讶的是，上好的舍西亚尔（Sercial）酒在丰沙尔的任何酒吧都能喝到，几乎和干雪莉一样没有甜味。我不记得自己曾在美国喝过舍西亚尔，不过我觉得这酒在此地非常受欢迎。它有一种难以形容的奢华口感。

可以说，马德拉几乎所有的葡萄酒都有这种口感，但是马姆齐甜酒、波尔酒，包括凡代尔酒都太甜，不适合我的美国人口味。我在丰沙尔的咖啡馆和酒吧里必点舍西亚尔。后来在里斯本，当我发现一般酒吧没有这种酒时，很是恼火，只好将就着喝葡萄牙绿葡萄酒。现在我又回到丰沙尔，这里最简陋的店铺都卖这种酒，太享受了。

身为游客，想要尝遍马德拉葡萄酒的芳泽和口味，最简便的办法就是去参观丰沙尔一家大型出口公司的酒库。你可以在那里享受一小时愉悦时光，坐在满屋子旧式木桶的酒吧里，品尝百年老葡萄酒，酒吧招待还免费向你介绍每个品种的制作技艺，所有酒饮也都免费。

下午两三点，我倚靠在干草堆上，向西眺望。无论从哪个角度看，丰沙尔的风景都是令人不可思议的，就像是19世纪巴洛克风格的画家依照自己的个人想象创造出来的乡村风光。油画布上的笔触充满"诗意的"多样性，那作品就是画家向往回归的家园：背景是高山，飞瀑直下，仙境般的绿野如地毯铺展，花朵明艳极了，还有覆盖着茅草的小屋点缀其间，陡坡的屋顶延伸到地面，茅屋四周遍布着攀缘蔷薇。这样的画面常常出现在杂货店的日历牌上。眼见为实，此时我正置身画卷之中。

我的右侧是一望无际的海洋，那蓝色与海报上的一样，海水深达一千三百英尺，静谧、安宁。我从地图上了解到桑坦纳（Santana）就在海滨，确实如此，只不过它位于悬崖之巅，似乎无人在此上下攀缘。鹅卵石铺就的公路一直延伸到村庄，路宽大约两英尺，石头中间还长着苔藓和小花。很快我就看到有个赤足的农夫穿着手工缝制的古旧服装走过来，就像装饰画里的人物，我问他要一根火柴。他抬起头来，微笑着说："我没有火柴，不过我可以回去拿一些给你。"于是他转身原路往回走。

这事发生得太快了，我都反应不过来。"别，别，别呀！不麻烦了！"我喊道。他继续往村里走。

十来分钟后，他又出现在山坡上，奔跑着过来。我上前迎着他。

他气喘吁吁，依然微笑着，一边拿出刚买的一盒火柴，半是骄傲半是矜持地递给我，仿佛那是珍贵的礼物。我也郑重其事地收下了它。我们点着烟，我端详着他。他大概三十来岁，头发乱蓬蓬的，眼距很开，样貌和我常见的明显不同。就好像这张脸是手工打造，而其他人则是批量生产的。虽然心里这么想着，我还是意识到自己有把未开化的人浪漫化的倾向。可是这一次我很快就确信自己是对的：眼前这位就是我有过对话的第一位马德拉农夫，即便不遇到我，他也早已是极为友好热情之人。这似乎是个好兆头。

我在丰沙尔住过一个月，那地方离这里乘坐公交车要走四个多小时，我问他是否知道这个城市，刚问完我就后悔了。这不是相当于问他有没有去过纽约嘛。丰沙尔在遥远的地方，他解释道，还说他从没有机会去那里。不过，他又补充说，村里很多人去过。接着他问我是否从里斯本来。"不，"我回答说，"从美国。"啊，他叹了口气，若有所思地抽着烟。他有个堂兄弟在美洲避难，确切说是在委内瑞拉。（马德拉有很多人移民去了巴西、委内瑞拉和墨西哥，也有一小部分人去了美国，这种国籍的变化常常被称为"避难"。避难纯粹是出于经济考虑，可是他们不这么解释。当年早些时候好像还有一位美洲来的女士曾住在桑坦纳，她后来又回来了，当然还带了很多钱。）

"是吗？"我说。

"当然了，要是没有钱，她没法大老远地回到马德拉的。"他两腿叉得很开，裸露的脚趾抠在路上软软的黑土中。"你说说，"他突然说道，"为什么在美洲赚钱就那么容易呢？"

"不是的，"我对他说，"也很难。"

他摇摇头："可是如果你每年存一点钱，你就够船费了。在马德拉，哪怕你存了两千、五千，甚至一万埃斯库多，还是不够一趟往返美洲的旅费，为什么呢？"

四周鸟鸣不断，附近有小溪潺潺，只是一时看不见。我没法给他信服的解释，便耸耸肩，说道："是汇率吧。"我心想这也许能让他明白。

他的表情越发严肃起来："汇率，当然了。"我们开始在公路上慢慢地走起来，而后停在了最初经过的木屋前。我问他茅草屋能住多长时间。三四年吧，他告诉我，又说等屋子漏了，主人就会叫邻居来帮他修补。"邻居一定会来？"我问。

他惊讶地瞪大眼睛。"当然会来！"他大声说。

这种事情上拒绝帮忙简直不可思议。附近传来了母牛的叫声，但是看不到它。我把自己那盒三五牌香烟递给他，他又拿了一支。

"这烟不是马德拉的，是葡萄牙的，是吧？"

"不，是英国的，我是在从里斯本来的船上买的。"

"你父亲在里斯本？"

"不，不，我父亲在美国。"

"可是你父亲教会你说葡萄牙语的。"

要解释既不是我父亲也不是葡萄牙人教的，而且我根本不说葡萄牙语，这太费工夫了。于是我说："没错。"（语言方面的问题我算是解决了，我发现大多数说葡萄牙语的人都完全能懂西班牙语，还发现如果仔细听，我也能懂葡萄牙语。于是我们的对话就一直在两种不同的语言中进行，而且任何一方都不会有困难。接受过教育的一方明白这事，可是乡里人，他们大多是文盲，以为我说的是某种葡萄牙语的方言。）

母牛又在叫了，好像就在不远处，但还是看不见。"哪里有母牛？"我问。他笑了。"在牛自己的屋子里。"他回答道，一边指着马路对面的一间小木屋。的确在那里,这是乡村的奇观之一:马德拉人让牛住在大小合适的屋子里,而不是让它们在危险的山腰牧草地里吃草。每头牲口都在自己的屋子里生活,屋子大小正好,就像盘子上扣了个盖子。你能听到、闻到它们,就是看不见它们。

"对啊。"我说,又回到了之前中断了的、意犹未尽的话题,"谁也存不起足够的钱往返美洲。"这话即便不完全对,也差不多是这个道理,因为离开马德拉的人当中,大多数人的旅费是由将要雇用他们的公司来支付的,或者是已经在新世界定居的亲戚们资助的。

"是的,不太可能。"他叹了口气,没再说下去,挺直了身子。

"欢迎来到桑坦纳。"他对我说。

"再见。"我们握了握手,他继续沿着鹅卵石铺的路走下去。

冬季的丰沙尔夜晚多雨。即便天气好的时候,半夜的城里也是一片孤寂。也就是说,你在主街上站一个钟头,都看不到一辆车经过。绵绵阴雨自海边飘来,潮湿的海风掠过街角,人们很少有户外活动。我喜欢在午夜时分上街溜达。这就像是暴风雨中,所有乘客都睡下了,你独自在船甲板上来回晃悠。山涧拱桥上空无一人,连阿里亚加大街上都空荡荡的,除了中央路道两旁的蓝花楹树。从蜿蜒的街道左右两侧望去,只有路灯照着鹅卵石的反光。人们都在百叶窗紧闭的室内。

在小岛上的这个小城,人人谨守规矩。很难找到比丰沙尔居民更遵纪守法的群体了,这大概和警察局的规模有关。夜晚城里有警察巡逻,他们不时在各个隐蔽的大门口出现,一脸严肃,一身黑衣,站在那里,守望着沉寂的街道。我看到他们在郊外高坡山谷的幽黑道路上认真地巡逻,也见过他们站在附近小教堂的门口,或是在幽暗的夜里坐在石凳上,朝着越过屋顶的地方眺望。丰沙尔的大街上没有不法分子出没。街上除了警察,根本没有其他人。

我安排好自己的行程,这样至少能去一趟市府广场。广场上空荡荡的,只有灯光照明,它无疑是世间最优雅的小广场之一。那辉煌的不对称建筑都被白粉刷过,有黑色石头镶边,地面中间铺着抽象的黑白火山岩的马赛克。到了深夜,广场在雨水中泛着光,有一种戏剧性的、奇异的美感。我慢慢地走过那里,深入昏暗的小巷。大教堂的钟声每隔十五分钟响起,声音悠扬悦耳。有时候,我沿着一条山涧走着,自屋顶冲下的流水声会盖过一部分钟声,但无法彻底掩住那声响。

有时候我会走到码头,就是市区的那个码头,它就修筑在很深的海水之上,客船的补给艇在将游客送上岸时就停泊于此,这里也是人们散步的好去处。当然,此地不适于雨夜漫步,这会儿我只听见怒涛拍打海岸陡峭的黑岩,海浪翻滚,彼此撞击。即便站在长长的码头一端,我都能听到每当波涛拍岸,浪头在礁石间相互研磨时低沉的隆隆声。

海岸的地势陡峭下行,从岸边向外不消多远,海水就深达一万三千英尺。正如一本旅游指南所言:"其实这个岛屿就是崇山峻岭的峰巅。"即将入睡之际,这不安的念头有时会闪现(让我联想起牙买加罗亚尔港的命运,夜间地震发生时,港口的一部分就被震断冲入了大海)。此后公鸡的啼鸣又会带来安抚人心的田园生活想象,那熟悉的钟声回荡着,也会让我想起,大教堂始建于15世纪后叶,如果马德拉岛在这漫长的岁月中没有因地震而移位,现在也就不大可能移位了。

今天上午在旅游管理处办公室,一个面色红润的中年英国人找我帮忙。他开口道:"请问,您说英语吗?"我给了肯定的答复,他便继续道,"我希望您能向这位优雅的年轻女士说明一下,我们英国人来这里可不是为了在岛上闲逛的。我们是来运动的。比如说，我喜欢打保龄球，而且得知这里的一个俱乐部有相关设施。不知您能否帮我向她打听一下？非常感谢。"那位年轻女士的英语很不错的，可是他不太相信。于是我撮合俩人对此话题展开了探讨，自己赶紧抽身告退。

来到马德拉，很少有英国人会对这个地方本身产生兴趣。除了仆人和商贩，这里其实并没有什么本地居民。英国游客游离于本地生活之外，就像卖花女穿着"本土"服饰在大教堂门外卖兰花。英国人不断来到这里，除了带给本地一些实际的物质利益，对马德拉人几乎没有什么影响。

假如这期间来的游客全是美国人，那岛上该有多大的不同啊！因为美国人会不停地问：多少钱？为什么是这样？那是什么？在他们无休止的询问下，各种思想被搅动起来，也许很早就会促发社会变革。

事实上，老住民们也发现这个岛一直没有什么变化，连各种古老的交通方式都始终保留着：在丰沙尔街上慢吞吞走动着挂满装饰的牛拉木橇，山路上滑行着手扶式平底木橇，还有能让游客舒舒服服地观赏乡村景色的吊床，这吊床得由两个壮实的轿夫扛着在崎岖不平的路上走。你到了蒙特（Monte），沿着悠长、陡峭的鹅卵石小巷往上走，在巷子尽头就能租到平底木橇，两个橇夫会在你两旁一路快跑，尽力把控好那个奇妙的装置，以防它在惯性上来后失去控制。到了平坦些的路上，他们就像驮马般奋力拉着木橇往前去。

两人汗流浃背，你问他们是否喜欢这工作，他们也许会很吃惊，居然有外国人关心这事。我问他们时就是如此情形，不过他们只是回答道："干啥都这样，但这活比大多数的更吃力，工资也不比其他的高。不过，只要先生您开心了，我们总有机会拿到1先令6便士小费的。"

作为葡萄牙的一个"附属省",马德拉和大陆母国一样,置身于加速的生活节奏之外,这种生活节奏使得曾经参与过第二次世界大战的欧洲各国发生了巨大变化。葡萄牙国内也没有任何社会动乱来搅乱平静祥和的19世纪生活模式。在这种生活模式下,人们只热衷分享他们认为是当代常规生活的东西。因此,这里人们对现状的不满微乎其微。

一天在沃嘉旅馆吃午餐时,我抬头看到十年前在锡兰认识的一个人,当时此人刚放弃茶叶种植不久。"你来这里做什么?"我问他。如果我是在新加坡或中国香港,甚至内罗毕巧遇到他,我当然会非常惊讶。可我居然是在这里遇见他的,于是就这一点向他表露了我的惊讶。

"我就住这里,"他说,"而且我还想长留下来。只要找到合适的住处就行。"马德拉当然是个安静的地方,偏僻到很难对世界时局感情用事,这地方也渺小到不会有什么骚动。生活在这样的岛上必然很平静。可是马德拉人多少还是相当的自得其乐,虽然他们也抱怨这遗世独立的境况。

节日来临时,所有的丰沙尔居民都会去山腰举行庆祝活动。在高出城市两三千英尺的地方,在草木丛生的山坡上,有着好几处公园。其中一处曾经是私人领地,现在,每逢特定日子会向公众开放。这里也聚集着最大的人群。中午时分,有载满乘客的公共汽车队伍从丰沙尔主街上经过,我就登上其中一辆,加入上山巡礼的队伍,车子绕着回旋的山路往上开。最后一英里非常陡峭,大家得下车步行。沿路都是提供食品、饮料和鲜花的摊点。人群四散着往上走,大家都各买各的,有人还敲起铃鼓,拉起手风琴。公园本身非常漂亮,位于明艳的山坡岬角上，石阶相通，扶手相连，花园遍布。我感觉那里简直是遍地鲜花，地上、树上、行人手里，满眼是花。公园里去了大约三万人，大家兴致勃勃，情绪高涨。每个人脸上都洋溢着欢乐，而且所有人，包括孩子，还有那些不停地在沿路的乡村葡萄酒售柜前驻足的人，人人行为都礼貌得体。

小轿车在马德拉显然毫无用武之地。这里的道路很少，又狭窄弯曲，你会很乐意把驾驶运动留给那些一生专职于驾车的人。大多数出租车都是小型现代厢式轿车，不过享乐主义者会中意为数不多的老式帕卡德旅游小汽车，它们是20世纪20年代中期的经典车型，从头到脚就适合山间驾驶。起初我想租一辆帕卡德前往桑坦纳，可后来我坐了几次短途公交车，便决定还是用公交车好。它们舒适，而且定期前往岛上的各个地方。每辆车都有鲜花点缀，大多是玫瑰和茉莉，挂满了整个车厢。每当有马德拉的妇女乘车，上车时差不多总有人会递给她至少一束花（常常是一把有着几十朵兰花的花束），到站时她会把花递给来接她的人。

马德拉人酷爱新鲜空气。他们唯一挑剔的就是气温太高了，这种批评随时随地发生，包括仲冬时节到处都并不那么热的时候。身为自然之子，他们喜欢四周流动的空气，会打开所有车窗，让风儿吹过整个车厢。

此时你正穿越整个岛屿前往北部海岸，去法亚尔（Faial）或桑坦纳。从车站开出不到三分钟，就开始了差不多两个小时不停歇的爬坡路。除了市中心，丰沙尔就是一面巨大的带花园阶台的山坡地，每个花园建有自己的小房子。少数几条公路蜿蜒地沿着陡峭的山坡向上伸展，每个转弯处，在为徒步者开辟的阶梯旁，都开辟出小小的观景台，无尽的阶梯继续通往下一个转弯。起初，你从公路的几个拐弯处可以回望沿海岸展开的丰沙尔,那里的建筑渐渐变小,港口的客船越来越像游艇,而大西洋逐渐开阔,越发平静幽蓝。

空气不断变得更加凉爽,山上森林的沉郁氛围让空气凝重起来,高耸的树木遮蔽了阳光,把人笼罩在潮湿的夜晚寒意里。突然,眼前的景色失去色彩,公交车进入了云遮雾绕的阴影地带,这里通常连山尖都看不清。你想要把旁边的车窗关上,不喜欢这空气,可是其他乘客显然很享受吹进来的寒风和潮湿的植被气味。

车子绕过一个急转弯,你抬头往前看,只见一道道白色的云雾缠绕在树枝之间。厚重的雾气被抛在了身后,汽车从低沉的云层里挣扎浮出。你用力凝视森林深处,明白树叶正擦着车窗,可眼前只有流水潺潺的石壑,还有沿着沟渠的百合花与蕨类植物。远处的一切都遥不可及。突然间你置身于灰色的云雾世界,此外什么都看不到了。缓慢爬行的车子亮起前灯,但无济于事。断续的聊天声也彻底停下了,有那么片刻,只听得老旧的引擎在低挡位奋力轰鸣。接着,每个人又不约而同地说起话来。在这样幽黑的地方前行,一切都看不见,保持沉默太让人难受了。车子不断往前攀行,绕弯,向上,空气更冷了,有几个马德拉人甚至把车窗都拉上了。

只有当车开到了树顶线之上,当风儿呼啸着掠过裸露的山巅,耀眼夺目的阳光才突然普照下来。奇异的云朵从岩石后面浮现,在眼前迅速幻化变形,自山坡直入你身后的深渊。一瞬间,这里宛若《诸神的黄昏》中的豪华阵容。从这里开始,一路起起伏伏,穿越山谷,沿着悬崖边缘前行。车子蜿蜒绕过一个弯道,稳稳地行驶着,再下面大约两千英尺的地方就是一个村庄。半个小时后,汽车摇晃着穿过村里的主街,教堂尖顶钟声回荡,你也颠簸地经过了阳光普照的广场。几个站点都很安静,你坐在车上,可以听到路旁水渠汩汩的流水声。当你终于到达目的地,会明确感觉身在异处,仿佛跳脱出了时间。你花了62美分,路途遥遥地穿梭到了往昔。鸟儿欢唱,人们成群地坐在溪水旁,编织着柳条筐,奶牛的叫声从小屋里传来,你真切地明白自己身在何方,就在日历牌的画面中。

你也许很快就会返回丰沙尔,可这并不重要。此时你明白,确实有这样的地方存在,而且只要你愿意,还可以重回这地方,这样的确信让你心满意足。

西迪胡斯尼[1]的舞会

原载于《文化》（1961年第2期）

胡斯尼宅邸，丹吉尔卡斯巴

芭芭拉·伍尔沃斯·赫顿夫人荣幸邀请阁下光临卡斯巴舍下于8月29日晚10:30举办的屋顶舞会（若天气允许）。敬请正装出席。敬请回复。如遇起风，主人将邀您改日再访。

尽管有风，直布罗陀海峡还是让此地的夜晚寒冷多雾。我们事先受邀前往旧山参加晚宴。一些客人在室外水池旁就餐，头顶上树木凝结的水滴落在身上，周身水汽缭绕。临近午夜，我们一行二十来人动身出发，分乘六辆小车，沿山路往下行驶，穿过雾气进入丹吉尔。我坐在女主人的车里，提议抄近路走哈斯诺纳（Hasnona）进入旧城区，这样就能比其他人更早一点到达，也容易在苏丹宫殿前的广场上

---

[1] Sidi Hosni，丹吉尔卡斯巴南部一处历史建筑。有"珠宝女王"之称的芭芭拉·赫顿（1912—1979）曾在1947—1975年间居住在此。

找到车位，那里早就乱七八糟地停满了车子，警察对此也一筹莫展。我们步行穿过臭烘烘的小巷，走下破旧的阶梯，大家速度很慢，因为对女士来说，这段路很难走。摩洛哥人站在他们狭小房屋和店铺的门口看着我们列队缓缓经过，仿佛观看游行。

丹吉尔自1955年与摩洛哥其他地区合并之后就成了国际化都市，所以，欧洲人夜里在土著区溜达是否危险就不再是问题了。任何人在任何时候都可以按自己意愿出行，不用担心有危险。这种理想化状态的成因在于，进出城区必经警方和海关的彻查，这就遏制了摩洛哥人内心所有的犯罪念头（几乎所有卡萨布兰卡的摩洛哥人都是"新兴无产阶级"，这个词还是法国人独创的），将犯罪摈弃在丹吉尔这个悠闲富人遍布的城市之外。

随着独立的到来，当地的黄金时代也骤然终止。同时，仆人们开始抱怨每月七美元到八美元的工资，开始要求能获得十美元，甚至十五美元的月薪。麦地那的街巷出现了抢劫犯，专抢那些粗心大意的欧洲人的钱包和手提包。从外国居民的角度看，同样令他们不安的是本地涌现了一群之前从未出现过的摩洛哥人，他们是有着政治意识、倾向于马克思主义的普通百姓，在他们看来，那些靠他们收入为生的人都是邪恶的，摩洛哥的所有欧洲居民，无论有钱没钱，必然是不受欢迎的。

有了这样的想法，很多计划前往赫顿府的人都心存担忧，就怕保护客人安全的警力会不足，担心"流氓"会在他们抵达前进行骚扰。可是，警方并不是每晚都有这种赚外快的机会的，所以他们格外认真尽职，不时对外国人微笑着，看着他们小心翼翼地走在脏兮兮的过道上。邀请信措辞有误：西迪胡斯尼舍并不在旧城区，而是完全在它之外，在城墙下面。

当我们来到胡斯尼宅邸时，已经有一群摩洛哥人沿着圣人墓地的栏杆站着，看着下面官邸的入口处的动静。我们又走过一处警戒线，一队人站在门口，核对完我们的身份，就放我们进去了。很快，我们就被引荐给女主人，她就站在门口一小段阶梯的尽头。她身后，再往里，有两百来位客人已经在消遣作乐了。不过由于房屋设计得好，建筑内各处的客人都不算多。这个印象此后得到了证实。我们走进房屋，其中一些房间完全空着，另一些屋子里有十人到十五人。大家都有一定的活动，一群群说着意大利语或法语的客人匆匆经过，正寻找其他人。在一处半开放的露台上，可以俯瞰一处昏暗、靠灯光照明的天井。露台上有三四十人坐在桌旁进餐。侍者从各个方向涌过来。

一位西班牙朋友埃米利奥招呼我们，此人刚从马德里飞过来，才下飞机不久。他来此地见山姆·斯皮格尔[1]，为此写了一个电影剧本。我想与他聊聊剧本，可是他更热衷于向我们展示一块红色天鹅绒，它就挂在里屋的墙上，还保了一百万保险金，于是大家前去观赏。到了里面，我这才明白保险的具体细节，因为那块绒布挂饰最早是某位贵族的财产，有一条大约一英尺长的镶边，上面镶嵌着硕大的珍珠、红宝石和绿宝石等。我细细端详，并告诉大家，其中一个图案的中央有一颗特别大的绿宝石不见了。简正坐在挂饰的下面，背后的几个靠垫上也缝着珍珠和蓝宝石，她紧张地跳起来说："我们还是坐到其他地方去吧。"我早已发现客人当中混着丹吉尔的便衣警察。

附近房间传来了本地音乐的声音。我们朝那个方向走去，半路碰到一位老人，他是丹吉尔本地居民，他叫住我们，说道："这房子很漂亮，是吧？"我们表示认同。"这可是最后一幢摩洛哥豪宅，不会有

---

[1] Sam Spiegel（1901—1985），美国电影制片人、作曲家。

第二处了。"（房子每一平方英寸的石膏贴面上都是手工雕刻的花边状阿拉伯图案。）这位老先生解释道，"光是抹石膏这个活，一群工人就花了超过十年的时间。我以前常常过来看这些人干活。这个老工匠从非斯过来，当然，他现在已经过世了。那些人都过世了。你注意到那个雕刻的角度没？它根据高度渐渐变化。在视线高度下面，它们是朝一个方向倾斜的。在视线高度上，它们是水平的。在十英尺高度，它们又朝着另一个方向微微倾斜。瞧那上面，"他指着我们头上二十五英尺高的墙顶，"倾斜度不断加大。现在没人知道这是怎么做到的。"我说这太有趣了，之前我还从不了解这个。"哦，是啊，"他说，"否则你这样看上去就不会产生同样的深度上的幻觉了。这是一所美丽的房子。"我们再次表示认同，而后走进了那间传来本土音乐的屋子。

在地板上宛如座座山堆的靠垫中，倚靠着十来个戴着头巾的摩洛哥人，他们用手鼓、铃鼓、鲁特琴、三弦琴等演奏着音乐，两个身穿本地传统服装的年轻男舞者（他们总是打扮得像姑娘）跳着略嫌拘谨的肚皮舞。房间角落里蹲着一个穿着深红色"萨鲁勒"[1]的上了年纪的摩洛哥仆人，身旁是一面巨大的由花卉组成的美国国旗。茉莉花和木槿间隔摆放形成了条纹，在颜色最深的一角，是缀满星星的正方形，是由我辨认不出的蓝色花朵摆成的图案。老人生怕有人踩到花上，有人告诉我说这国旗花图案就是他的作品，他用蜡烛把整面旗围起来，不过没点着蜡烛。一位英国女士经过时说："美国国旗，真贴心！"老人抬头略显怀疑地看着她。

到处都有吧台。因为我们都不喝酒，就没停下脚步。在一个房

---

[1] Serrouelles，一般写作sarouel，一种当地风格的宽松长裤，在20世纪90年代发展为现代哈伦裤。

间里，半墙高的地方有一个差不多隐形的阳台，雕花木墙后传来钢琴弹奏的莫扎特奏鸣曲。我想找到声音的位置，去看看演奏者，发现一个身穿燕尾服的男人端坐着。一个肚皮舞舞者扭动着进了房间，在客人中间轻快打转，抖动脖子和肩膀，但节奏与整体氛围格格不入，拿撒勒乐曲干扰了他，他迅速调整回自己的音乐。简突然看到一个从拉巴特来的熟人，她想问他一些政治方面的消息，便丢下我，随此人而去。我漫无目的地走到一处小平台上欣赏夜景。雾气冉冉，城里皓月当空，总之是个天朗气清的夜晚，除了穿低胸装的女士们可能觉着有点凉。一位白俄罗斯女士走过来，告诉我说有三十多人被拒之门外。其中，有的还有邀请函，都是他们老老实实从摩洛哥人那里买的，据说后者很可能是偷到了邀请函（前几天，价格炒到了两万法郎一张），还有的根本没有邀请函。一位美国女士，此人是当地一位银行家的夫人，她盛装前来，被拒绝入内时变得歇斯底里。警察让她赶紧走人，她尖叫起来："你等着瞧吧！""真不可思议。"我对白俄罗斯女士说道，然后决定转身回去吃点东西。

　　食物非常丰盛。我注意到有几只巨大的龙虾正等着被肢解。邻座是一个英国人和他妻子，他们似乎认识我，不过我没印象了。突然，那位妻子盯着自己的胳膊，一脸的不可思议，她对丈夫说："不见了！"丈夫露出惊讶的表情，问："哪个不见了？""那颗白金的葡萄。"她边说边站起身，焦急地四下张望。"抱歉。"丈夫说道。两人迅速离开桌子，走开了。

　　不久，简和一些朋友过来。"你问到了想打听的消息没？"我问。"问到了。"她回答道，显然心情不错。我们走上一段长阶梯，来到一处宽敞的露台，那里站着百十来人，个个聚精会神的样子。再走上一段楼梯，到达了最顶上的露台。这里建有一个大舞池，穿着奴隶服装的摩洛哥人正在往上面撒蜡粉，小心翼翼地撒出一些小小的图案来。露台上还搭着一个亭子供乐队使用，乐队正在演奏拉美舞曲。赫顿府对面高处有十五间或二十间本地风格的房屋，这些建筑最近刚粉刷一新，木结构也新刷过，整体熠熠闪亮。所有的窗口和房顶边都站着看好戏的摩洛哥人。不过，虽然对这些人而言，看晚会就像在看娱乐表演，但他们灯火明亮的住所显然为晚会提供了漂亮的背景，而且，这边屋里的事根本引不起我的兴趣，最令我兴味盎然的，却是这极为出人意料的戏剧化景象：在城镇一角的高处，一排排遮得严严实实的女人一动不动地坐着，观望着。露台的另一边是本地民居，那里地势陡峭，一直向下延伸到港口，一层层平坦的白屋顶在月光下形成阶梯。我遥望着附近的房顶，眼睛适应了夜晚的幽黑，发现四周全是盯着我们看的摩洛哥人。有些人裹着毛毯，躺在席子上，有些靠在小窗口边，还有一些直接盘腿坐在月光下的露台上。他们似乎彼此并不交谈，显然这些人得一直盯到晚会结束，不想错过任何一幕。我对简说起了那位丢了手镯的英国女士。"没事的，"她说，"每位客人都保了一百万法郎的保险。"我正想问问清楚为什么偏是这个数额，她说觉得冷，于是我们往下走回了室内。

　　这会儿屋里的客人又多了几个，那里还有摩洛哥乐手，空气里尽是大麻烟叶的气味。大家都抽得腾云驾雾，摊开手脚倒在靠垫上。有人仿佛自言自语地唱着，有人断续地击鼓。不久，那位老人开始点上那些围绕着那面花朵搭成的国旗的蜡烛，跳舞的小伙子们站起身，拉紧腰带，扶正头巾，再一次跳起古老的舞步。他们显然抽了太多的烟，表情和动作都更显妩媚，那恍惚状态一时半会儿不会消退。音乐也更动人了，尤其是节奏。一位舞者梦游似的朝着长沙发的方向狂热地舞动，那里坐着两对美国夫妇，一位欧洲女士，还有她的摩洛哥情人。舞者来到摩洛哥人的正对面，冲他行了一个传统的鞠躬礼，并站直了身子，伸出两条手臂。那摩洛哥人把玻璃杯交给身旁的女人，也站起身来，两人像煞有介事地面对面跳起很长的一段双人肚皮舞，就像在山区小镇的帐篷咖啡馆里经常出现的一幕。谁都没太关注他们。另一位舞者挑选了一位英国客人的儿子，邀请他跳舞，后者就跟着跳了，不过他大概只是觉得有趣，其实根本不懂舞步。就我所知，他正在秀伦巴舞。跳了整整五分钟，他停下来，冲着小伙子夸张滑稽地鞠了一躬，就转身出去了。那位摩洛哥客人是除仆人外为数寥寥的穆斯林之一（不包括便衣警察），他倒是不停地跳着，直到音乐结束，然后从口袋里掏出一张一千法郎纸币，舔了一下，将钞票贴在小伙子的前额。小伙子跳下一支舞时依然贴着钞票。

一些从格拉纳达来的吉卜赛人似乎专门提供娱乐消遣表演。大伙儿都往大露台走，要去看这些人表演。我们也朝着那个方向走去，发现那里早已满客，根本挤不进去。于是我们决定再往上走走，从平台上往下看。半道上，我们遇到正往下走的女主人。"快来看吉卜赛人表演。"她说。"都满了，"我告诉她，"我们确实想试试，到上面往下看演出。"她耸耸肩："是吗？他们叫我下去看。"她继续往下走，我们则向上。来到天台，我们跪坐在垫子上，往下看去。我还看到对面高处那些一动不动的穆斯林也正在自家屋顶上观看，我怀疑他们是否能看到露台上的方丹戈舞步。天台上一处稍远一些、灯影幽暗的地方，有几个人靠着枕头席地躺着，一边聊天，一边抬头看月亮。舞者就在我们正下方，不过有时看不见他们。这些人格外专业，吉他手也是，他们全都举止严谨，弗拉明戈舞表演者都如此。在天台的西侧有一个用锦缎、羽毛和长矛做成的宝座，晚会期间，女主人可以在那个角落接见特殊客人。我没见她用过这个宝座，不过，两天后的伦敦《每日邮报》（*Daily Mail*）登了一张照片：她坐在那里，被朋友们簇拥着，就在黎明前不久。

凌晨三点后，我们都昏昏欲睡，也很担心自己得一路走下山，穿过麦地那，在佐科契柯广场打出租车，因为任何交通工具都没法来这大宅附近，周围也没有出租车出没。其他人没这么早就离开的，好在有位客人在警察局里有熟人，最后来了个出租车司机，在上面街道的人群中等我们，把我们领到旧城广场他停出租车的地方。到家后，我睡意全消，决定录制宣礼师的祈祷呼唤。每年的这个时候，黎明前的祈祷呼唤大约从四点十五分延续至四点四十五分。凌晨五点刚过，我就上床了，听着录音重放。我之前在窗口录了无数次祈祷呼唤，每次都是尖塔处传来的很多不同声音的吟唱组合，背景声十分丰富，有鸡鸣、狗吠，还有驴叫，但今天的背景声里还有隐约的拿撒勒音乐不时在周围飘荡，应该是舞蹈乐队在赫顿府楼顶的演奏，就在东边整整1.5英里的地方。我睡下了。第二天，我听说舞会到上午九点才完全结束。

［8月27日，晚会前两天，摩洛哥当局停刊了两份供丹吉尔外国殖民者阅读的当地报纸，即日报《摩洛哥快讯》（*Dépéche Marocaine*）和周报《丹吉尔公报》（*Tangier Gazette*），都是摩洛哥最老的报纸，而对英文报纸的压制自1883年开始就出现了。这一事件引发了恐慌，因为之前在摩洛哥新闻界爆发了一场野蛮的运动：一位美国编辑，他被人抨击为外国殖民者的傀儡，而人们断言后者是一群由"强盗和走私者"组成的队伍，应该驱逐出境。这场暴力攻击让很多人感到震惊。很可能在不久的将来，针对丹吉尔的外国居民，还会有比这更强烈的冲击。问题在于，没有了这些事件的威胁，养尊处优者和饥寒交迫者之间的差异究竟会有多巨大，而这些事件的目的正是试图竭力缩小这样的差异。］

塔塞姆希特[1]之路

原载于《假日》（1963年2月）；《绿首蓝手》（1963年）

每次我离开丹吉尔出发向南，家里就会一派灾后凌乱破败的样子。此行出发的前一夜，房间里照旧又是凌乱一片。几个箱子里装着一罐罐食品，卷起的毛毯和枕头堆在客厅。大片空间里到处散落着各种录音设备，一卷卷电缆线压在便携式丁烷炉上，装磁带的盒子盖住了公路地图。仆人们怕我出门在外会忘记给他们买捎带回来的东西，就不停让我把物品名称写下来。法蒂玛想要的是一条白色的羊毛毯，至少得八米长，米娜要的是镀银的圆托盘，有可拆卸的三条支架。两人措辞谨慎地坚持说，按照惯例，等我回来后这些东西的费用就从她们的薪水里扣，我也是同意的，虽然大家都心知肚明从不会有扣钱的事情。根据摩洛哥的礼节，主人旅行归来时要给所有人带纪念品。他走得越远，在外待得越久，礼物就该越丰富实在。

在这个国家，人们常常黎明前出发。清晨祷告召唤结束后半小时，宣礼师将尖塔上的灯光熄灭，还得有半小时天才会亮。公鸡齐声

---

[1] Tassemsit，摩洛哥南部一峡谷小镇。

打鸣，大合唱一直回荡在城市的屋顶，直到破晓。此时最适宜出发，东方露出鱼肚白，所有景物在东方天际下都幢幢黑影，被映衬出清晰的轮廓线。日出之后，克里斯托夫和我已经在乡野深处，一路驱车，不时有峰回路转，牲口当道。空荡荡的高速公路一直向远方延伸，在辽阔的田野上一望好几英里，沿途不见任何广告牌。

1959年下半年，我在摩洛哥一带走过了差不多2.5万英里的路，靠洛克菲勒基金会的资助，为国会图书馆录制音乐。素材的质量棒极了，不过人都有偏好，经过大量的聆听，我发现自己最感兴趣的是那些在小阿特拉斯（Anti-Atlas）西部山区的塔弗拉乌（Tafraout）录制的音带。当时我只录了六个选集，现在很想再过去多搜集一些，尽管这一次没有摩洛哥政府的协助。根据我的内陆行程表，那里长达1370公里的范围是在丹吉尔和塔弗拉乌之间，公路路况全程都不错。经由拉巴特前往马拉喀什的直达路线地形平坦，也有一定的交通量。我们之前经过的那片人迹罕至的内陆路线得穿过里夫山脉的西面山麓，还得爬过中阿特拉斯山，要多花一天时间，不过沿途各处景致优美。

过了舍夫沙万，我们沿着卢科斯河（River Loukos）前行了片刻，一旁的峡谷底下溪流清澈，水声潺潺。克里斯托夫开着车，提议该吃午饭了。于是我们停下车，在一棵古老的橄榄树下铺好毯子，一边吃着午餐，一边聆听一旁的溪水流淌过石头。溪流两旁是悬崖峭壁，周围不见人影，也没有民居。我们再次出发。半小时后，车子拐过一个弯道，我们看到前方有一个人脸朝下俯卧在铺过的公路路面上，他的脑袋被外衣盖住了。一个念头瞬间闪过：是个死人。我们停车走下，轻轻戳了戳那人，他坐了起来，揉着眼睛，咕哝着，一副被人弄醒后很烦躁的样子。他说这干净、光滑的路面可比旁边的碎石地面睡起来舒服多了。我们提醒他这么做很容易被轧死，他用乡下人很清晰的逻辑回答说这不还没人轧死他嘛。不过，他还是站起身走下高速公路几码远的距离，接着又一下子躺到了地上，把外衣的风帽遮住脑袋，重新回归惬意的梦乡。

次日，天气更热了。我们慢慢地沿着中拉特拉斯山区的缓坡往上行驶，一路是蒙蒙灰色、闪着光泽的风景。矮小的榭木上光滑的叶子，甚至是下面裸露的根基部分，都反射着头顶的炽烈阳光。继续往前，到了山脉的南坡，我们经过了一具破损不堪的尸体，那是一只巨大的黑猩猩，准是来不及跑下公路。这情形很少见，因为猩猩一般都待在远离公路的地方。

整个下午，我们一直在地势渐渐下行的山谷里迅速行驶，就在中阿特拉斯和大阿特拉斯山的中间地带。夕阳在眼前下坠，月亮在身后升起。我们喝了热水壶里的咖啡，盼着能及时赶到马拉喀什找到东西吃。摩洛哥新政府让各地较早结束营业时间，而此前的夜晚无非是白昼的延续。

月光洒在空荡荡的荒原，绿洲浮在光亮上方，一片幽暗。高高泥墙和甘蔗林之间的高速公路向前绵延几英里，再高一些的是枣椰树黑色交错的影子，映衬着璀璨夜空。突然，泥墙和绿洲消失了，前方沙砾遍地的大漠上耸立着一座巨大的新电影院，四周点缀着彩色霓虹灯管，铁皮和稻草搭起的贫民窟窝棚散落在影院周围，就像村里的木屋围绕着教堂。摩洛哥的穷人既不住在乡村，也不住在城市，他们来到城墙外围，用能够找到的各种材料修建起一堆堆模样寒碜的低矮居所，居住其中。

马拉喀什这个城市幅员辽阔，桌面般平坦。起风时，平原上粉红的沙尘飞旋在空中，遮天蔽日，整个城市就像被刷了层粉红泥土，泥粉残留在建筑表面，闪烁着灾变的红光。到了夜晚，透过车窗看去，这里和我们西方的城市很像：绵延数英里的街灯直直地划过平原，只有在白天，你才发现这些灯光照着的地方只不过是空旷的棕榈花园和沙漠。多年以来，麦地那的外围地带都可以有汽车和马车行驶，现在依然有大量汽车和马车，但要在迷宫般蜿蜒的街巷中行驶小车，周围还充斥着众多搬运工人、自行车、手推车、毛驴和普通行人，驾驶者可得有十足的勇气。此外，要细细观察麦地那只有步行。为了真正身临其境，你得踏足尘土，感受扑面而来的泥墙那热烘烘、风尘仆仆的气息。

到达马拉喀什的那天夜里，克里斯托夫和我走进麦地那中心的咖啡馆。在星光下的屋顶上，店员摊开了席子、毛毯和垫子，我们坐下来喝着薄荷茶，享受着凉爽的微风。午夜后这清风才拂过城市，而之前阳光下聚积的炎热也散去了。这时，在下面寂静的街道上，传来一阵阵奇怪的、爆破般的喊叫声。我探身朝三层楼下的昏暗步道望去。在几个夜行人中，出现了一个虚幻、幽灵般的身影，正在舞蹈。影子飞奔着，又停下来，反重力地猛跃入空中，仿佛被脚下的地面反推了一把。每跳一次，那影子都喊叫着。没有人关注他。等那人来到咖啡馆下，我辨认出是一个强壮的年轻男子，几乎赤身裸体。我看着他消失在黑暗中，但很快他又出现了，跳着同样的幽灵般舞蹈，不时野蛮地朝着其他行人冲过去，但每次他都及时止住脚步，不碰到对方。就这样，他在街巷里来来回回地穿梭，持续了大概一刻钟时间，直到泡茶人走上楼梯来到屋顶我们坐着的地方。我冲着他很随意地问道："下面怎么回事？"尽管从各方面看，很明显这就是疯子在街上撒野，但是在摩洛哥，其中的区别比较微妙。有时候你会发现，这样的人只是圣灵附体，或是身体不适。

"啊，可怜的家伙，"泡茶人说道，"他是我的一个朋友，我们曾是同学，此人学习成绩很好，还擅长踢足球。"

"发生了什么事？"

"你以为呢？女人呗，总是这样。"

这倒出乎我意料："你是说他让女人给迷了心？"

"还能怎样？最初他就这个样子——"他垂下下巴，嘴巴往下张开，目光凝视着什么地方，很空洞，"几个星期后，他撕扯自己的衣服，开始乱跑起来。打那之后，他就这样跑着，无论是夏天还是冬天。那个女人很有钱。她死了丈夫，她想嫁给阿拉勒，可那男人家世好，家人不喜欢她。所以她暗暗诅咒：'别的女人也休想得到他。'所以她就让他成了这个样子。"

"那他家人呢？"

"他不认识他家人了，就在街上游荡。"

"那个女人呢？她怎样了？"

他耸耸肩："已经不在这里了。她搬去了其他地方。"这时喊叫声又开始了。

"可他们为什么让他在街上这么跑呢？难道不能为他做点什么？"

"哦，他不会伤害别人。他就是开开玩笑，喜欢吓唬人，仅此而已。"

我不甘心地继续问他："那他是疯了吗？"

"不，只是开玩笑。"

"啊，是吗？我明白了。"

一天黄昏，穆莱·卜拉欣邀请我们去喝茶，此人是之前帮助我们联络音乐家的一位摩洛哥朋友，就住在露天染坊附近的公寓里。公寓在二楼，共有十来间屋子，围绕着一个露天庭院，庭院中间还有一个废弃的喷泉。女人们不允许进入大楼，公寓是专供那些离开家园和家人的男人租用的。那里没有一样有形的物品能让人感受到传统摩洛哥生活的存在。

穆莱·卜拉欣极具那个时代的战斗精神，几乎完全生活在抽象之中。他大多时间都是平卧在垫子上，脑袋靠着一台很大的短波收音机。他知道雅加达现在几点，知道这会儿尼日利亚代表在联合国是什么地位，也知道塞古·杜尔对恩克鲁玛[1]说了些什么关于纳塞尔的话。收音机从不停歇，除了他得不时地等上五分钟，等着开罗或大马士革或巴格达的节目开始，他对那无聊的五分钟一直很不耐烦。他追随冷战的进程，就像象棋比赛的旁观者，对此加以严肃评论，指出双方的破绽。他只赞同中立主义的意见。黄昏时，我们围坐在那台发出暗光的收音机旁，听着它咝咝噼啪声。穆莱·卜拉欣沉默地递给我们基夫烟，一面专心地关注着仪器面板，带着对此领域了如指掌的行家表情，一挡挡地调整着静电噪声。一刻钟过去了，没有任何节目被调出来的迹象，只有持续的干扰声。他的表情始终不变，早已知道如何等待了。时刻会听到点什么，会分辨出什么来。接着他会放松一下，此时，那个送茶点的侍者托着一个大盘子过来了，他穿过庭院，摆好茶杯，用双手揉搓着薄荷，再将它放入茶罐。很快，穆莱·卜拉欣已经不满足于只接收到BBC对中东的广播，他又开始了艰苦的搜寻，去寻找那些无从寻找的频道。

其他房间的客人也走进屋子，蹲坐下来，可这些人除了散漫闲聊，也帮不上什么忙。他们凭着经验都知道，进了穆莱·卜拉欣的房间最好保持安静，别说话。某个时刻，当扩音器传出一阵子某个特别含混的声音，我鲁莽地让他再调整一下。"不，不！"他喊道，

---

[1] Sékou Touré（1922—1984），几内亚政治活动家，几内亚共和国首任总统；Kwame Nkrumah（1909—1972），非洲独立运动领袖，加纳共和国首任总理及总统。

"这就是我要找的。我这里有五个台,有时候其他台也会混进来。这地方能同时发出所有声音,就像在咖啡馆里。"对穆莱·卜拉欣这样年轻而失去文化传统之根的摩洛哥人而言,收音机本质上既不是娱乐工具,也不是信息载体。它是一条形而上的脐带,是一整套的存在形式,是让他感觉自己与生活保持沟通的基本支持。

最后,我们对他说时间不早该告辞了,他很不情愿地从收音机里回过神来,起身带我们上街来到药材市场,我曾说很想去那里。如果你想买到下蛊的巫药,就该去那里看看。市场上一排六个铺子,上面放满了鸟类、爬行动物、哺乳类动物的部分风干尸体。我们慢慢地逛着,细细端详牛角、羽毛、毛发、蛋、骨头、翅膀、腿部等,门口拉着的线上都串着各式价目表。我心里想着倒霉的阿拉勒,还有那个有钱的寡妇,还对穆莱·卜拉欣讲起了阿拉勒。他认识此人。他说,马拉喀什人人都知道这个人,还指着我们面前的一排排玻璃器皿补充道:"这里的这种生意,你们想买什么都有。不过你得弄明白怎么把药混合起来,这就需要行家了。"他意味深长地抬了抬眉毛,朝最近的一个摊贩走过去,咕哝了几句。那人拿出一包装着细小颗粒的东西。穆莱·卜拉欣细细看了好一会儿,买了五十克。"这是什么?"我问他。但是他还沉浸在自己暂时身为神秘巫师的角色中,只是晃了晃纸包里的颗粒,然后说:"很特别的东西,非常特别。"

塔鲁丹特(Taroudant),1961年10月6日

精彩的一天。天空像一只蓝色的珐琅碗。正午时分我们离开马拉喀什,直接驱车,穿越过仅高于平原三千英尺左右的峡谷地带前往维尔噶尼(Ouirgane)。在"吸烟野

猪"（Le Sanglier Qui Fume）的户外阳光下吃午餐。餐桌就摆放在一只老鹰和一只猴子之间，两只动物都被拴上了铁链条，它们用怀疑的目光盯着我们吃饭。附近地势稍低处，隐藏着一条小河，河水哗哗地淌过岩石。大拉特拉斯山区阳光炙热，酷暑难耐。吃饭时店主给我们递来了用柔软的旧稻草做的宽边帽，让我们戴上。一只被驯服的鹳鸟俨然主人般大摇大摆地绕着我们走，鸟嘴在所有东西上都探一探。不过那猴子很谨慎，它一手握着一根长长的竹竿，每当鹳鸟走过，猴子就很耐心地想把它绊倒。饭桌上样样都可口：开胃菜、蛙腿，还有辣椒鸡。老板娘是匈牙利人，她说一直盼着途经维尔嘎尼的人中会有人说她的母语。"或者至少了解布达佩斯。"她补充道。显然，我们让她失望了。继续往上前行，来到提吉泰斯特山口（Tizi-n'Test），接着就翻过山。苏斯（Souss）山谷雾霭弥漫，烟气腾腾，只看见小阿特拉斯山脊边缘长长的坡道，仿佛自空中向南飘浮着，绵延五十英里长。下面是烟雾缭绕的海湾。晚上七点时我们到达塔鲁丹特。城墙内到处酷暑炎热。卸掉行李时，一群格纳瓦教徒在街上慢悠悠闲逛着经过。我想从一扇门里出去到天井里，可是门锁着。我从缝隙里张望，看到这些人提着蜡烛灯缓缓走过。鼓声在风中飘荡。

过了塔鲁丹特，接着是提兹尼特、塔努特、提尔米、提弗米特。热辣辣、灰扑扑的山谷遍布光秃秃的山脉，无叶的摩洛哥坚果树点缀其中，树木也仿佛阵阵的烟雾，一片灰蒙蒙。有时，谷底的大圆石间会有干涸的溪流，周围遍布被蝗虫毁坏的枣椰树，枝丫就像破伞的伞架。山脉一侧公路下面一千英尺的地方还有一个阶梯形村庄，俯瞰下去就像平屋顶的抽象设计图，有些泥土构建的房屋就是泥土色，有些房子则呈明黄色，那是因为有玉米晒在阳光下。到处有坚果树，数量成千，树木敦实多刺，就长在岩石上，岩石隐藏在树木明暗交替的阴影下。树木就在这不毛之地繁茂地生长着，而那里甚至连野草或仙人掌都难以生存。鳞状的树皮就像鳄鱼皮，摸上去像烙铁。有坚果树的地方，山羊就能活得很好。树干很短，枝丫在高出地面几英尺的地方伸展开。这就非常适宜山羊生活，羊儿们从一根树枝爬到另一根，吃着树叶和富含油脂、苦涩、橄榄状的果实。人们收集山羊的粪便，其中的坚果果核能压榨成稠厚的食用油。

塔弗拉乌是一处地势崎岖的乡村地区，就像南达科塔州规模宏大的劣地国家公园（Badlands），背景则像是死谷。这里的山区有巨型花岗岩的驼峰，山脊两侧满是大圆石。日落时分，峰巅映衬着燃烧般的天空，露出毛边似的黑色剪影的轮廓线。从高处看，驼峰间的沟壑就像狭长灰色的湖泊，那里是此处唯一还算是覆盖着疏松土壤的地方。山谷平坦的碎石地面上，耸起了表层光滑的巨大岩石。

此地蝗虫大片繁衍。塔弗拉乌无法依赖种植椰枣为生，不过这里有资本主义头脑的柏柏尔人很早就明白，井然有序的贸易比畜牧业或农业生活更能给人生活保障。他们成功地开展商业活动，对摩洛哥全部的食品杂货店和五金商店进行实质的垄断。男人带着儿子们一起前往北部城市，在那里开一家商店，或者经营几家店铺，并在那里连续住上两三年，生活通常极其不适，就在柜台后面打地铺。他勤劳节俭，必然也十分成功，但往往会遭到不如他的那些老乡的苛责，他们会对他的俭朴生活嗤之以鼻，并对他经常让八岁儿子照管店铺的做法加以嘲讽。可孩子们和大人一样善于经营，他们了解每一样商品的价格，在全民热衷的讨价还价上，他们像大人一样难以应付。这些男孩就是不喜欢说话，他们甚至不朝顾客看一眼。他们报出价格，假如对方接受，就交货找钱。经营店铺可是一件严肃的事情，男孩们做起来也很规矩正经。

从提兹尼特一路过来，途经各家塔弗拉乌的商店，你最初遇到的那家就在峡谷的瓶颈口，商店建在坠落的花岗岩大石块中间，无论店铺底下，还是屋顶上，都是这样的石块。乡村地带到处是堡垒似的房屋，你很难将这些粉色、白色城堡的复杂建筑构造，和北部内陆低调谦逊的房主结合在一起，就像你很难相信那些黑衣裹体、肩上扛着铜罐或小牛皮盖篮的绝色美女，居然是这些不起眼的小个子男人的妻子或姐妹。话说回来，没人会相信这群店老板居然来自这片蛮荒地带的石堡。

塔弗拉乌，10月9日

昨天上路后走了十英里，爆了一次胎，大约下午五点抵达目的地。旅馆空荡荡的，除了少数几个衣衫褴褛的小孩，还有一位身穿吉拉巴长袍的老绅士，老人暂时管理店面，正式的店主去了提兹尼特。老人帮我们抬行李，把我们的衣服挂好，铺了床，给我们送来几桶清洗用的水、几瓶饮用水，还给灯加满了煤油。从梅克内斯出来后，第一次睡得很晚，也很沉。夜里醒来过一次，听到下面村子传来一阵咆哮狂吠声。午餐比昨夜的晚餐丰盛，不过所有东西都泡在一英寸深的热油里。一锅锅的牛肉、杏仁、葡萄、橄榄和洋葱。回到旅馆，此后在阳台上泡了雀巢咖啡喝。昨晚接待我们的老人坐在角落里，全身裹着纱袍。他见我们在看杂志，便站起身走过来，怯生生地问："你们在读美国的书吗？"我说是的。他指着一张彩色相片问："美国的山真的都这么绿吗？"我说很多山确实是这样。他站了一会儿，一直端详着照片。接着他苦涩地说："这里就没有这么美，蝗虫把树木和所有其他植物都吃掉了。我们这里很穷。"

后来几日，我发现原来的录音计划相当不切实际。我们去了二十四五个村子，竟找不到一次可能录制音乐的机会。前一年，政府甚至还要求提前三十六个小时通知他们，而后他们会通过地方官和情报员网派人先来山区，此后乐师们才赶来塔弗拉乌。周五上午，克里斯托夫早餐时对我说："您怎么看？我们明天要去埃索维拉吗？"我说自己觉得也没其他什么可做的了。于是我建议大家去医院看看是否有雷帕霉素。

一位大胡子的摩洛哥实习医生站在医院中庭的胡椒木下，手里拿着注射器，他说医生都去阿加迪尔过周末了，可是如果我想要的话，可以找法国药剂师，院长不在时由他负责管理医院。

药剂师揉着眼睛过来了，说自己整夜都在工作，没睡过。医院没有雷帕霉素。"这药很贵，这里不配这种东西。"药剂师说。

克里斯托夫请他来旅馆喝威士忌。"很荣幸。"他说。塔弗拉乌不售酒，因为穆斯林喝酒是犯法的。本地区只有两个欧洲人，就是方才的医生和药剂师，他们偶尔能从提兹尼特买到红酒或干邑。

药剂师还带着一个年轻的摩洛哥医学生，他前天刚从拉巴特来，他觉得塔弗拉乌是他见过的最奇怪的地方。我们坐在烈日下的阳台上，看着乌鸦慢悠悠地在山谷上面盘旋。我对鲁斯洛先生说，此时逗留于此我觉得很沮丧，因为我并未深入本地人的生活，而且这里也没有什么可吃的。第二个原因让法国人深有感触。"我应该尽力弥补这些遗憾啊，"他说，"首先，大家一起去我那里吃午饭吧。我的厨师很棒。"

他的住所在医院后面，十分舒适。那里有几个仆人，墙上摆满了书，特别是艺术书籍，因为鲁斯洛先生和许多从事医学的法国人一样，喜爱绘画，渴望有一天能执画笔创作。午餐时他告知大家："我今天下午安排了一次短途旅行。你们喝过玛希亚（Mahia）吗？"我说喝过，那是好几年前了，和犹太朋友在非斯喝过。"啊！"他开心地大声道，"那你一定很熟悉它的好口味啦。今天下午你们会有机会再次喝到玛希亚。"我礼貌地笑笑，心里早就打定主意，真到喝的时候就谢绝。我不喜欢白兰地酒，哪怕是无花果酿的，像非斯那里的。鲁斯洛先生说，在安蒂阿特拉斯山区，人们用椰枣酿酒，但我觉得也没好到哪里去。

喝完咖啡与干邑，我们就开车上了去提兹尼特的公路出发了。往南行驶了30英里，进了一个炎热干涸、地势较低的山谷，眼前是一个貌似贫瘠的村庄，名叫塔哈拉，那里除了穆斯林居民外，还有相当一部分人是犹太殖民者。我们在一个简朴的小清真寺前下了车，空气令人窒息，阴凉处有五六个穆斯林老人坐在满是尘土的岩石上，他们正在低声交谈。"以色列人把他们蒸馏好的酒卖给我们，就为了补贴一点微薄的收入。"鲁斯洛先生解释道。这时，那个名叫赛迪克的医学生第一次就此事表达了自己的看法。"太糟糕了！"他冲动地说。"是啊，"鲁斯洛应声道，"可是你还是愿意喝它。"

几个小孩看到我们抵达、停车，赶紧跑到村里去报告我们的到来。这会儿，我们沿着火烫的巷子走着，四处的房门都很不客气地砰砰关闭起来,还上了门闩。一个人都见不到。好在鲁斯洛先生知道怎么走,他带着我们转过一个弯,让我们站在别人看不见的地方等着,他自己去敲门。一刻钟后,他过来叫我们。就在他方才站着和人说话的门口出现了一个非常漂亮的姑娘,她怀里抱着一个胳膊感染的宝宝。姑娘的前额和鼻子上有简单的、用墨粉画的图案装饰,也可以说她的脸被外行做了刺青。我们走进去的房间幽暗凉爽,像是农户的地窖,脏兮兮的地面朝着各个角度倾斜着。走过短短的一段泥土阶梯,我们来到一处户外平台,那中央有一口井。七八个皮肤白皙的女人围着井口坐在长凳上,她们裹着中世纪的头巾,就像坦尼尔(Tenniel)为《爱丽丝漫游仙境》所作的那些插图中的公爵夫人。不过这些女人都样貌格外清秀,连年长的那几位都很美。鲁斯洛先生提醒我们不能摄影,理由为当天是周五下午。

我们被招呼着来到更远处的一处平台,那里到处是男人和男孩,头上都戴着小圆帽。我们又从那里进入一间小屋,屋里一头放着一张铜床,另一头地上铺着草席。床上躺着一个婴儿,赤裸着身子,四周苍蝇围绕。我们坐在阳光下的草席上,驱赶着成百只昏沉沉的苍蝇,男人和男孩们一个个地从平台上走进屋子,庄重地和我们一一握手。他们把大盘子放在我们面前的席子上,上面高高地堆着杏仁、椰枣,还有苍蝇,有活着的,也有死的。房主被一位年轻些的男子引进屋,放松地躺卧在地板上。他一脸憔悴哀伤,回答鲁斯洛先生的问题时显得很冷漠。"你们一定得来医院,让我们好好检查一下。"鲁斯洛劝说着。那位老人皱着眉头,慢慢地摇摇头。"他们都很害怕,"鲁斯洛先生用法语对我解释道,"他们觉得上医院就是去死,仅此而已。"

"你知道他得了什么病吗?"我问。

"我几乎可以肯定这是瘟疫。"

"瘟疫？"

"就是癌症。"鲁斯洛突然厉声说道，好像这个词本身就很邪恶，"它夺去了这些人的性命，呸，呸。"他叩了两下响指。

有人走过来抱走了熟睡的婴儿，苍蝇依然跟在后头。又有人端上了一小瓶玛希亚酒，还让众人传递着小酒杯。我悄悄地将我的那部分倒进鲁斯洛的杯中。只有那老人和我没有喝。

"他什么都吃不了，"其中的一个儿子对鲁斯洛解释，"您能给他吃点药片吗？"

"好，好，好的。"鲁斯洛先生欣然答应，一边打开了药箱。他取出两个很大的罐子，其中一个装满了阿司匹林药片，另一个是维生素C片，他往席子上倒了一堆药片。平台上的人悄悄低语起来，最初的声音是从门口站着看的那些人当中传来的。"我只带了这点药过来，只能给他们这些了。你们瞧，这些药片就留在塔哈拉了。"苍蝇爬在我们的脸上，想从我们的眼角吃到点什么东西。鲁斯洛先生对那家年轻些的成员们轻声地说了几句，这会儿又上来了两瓶一升容量的玛希亚，放进药箱中。我们起身离开时，鲁斯洛先生对老人说："那就说定了，周二把你的孙子带过来。"他又对我轻声说："也许为了婴儿他会来的，这样我就让他留下来做体检。但是也不好说。"

大门口外一群人聚集过来，站在那里。话传开了，大家知道医生带着药来了。鲁斯洛的预测很准确，药片不够分。

返回塔弗拉乌的途中，我对他说："真是难忘的一天，幸亏有了此行，否则我们此番塔弗拉乌的旅行会一无所获。"我对他表示感谢，并告知明天一早我们就离开。

"哦，别！你们别走！"他大声说，"明天还有更好的东西呢。"

我说我们得动身北上了。

"但是这东西很特别,是我的发现,我还从没给任何人看过呢。"

"我们一定得走,不,不了。"

他继续恳请:"明天是周六,周一早上再走。明天晚上我们可以去宫殿,周日上午去看一下绿洲。"

"要两天啊!"我喊了起来,可话语中一定透露了一丝好奇,他就指望我会有这样的反应。离开他家之前,我已经答应前往塔塞姆希特。他对那地方这么一番描述,我很难再坚持已见。据他所言,塞姆希特是一个封建时代的小城,就建在峡谷底部,因为那里的宗教帮会势力强大,小镇不受政府管辖,完全是传统的运行模式。名义上,小镇完全由一位十九岁的姑娘掌控,她是目前的世袭圣人,其宫殿就在城墙之内。然而,事实上,鲁斯洛先生说着说着,声音放低到耳语一般,真正掌握塔塞姆希特市民生死大权的是那家的司机。女圣人的父亲,即老谢里夫,曾主持朝拜地多年,朝圣者都去那里做祈祷、献贡品。不久前他买了一辆轿车,不时前往塔弗拉乌,还雇了一个年轻的马拉喀什司机开车。老谢里夫徐娘半老的妻子对司机颇有好感,妻子们有时确实如此,这事难免就发生了:老谢里夫暴毙,妻子嫁给了年轻的马拉喀什人,后者掌管了一切,包括妻子、女圣人、轿车、宫殿,以及周围圣祠和城镇的管理权。"情况挺暧昧的,"鲁斯洛先生饶有兴味地说,"你们得亲眼看看。"

塔塞姆希特,10月16日

大清早。其他人都还睡着。我脑袋的一侧就是大大的格子窗,满世界斑驳的阳光,铸铁金银丝工艺品的另一侧则是一片阴影,果园的无花果树上小鸟唧啾着飞来飞去。再过去是泥墙，更远处是峡谷的石砾地。河床上有几处水洼，女人们就在那里打水，用罐子装水带回来。这一切的风光所对的背景是：橘色的峡谷侧壁，垂直、陡峭，挡住了我坐在床垫上看出去的视线。

昨天午餐时，鲁斯洛先生说起了更多关于那地方耸人听闻的细节。司机掌权后，他在塔塞姆希特开创了一个新局面：他好像是出了一个主意，即朝拜地关门后，姑娘们可以收留朝圣者过夜，这对当地经济是很大的推动。"真是一个罪恶的圣城。"鲁斯洛激动地说。只要对司机说一声就行，你在镇上就能找女人，即便她已婚。他还没说完，一个矮胖的男人进来了。鲁斯洛一脸懊恼，下巴低垂，神色沮丧。接着他振作起精神，把矮个子男人向我们引荐，说此人是奥马尔先生，并让他坐下来和我们一起喝咖啡。奥马尔先生是政府雇员，听说我们要前往塔塞姆希特，他很简单地说了声自己也要一起去。很显然，他并不受欢迎，可是既然大家都没有提出反对，他就同行了。他坐在车后排，和鲁斯洛先生与塞迪克一起。

车子一路颠簸朝塔弗拉乌南面前行，翻过了几座山。下山时路窄了起来，但路面没有变得更糟糕。若是我们半路遭遇对面来车，其中一人就得往后倒车倒上半小时。景色越发引人注目。两个小时中，道路沿着一处山谷向下前行，山谷越来越陡峭，就夹在两侧的石壁间。有时候我们沿着溪流的河床行驶大约半英里的路。到了种植枣椰树的平地路面上，我们穿越了几处小绿洲，那里一派绿茵，十分凉爽，绿洲覆盖了整个峡谷的地面，从一个峭壁延伸到了另一个。我们越往下行驶,山脉的崖壁就越显得高耸陡峭,阳光也似乎来自更遥远的地方。童年时,我常常想象珀耳塞福涅[1]每年也走在类似的路上,一直通往冥府。这有点像在寻找一条返回人间的道路。整个下午,没见房屋,没见车辆,也没见人。我们在阴影里行驶了很久,峡谷慢慢开阔起来,车子开到一处山岬上,就在一条干涸的河床弯道上方,那里就是塔塞姆希特,它紧凑袖珍,周围乡间是闪着橘红金光的裸露岩石,太阳尚未落山。小镇南面向下是一块小小的、丰饶的绿洲,包含清真寺和其他建筑在内的朝拜地好像占据了小镇很大一片空间。那里有一座很大的、高高的尖塔,保存良好,富有北方风格。我们停了车,走出来。山谷里一片寂静。

鲁斯洛先生似乎一整个下午心事重重,神情紧张,此时我终于明白原因了。他找借口走到我身旁,我们一起沿着小路一直走,一路上他着急地不停说话。他很担心奥马尔先生会走过来,他觉得自己在场对当下的情形不利。"一旦错一步,塔塞姆希特的事情就彻底完蛋,"他说,"这事很微妙。总之,一言难尽。包括所有事情。"我让他放心,并保证会提醒克里斯托夫。走回车上时,我突然想到,鲁斯洛先生之所以会这样焦虑,除了他希望这地方就是他个人的秘密乐园外,也许还另有原因。一个法国人在摩洛哥工作,如果他是为政府干活,那就怎么都会有危险,随便就能找个借口开了他,让摩洛哥人来替代。

上车后我对克里斯托夫说了这事,不过他早已猜到了。在鲁斯洛

---

[1] Persephone,希腊神话中宙斯之女,被冥王劫持娶为冥后。

299

先生的坚持下，我们又等了半小时，然后开车上了右侧的一条边路，来到离城门两百英尺的地方。峡谷里飘荡着一股芳香的木材烟雾味道，几个身材高大、身穿白色棉布袍的黑皮肤男人出现在上面的岩石顶，他们朝车子走下来，认出是鲁斯洛先生，露出了笑容。这些人带我们穿过一个短小的过道，进入宫殿。那地方很小，原始而优雅。我们来到的那个大房间有一种有意营造的奢华和狂野想象的混合特征，若是让马蒂斯来设计一个摩尔风格的客厅，他一定也会像此处的做法一样，把格格不入的色彩并置起来。

"这就是我们的房间，"鲁斯洛先生说，"我们就在这里吃饭睡觉，我们五个人。"等大家放下行李，主人，即已故的谢里夫的司机走了进来，在我们中间略坐片刻。他和蔼客气，头脑敏捷，能说一点法语。看得出他三十岁不到，不是城里人，不过已经习惯了城市生活。在某个瞬间，我听懂了他和鲁斯洛先生的对话，后者就坐在他身旁的垫子上。他们谈到了塔塞姆希特居民夜晚的影舞表演。

此后，等主人离开，鲁斯洛先生告诉我们说，我们不仅可以享受娱乐，还会有几个女人来陪。"真是非同一般。"他感叹道，警觉地瞥了瞥奥马尔先生。后者咧嘴笑笑。"我们真幸运。"他说。他从卡萨布兰卡来，本来完全可以去游览巴厘岛了解当地风情的。"你们当然明白的，"鲁斯洛先生继续对我说着，多少有点尴尬，"影舞要收费。"

"当然。"我说。

"如果你和克里斯托夫先生能出三千法郎，那我很乐意出两千法郎。"

我提议说，如果就这个价，我们很愿意付全部五千法郎，可是他不同意。

窗外，在峡谷的寂静中，传来了清真寺里宣礼师声音单薄的呼祷，我们聆听着，附近天花板上的两个灯泡开始发出微光。"不会吧！"克里斯托夫喊起来，"这里会有电？""可不是嘛，"鲁斯洛先生喃喃说道，"他总算开发电机了。"我满怀希望地抬头看着头顶颤动的灯丝，心想不知电流和电压能否用来录音。一个高个子仆人走进来，告诉我们谢里夫在楼上等着大家。我们从走廊鱼贯而出，走上一条长长的楼梯，楼梯尽头通向一片敞开的露台，四下都亮着嗡嗡作响的电灯，主人坐在那里，旁边还有两个女人。我们先被引介给那位母亲，她无论在哪里都会被人认为是优雅的，脸庞清秀，身穿华美的白袍，戴着巨大的金饰。女儿现在是塔塞姆希特名义上的统治者，她的形象就很不同，你很难相信两个女人会有任何相似之处，甚至会觉得她们不可能住在同一个城市。女儿穿着打褶的羊毛裙，上身一件黄色毛衣。她的门牙镶金，一边嚼着口香糖，不时发出声响，一边与我们聊天。这时主人起身，带我们走下楼梯，来到我们的房间，那里的仆人已经端来了餐盘和小桌子。

晚餐是旧式摩洛哥风味，最先端上的是肥皂毛巾，还有一个大口水壶的热水。大家洗手擦干后，上来一个大陶碟，直径至少有1.5英尺，就放在大家中间。碟子里山一般地堆着蒸粗麦粉，四周的汤汁像海洋环绕。

我们以传统方式用手抓食，不需要什么技巧。汤汁滚烫，小小的粗粒小麦粉（厨师自有烹饪技艺）颗颗分离。我们抓出部分食物放入嘴中，不过大部分没动。我想稍等一会儿，等别人掀出埋在食物中的肉片，这样就有机会拿一小片羊肉，这会儿它还太烫，不好拿，不过我还是要争取吃到它的。

"我发现你不太了解最基本的当地礼仪啊。"鲁斯洛先生对我说道,话语里带着得意扬扬的口吻,而不是应有的善意关心。我说不知道他这话什么意思。

"我有什么不妥之处吗?"我问他。

"非常不得体,"他严肃地说道,"你吃了一片肉。你首先应该有节制地把盘子里的每样东西都尝一下,即便这样,也不可以马上吃肉,要等主人亲自拿给你之后才行。"

我说自己还是头一次在当地人家中吃饭。那个医学生塞迪克评论说,这位先生提到的做法在拉巴特会被认为是荒唐可笑的,可鲁斯洛先生硬要充当摩洛哥老行家。"真糟糕!"他哼着鼻子说,"年轻一代什么都不懂。"几分钟后,他把一整杯茶都弄翻在了地毯上。

"我们在拉巴特从来不这样。"塞迪克低声说。

第三遍上茶后不久,电量开始不足,最终断电了。交谈停止,主人坐在原地大声使唤着。五个套着白罩衣的黑人带着蜡烛灯走上前来。正当他们在房间四下很有规则地摆放蜡烛时,灯光又亮了起来,而且比之前更明亮了。烛火很快被吹灭,点蜡烛总归不太体面。二十分钟后,狮子的故事(在摩洛哥南部,城里人在乡下聚会时,总免不了要讲讲关于狮子的故事,虽然据可靠消息,几代以来该地区的野兽都已绝迹)讲到一半,电又突然断了。在突如其来的黑暗中,我们听见豺狼的嗥叫,那高亢尖厉的声音来自河床的方向。

"声音很近啊。"我说,某种程度上是为了假装没发现主人因为让我们经历断电而觉得尴尬。

"是啊,不是吗?"他似乎想说下去,"我录了好几次,不是一声嗥叫,是全部的声音。"

"您录下来了?您这里有录音机吗?"

"从马拉喀什带来的,效果不太好。至少不是每次都很好。"

鲁斯洛先生一直忙着擦拭身下的地毯，此时他突然点起一根火柴，凑到身旁的蜡烛灯上。接着他起身，从房间一头走到另一头，把其他的蜡烛也点上了。当天花板上画着的图案又清晰可见时，从城里传来了手鼓声，声音越来越近。

"艺人来了。"主人说。

鲁斯洛踱步走进庭院。外面的声音越来越大，仆人也出来了，他们在门外的黑暗中走动着。大家都走过去向外张望，庭院里已经来了五六十人，还有更多的人正在来路上。有人在远处拱廊下的角落里点起火。不时响起鼓声，打鼓的人正在调试鼓膜。电又来了。主人对鲁斯洛先生微笑着，然后走开，接着很快又回来了，还带着一个仆人，那人手里拎着一只录音机——是荷兰飞利浦的小型录音机。他把录音机放在门外的椅子上，为了通上电大费周章，因为墙上的插头都没法用。最后，他终于找到一个是通电的。这时庭院周围的拱门下面已经聚集起上百人，庭院中间有三十多个乐师站着，形成了一个不规则的圆圈。主人把麦克风正对着机器架着，这样从一开始就没法录音了。

"干吗不把它挂到墙上？"我提议道。

"我想不时地对着它说话。"他说。他把音量调大，机器当然就嗡嗡响起来，旁观者们也笑了起来，他们之前一直很安静地站着围观。主人又让人搬来一张椅子，坐了下来，手持麦克风，这姿势带来的效果也没比之前的好多少。克里斯托夫向我使了个眼色，无奈地摇摇头。从外面黑暗中又搬出来一些椅子，有人还拎了个压力灯过来，把灯放在了乐手队伍当中。那里本来应该是火堆，但庭院里的空间不够。

表演者都是黑人，他们穿着宽松的白色束腰外衣，每人腰间都佩着带银鞘的匕首。他们的鼓就是普通的手鼓，就是将一张皮拉紧了蒙在一个直径1.5英尺的木箍上。这种简单的乐器音域丰富，音质铿锵，音调取决于打击的手法，以及手指或手掌敲击鼓膜的具体位置。摩洛哥南部的人击鼓时并非站立不动，他们会舞动着，但舞步设计旨在渲染鼓点节奏。无论击鼓者如何投入，身体如何狂热兴奋（他还会加入合唱，有时是独唱），舞蹈都是服务于鼓声的。你若是关注表演，就很难好好倾听音乐，我就经常在整段表演中把眼睛闭起来。小阿特拉斯影舞的独特之处在于，击鼓者会分成相互配合的队伍，在整支节奏乐曲中，每一队只敲击某几个有规律的重复鼓点。

表演开始，拍子慢得夸张。当节奏悄悄快起来时，那微妙的切分音就变得越发清晰。一个男人挥舞着加内加鼓（gannega），那是一种体积更小一些、音调更高亢的鼓，近乎金属般的洪亮声音在圆圈中央响起，令人震惊的、反节奏的独奏开始了。在流畅的基调上，纯熟的鼓声如机枪开火般响彻四周。前奏没有人声歌唱，鼓手们拖曳着脚步，一边击鼓，一边慢慢向前走，一圈人反时针方向地移动着，动作越来越快。庭院里观众的笑声和议论声停息了，连主人都手持麦克风坐着不说话，仿佛被鼓手努力营造的氛围催眠了。

开场表演结束，一阵调整椅子的嘈杂声响起。坐在椅子上，无论何种坐姿，腰背得挺直，很不舒服，可见除非有欧洲客人在场，否则大家从不坐椅子。很少有椅子坐起来能像摩洛哥那种由一堆靠垫组成的姆塔巴（m'tarrba）那么舒服。

"布雷基肯定很喜欢这个，"克里斯托夫说，"他可以从这里找到大量的素材。"

主人斜倚着身子，麦克风拿在嘴前，他说："有何评论？"接着就把话筒递到离克里斯托夫很近的地方，请他回应。

"我刚才提到的是美国一位伟大的黑人鼓手。"

他又将话筒位置转动了一下："啊，是的。黑人总是最有气势。"

表演者三五成群地穿过庭院来到远处的角落里，凑着火光调整手鼓，很快又开始了表演。前奏是一段很长的、急促的独唱。你会觉得那声音来自寂静的城市，来自宫殿外的某个地方，单薄而遥远。这是乐队头领发出的，他就站在拱门下的黑暗中，营造着这一效果，他脸朝墙壁，尽可能远地离开其他表演者。在他吟唱的每一段之间，都有一段长长的、深沉的静止。我越发感受到外面的夜色，还有小城与无形的峡谷山壁间无比的遥远，它们与尘世的唯一联系就是我们之前颠簸数小时的那条不可思议的公路。在哀伤的呼喊之间，什么都听不到，但人人都在聆听。最终，合唱呼应着遥远的独唱，新的节奏又开始了。这一次，人们围成的圆圈没有动，表演者成对、成群地在中心点跳进跳出，面面相对。

乐曲进行到一半时，大门口黑暗处传来一阵低语和骚动声。女人们也一起来了。等最后一个到齐后，一共有六七十个女人涌进院子，趁着表演间歇从一排排站着的男人中间推挤着穿过，围绕场地中央坐在地上。她们全身裹在长长的黑布罩袍中，没有露出身体曲线和脸部，但人们依然可以听到珠宝首饰发出的叮当声。我左边的一个女人突然调整了一下外面的罩袍，露出了里面华丽的、绿松石色的绣金线衣裙，接着迅速变回了原先那一身洗衣袋形状。此后，表演者又演奏了几首曲子，其间女人们不停交头接耳，她们的确是在很有礼貌地观看，但很显然，这些人的心思只在自己给人们带来的效果上。

表演结束，乐师从中央退下，现场有一半女人站起身，开始脱去最外层的袍子。她们踏进火光中，造成了极大的戏剧效果。不过，那美妙的一幕只是由于绚丽衣袍的丰富色彩，还有沉重金饰的熠熠光泽。女人中没有年轻姑娘，换言之，这些人都很肥硕。在摩洛哥，女乐师表演时会有一个奇怪的现象,即表演开始阶段她们很少有清晰的节奏感,节奏感得由那些击鼓的男人来带动。女人们一开始大概有些心绪纷乱,坐立不安,一边说着话,一边抚弄衣服,貌似对什么都很有兴趣,却偏偏对当下的表演不起劲。鼓点敲击了好长一会儿,女人们回过神来,两段音乐过后,男人们才把她们整个拉了回来。此后,音乐越发激动人心。"这些女人不是很棒吗?"鲁斯洛低语着。我也表示很精彩,同时我发现,我很难将目睹的此情此景与他之前把塔塞姆希特描述为一座罪恶的圣城联系起来。当然,他无疑绝对正确。

尖厉的人声和鼓点越发响亮激越,我逐渐确信眼前这一切真的格外精彩,这是值得我尽力录制并在以后闲暇时倾听的内容。看着主人不经意间弄坏原本很有价值的磁带音效,我很难开心起来。整个表演过程中,女人们一直站着,极少移动脚步,只是轻轻摇摆身体,不时轮流拍手,迸发出奇异的声效,那声音会让格拉纳达的吉卜赛人也相形见绌。她们一身赘肉,幸好也没有太多舞步要跳。当最后一个节拍结束,我们鼓掌叫好,表演者回到拱门下的阴影中,低调地披上罩袍,坐下来倾听影舞尾声那段纯粹的敲击声。鼓点激越短促,最后一阵鼓声巨响,宣布表演终结。人们很快纷纷站起来,在这些令人难以忍受的椅子上坐了好久,大家都很不舒服,此时赶紧起身走回了大房间。

沿着地垫架起了五张床,床铺之间大约有二十英尺的间隔,让人很想一下子坐在上面。我挑了窗边角落里的一张床,坐下来,觉得今晚能睡个好觉了。院子一下子空了,仆人们把椅子、灯,还有录音机等纷纷搬走。鲁斯洛先生站在房间中央,打着哈欠,脱下衬衫。主人和我们一一握手,殷勤地道着晚安。他走到我面前,递上那个装着磁带的扁盒子,磁带已经录好了。"塔塞姆希特的小纪念品。"他边说边把盒子递过来,一边鞠着躬。

真是最后的反讽，我心想。当然了，那受损的磁带一定得给我，这样我能详细了解自己漏掉了什么。可是我的答复比他的还要华而不实，我对他说这是一次难忘的经历，他的盛情款待我没齿难忘，并祝他今晚愉快。奥马尔先生躺在床上抽烟，身上只穿着短裤，完全是一个无忧无虑、坚不可摧的矮蛋胖子[1]。他朝天花板吐着烟圈。我不觉得塔塞姆希特会很快陷入危险。主人离开了，通往庭院的大门在他身后关闭。

大家都睡了，我躺在黑暗中，听着豺狼的叫声，想着自己的霉运。不过，此行的最初目的还是达到了，这一点我直到后来抵达下一站有电的地方才发现。我在埃索维拉的旅馆里试听磁带，十八段录音中竟有十四段完好无损。没必要弄明白这是为什么，因为从逻辑上说这事不可能发生，只能把它当作令人欣喜的神秘。目的的达成总是令人心满意足，哪怕成功完全得益于外在因素。我们买了毯子、盘子、小地毯，还有茶壶等，继续一路向北。

---

[1] Humpty Dumpty，英国童谣中从墙上摔下来跌得粉碎的蛋形矮胖子。

丹吉尔

原载于《绅士季刊》[1]（1963年10月）

要想最直观简明地了解丹吉尔，就是来一趟悠闲的低空飞行，最好是乘直升机飞越摩洛哥的西北点。直布罗陀海峡南面锯齿状的海岸线在马拉巴塔角（Cape Malabata）突然终止，变成了一处宽阔的白色半圆形沙滩，那就是丹吉尔湾的海滨。那里大部分的欧洲区是"二战"后建立起来的，其中包括海滩，占据了比所有本土区总和都更大的面积。麦地那区到处是零乱、刷白的立方体，从港口边开始一直向上，沿着陡坡延伸到城堡的城墙处。城堡位于有利地势，修建在山顶的平地上。东北角是约克堡，令人惊讶的是，从那里的地下室可以一直通往港口。城堡外是马莎恩，一片绵延的高地，可以俯瞰海峡的峭壁。此地有世纪之交建造的宽敞的西班牙风格别墅。遮阴的高大树木被砍伐，城中很多地方都是如此，英国和美国人为此感到愤慨。（摩洛哥老百姓认为树木就是用来取火的，仅此而已。）在各个欧洲租界

---

[1] Gentlemen's Quarterly，1931年创刊于美国纽约的男性时尚杂志，是GQ杂志的前身，在国内亦称为《智族GQ》杂志。

之间，在开阔乡野的诸多交错间隙，散落着成千上万永远未完工的盒式房屋，它们代表着摩洛哥的新式建筑！不再有那些钻了格子窥探孔的白墙，取而代之的是宽大的欧式玻璃窗户，女人们可以透过窗子看到外面的世界，不会担心因为对市井生活有了短暂的兴趣而挨丈夫责打。城后林木茂密的丘陵地带，被简称为"山区"的地方，长期以来一直是外国（大部分是英国）业主的大本营，现在即使在那个区域，这种如赘生物般、风格随意的房屋也开始蔓延。此处，繁茂的植被将建筑一一隔开，带来一定程度的私密性，这在大多数地区都很难做到。高高的悬崖直插宽阔的直布罗陀海峡，在南面和东面，是一片广袤的丘陵平原，背后是里夫山脉的山麓，前面正对着开阔的大西洋。

面对丹吉尔，不同的人会产生不同的感受。近年来有大量描写此地各色风貌的文章，有褒扬的，有中立的，有批判的，美曰天堂，惨比地狱，各式比喻都有，因此现在几乎人人都知道，这个位于非洲西北角的小小穆斯林城市与其他城市不尽相同，这里的居民与众不同，到处有奇异的事情发生。丹吉尔似乎成了一个传奇。直到三四年前，我才意识到这一点，而且至今我都不太明白，究竟这传奇是什么、来自哪里。今年早些时候，美国广播公司（NBC）的一个人赶来看我，我就问了他这个问题。"是因为名字，"他低声说，"廷巴克图、丹吉尔、撒马尔罕……你懂的。"我点头表示认同，可就是不明白为什么丹吉尔会和另外两个公认的传奇名字被列在一起。毋庸置疑，我喜欢住在这里，否则我不会这么多年来一直待在这地方的。但对其传奇特色，我只能自行猜测了。

这里找不到像欧洲旅游胜地那种明显的文雅特征，也不见任何对城市原始"异国"风情加以保留的用心，结果就造成了后者的基本流失。（例如，阿尔及利亚比斯克拉的商会曾经雇了一群本地姑娘，让她们白天肩扛空水罐在街上来回走动,让游客有合适的主题可以拍摄。)对于那些不知情者,丹吉尔的大部分地区不是像贫民窟,就是像郊区。麦地那和卡斯巴都没有可行车的街道,巷子很窄,常常满地垃圾,很多人家都缺水。但在城墙外却有街道和交通,游客会时时以为自己身处大城市郊区,而市中心就在不远处。只是那样的城市并不会出现。

丹吉尔当然没有高大建筑。除了卡斯巴的旧财政部以及后面狭小的苏丹宫,没有其他值得观赏的大厦。诚然,在视觉魅力上,城市的建筑乏善可陈,但它自有独特之处和地形优势,正是这两者的结合,在很大程度上使这个原本丑陋的城市变得格外迷人。初到这里的画家总是评论此地阳光有力度和质感。我自己不是画家,无法将城市的诸多特征一一区分和分析,我只知道它能渲染自身的闪光点,尤其当你保持一定距离观看时。由于丹吉尔起伏不断地跨越一系列山区,因而每条街道的尽头都能看到广阔的乡村、大海,或是遥远的群山,人们的视线自然会寻找眼前的明快画面,而相对忽略掉身旁的建筑。

还有这里的气候:美好的夏日延续到11月,冬季哪怕常有暴风雨,依然比欧洲好很多。沿大西洋和海峡有绵延数英里的美丽海滩,这些显然都是旅游资源,但城市的魅力不止于此。我认为,关于旖旎多彩、众所周知的丹吉尔遗迹的传奇,只适用于它被世界各国占领的时期。三十二年前我初到这里时和今天实际存在的丹吉尔,都并非大多数人期待发现的那个丹吉尔。人们在寻找十五年前的那个新兴城市,居民生活悠闲、富足;人们还隐隐地希望能发掘出伴生这一现象的某种东西:如有组织的犯罪等。这个时代早已过去,几乎少见与此相关的遗留物。

城市依然是一个混乱、杂沓、多语言的小中心,可是它与往日相去甚远。即便在我所知的那些年里，都有三个明显可辨、接连发生的转变阶段：殖民时期、新兴时期，以及一直延续到现在的暗淡时期。现在的城市失去了国际性，成了独立摩洛哥的一部分。殖民时期的丹吉尔包括麦地那，有着蜿蜒的巷子、清真寺，以及成千上万座立方体形状的房屋。城墙外是悠闲、低调的欧式城镇，在几座山之间起伏延展。那里还有马车行驶，高大的桉树遮蔽街道，甘蔗林挡住了四处来风。这里的欧洲人生活成本低廉。当时很多人都不知道摩洛哥会怎样发展，人们相信无论怎么一贫如洗都能过下去。他们差不多真的坚持活下来了，而且尽力不露出贫穷的样子。

随着新兴时期的到来，丹吉尔不再是北非某处一个沉睡的港口。空荡荡的沙地变成了城市一片片办公建筑区，橄榄树林突然变成旅馆和住宅区。街道不断延伸，穿越遥远的麦田，横跨难以企及的草地，那里是昔日牧羊人坐着吹笛放牧的地方。有钱的欧洲人想要赚取更多金钱，声称自己就是国际区的居民，在精挑细选的土地上建造起漂亮的房屋，从那里能望见森林、山脉和海洋。（免税、无限制条件、无工会组织。夫人需要雇用二十个仆人？有何不可呢？）商店里充斥着全世界的商品，价格比原产国的都低。那是一段好时光，人人都这么觉得，也乐享其中。各种聚会都精心设计：你雇了一村的人，就为给客人带来半小时的音乐、舞蹈、耍蛇、杂技表演。1952年3月30日，法国和西班牙在国际区发生冲突和骚乱，新兴时期就此结束。在法国绑架苏丹并将其带到科西嘉岛之前很久，丹吉尔已经死气沉沉了。值得注意的是，在整个独立战争期间，它是摩洛哥唯一没有恐怖行动组织计划的城市，虽然有很多法国想要抓捕的政治领袖都到这里避难，这里也没有一起因政治暴力而导致死亡事件的报道。

从更平实的、当下的状态看丹吉尔，它就是一个摩洛哥小城市，丧失了各种特权，也失去了大多数的欧洲人口。（不过现在欧洲人又开始回流了。）银行变成了市集和理发店，证券交易所变成了市政彩票站，经营各种可疑的进出口贸易的小办事处也添了床铺，做起了房屋周租或日租生意（补充一下，常常还提供时租服务）。城里出现了一群人，他们都是新一代，只穿欧式服装，以此表明自身属于文雅阶层。

不过，丹吉尔的生活依然能让人大开眼界，目睹形形色色的异人怪事。我从未在其他地方见过如此高密度的离奇怪癖。比如说，你接受了马尔科姆先生的晚餐邀请，餐后有厨娘摆上咖啡杯，马尔科姆先生用阿拉伯语对她耳语："把姑娘们叫上来。"她再返回时，就领着排成一队的七个十来岁的姑娘，她们都穿着山里人的服装，头发披散在背后。"拿上鼓来！"马尔科姆先生大声说。她们欣然取来了一组大小不一、蒙着斑马皮的非洲鼓。"有一年冬天我在桑给巴尔买的。"他解释道。接着，他叩了一会儿下巴，捏捏巴掌，表情更加严峻认真，还拿出了一条长长的黑色马鞭，姑娘们开始有节奏地击鼓，他把马鞭放在身旁。鼓声给马尔科姆先生带来一种震慑效果：只见他鼻孔扩张，大声吆喝，在姑娘们头上挥舞起鞭子，噼啪地打出响声。姑娘们尖叫着，但没有人会觉得她们是真的害怕，马尔科姆先生甚至走上前，抓住其中一个姑娘的头发，把姑娘拖了起来，硬让她舞蹈，可是姑娘双手捂着脸，站在原地就是不肯动。马尔科姆先生讲起了英语。"跳啊，该死的！"他边喊边轻轻地用鞭柄敲着她。姑娘无精打采地扭了扭身子，假装绊了脚跌倒下去，摔在了击鼓人中间，接着就上来了类似马戏的表演，其间鼓声滚过房间，七个姑娘一个叠在另一个上面，尖声叫着，能抓头发的抓头发，捏到皮肉就捏皮肉。过了片刻，客人们都担心起来：这样肯定会有人受伤。可马尔科姆先生拿着鞭子冲上去，毫不犹豫地用它把姑娘们分散开，一个个推出门去，厨娘正等在门口,等着把她们重新关进各自的地方。等这些人都离开了,主人把鞭子甩到地板上,转身回到客人那里,一边喘着气,红着脸。"抱歉,"他说,"不听话的小东西。"(可大家都没觉得那晚的表演失败了。)"得再多练练。当然了,她们在这里还不到两周,确实很难。她们回到山里,会把话传给大家。过不了多久,有时其中一人会回来的。她们大多数都是新人。"(马尔科姆先生现在不在这里,不知道他去哪里住了,毕竟现在已经不兴那样的鬼把戏了。)

这里还有一位带几分邪恶的布莱克先生,我没见过此人,不过据说他客厅里有一台特大号冰箱,里面塞着许多半品脱[1]容量的广口瓶。此人会不时打开冰箱门,检查一下瓶子上的标签,然后挑一只拿出来,当着客人面把瓶子里的东西倒入一只玻璃杯,再喝下去。我认识一位女士,目睹过此举,她当时还天真地询问,玻璃杯里的东西是不是甜菜和番茄汁的混合。"这是血,"他说,"要喝一口吗?冰爽美味,真的。"那位女士在丹吉尔生活了很多年,自觉凡事不能露怯,便回答道:"这会儿我不想喝,谢谢。不过可以让我看看瓶子吗?"布莱克先生把瓶子递给她。标签上写着:"穆罕默德"。"是个里夫男孩。"布莱克解释。"我明白,"她说,"其他瓶子呢?""每一瓶都是来自不同的人,"主人说明着,"我每次都不会从他们身上取超过半品脱的量。否则不行,他们身体受不了。"

希金波特姆小姐可一点都不邪恶,她和其他诸多年长居民一样,来丹吉尔度假小住,就再也不想离开。她四十年前来到此地,想来她还会再住下去。她管每个人都叫"亲爱的"(Ducks),包括这些年里出现在她生活中的那一大群动物禽类。走进她家的厨房,你会看到里

---

[1] 英美制容量单位,英制1品脱等于1/8加仑,约为568.26毫升。

面尽是乱成一团的公鸡母鸡；走过她的卧室门，就能听到里面很多狗在狂吠。她家餐厅传来的尖叫声只是小鹦鹉和金刚鹦鹉在交谈，不过那里通往客厅的门必须关闭，否则蜘蛛猿就会进来逗鸟；如果你倒霉进了她的浴室，就会碰到一只发怒的山羊，这家伙连被希金波特姆小姐打扰了都会发火。"我想把可怜的乖乖拴在花园里，"她解释道，"可楼下的那些野蛮的西班牙人整日整夜地折磨它。他们迟早会吃了它的。"

在丹吉尔，并非所有怪人都是外来的。莫赫塔穿得破破烂烂，整日穿梭于集市，向摊主讨钱，每次都能讨到，并立即把战利品分发给街上的小孩。等到他累了，就钻进最近的一辆出租车，要求司机随便带他去城外什么地方，例如山顶或是马拉巴塔的灯塔。由于他身无分文，这些路程必然是免费的。因为莫赫塔是预言师[1]，也就是说他拥有一切权利，不负任何责任。根据民间信仰，个人的意识越是薄弱，就越能成为神传递话语的载体。

这里还有一个奇怪的小伙子，他在佐科契柯一直站了好几年，仰面朝天，寻找着预示某位和他有某种关联的英国女士归来的征兆。此举就是他清醒时的全职工作，无论经过他的人群里发生什么，都不会左右他的注意力，他只关注西班牙电报局头顶的那片天空。

你必然会遇到类似这些不靠谱的人，无论你人在哪里、如何遇到。丹吉尔的生活方式丰富多样，最令人心满意足的也许是买下一两幢摩洛哥房子（或是摩洛哥房屋附近的整个街区，就像芭芭拉·赫顿小姐那样），根据自己的想象重新翻造一番。你也可以在加利福尼亚

---

[1] Mejdoub，在阿拉伯语中指一个人的命运、命运的安排或命中注定的事情。文中用以指代对人的命运作出预言的人。

区租一幢美式平房，假装自己回家了。我在最终买下房产前住了几年旅馆。现在的美国年轻人和三十年前的做法一样，虽然那时候他们还没有因此被称为垮掉派。他们在麦地那或卡斯巴租下宽敞的老房子，而后群居，这样，每人每月只要支付两三美元的房费。吃饭问题不大，那里有几家摩洛哥小餐馆，25美分就能吃一顿午餐。晚餐通常是合作的，你负责所有的肉类和沙拉，我们搞定面包和红酒。这样的生活足够愉悦，直到冬季来临，这时房屋里会到处是雨水。人们终止租约，从昔日的乐土搬走，年轻些的美国人为了逃避房东，会住进小旅馆去，可这种逃避是徒劳的。安置问题一般都会得到解决，有时如果房子不太潮湿，更能隐忍的租客就继续住在里面，颤抖着熬到春天。人们总是有机会受邀前往山区，可以在那里熊熊燃烧的壁炉前取暖，管家还会备上新鲜的伏特加马丁尼酒。我年轻时，冬天时人们会去沙漠，可随着经济不断发展，穷人的快乐变成了富人的特权，现在冬天住在撒哈拉的开销很大，所以美国年轻人不再有如此这般的奢华享受。但正如他们所说，丹吉尔的风情值得他们来营造，而他们也正为此实践着。

滑稽的太阳海岸

原载于《假日》（1965年4月）

我在拉利内阿（La Linea）运气不错，令人欣喜。西班牙官方在直布罗陀和西班牙之间的过境地带对驾车者实施管控计划，每辆车都会在入口处被故意扣停十五分钟，由此造成了棘手的瓶颈问题，其目的就是让人们打消开车通过两个领地间的这片地方的念头。假如真有什么交通，那等待的时间也是遥遥无期，在拉利内阿一坐六七个小时也并不罕见。我们接受了司机的建议，一大早就出发，前面只有两辆车，三十五分钟内就进了入口大门。

披着清晨的阳光驶过安达卢西亚乡野地带，这感觉很棒。地中海在右侧铺展，就像一大块玻璃，表面光滑无纹，沿着前方蜿蜒的海岸线前行，诸多白色小镇在裸露的棕色和紫色的山脉映衬下清晰可见。

我第一次来到这片区域，就是现在被称为太阳海岸的地方，是在1934年。当时它还寂寂无名，好像谁都没把它放在眼里。我开车从格拉纳达直接前往海边的莫特里尔（Motril），然后沿海岸来到直布罗陀。一路景色并不特别引人入胜。北面是巍峨光秃的山脉，山地和地中海之间是一片缓坡平原，遍布着无花果、橄榄树、甘蔗、软木橡树，以及矮小的意大利伞松等，间或会出现一条悠长的小径，枣椰树夹道，一直通往偏远孤立的农场。到处能看见骆驼，它们和骡子拴在一起拉着犁。车行中令人印象尤为深刻的是140英里的地中海海滨，那茶色的沙滩地除了晒渔网和停泊渔船外，没有任何其他用途。那里的村落都是一片白色，就像安达卢西亚那里的村子，也许它们比大多数乡村都略显贫困。

自那以后，这片海滨就成了欧洲最壮观的地产繁荣区。在如此迅猛发展的地区，隔几个月就会展现不同变化，现在距离我前一次到那里已经三年多了。早在1961年，毛驴叫声就被交通的轰鸣盖过，吉他弹奏也被自动点唱机取代。今天，这种转变就更为彻底，在一些地方，卡车、起重机、水泥搅拌车和下水管道等形成小范围的混乱。山地被夷平，凹坑被填埋，道路被拓展，处处都有混凝土盒子拔地而起。体积小一些的是"地道的安达卢西亚别墅"，大一些的就是"高档豪华公寓"。它们从20世纪开始在此扎根。

凡是新的就是好的。在马拉加城外的托雷莫利诺斯镇中心，我上了一辆出租车，让司机前往卡利维拉宫旅馆，还加了一句："是最好的那家，对吧？"

"不，先生！"司机对我的无知感到几分得意，他告诉我说，"卡利维拉1960年就开始做生意啦，那以后这里又建了好几家。"他开始历数了几家建造更新、更高级的旅馆，详细介绍着它们的各种优点，很想让我亲自见识其中一家。我婉言谢绝，他勉强表示赞同，说卡利维拉也很不错，但有一个事实无可回避，即它造了已有四年了。他以为我会更喜欢再好一点的。

我第一次在托雷莫利诺斯漫步，就有一种一连串巨型炸弹坠落此地的印象。那里原来是一个安静的小镇，坐落于海边一处不太高的悬崖顶上，20世纪的最初几十年里，有几位西班牙城市居民在这里建造了一些丑陋的别墅，很像葡萄牙阿尔加维（Algarve）海岸的岩石海滩（Praia da Rocha），只是这里还有一些遮阴的大树。（现在已经没有了。）悬崖顶上还有两个小旅店，从那里可以俯瞰大海。我曾经在这两个旅店里各住了几星期，可现在连旧址都找不到了。当年在圣克拉拉旅店，人们可以俯瞰卡利维拉镇，那是一连串沿着海滩的渔屋，屋外铺晒着渔网，孩子们赤身裸体地跑来跑去。现在，卡利维拉还在，它已经变成了一个粗糙简陋的小中枢地带，聚集着各种酒吧和出租屋，那里有原住民住在部分被改建的小屋里，这些人和那些从斯德哥尔摩和汉堡赶来度假聚会的姑娘比邻而居。

在这里生活超过十年的外国人会觉得自己也是当地老居民了，他们觉得，托雷莫利诺斯越来越像拉斯维加斯，而与圣巴巴拉渐行渐远，对此他们非常恼火。还有，托雷莫利诺斯成了整个海岸的风格引领者，那里是繁荣开始的地方，各种随心所欲的建筑工程早已开展很久，比例越发失调。"看看他们都对它干了啥！它以前那么迷人，现在你瞧瞧！"

此地当然不像西班牙，倘若他们是这么想的话。可更为严峻的事是，作为塞维利亚大安达卢西亚的城市，哥尔多瓦和格拉纳达也会经历同样劫数而形象受损。面对这样的问题，对一个马拉加郊外俗气小地方的遭遇，我们又能怎样呢？我倒希望托雷莫利诺斯的愤怒之火甚至能更猛烈些，也许这愤怒到达了极限，其荒谬程度连西班牙人自己都能明显察觉，那么他们就会采取措施，防止自己国家的其他地方受这种建筑瘟疫的感染。很有可能，整个太阳海岸最后都会呈现同样的混乱面貌，就像现在这两英里长的托雷莫利诺斯海滨，到那时候，规划设计已经来不及拯救它了。

人们告诉我,此地现状已经惨不忍睹,最近成立了一个业主协会,它强调自己的目标之一就是要立法限制城外社区的建筑物高度。如果这样的法律能通过,那么即便有人想造一幢战舰式宾馆,或有人要造一系列冰屋状或塔状公寓楼,这样的错误至少无法在10英里外被人看到。人们认为,即使只能做到这一步,至少也是一个开端。

托雷莫利诺斯究竟什么样?一封短短的居民来信为大家简明扼要地阐述了其核心特征。此信刊于《守望者》(*Lookout*),那是一本在城中主街上出版发行的英文杂志,信中说:"今天上午我朝窗外望去,只见水面有两个巨大的东西在上下浮动。再仔细一看,发现是锚在水上做广告的巨大的百事可乐和美年达塑料瓶。"托雷莫利诺斯就是一件活生生的通俗艺术品,那里的居民们为此竭力捍卫。对肯尼斯·泰南[1]在《时尚先生》(*Esquire*)上题为"趣事的缺憾"(Eclipse of the Fun)一文,《守望者》以"糟糕透顶的托雷莫利诺斯"专刊予以巧妙回应。编辑由此表述了当地人的观点:"像托雷莫利诺斯这样一个渺小、气人、罪孽、混乱嘈杂的海滨名胜,正好能用来补上这个缺憾。"

最近,在马拉加技术协调与发展办公室刊发的长达238页题为"太阳海岸及其存在的问题"的报道中,有一张很大的双页图表,上面记录着各种重大和非重大交通事故,都是去年发生在同一条连接城市和海滨的高速公路上的。看到15英尺宽的公路上堵满法拉利、梅赛德斯300、捷豹和阿斯顿·马丁,真让人搞不明白这么多人究竟是怎么活下

---

1 Kenneth Tynan(1927—1980),英国剧评家、作家。

来的。可偏偏就是在像托雷莫利诺斯这段被拓宽的公路上，交通事故率要高得更多。

我搭出租车去马拉加，那经历堪称死去活来。像往常一样，公路上1/4的车辆都是承载十吨的大卡车，运载的是碎石和建筑材料，其中有辆车经常毫无征兆地不停刹车停车。在我们和那辆卡车之间还有三辆小车，大家你追我赶车速很快。每个司机都向左打弯，几辆车差点连环相撞。还好这时没有迎面来的车，大家都活了下来。

托雷莫利诺斯的一个美国人告诉我："此地的交通事故很出名。"

"是啊，沿海岸一路都听人这么说。"

"不过这里发生的最壮观。有人脑袋飞到公路那一边，身体还躺在这一边。"

不管身体部位掉在哪里，反正托雷莫利诺斯绝不是一个适于步行的地方。每次我想进城，都得在高速公路上步行一段距离，可就是无处落脚。以后，他们也许会在这些尘土堆积的小丘状的地方修上人行道。

小说家霍诺尔·特雷西[1]在离开托雷莫利诺斯几年后重返当地，经历了一次创伤般的震惊。她这样写道："此时看着它，仿佛看着朋友满脸疮痍：遍布肉疣、囊赘、痛疖、痘疹、麻风和狼疮。"对此我当然很有同感，可是她尖锐的措辞令我困惑，因为她朋友的脸庞起初就平平无奇啊。

《守望者》警告读者要提防记者，因为记者很"危险"。外国杂志提到酗酒、吸毒，或海滨居民不正常的性行为时，就会引发不满。这很自然，也颇有道理。大家都知道，媒体上那些标明日期与发表地点的对托雷莫利诺斯、丹吉尔、那不勒斯或是澳门的众多负面报道，

---

[1] Honor Tracy（1913—1989），英国小说家、游记作家。

必然是凭空捏造，哪怕貌似最为客观的也多为夸张虚浮。

对这样的放纵行为，地方当局的态度令人惊讶地隐忍克制，但这只是旁观者的感受。一个本地的波希米亚人扼要概之："这里的外国人从不会被逮捕，除了西班牙人。"这里的居民无疑受到了严密监视，不过我很怀疑这是西班牙犯罪率低的原因，更有可能的原因是西班牙文化的实际特征：我觉得最重要的是，他们强调家庭忠诚，一切以爱为前提。西班牙人中精神疾患者寥寥，很少有人会觉得自己多余或受排斥。

红色霓虹灯管显映出"*B*A*R*S"（酒吧）字样，嘈杂声飘入狭窄的街道。每个人都在扮演西班牙人的角色，拍着手，大叫"乌拉！"。管辖区的命名始终强调着热带主题：塔希提（Tahiti）、阿罗哈（Aloha）、塔布（Tabu）、阿卡普尔科、安的列斯（Las Antillas）、厄瓜多尔（Ecuador）、热带区（La Tropicana）等。一位侍者骄傲地说："现在我们在西班牙有了迈阿密海滩。"

假如托雷莫利诺斯是迈阿密，那么海岸西面的马贝利亚（Marbella）就是棕榈滩了。业主名册上的名号和地位熠熠生辉，诸如阿尔巴公爵、俾斯麦王子与公主、比拉维尔德男爵、温莎公爵和公爵夫人等。那地方号称是欧洲最佳冬日胜地，此时被认为是太阳海岸最优雅宜居之地。这一点也反映在物价上，即便是超市的价格也比该地区其他城镇高出10%～20%。游客会觉得自己是在为身处本地的特权而支付奢侈品税，因为它保留了一些安达卢西亚风情。

这里气候宜人，可是11月份的日落很早。下午，我坐在广场对面的咖啡馆里，风有些凛冽，树叶纷纷飘落，盖住了报摊和长椅周围的人行道。我一直坐着，直到受不了寒冷，便起身朝着海滩走。风更加刺骨。一个大个子瑞典人摸索着往水色渐暗的海里走去，开始傍晚下水的活动。马贝利亚到了下午什么事都做不成，一些商店下午一点就关门，其他的到两点也打烊了，另外一些两点半结束，它们差不多会在三个小时后再营业。佛朗哥发起一项运动，规劝老百姓采取将一切提早完成的生活作息安排，但这一号召在太阳海岸似乎没有奏效。一天夜里，马德里查瑞拉小歌剧院有《生命之路》的表演，那是一个欢庆节目，我觉得自己在这个演出现场有点引人注目，因为观看表演的人既不用穿系白领结的正式晚礼服，也不用穿系黑领结的半正式礼服。到了午夜准点，歌剧的第一组音符在大厅中荡漾，凌晨一点五十分我们离开剧场。一切照旧。

阿方索·霍恩洛厄亲王（Prince Alfonso Hohenlohe）是马贝利亚俱乐部酒店的缔造者和主人，他说起自己曾经和一位到访的瑞士银行家打了个赌，赌注一千比塞塔，说给对方三次机会，保证他猜不到自己在地价上的盈利率。银行家肯定觉得自己会输，但身为宾馆的客人，他还是接受了打赌。"提醒一下，这个赌注可是很高的哦。"亲王对他说。

"百分之两千。"银行家说。

"还要高很多。"

"好吧，百分之五千。"

"再高，再高很多。我提醒过你的哦。"

"百分之两万五？"

"你输了，"亲王说，"我买地时它是一平方米五十分，卖出时每平方米两千比塞塔。百分之四十万。"

店铺橱窗和酒吧都张挂着感恩节晚宴和舞会招贴画。（只有三百张票，每人五美元，包括全套的火鸡大餐、香槟酒、舞会、节目表演等。）但是你一定要带上美国护照。我得知本地区的美国居民人数不足三百人。马拉加旅游局负责人声称并没有对居民或游客进行国籍登记，他们怀疑连警方都没有这样的名单。不过据说德国人在数量上最多，其次是瑞典人，再就是丹麦人和英国人。

太阳海岸在西班牙地图上差不多就是一条线，它身后就是广袤美丽的安达卢西亚山脉地带。从高速公路主道岔开的任何一条公路都直接通往山区，那里的村庄绵延在山坡上，到处是石榴树、杏树，千百年来没有变化。其中有三四棵树，因为太靠近海岸，果实都被外国人吃光了。那里最令人愉悦的村庄是库里亚那（Churriana），就在托雷莫利诺斯上面大约两英里外，海明威曾经来这里，和比尔·戴维斯住在一起。沿着戴维斯家附近的公路再往下去，就是布雷南的家。这一带若有文学或艺术名人来访，那他多半会坐在布雷南家的花园里，就在防风竹林的林荫下。

我第一次走进杰拉德·布雷南的家，立刻意识到，那地方的建筑师、装潢师、园艺师必然在各自施工前都对地产进行过细致彻底的检查和勘测。我对主人说，居住在这样美好闲适的家中，书香为伴，室外漂亮的花园里满是果实鲜花，安静、愉悦的仆人又把生活打理得如此周全，这是多么理想的生活状态。主人回答说，这未必啊。接着他就给我讲了一件怪事。

西班牙内战时期，布雷南一家离开马拉加前往英国。不出意料，当局征用了他们的房子，并让几户西班牙家庭搬了进来。园丁长期为英国人打工，他受不了新的环境，这时又听说附近来了一个古怪的英国人，正在找地方住，便去找到此人，建议他可以来布雷南家住。结果，那些占住者只能搬出去，英国人和他的法国妻子住了进来，月租

135比塞塔。当布雷南一家最后要返回马拉加时,新租户已在宅院的一楼主屋愉快地安居了一段时日,日子过得很惬意,他们都不想走了。

"可我们当然得把房子要回来,整个宅院都得要回来。"布雷南告诉他们。

"那你就试试。"英国人回复道。

两边都请了律师,租户运气好,又精明,请到了一位非常年轻的、刚刚挂牌营业的律师。根据西班牙的先例,第一次接案子的律师有权在听证会前找到法官,替委托人提出个人诉求;法官通常会在裁决时有所偏颇。就这样,租户继续赖着不走。此后布雷南就给他们送了1000英镑,想把事情了了。对方无动于衷。

"瞧!"他指着栏杆外的楼梯最底下,那里靠门堆着旧屏风和家具。

我简直不敢相信:"您是说他们还住着?"

"还占着我们最好的几间屋子,用着我们最好的家具。"(而且,我得知,这些人依然支付每月135比塞塔的房租,相当于2.25美元。)

"他到底是什么人哪?"我愤愤不平地问。

"哦,从第一天起我就没理过他。我只见过他两次。"他说。

"你是说从那以后?这么多年?二十七年里?"

"是啊,确实差不多二十七年了。"他承认道。

西班牙旅馆的房间在温度和照明方面常常不尽如人意。夏季,当你晚上返回时,卧室里有时简直酷热难耐,你宁愿躺在瓷砖地面上,也不愿靠近床铺;到了冬天,你醒着的时候最好穿一件大衣。今天,列在官方豪华旅馆名录上的旅店必须有空调,这样就不会有上述麻烦。不过照明对夜猫子依然严苛。我被告知,夜晚不是适于读书写作的时间,床铺不是适于读书写作的地方。

安达卢西亚人和他们的摩洛哥祖先一样,是极其群居的一类,他们认为喜爱独处和隐居哪怕不令人怀疑,至少也是不正常的。对他们来说,独自一人就是孤独。太阳海岸几乎不可能找到单人房间,一人独住,房价一般不会有折扣。独自旅行会很不方便。

若是讨论怎样才是好旅馆,必然会引发争议。在我看来,旅馆首先是为了住宿,我的标准就是舒适和简洁,换言之就是非常安静,要有一张好床铺,其次才是供暖、水管和服务。公共房间、商店、庭院、水池、网球场和高尔夫球场等压根儿不在我的考虑范围。全世界的旅馆餐饮都糟糕得要命,一顿可口餐食令人愉悦,几乎是意料之外的惊喜,绝非必要条件。

西班牙旅馆的服务一直以来仅仅是一种善意之为。我猜想,这是因为西班牙人确实不要求或期待什么服务,他们要的就是门面。如果能有一支常规队伍时刻听命,小伙子们穿着精心裁剪的制服,训练有素地鞠躬,微笑着说"好的,先生",他们就心满意足了。

太阳海岸一带有诸多关于最新建造的"唐佩皮大酒店"的讨论。(为什么会有人想建造一座巨型豪华大厦,并称之为"乔先生酒店",这还是个谜,尽管周围人都认为这完全合乎自然。他们说是根据主人命名的。)大酒店坐落在海边的乡野中心,在马贝拉西面一英里处,号称有"三个灯光游泳池和桑拿中心"。它是海岸地带最昂贵的酒店,唉,但并不是最佳的。当代建筑技术也许适用于城市居住,各种户外嘈杂声有助于掩盖在你楼上、楼下和隔壁的室内噪声,可附近若是很安静,就更加反衬出嘈杂。

为了晚宴,我正在浴室里刮胡子。突然卧室里传来一个男人的声音,喊着"嗨,安娜!",他又喊了一声,音量更大了。我赶紧跑出去,手里还拿着剃刀。当我发现声音来自隔墙的房间时,感到惊讶而非安慰。"我要穿件运动衫。"那声音说着。

中间停顿了一下。"穿运动衫干吗?"接着有声音问道。

听不清楚的低语声从浴室里传来。

"哦。"此时声音停了,别再指望了。

那声音没有带来宁静的夜晚。我觉得安娜也不见得能享受静谧,她倒是很有可能习惯了混响的呼噜声。我把耳塞塞在耳朵里,空调的呼呼声和谐地弥漫在夜色中。早晨我听到的第一个声音就是安娜的,"你错了,哈里,我告诉你原因。"原来是有人把一个硬币塞进了酒吧的自动点唱机,就在花园尽头阳台下面,此后机器开始咯咯咯叮叮当地作响。(显然他们是在调试点唱机,发现在户外音量不够大。)

我点了早餐。过了一会儿,在阳台上,在海鸥的叫声和水流冲刷沙滩的沙沙声中(这时点唱机的声音停了),我喝着温热的咖啡。"早啊,亲爱的。"安娜对沿露台更远处的阳台上的一个女人招呼道(她们俩肯定都倚在栏杆上,就为了看到对方),"你知道哈里昨晚干什么了吗?他直接上床,婴儿似的沉睡了十个钟头。"

在西班牙的旅馆里,若是浴缸上安装了铁链,这可是身份显赫的标志。拉住铁链是用来使劲的,以防洗澡的人没力气从浴缸出来。唐佩皮宾馆除了链子还安装了电话。一天夜里我正躺在浴缸里,电话铃声响个不停。我犹豫着,想到反正触电死得干脆,便抓起话筒。

"您好!"一个动听的女声。

"是马诺洛?"

"不,我不是马诺洛。"我想这下对方该罢休了吧。可是她没挂电话。

"啊，马诺洛不在吗？"

"你要打哪个房间？"肥皂水进了我眼睛。

"615室。"

"615室没错，可是马诺洛不住这里。您弄错了。"

她笑起来："我们就在楼下大堂。帕科和安东尼奥和我们在一起。我们要上楼喽。"

看来非得换成英语。我立即换语言，并提高了声音。她连忙道歉。

虽然有像唐佩皮这里的各种小尴尬，但对那些转悠过欧洲其他地方的游客来说，太阳海岸依然是休憩身心的好地方。这里的棕榈树常年茂盛，服务收费明晰，不包括模糊的小费。你在柜台结账，账单从不会出错，收费明细的总数也不会上浮20%～30%。这里不见人们常有的诸如收取小费的抱怨。这简直就像共和国年代，当时每家咖啡馆的桌子上都会有标志牌告知禁止给小费，如果你支付出错了的话，对方就会很有礼貌而坚决地将那些硬币退还给你。

快速提高的生活水准早已让海岸居民有了很大的改变。年轻一代身材更高，甚至外表上不再有一眼可辨的"西班牙特征"。人们开始明白，最初被认为是国民性的特征，只是因为当时太穷。耸起的双肩，低垂的脑袋，满是尘土的黑色外衣，这些安达卢西亚标志已然消失。繁荣让那句古老的法国戏谑变得不合时宜，即地中海和比利牛斯山是欧洲的南部边界。不断变化成了生活的本质，无论对与错，居住在这些地区的人们都用一句坚韧而干脆的话概之：

"天天向上！"

卡萨布兰卡

原载于《假日》（1966年9月）

美国游客第一次来到摩洛哥，有一个城市的名字他必然烂熟于胸，也绝不会错过，那就是卡萨布兰卡。对本国居民而言，这就需要一番解释了。他会问："为什么是卡萨布兰卡？"这名字似乎意味着一个神秘而令人兴奋的地方。继续探究下去，那位居民往往会将他人的兴趣追溯到一个事实，即曾经有一部同名电影上映，自那以后这个城市就声名远播，成了一个带有危险色彩的旖旎东方迷宫。（《卡萨布兰卡》是"二战"时的一部美国电影，片名完全可以叫"开罗"或"大马士革"，因为大西洋港口城市的景色都差不多。但是这并不重要，总之这地名自带魅力。）于是游客们来了，他们发现这里没有蜿蜒小巷，也没有包头巾的酋长在策划国际阴谋。相反，游客面对的是一个现代都市，就像更新一些的哈瓦那，宽阔的大街绵延数英里，很偶然才会出现小巷和包头巾的人。这里也有阴谋诡计和犯罪，但都并不神秘也不东方。卡萨布兰卡不是摩洛哥城市，它是一块外国飞地，是钉在摩洛哥腹部的一枚外国钉子。如果本地居民无法劝服游客打消来访计划，他至少该建议对方首先好好游览该国的其他地区。

这个城市就像一个巨大的贝壳，尤其是在夜晚，在霓虹弧光灯下，悠长的大街空荡荡的，给人以军队刚刚撤出的感觉。白天，这里似乎仍然有法国幽灵侵扰，那鬼魅萦绕不去。随着时间的推移，我们确实会不断意识到这一点，直到法国和摩洛哥文化的可辨差异最终消弭。摩洛哥人渴望摆脱殖民主义的法国，这当然可以理解，但他们试图利用这片土地，将其变得比法国更富有法国风格，这一主要目的并非立刻就能达成。

在这个欧化的城市中居住着穆斯林，这倒有一点令人恐惧。对于该国其他城市的外国居民来说，卡萨布兰卡就是"替罪羊"。那里的一切都更加糟糕，人们乐于提醒自己，摩洛哥一切令人讨厌的东西都更多地在那里汇聚。他们常常庆幸自己可以远离那个地方。1931年元旦那天，我在旅馆里醒来，听见外面街上有吵闹声，感觉到其中有强烈的敌意。我了解摩洛哥，但是对卡萨布兰卡知之甚少，那是因为我一直有意回避它，常常宁愿花一两天时间穿越山区，也不愿与这个大城市有哪怕短暂的接触。在法国占领时期，有一句广为流传的话：卡萨布兰卡将两个世界最糟糕的东西一并体现，意思是，法国人最傲慢乖戾，而摩洛哥人则最为腐朽，换言之，这里也是最欧化的。

当然，终于有一天我因为这样或那样的原因不得不去那里，而且还常常前往，我发现它还真有法国人所谓的味道。城市潜在的杂糅性已然令我困惑，日本人，甚至印度人都竭力达成一种可行的文化融合模式，也许有一天这里也会出现某种选择性，即接受哪一些欧洲的生活元素，摈弃哪一些对现存文化产生危害的东西。

当你一早离开宾馆，在大街的车流中叫住一辆玩具般的出租车，很有可能你会直接进入了路易斯·卡罗尔[1]的仙境。其实你只要与出

---

[1] Lewis Carroll（1832—1898），英国作家，《爱丽丝漫游仙境》的作者。

租车司机交谈甚欢，就能进入这种状态。完全反逻辑，装模作样的不合逻辑，无耻的自相矛盾，出乎意料的胡说八道，加上事事铆着劲暗中让你不爽，所有这一切让你觉得顿时掉进了兔子洞或跌进了镜子的另一边。你先是努力说服自己，这只不过是司机操练熟悉的高谈阔论，误以为他这样做是想让你最后多给点钱，可是几次经历下来，你不得不否定这一论断，因为这很难解释，为何整个谈话氛围是论战式的，还混杂着司机的傲慢态度？为何他们思绪的疯狂愚蠢会表现得如此明显而一致？

一天，我搭出租车前往水族馆，刚说出地址，司机回头说："我知道你为什么要去那里。"

"是吗？"我说，没太在意。

"是的，我去过那里，见过那里有些啥玩意儿，都是假的。我见过那里的猫，它以为人人都把它当作狗。不过我也见过它吃东西，它只吃鱼。你见过有狗这样的吗？"听到这里，我开始怀疑他喝醉了，赶紧把注意力转到边道上过来的车流。不过我们还是顺利抵达了。我买了票走进去。很快我就见到了他说的猫：就在入口处的水池里，狂吠着，扮演着小丑，原来是一只棕色的海豹。

还有一位司机，在等红灯变绿时转过头来对着我，像是继续之前的谈话，说道："你戴着手套，多少钱？"我很意外，看来他很想要那副手套，心想最好当礼物送他，如果不行就让他买下来。手套是几年前买的，我也忘了价格。对摩洛哥人来说，要是有人不知道花了多少钱买的东西，那人准是傻瓜。

我乱报了个价："两千法郎。"

他在等下一个红灯："我给你一千法郎。"

我笑了起来。车子继续往前行。这会儿他说："要不明天我开车送你去艾因迪亚卜海滩（Ain Diab），你游泳我等你。这样比一千法郎更值。"

"我明天不想去艾因迪亚卜。"

他没再说话，直到我下车付钱。他懊恼地看着我。"我还以为你会很友好。"他沮丧地说。

出租车上有里程表，可是司机从不打表，而是到了终点随便报个价。有一天我决定试图让一位司机打表计价。我上了车便问：

"到底怎么回事，你们出租车司机从来不用里程表？"

"表不好使。"他说。

"你是说所有的表都坏了？"

"它们反应不够快。再说了，大家都知道从一个地方到另一个地方要花多少钱。如果你打表，反而糊涂了，不知道到底得付多少。"

"就付表上的价格呀，难道不是？"

他好像一下子有点恼火，接着又笑了起来："没用的，这阵子啥啥都太贵了。"他开始如数报起了食品种类，一样样报出它们的近期价格和当前价格。我打断了他。

"那你要收我多少钱？"

"哦，大家都知道应该是250法郎。"他轻快地说道，又继续说起了食品市场行情，直到抵达目的地。他停下车，转了转身子，说："300法郎。"

"你刚才还说是250法郎的。"

"没错，先生，"他同意道，"的确是250法郎，可物价就是这样的啊。"这会儿他假装大笑，一边做着怪样，一边紧紧盯着我，"你永远不知道什么时候会涨价。"

卡萨布兰卡不断上涨的物价确实比其他小城镇和乡村地区都令人

难忘。这里的工薪阶层首先会流离失所，进而失去文化之根。这里就是孤岛，与大陆的母体文化隔离。半文盲和亲欧派根本不知道如何按照先辈的，甚至是现在外省摩洛哥人的方式生活。他们不讲究饮食，姑娘们在成长过程中都不知道如何用本地主要作物来烹饪传统菜肴。所以他们只能退回到吃包装食品或半成品，加上现成的调味酱，就着可口可乐和橙汁吃下去。恰恰是那些加工制品，往往是进口的东西，它们收高额的税，所以价格最高，普通工人的预算根本无法应付日常消费。

这个城市还没有从摩洛哥独立及与法国脱离所引发的经济挫折中恢复过来，由此导致的欧洲资本和人员的流失，又造成了经济萧条和高失业率，这几年，情况也没有因为摩洛哥商人们的创业精神而有所缓和改善。在过去五年里，甚至人口都有所下降。〔1952年在巴黎出版的《蓝皮指南》(*The Guide Bleu*) 就明确预言，该城市到1960年人口将达150万。如果该书编者在政治上更加敏锐一些的话，恐怕不会做出如此轻率的预测，因为法国和苏丹之间的误解不断加深，导致次年苏丹被流放，该地直接进入独立。〕1965年的全部人口94.7万人中有81.7万是穆斯林，7.6万是欧洲人，还有5.4万是摩洛哥犹太人，实际总数少于1960年，第一类人口的增加数少于后两类人口的减少数。

当前，人们似乎都在努力减轻欧洲对造成该国经济困境的愧疚感，摩洛哥商人倾向于指责自身缺乏进取精神。不过，假如事态并不如此的话，历史就会截然不同。在法国统治下，由摩洛哥人自己开发的领域极为有限，只有纺织业、制糖业、茶叶和地产几个部分，它们都不会迫使经营者改变传统的经营模式。很难看出有什么可以对它们加以指责的原因，因为这样的模式其本质就是抵制变化，强硬地坚持要与20世纪的做法抗衡。卡萨布兰卡的一位年轻人德利斯·查拉夫对经济有更细致的观察和剖析，他说："不看表面现象的话，摩洛哥商人依然只是普通的店主，还是对长期投资和企业精神一无所知，毫无预期风险意识。总之，他们缺乏基本的经济学知识。"

这无疑是正确的，可是，提供必要的行业培训是一个长期的风险项目，而局势需要快速行动。国有化（社会化的一种可接受的委婉说法）是出路。这样的话，摩洛哥居民若是不趁机把经营业务掌握在自己手中，机会就稍纵即逝。

随着时间流逝，经济局面恶化，摩洛哥与欧洲似乎达成了临时停战协议。双方都没有流露出明显的不友好态度。1965年3月发生了最近一次的城市暴动，导致很多人丧命，财产损失惨重，令人震惊的是，没有一个欧洲人受伤，也没有一家欧洲人商店受损。令人讨厌的法国人，这些硬核分子，这些种族主义殖民者都离开了，穆斯林取而代之，成了民众发泄不满的对象。

通常来说，摩洛哥人即便衣衫褴褛，都有一种打不垮的自负，甚至是高贵感。他们不会想到对自己的经济地位加以评判，也不会把"贫困"一词和自己的生活挂钩。他们简单、朴素，甚至是隐忍，但绝非贫困。但近日在卡萨布兰卡，说你像摩洛哥人就意味着你很穷。绝大多数的居民根本不去市中心，而宁愿待在穷人那些个脏兮兮的地区，这并不令人惊讶。你在外面溜达，会觉得这里有点像印度：同样是数不尽的人群，各不相同，衣着破烂，在悠长阴郁的街道上不停地来来往往。到了夜晚，穷人们簇拥着占据市中心。公园里禁止睡觉，他们就躺在门廊和沿主街的过道上。你只能说，现在这样的人比法国占领时期少了些。其他人去哪里了？死了，或被关在监狱里。

到了夜晚，一整日游览卡萨布兰卡的游客们乘着游船归来，尽管贫穷引人注目，它也只是游船上的人热衷的第二个话题。人们首要关注的是岸上人人都参与的错综复杂的金融投机。每个游客手里都有一本与此相关的流浪汉小说，故事从彻底的、戏剧性的失败到想象的成功，应有尽有。（这里我用了"想象的"一词，是因为我怀疑，和卡萨布兰卡集市的商贩打交道，没有人会真的大获全胜，不过我也许对后者的商业头脑和推销手段有些溢美夸张。）

在购买小地毯、跪垫、盘子时遇到困难的不仅是游客，任何人买任何东西都一样。讲两个普通不过的例子，一个发生在昨天，一个是今天上午，它们能说明交易中固有的复杂性。我走进一家卖二手书的小文具店，在书架上认真地查找书籍。我惊讶地发现了一本已经绝版好几年的博尔赫斯的书，书页都没有裁过。和所有其他书一样，价格是标在最后一页的。我把书和500法郎递给店主，店主告诉我这价格之外得再加付1000法郎，并强调说那500法郎只是租书价。"有些书是卖的，还有一些是租的。"他解释道。

"可是我怎么区分呢？"我想探个究竟。

"那只有我来告诉你了。"他说。所以我丢下书转身离开了。

今天返回宾馆时，我经过一家很大的食品超市。杜本内酒标价1050法郎，维希矿泉水125法郎。我拿了一瓶杜本内酒和三瓶维希矿泉水，账单出来是1625法郎。我发现那瓶杜本内酒他们收了我1250法郎，就和他们争执起来，我给他们看货架上的价格标签。他们又打了一个新账单，在杜本内酒上加了35法郎，就是当场临时加的，并把维希矿泉水的价格改到了130法郎。他们没法一下子多收整200法郎，就立即加了50法郎上去。我付钱时不怀好意地对着账单笑了笑，然后看看他们。这让他们犯难了，我是不该了解内情的。像我这样的基督徒是不该细查账单的，他们以为基督徒就该始终对价值和价格毫无概念。既然我让他们知道我对收费过高问题心知肚明，而且依然愿意按这个价格付钱，这就让我成了不友好的、可疑的人物。他们一直盯着我看，我离开时他们还在咕哝着。

这里的警察彬彬有礼、和蔼迷人，也很乐于助人。假如你向他们问路，他们会不吝时间和耐心，但他们不可能向你提供所需要的信息。这些人与他们身处的城市缺乏深厚联系，可以这么说，他们忙于紧张的内在生活。丹吉尔的一位英国居民在卡萨布兰卡街上被叫住，并要求将车子路边靠停。"您的车灯有问题，先生。"年轻的警官说着，慢步走上去。因为当时是大白天，那个英国人就很吃惊。"是白色玻璃，"警察小伙子说，"应该用黄色玻璃。你得换上新的车前灯。"

"你能给我一个合理的解释吗，为什么我要花钱花精力买新的车前灯呢？"

警察耸耸肩。"我不知道，"他说，"现在就流行这个。"

周六，市中心萧条阴沉，商店大门紧闭，拱廊长街不见人影。到了工作日，中心市场附近的工薪阶层餐馆里弥漫着巴黎氛围，那是一派战前巴黎的景象，地板上到处散落着木屑，餐桌上放着大开版的报纸，烟雾腾腾的空气里充满了嗡嗡的谈话声，老板娘在角落柜台后面观察着一切，不时停下手里的编织活，泡一壶浓缩咖啡或是把一瓶酒递给侍者。白天那里有很多不错的位子，可到了周六和周日店家就不开了。于是我想到要前往艾因迪亚卜，去海边吃饭。在等出租车时，我闻到从港口那头的街上飘来的潮湿的海洋气息，便想起人们一直抱怨的卡萨布拉卡的永久潮湿。吹拂过城市的冬季风是湿润的，到了夏天就只有潮湿了，气候并不炎热难耐。但利奥特广场（Pare Lyautey）的棕榈树下，地面上的苔藓常年都绿油油的。

通往艾因迪亚卜的海岸上沙滩与岩石交替，那片海域并不平静，白色的雾霭穿过平坦的土地往内陆飘过来，平地上星星点点地散布着大型住房工程的工地。看来，有一部分人似乎和我的出行想法一致：有些餐馆都客满了。我挑选了一家，那里的阳台空着，这也许表明那里的餐食质量平庸。我坐了下来，海风不停将餐布吹拂着盖住玻璃水瓶。侍者拿上了菜单，我研究了片刻，不禁笑起来。那是一片折叠卡纸，上面左边一栏印着法语，右边是英语。这还是头一次，说英语的客人看到"Pâté Maison"（家庭肉馅饼）被译成了"家庭酱面"（House Paste）。我肯定食物味道会很糟糕。不过，就着一瓶摩洛哥上好的玫瑰葡萄酒布拉瓦尼（Gris de Boulaouane），这顿饭哪怕不算太美味，也还算很过得去了。我坐了很久，看着人们从身旁不断经过。

我差不多吃完时，一大群摩洛哥人乘坐两辆轿车来到这里，在我身旁的阳台上玩起了众所周知的新兴上流社会游戏，就是用法语句子和短语高声说话，用阿拉伯语低声交谈。我说的"用法语"是因为他们以为自己说的是法语，尽管他们在模仿以前的科西嘉和马赛殖民者的口音上其实并不成功，后者的那一口蹩脚法语已经是最棒的了。元音令人难以分辨，音节变化被扭曲，重音也放错位置，辅音则被阿拉伯发音取代。说话者越是流利，他的法语发音就越是古怪变异。其中一个人兴奋地喊道："沃客收不勒塔，沃客收不勒塔！"我懂他的意思是："我可受不了他！"要不是我自己在那里住了好几年，怎么可能听得懂？我很怀疑。这种新法语完全是另一种语言。

大约一刻钟后，他们各自说回了自己的语言，于是我决定查一下哈切特的《摩洛哥蓝皮指南》对卡萨布兰卡的历史是怎么介绍的。旅游指南就像电话簿，是用来查找信息而非阅读的，但有时候在一堆事实资料中，你能找到并留意到一些之前没有注意的、很值得一查的信息。不过这一次，我身处熙熙攘攘的车流人群，听着巨浪拍岸，读着指南，内心真是唏嘘不已。

这座城市最初是从海边的低矮丘陵发展而来的，那里距我现在坐着的地方大约一英里，叫作安法（Anfa），现在也是这个名字，已经是一片建造着大量豪宅之地，但没人知道最初过来建城的究竟是腓尼基人、罗马人还是柏柏尔人。不过，阿拉伯人从中东过来并掌控了此地，这段历史是很明确的。他们把这里作为组织有序的海盗团体的大本营，这些人的习惯就是驶往葡萄牙，并在塔霍河口埋伏，等待船只进出。葡萄牙人忍无可忍，就尾随着掠夺者来到安法，洗劫了这个地方。后来到了16世纪，他们占领该地并进行重建，称之为卡萨布兰卡。摩洛哥人用了两百年时间重回自己的城市，这一次人人都习惯了此地被叫作"白色房屋"，所以就没改名字，只是将它译为"达累尔贝达"（Dar el Beida），现在所有讲阿拉伯语的人都这么叫它。

我推测，卡萨布兰卡的古代历史一定很无趣，因为这地方本身并不重要，直到法国人进来以后才有所改变。法国人对它的发展有周全细致的规划，事先就造成一种局面，以此为借口发动攻击。（欧洲人干坏事时需要有道德上的辩护理由。）他们派德鲁德将军率领三千人的军队过来。在利奥特广场的花园里刻着一段令人回味的铭文：

> 1907年8月7日，法国人于此地首次登陆摩洛哥领土，德鲁德将军建指挥所，插旗驻军。

我喝下最后半杯布拉瓦尼，想到将军夜晚就伫立在那里，头顶着这方新土地上的苍穹，倾听着狗吠，他也许像加缪一样，会感叹那声音在北非的传播距离是在欧洲的十倍。他有否想过，因为他的到来，这地方不会再像从前？不，我想他没有。他只担心自己的肝脏，焦躁地想着是否有足够的维特尔或维希矿泉水一箱箱运过来。

我翻到此地的地图，书页是对折的，我漫不经心地瞥了一眼，突然惊住了。卡萨布兰卡的海岸是正东西走向，我之前一直以为它是西南至东北走向。我到底还是从《蓝皮指南》中学到了点东西。接着我研究起城市地图，发现其设计很像一个剧场，港口就是弧线形的舞台前部，主通道像走廊一样连通各处。

有人在调试晶体管收音机，我付账离开，下台阶朝公园走去，那里就在上主街和下海滩的中段。空气很潮湿，公园里空荡荡的。不对，那里还有一个男人在，他穿着灰色西装，不是欧洲人就是摩洛哥人，正焦躁地来回踱步。我觉得他像是在寻找什么东西。他突然来到路边一道低矮的栅栏处，走了一小段路，穿过草皮冲着一棵棕榈树走去。一秒钟之后，就见他亲吻着草地，开始了仪式般地鞠躬，他的领带在风中摆动。为什么这里会有这种罕见的怪异一幕呢？我以前多次见过穆斯林在大街上祈祷。若是那地方像摩洛哥，或者哪怕那男人穿得像穆斯林，情况就不同了。就因为穆斯林的生活姿态与卡萨布兰卡普遍的欧式装饰不相容，此举才如此令人意外和引人关注。这个城市的面貌和城市街道上发生的事情之间，有一种恒久的矛盾。

我搭出租车回到市中心的法兰西广场，两种文明在那个洒满阳光的大广场上对峙：一侧是高耸的银行大楼、人寿保险大厦，街旁是拱顶咖啡馆，人们一排排地坐着看电视；另一侧是一派破旧小镇的集市景象，是麦地那旧城区拥挤杂乱的门户地带。入口附近有几条小巷，那里全是餐馆。我嗅着月桂和孜然的气味在此闲逛了一会儿，主菜和几家大餐厅的一样，都是牛腿炖洋蓟。此后我回到主街巷，任由自己被大量人群推搡着穿过那迷魂阵。这地方看来不适于欧洲人独自行走，不过没人留意我。杂乱无章的布艺是那里的惯有特色，桌布、蓝色牛仔裤、吉拉巴长袍、西装、睡衣、塑料油布条、床单、运动夹克、斗篷、毛巾、哈伊克罩袍、床罩等都可以拿来蒙在人体之上。

每到早晨，这里的店主都会把商品拿出来摆放在街巷上，货品有的叠在一起、有的并列放置、有的悬挂起来，把走道装点得节庆日一般，但写在横幅上的都是要出售的服装和家庭日用品。自行车从各个方向穿过人群，最后总会引发一阵轻微的骚动。每当我试图回避前方过来的自行车，准会被两辆侧面过来的自行车撞上。走进一个死角，转过身子，一座十层或十二层高的白色办公大楼直入云霄，在周围一簇形状混乱各异的建筑中高高耸起。人群中偶尔会出现印度人，犹太人和西班牙人多得令人惊讶。麦地那旧城区占地面积并不很大，它让我想到一片水洼，就像古老的摩洛哥被水泥丛林包围，不可逆转地变得干涸，占地越来越小，水越来越浅。旧城区南面不远有一处开阔的二手集市，或者叫跳蚤市场，那些还值得一买的有摩洛哥特色的东西，都可以在那里找到，反而比专为游客经营的集市要丰富。摩洛哥人现在已经很少制作那些值得购买的东西。除了小地毯，近期生产的东西都没什么特色和价值。手艺退步了，那些有着丰富传统特色、长期保存完好的风格造型也已经消失殆尽。不过，跳蚤集市上常常还能发现十几年前的二手工艺品，算是聊胜于无。

你会看到有摩洛哥人站在繁忙的街头，完全不为喧嚣的交通所动，他不像其他人一样在摩登街头走动。他始终有时间对身旁经过的不知名的陌生人伸出援手，会为某个女人抱一下婴儿，帮着重新把滑落的货物装载到毛驴上，把卡车上掉下来的小孩玩的皮球捡起来，帮着推停住的小汽车，协助收拾翻倒的水果篮子，而且根本不指望人们感恩答谢，甚至不想引人注意，因为为他人做这些事在这里是理所当然的。

身为丹吉尔的居民，我有两件事情很羡慕卡萨布兰卡人，一是他们的公共花园，还有就是他们的餐馆。这个城市依然住着不少法国人，因此这里就有可能找到不同价位的好餐馆。在整个北非，这里是唯一有着卓越且种类丰富的美食之地。

有人告诉我，如果我愿意，下周六可以去安法大街附近的小犹太教堂听听有趣的音乐。这消息来自一位犹太朋友，据说会有一个非常厉害的独唱者从马拉喀什过来。卡萨布兰卡有八十家犹太教堂，其中五十家目前都开着。摩洛哥的犹太人都是西班牙或葡萄牙犹太人及其后裔，他们整体在经济条件上不比这里的穆斯林同胞好多少，但有着井然有序、文化丰富的社区生活。由于自身很有进取精神，加上美国的一些慈善机构的资助，他们大力改善自己的生活境遇。例如，这里从没有犹太乞丐或犹太文盲。

我早早出发，终于找到了那个地方。那是一个大庭院，一口干涸的喷泉旁拴着一条大狗，三个小男孩正在树下玩耍。我走过去问他们哪里可以买到他们头上戴着的这种无边帽，并说这样我就能戴着进犹太教堂了。他们讨论了一会儿。"您等一下，"最大的孩子说，"我们很快就回来。"我站在那里看着狗，房屋里开始传来吟诵声。

约莫一刻钟时间，男孩们回来了，满脸通红，上气不接下气。"您运气不好，"他们告诉我，"我们一顶无边帽都找不到。您还买不到，因为今天是星期六。"第四个男孩走过来，他们和他商量了一会儿，然后他进去了。"他父亲是拉比。"他们解释道。很快那男孩就回来了，递给我一顶小小的黑色圆顶小帽。

我把帽子戴到头后面。"真小。"我犹豫着。

那个男孩个子虽小,心智完全是成年人,他严肃地说:"这不重要,进来吧。"我进了门,坐在后排。

那迷人的白色和金色的礼堂空荡荡的,只有二十来个男人和少年隔着中间过道面对面坐成两排。他们大多数人都穿着西装,几位年长些的男子留着长长的白胡须,穿着长袍,就像从夏加尔的油画中直接出来的人物。他们坐在座位上,上身前倾,一脸喜滋滋的神情,像是在相互歌颂。每个男子的左手都拿着一本书,有些人的身子持续剧烈地前仰后合,另一些人只是抬起食指打着拍子,或用脚敲着节奏,领唱者不时加入旁白。我立刻联想到老式的标准弗拉明戈舞,就是内战前人们常在西班牙各地见到的舞蹈。此外,他们还摇摆身子。节拍始终准确无误,身体和脖子也随之运动。在歌声中,不时会有两三个男人用低沉的声音交谈。

此时,一位戴眼镜的中年男子转过头,注意到了我。他用鼓励的表情举着手里的书,示意我走过去坐在他旁边。等我坐下后,他倚过身子,把书举到我面前,低声说:"你可以跟着读诗歌。"书页上没有音乐符号,只有希伯来文。我低声回复说很抱歉不会希伯来语,他露出遗憾的神情,但没有被我的坦言挫败。他坚持说至少我可以看看文字的,并用食指慢慢地在书页上从右划到左,为我指点出他们唱歌时的一个个单词,还不时轻声说:"还有一些没有写出来的附加音节。"我点点头。就这样一直延续了一个多小时。有人端上了一个托盘,上面放着一杯杯茶,空气中弥漫着薄荷的味道。我曾经去过摩洛哥的犹太教堂,那里的人端来的是朗姆酒和马希亚酒,看来这里的人们更爱喝茶。

每隔几分钟,我就悄悄朝着阳台方向看一下。一位大个子金发白肤的女士坐在前排，显然饶有兴趣地听着音乐，尽管也不停地从怀里的包中拿出东西吃。喝完茶后，音乐继续。接着又有茶上来了，我喝了三杯，还吃了很大一块纸杯蛋糕。第四杯茶上来时我婉拒了，我抬头看看阳台方向：那个女士正在取茶。

一个半小时里，音乐始终是机械呆板的四四拍，突然它变成了越来越快的三八拍。"变得生动活泼起来。"那位良师益友说道。

"是啊，我听出来了。"

"你挺懂音乐的，"他评价道，接着又补充说，"所有这些诗歌都是为了准备庆祝普林节[1]。"

"您说的是叫pyotim吗？"我轻声问。

"对的。"他很高兴的样子，"当然，你知道以斯帖的故事吧？"

"是的。"我撒了谎。

"末底改，末底改"——他用手指戳着书页，于是我再次跟着文字看起来，"……我对上帝的信任就像我腰间的精致系带。"在歌唱的段落间歇，他自由地翻译着。

"你不是本地人？"过了几分钟，他亲切地问。

"不是，我从纽约来。"

看来这话引起了他的兴趣。过了一会儿他说："欢迎你来我家住。"

我表示非常感谢，并解释说我现在住在宾馆里。他问我住得还舒服吗，我说还行。"那就好。明天你过来和我一起吃午餐吧，好吗？两点，就在教堂外的街上，很随便轻松的。"我答应了。接着我起身

---

[1] Purim，犹太教节日，纪念犹太人在以斯帖和末底改的帮助下免遭被波斯帝国大臣哈曼杀害，该故事出自《旧约》中的《以斯帖记》。

鞠躬，走出教堂。

次日，我准时来到这条破败的小街。我向出租车司机付了钱，一个时髦迷人的姑娘走上前来，说道："我是卡斯蒂尔夫人，卡斯蒂尔先生已经去街上的咖啡馆里找您了。哦，他过来了！"

我们相互问候，然后上了停在街边的一辆轿车。两位主人坐在车前排，一边抱歉地指着后排的一堆蔬菜、水果和罐头。"我们刚去过市场，"卡斯蒂尔先生解释着，"我是学校老师。星期天我们没什么事，上午就去买了点食物。"

卡斯蒂尔夫妇单独住，不过家人们相互往来频繁。他们都很热情、友好、聪明。卡斯蒂尔先生用唱片机放着安达卢西亚音乐，穆斯林女佣端上六种不同的甜酒。我有一个有趣而不合常理的想法，如果这些人一旦觉得沮丧或有点神经质，大家一定会轻柔有效地帮着排解情绪，他们彼此间仿佛有无形的线联系着。

最后，其他人都离开了，两位主人和我坐下来吃午饭。"从宗教的角度看，我们在家是很严谨的，这是唯一的生活方式。"卡斯蒂尔先生对我说。我说这在美国不一样，那里的大多数犹太人都并不严格遵守正统教义，很多犹太混血对犹太教压根儿没兴趣，其实很想忘掉这种事。卡斯蒂尔先生露出了痛苦的神情。

午餐复杂而冗长，仆人们不停地从厨房端上一盘盘菜肴。"你一定得来卡萨布兰卡，让我教你希伯来语，"卡斯蒂尔先生说，"我是个好老师，可以很快教会你的。这是一种很美的语言。你应该学会的。"

"谢谢你的好意。我下次从美国回来后，会好好考虑的。"我说。

"也许到那个时候，"他又回到了之前的话题，淡淡地补充道，

"我也会让你信服,犹太教比无神论的存在主义更高级。"

我便说,以为谁都有愿意相信什么就相信什么的自由,其实这个想法是错误的。

"那只是智者的傲慢之谈。"他不无悲哀地说。我看看他,有点不可思议:真的很难把眼前这个坐在桌头的男人和昨日那个试探的、有点笨拙的人联系在一起。离开前,我告诉卡斯蒂尔夫妇,说自己没想到能在卡萨布兰卡度过如此愉快的三个小时。"我们希望还有更多的相处机会。"他们说。接着卡斯蒂尔先生坚持要开车送我回旅馆,进旅馆前,我们又坐在车里聊了一个钟头的宗教。

几天后,我决定去参观大教堂,就是利奥特广场附近的一座高大的水泥结构建筑。我正要走进大门,几个原先在一旁躺在树下的穆斯林跳起身,跑过来,冲我喊:"等一下!我们是工作人员!我们会带你参观!"这架势让我感觉不快,于是我迅速转身,穿过花园走开了。他们还追着我喊了一阵子。我有点失望,没能看到里面是否和外面一样糟糕。卡萨布兰卡的一些优秀现代建筑得益于法国人,但这些大楼围绕着新麦地那的利奥特广场和苏丹宫,都是新摩尔风格,即对葡萄牙摩尔风格的一种整体上还算成功的改良,后者一直是大西洋沿岸从拉巴特至索维拉的建筑所具有的特色。大教堂看上去就像是某个聪明的小孩用一套昂贵的德国积木搭出来的东西,反正谈不上有什么风格。

我脑海里还有两个荒谬的画面,一直暧昧不清,挥之不去。一个乡下年轻人衣衫褴褛,躺在阳光下的花园长椅上,就在司法大楼附近。一群摩登的穆斯林青年男女走过来,都穿着考究的欧式服装。他们每天都能看到不少这样的被社会遗弃者,不过此时他们很想给自己找个乐子。于是小伙子们喊道:"起来!给我起来!站起来!"姑娘们乐不可支。幸好那个乡下人继续睡着，这群人捧腹大笑着继续往前走。我看着他们离开，震惊得不知所措，只是盯着他们看。这群衣食无忧者肆无忌惮地一心展露自己灵魂的丑陋，实在怪异荒诞，他们没头脑的笑声真是令人讨厌而危险。

另一个画面更让我不可思议，但同样意味深远。那是在午餐时间快结束时，有几百个穆斯林姑娘等在街上，要走回学校大楼。至少我来到路口时，看到她们聚集在那里，是这么个印象，可后来我发现这些人站成了一个巨大的圆圈，根本没有移动，大家都无动于衷地盯着人行道看。圆圈中央是一辆翻倒的摩托车，车旁还有一摊快要凝结的血。大家没有任何举动，没人赶过来，没人说话。她们紧紧地抓着书本，张大嘴巴，目光一直没有离开那阳光下闪着光的一大摊血。

要了解现在的卡萨布兰卡情况如何，这已经很不容易了，你看着它，尽量不去想象五年、十年或二十年后它会变成怎样。当下所见令人悲哀，可同时又很荒谬。空气中有莫名的敌意，但好像也有一种取之不竭的耐心来消弭它。当下这种公众的麻木不仁必须改变，但不管改变的途径如何，这个国家仍然会以一种得到广泛认可的大众哲学来应对它，这种哲学的信条就是，天命比原因更重要。你又如何对一座沸腾的城市进行预言呢？就好比你抱着婴儿，宣称宝宝长大（如果真长大）成人后会是什么样子。

基夫烟：序言与术语概要

原载于《草之书》[1]（1967年）

20世纪的重大现象之一，就是全世界都确定无疑地接受了犹太-基督教文明的附属品，无论这些附属品与具体使用它们的民族相关与否。联合国就像一个致力于改造教育不良少年的慈善机构，堂而皇之地为刚招募的小国家们指明道路，让它们相信自己总有一天也会成为国际社会中重要的、受尊重的成员。既然各国都相信只有一个方向可以前进，重要的任务似乎就是让大家加入队伍。一旦队伍前行，这些国家就会更加坚信自己遥遥领先。这都是既成事实，在未来，你会惊讶地看到，整个犹太-基督教文化的结构被这些"处于弱势地位"的成员毁灭，而这些成员虽然与这种文化只有最肤浅的接触，却有足够的能力彻底消灭它。

要与成年人同桌共餐，你就得愿意放弃成年人讨厌的一些幼稚习惯：食人、施巫术，以及其他各种"非理性"的宗教仪式。你必须像

---

[1] The Book of Grass，一本由荷兰诗人西蒙·文科诺格（Simon Vinkenoog, 1928—2009）等人出版的一本文集。本篇为节选。

成年人那样进食、饮用、放松、做爱，否则就是没有全情投入，就不是真的通过自律变得和他们一样。要加入成年人俱乐部，你必须接受的第一件事就是承认一个事实，即在所有能够使人类有机体迅速改变的物质中，犹太-基督教只接受了一种，就是酒精。这种液体在犹太-基督教宗教两个分支的仪式中都是神圣的，所有其他此类物质都是禁忌。既然你要放弃自己的文化，就不会介意放弃这种文化所赋予的传统放松方式，你会热情地接受酒精和与此共生的意识形态，包括各种配套物。你越是尽快地学会运用它们，就越能期待迅速得到认可，并得到特别优待，被告知你正在成长——正在完成使命。我想，他们有时会这么表述。听到这样的消息，你一定会格外兴奋。

因此，关于除酒精之外的其他此类物质的使用，其最后的堡垒也正在被摧毁，这样就能扫除一切，伟大的酒精未来即将开启。尤其是在非洲，达加[1]、占贾[2]、班吉[3]、基夫烟，以及达瓦梅斯克果酱[4]、萨米特、麻烘，还有大麻膏等，这些东西都将被投入进步主义的熊熊烈火，因为它们就是不愿意假装自己是欧洲的产物。非洲各处的年轻狂热分子强烈地意识到这一点，他们碰巧也了解到，心满意足的吸食者或嗑药者无法成为雄心勃勃的政治煽动者的坚强后盾。被酒精激发欣快热情的人们，他们的风格是经典且可预见的，而烟鬼们却很难凝聚在一起，他们都喜欢独处，乐于保持这种状态。（这也导致一个值得考虑的事实：一旦个人有了权力，他就能调整酒饮的税收，坐收利润，而其他东西就很难让人们轻易接受政府的经济勒索。）

---

[1] Dagga，南非荷兰语中用来描述大麻的词。
[2] Ganja，借用自印地语/乌尔都语，是大麻最古老和最常用的同义词之一。
[3] Bangui，全称为Bangui Haze，一种体型较大的大麻植物。
[4] Dawamesk，一种添加了大麻成分的果酱甜食，与麻烘类似。

大麻是全世界唯一能真正抗衡酒精的东西，有几百万人在吸食，它在饮酒国度一直被形容为"社会威胁"。成年人确实这么认为。对他们而言，他们不去考虑这东西是否会危害吸食者的健康或幸福，因为脱离社会环境的个体必然是需要被救治的缺陷。不，他们的观点是，吸食大麻的人太容易看见存在的真相，而看不见不存在的真相。显然，对于那些希望维持有组织社会现状的人而言，很少有东西会有如此潜在的危险性。假如人们压根儿拒绝玩这种社会游戏的话，那他们还有什么用呢？除了暴力这种完全让人讨厌的手段，又如何来引诱或威胁他们呢？不，不，这里不存在两种手段：社会必须继续被操控（并悄悄地被引导）；酒精是唯一能让人类享用的安全东西，其他东西必须消失。

虽然麦迪逊大道[1]的技巧一直在赞美新千年的运动中起着重要作用，但是旧文化也并没有仅仅因为被告知无用而躺倒或消亡。必须有条不紊地摧毁它们，这需要一定的时间。得安排好去文化的程序，进行重新安置工程，建立康复营，让里面住满人，所有这一切都得在各地加紧完成，否则敌对方就会取代执政党的地位，而这在非洲常常是瞬间就会发生的事情。标准化进程竟然如此艰难，而且在这个大陆的地理区域中，各种时代错误都会成为临时标准，这并不令人震惊。刚果依然存在着班吉，正是因为这个地区还未被成年人的拥趸们成功地加以统一或强势控制；南非的山区依然种植大麻，因为缺乏有组织的机构花费时间去铲除它；摩洛哥仍有大量吸食基夫烟的人，因为原本应该对此采取镇压的力量正忙于查获非法武器和黑市货币。当然，这样的抱怨似乎为时过早，因为尽管非洲主张进步的人士发现自己有太

---

[1] Madison Avenue，这里喻指美国广告业，那里曾是美国广告业的中心。

多无法做到的事情，但他们至少拥有犹太-基督教世界的所有技术，最终的胜利还是有保证的。

以下加以说明的几个术语本身并不深奥晦涩，它们就是北非日常生活用语的一部分，就像美国人使用的"酒后饮料""加苏打或不加"等词语，其间的区别在于：几百年来，大麻在塑造当地文化方面比酒精对我们的影响要深远重大得多。音乐、文学，甚至是建筑的某些方面都与大麻相关，影响着人们的价值观。

冬季，一家人常常会共度"大麻之夜"：父亲、母亲、孩子和亲友们关在室内，大家吃着家中女人们做的果酱，一连几个小时，大家讲述故事、唱歌、跳舞，开怀大笑。"听这样的音乐，你一定得先来点大麻。"有时人们会这样告诉你，或者，"这是大麻专用房间，也就是说你所见的一切都是通过大麻呈现的。"最典型的大麻故事是无穷尽的、不断扩展的阴谋和幻想传奇，故事线索必有出其不意的转折，这比人物角色或情节发展更关键。

对于伊斯兰教徒和相信万物有灵论的非洲人，与《古兰经》并重的《穆罕默德言行录》中对酒精有明确的禁止表述，伊斯兰国家的道德（也常常是法律的）准则完全建立在《古兰经》戒律基础之上。提倡饮酒只能引发普通穆斯林公民内心的道德困惑，从而降低他们对相关权威的尊重。

摩洛哥的咖啡馆

原载于《假日》（1968年8月）

　　此地沿海岸的沙滩非常宽阔，近海处有一道长达几百英尺、岩块剥落的防波堤，因此在附近的花园里只听到远处波涛的低语。耳畔蜜蜂嗡嗡，咖啡馆里的人们不时低声交谈，海浪声成为这两种声音的背景，颇有几分催眠效果。几分钟前，我走进花园，坐在水井旁一张很大的草编垫子上，垫子上摆放着一堆瓶盖，是用作玩游戏时的计数器。

　　花园沿城墙根展开，掩映在无花果树林和仙人掌丛后，头顶的葡萄藤架上爬满藤叶，园中一片阴凉。这个季节里，串串葡萄沉甸甸地挂在藤条网上，穿过那里走向水井时，我的额头还不时撞在葡萄上。角落里正对着我的，是一张正晒着的柳条编织的渔网，大小像中国灯笼，足以网住一个人。这里就是渔人咖啡馆。到了夜晚，咖啡馆打烊后，海滩一片寂寥，这时，顾客们常常带着自己的茶壶过来，走进花园，躺在垫子上聊天抽烟。葡萄和无花果成熟后，他们还吃果实。穆尔海特（Mrhait）是这家店的经营者，很懂得因地制宜。"这里的水果就是给朋友们吃的。"他告诉我们。那里放着几张桌椅，供人们使用，甚至为了顾客的方便，整晚都放在外面。这些桌椅就是主人绝大部分的财产，可以被人轻而易举地搬走。不过这是一个小镇，从来没有人偷过他东西。

这地方的传统咖啡馆被视为俱乐部，那里除了能享用一般咖啡馆的消费，只要顾客愿意，他还可以进餐、睡觉、洗澡，以及寄存个人用品。他的住所一般距离最近的咖啡馆不过五分钟到十分钟的步行路程（很少有更远的，因为当地咖啡馆众多），因此人们常常把咖啡馆当作家庭的延伸部分。每家咖啡馆都有彼此相识的常客，这些人组成一个小群体，因此，一旦在当地有陌生面孔出现，就会被当作一种外来入侵。你很难让一个穆斯林走进他不熟悉的咖啡馆：他不喜欢被别人盯着看。

上流社会的穆斯林一般不愿意在咖啡馆里露面，他们认为，只有自家没有相应条件的人才会在拥挤的公共场所坐着喝茶。但是那些优渥的中产阶级人士，就像我们这些欧洲人，把喝茶视为放松小憩，是日间工作的暂时歇息。花一两个小时坐在咖啡馆的露台上就是日常工作的忙里偷闲，在那里可以坐下来观察生活。相反的是，这里的普通穆斯林进咖啡馆，是为了尽可能积极地参与邻里亲朋的集体活动。在这个社交生活必须男女分开的地方，家庭毋庸置疑是女性的领地，男人必须在外面寻找生活。即使在中产阶级的穆斯林家庭，普遍的、无处不在的喧嚣使得全男性的咖啡馆成为一种必需。只有在那里，男人才能畅所欲言，他们吸食基夫烟，演奏或聆听音乐，兴致来了还会在朋友们面前跳一会儿舞。

也正是在咖啡馆里，外国游客能感受这个国家的脉搏。他在任何其他地方都看不到人们频繁地、长时间地彼此交往沟通，按自己的节奏惬意地生活，不时拥有忘情时刻，对时间流逝的不同感受产生共鸣。要理解这些人的生活态度和行为，关键是要从这些人的特殊角度来体会时间。今天，即便是在最遥远的丛林地带，人们的工作时长和工资收入之间都开始有了某种联系，因而，尚未被时间意识干涉的人际空间弥足珍贵。

摩洛哥咖啡馆不计时间的奢华与当下的理念格格不入，因此必然会消失。只消对任何一位咖啡馆老板说一声，大约三分钟他就能泡好一杯茶。就着一杯茶，顾客爱坐多久就多久。一单生意的最大利润大约一美分，显然咖啡馆经济是没有未来的。要维持传统"摩尔式"咖啡馆还有其他一些不利因素。据当局声称，咖啡馆会让人虚掷光阴。在市政改革时期（最近的清教主义就让一些运动频繁发生），不管什么地方，一旦被关闭，就会遭遇彻底的破坏，因为即便它们以后重新开放，也必然变成了欧洲风格的场所。改头换面也是很有效果的，只要顾客全由穿着传统服装的人们组成，地上就会放满草席垫子。然而，随着穿欧式服装顾客的增加，老板自然会提供椅子，因为摩洛哥人喜欢裤子绷得很紧，这样就不可能穿着紧身裤照常席地而坐了。

传统的地板咖啡馆是自然发展的产物，你可以说这完全是功能性的，因为人们的目的就是以尽可能少的成本让尽可能多的顾客感到舒服愉快。最低廉的材料，如藤条、竹子、棕榈叶、茅草、能编织的芦苇和草木等，它们不仅外表吸引人，还能营造最令人满意的音乐效果。反之，现代的桌椅咖啡馆是抽象的：它的根本目的变成了彰显购买来的昂贵外国货（在城市里还包括电冰箱和电视），它也从更便宜低调的竞争对手当中脱颖而出。实用考虑退位于面子工程，因此，新型咖啡馆就在不舒适和金属噪声中有着一致的利欲熏心，而老式场所则因为缔造者的差异而丰富多姿。

这个海边花园有葡萄藤天顶；在马拉喀什咖啡馆，男人们可以在午夜坐在平屋顶上享受凉爽的风；走进阿特拉斯山区市场的窑洞咖啡馆，顾客们可以自带茶叶、薄荷，那里只提供火、水和茶壶；在非斯，巴洛克风格的木结构宫殿掩映于垂柳之下，折叠躺椅沿着蜿蜒曲折的河道摆放着；在一些咖啡馆里，茶客可以带着祈祷垫，日落时在狭窄的、铺地毯的房间里伏卧；在城镇无数的街巷斗室里，唯一的咖啡店用具就是靠墙摆的几块木板和倒扣过来的装瓶子的板条箱；还有像丹吉尔的那种有男孩们舞蹈表演的咖啡馆，有像马拉喀什的库图比亚花园对面那家避难所的咖啡馆，在那里，最可疑的顾客也不会受当局干扰；还有在宗教大朝圣活动时，荒野里临时搭起宏伟的帐篷咖啡馆。咖啡馆的形式真是数不胜数，应有尽有。很少有国家能提供令人感受如此丰富的环境和氛围。

　　内里乾坤又如何呢？男人们交谈着，讲述冗长的故事，吃东西，吸基夫烟，躺着玩游戏：打牌、下棋、多米诺骨牌、印度棋赛，斋月时玩宾果，过去的奖品是一杯茶，不过现在经常变成了一瓶神秘兮兮的烹饪油。天冷时人们尽量靠近热水锅炉下面的炭火炕坐着。夜晚，迟来的客人一边走进来一边急切地问："还有火吗？"一旦余烬熄灭，就不再供茶，直到次日才重新开张。热水锅炉是临时凑合使用的铜质俄式茶壶，一侧还有茶嘴，人们偶尔会发现它还是件真品，侧腹上刻着西里尔字母。作为店里最重要的物品，茶壶放在照明最好的地方。

　　热水罐与火炉周围的壁龛和架子做工精细，那是咖啡馆的生命核心，就像教堂的祭坛。在城里的咖啡馆，那是一套铺着瓷砖的水槽、火炉和柜架的复杂构造，其中一个隔间放柴火和茶壶，另一个里面有水龙头或水桶，小隔间用来储存糖、茶和薄荷。在低档的咖啡馆，这种貌似不靠谱的装置边上会放一张桌子，那里一般坐着老板的好友和基夫烟特许经销商。现在官方不太赞同吸食烟草，基夫烟卖主多半很低调，不过他依然是咖啡馆运营中的重要因素，他不仅带来原材料，并按照传统当着顾客的面清洗和切割,再卖给对方,以确保烟草的纯度,还(按价)为他人带来的基夫烟进行加工,混入烟叶,以适合不同的个人口味。这种事的隐秘程度取决于具体环境,因为现在的基夫烟禁令日趋严格。

除非吸烟者烟杆不离手地吸了好几个小时,否则很难凭某个北非人的行为来判断他是否在吸食基夫烟。若换成酒精,恐怕就不行了。在酒吧里,禁令的松懈让贪杯者更肆无忌惮,可在满是吸食基夫烟的顾客的咖啡馆里,人们讨论问题时的严肃认真无出其右,整个氛围一派平静祥和。

泡茶人拿了点茶单,取出一个长柄铁筒,放进满满一茶匙的中国绿茶(一般是中国台湾的珍眉茶),接着再加四五茶匙的糖。另外一个小筒里用茶壶倒满热水,早已放在炭火上。水开后,把水倒在茶叶和糖的混合物中。趁着浸泡茶水的时间,泡茶人会把新鲜的绿薄荷茎秆碾碎,尽可能多地放入一个玻璃杯,然后把过滤好的茶倒入玻璃杯,常常还用一枝美女樱、两颗含苞待放的香橙花,或是几片迷迭香叶、大麻叶或其他当地的香草来点缀,最后做成一杯热饮,滚烫,甜蜜,芬芳馥郁,与世间其他茶截然不同。这就是阿特(até),一种自成一体的提神饮料,和阿根廷的玛特(maté)很像,但前者味道更可口。第一次品尝的人通常会对茶的高浓甜度感到震惊,会按照习惯提出少放糖的要求。这下可糟糕了。说真的,那些迎合游客消费习性的咖啡馆会提供口味不佳的调和混合茶饮,既不像阿特,也不像茶。摩洛哥人很快会留意到外国人的喜好,随着白糖价格的迅速飞涨,新配方倒是省钱了。

所有的咖啡馆都为街坊提供送货服务。常见男孩拎着装有六杯茶的货架，来回穿梭，满杯送去，空杯带回，整天往返于茶壶和附近的写字楼、银行和商店。虽然可乐和其他罐装碳酸饮料的销量也在增长，滚烫的薄荷茶依然是本地最受喜爱的茶饮，连港口的海关官员在检查行李时都会随时呷上几口。游客目睹这样的海关检查，自然就放松下来，觉得十分安心。

每家咖啡馆都有一个地台（soudda），那是一种铺了木板的平台，高出地面约一英尺，周围通常装有矮栏杆，地台上总是铺着草编或芦苇编的席子。假如有乐手来，他们就坐在这个地方，这在咖啡馆是最常见，也最受人喜爱的习俗。夜深了，这块区域会用作暂住的宿舍。大约十二年前，丹吉尔的本查尔吉大街（Calle Ben Charki）上有一家很大的咖啡馆，那里常驻一小群特殊顾客，无论你午夜还是凌晨三点过去，情况都一样：许多年龄在八岁到十四岁的男孩子坐在光线幽暗的房间中央的桌子旁，全神贯注地玩牌。沿三面墙壁有一个很宽敞的地台，光线更暗。有男孩躺在那里辗转反侧，即使睡着了也不时抓着痒。即便如此，他们也算是幸运了，因为当玩牌的人开始打起哈欠，四下张望着要找个地方伸伸懒腰，常常会发现地台上已经躺满了人，只好走回桌旁，那里有人已睡着了，他们坐在直靠背椅上，身子前倾，头和手臂平放在桌面板上。一月接一月，这群衣衫褴褛的人充斥着咖啡馆。他们都是丹吉尔的流浪少年（boleros），这些孩子从山区来到城市游荡，千方百计地弄到一个木盒子、一两罐鞋油、一把旧牙刷和一块破布，开始做起擦鞋的生意。作为老居民，我认为此地是北非生活的自然伴生物，然而我发现这里的外国游客对此感到不快。孩子们不该这样生活。当局显然也这么认为，因为这样的场所已经停业很久，也不再有其他类似的咖啡馆了。

和非洲其他国家一样，摩洛哥也被迅猛发展的现代化裹挟，但此地的本土文化比非洲大陆绝大多数其他地方都更为高度进化，因而阻碍了现代化进程。在原始之地，新旧世界的差异巨大，一代人的慢慢转变是可能的，但这里早已存在一个完全有效的、古老的文明传统，摩洛哥就是这样的典例，现代化也因此需要更长的时间。尤其在小镇的咖啡馆里，常客们经常说到的那些幽默逸事，其基本核心就是抵制任意而无理的改变。

有一天我在穆尔海特咖啡馆听到的一则故事就很好笑。故事真实发生在一个很小的乡村集市上，就在拉腊什背后的山区。那天，该地区的所有农民都步行或骑毛驴来到村里，坐在集市上叫卖自己带过来的东西。一个小伙子大摇大摆穿过乡民们走来，此人即便不是真的城里人，至少是竭力表现出城里人派头，他身上最具有都市文雅的行头就是一条全新的本地产的李维斯牌牛仔裤，裤子非常紧身，他走起路来有点费劲。小伙子来到一位老妇面前，后者和这里其他的老妇样子差不多，她坐在地上，身边放着一些无花果、半打青椒，还有一点番茄，这些东西都按照习惯在老妇面前堆成金字塔状。小伙子用鞋尖戳戳无花果，差点把那堆东西弄乱了，他漫不经心地问着价，有意要显出自己和老妇之间的社会差距。

"别踢水果，孩子。"老妇平静地说道。小伙子从她身边走过去时她打量过他，可这会儿她头也不抬，接着补充说："你在我边上坐下，我便宜卖给你。"

可以讨价还价，小伙子太意外了。他猛地蹲下身去，这下完了：只听得一阵撕裂声，他裤子的边线崩开了。（"他脸都红了，红了！"讲故事的人乐滋滋地回忆道。）小伙子赶紧在农民的哄笑声中穿过人群往回走，出了集市。

一天夜里我去穆尔海特的咖啡馆，想着要告诉老板，说我一直坐在他花园的一端写的文章就是关于咖啡馆的,不知他对这个主题有什么想法。可是我打算等客人都走了再说,以免受到打扰。当时很晚了,炎热的东风在头上呼啸而过,连城墙背面都弥漫着一股山坡暴晒后的干燥辛辣气味,这段时间常有这味道。海浪拍打在黑暗的海滩上,发出机械的、有规律的声响。我一直坐着,直到花园里没有了其他人,咖啡馆里也没有了声音。

穆尔海特终于走出门,透过交错的葡萄藤往我这边的幽暗角落看,目光最终落到我身上,于是走了过来。

他在我对面坐下,点了一根烟,我说:"你知道,我正在写关于摩洛哥此地咖啡馆的文章,这样美国人就会对它们有所了解。我想你对自己的咖啡馆也许有什么要说的,有想让他们知道的东西。"

烟头的火光忽闪着,他的声音里透露出一种惊讶的情绪。"十六年了,从我十二岁起,我父亲就让我在咖啡馆里干活了,我一直在这里工作、生活,也睡在这里,这里的一切都靠我自己的双手。为什么这里有玫瑰?因为是我种下的。为什么会有这些无花果和葡萄?因为是我呵护着这些树木和藤蔓。为什么井水清冽干爽?因为我让它保持洁净。今天上午,就在今天,我走到下面铲了满满八车的沙子和泥土。经营咖啡馆就是这样,不单是泡上一杯或一千杯茶。"

我不知道他到底想表达什么意思,便小心翼翼地打断他:"不过你喜欢自己的工作,是吧?"

"我的工作就是在花园里,这也只是在夏天。到冬天我就待在咖啡馆里,外面刮着风,有几天根本一个客人都没有。空荡荡的咖啡馆,外面下雨,波涛翻滚。这就不是工作,是关监狱了。镇上没有人,大家都走了。这也是我为何打算去城市发展,要在那里的咖啡馆里打工,每个星期拿薪水了。"

他站起身。我沉默着，再次想到此地一切都短暂易逝。在我的想象中，这咖啡馆很早以前就一直是此地的地标，穆尔海特居然愿意抛下它，走出去，这简直令人难以置信。我也站起身，跟随他慢慢穿过花园。

"可这是你的咖啡馆啊！"我说，"它属于你啊！这么多年了，你居然想干拿薪水的活？都这个年纪了？"

在通往海滩的门口，他站住了，转身对着我："听着，假如你没法靠给自己打工养活自己，那你就给别人打工，不是吗？"

"我想是的。"

"在生意兴隆的咖啡馆里端茶，也好过拥有一家空荡荡的咖啡馆啊。总比挨饿好，对吧？"

我们握握手，他又安慰道："我会回来的，以后肯定会回来的。等我存够了钱。"

幸好天黑，他没看到我的微笑，否则会觉得我是在嘲讽他。有一句老话：城里钱好赚！我要去赚钱。不管穆尔海特有没有赚到钱，一旦他进了城，是不会再回来的。

马拉喀什有何特别?

原载于《旅行与休闲》(*Travel & Leisure*,1971年6—7月)

马拉喀什绿洲环绕,依11世纪的撒哈拉酋长优素福·伊本·塔什芬[1]的理念建造而成。城市位于高阿特拉斯山脉北侧大约三十五英里处,最初是一片没有树木、像餐桌一样平坦的平原。酋长引入枣椰树的想法十分自然,在撒哈拉,人人都把这种树当成是唯一真正的树木,用它来让荒芜的废墟变成广阔的枣椰树果园。那里建起了长达数英里的城墙,还造起了清真寺和集市,优素福·伊本随后继续前往西班牙,去发扬光大真主的声名,从而留下了这座高贵壮丽的艺术之城。令人震惊的是,经过九百年沧桑岁月(因为摩洛哥的生活鲜少风平浪静),这壮丽依然令人瞩目、绚烂多姿。部分的原因在于,建造者在缔造这座城市时,将每一个花园、平台和水池都与身后皑皑雪山的天际线遥相映衬。

马拉喀什比任何其他城市都令人心旷神怡。人们的视线会不由自

---

[1] Yusuf ibn Tashfin(1061—1106),摩洛哥柏柏尔阿摩拉维德帝国领袖,马拉喀什城创建者之一。

主地随着城墙沿线望向空旷的平原，驻留在目力所及最远处的风景。山脉是景观的重要部分，白昼时分一旦山景隐遁，城市就仿佛不再完整。

当下的摩洛哥人也觉得阿特拉斯群峦就是他们的祖先。我坐车在城中绕行，每一次司机都会抬头远望在天空下皑皑闪亮的山峰，叹口气，说道："你看看上帝的作品！"

第一次来这里时，我看到骆驼在麦地那的背街后巷中缓步行走，保留区的高墙内有一万两千名姑娘，随时准备给即将到来的客人提供娱乐活动。现在，骆驼只限于乡村，保留区也早就夷为平地，除此之外，马拉喀什几乎没有什么变化。

不同的只是生活节奏。汽车时代终于来了，每个马拉喀什人都盼望能拥有一辆车。成千的市民已经达成所愿，余下的人们使用摩托车和自行车，继续生活在期待中。骑自行车的人是大多数，他们是行人的天敌，斗胆步行的人会发现哪里都不安全，就是在最狭窄的巷子里他也会被后面无声无息骑车过来的人撞到。游览麦地那必须靠步行，游客们就得处处小心。

冬天在马拉喀什若是遇到晴天，你会觉得有点像站在火炉前：身子一侧火热，另一侧冰冷。若是没有太阳，你两边身子都会感到冷。日夜温差大得惊人。

冬季是旅游旺季，但春天和秋天的气候更加宜人。至于夏天，虽然气温很高，东风下阴凉地带的温度都会高达120华氏度，但很多外国居民还是最喜欢这个季节。不过，这种情况下若要感到舒适，你就得待在家里，而不是住在宾馆。我在马拉喀什没有房产，一般六月至九月不去那里。

1912年法国人过来了，但令人惊讶的是，他们的接管并没有给麦地那带来太多改变。依照利奥特元帅的规划，法国人对它未加任何改动，而是在西面两英里处另行建造了一个格利兹（El Gueliz）小镇。两个核心城镇各有特征，不会彼此混淆，发展上也各有千秋，这显然是迄今法国城市规划在摩洛哥的最成功典例。遍布全城的景观花园设计高超，有人也许会对大量使用泛光照明持有保留意见，但不可否认的是，城墙在金色光照下更显壮观。

马拉喀什的一个重要旅游享受就是在日落时分坐着马车，沿着城墙绕麦地那区走上七英里半的路程，欣赏着橘粉色的墙体和堡垒，赞叹随光影不断变幻的色彩。

大寺广场也许是世上最迷人的露天广场。通常的每天下午，全城人都会赶集似的来到这里，此时，会有专业的杂技团表演苏丹人舞蹈，剧团来自格拉维，还有吉拉拉人的喝滚开水，阿萨瓦人的戏蛇和驯猴，还有两个哈达瓦艺人坐在地毯上，四周围绕着塑料花和活鸽子，进行超现实主义表演。根据哈达瓦的演出程序，在表演的某一时刻，其中一人会向一只鸽子发出招呼，鸽子飞过去停在那人肩膀上。接着，那人命令鸽子穿过广场，到摩洛哥银行去偷钱，鸽子便飞到银行，落在入口的门上，小心翼翼地低头看着站岗的武装警卫人员。它很快就飞回那个男人的肩膀，像是对他耳语着什么。"什么？没钱？"那人喊道，"那我们吃什么？"这期间，他的搭档一直不停地吟诵着虔诚的词句，一边沿着围观人群的圈子，开始收钱。

最近几十年，随着人口增长，房产价值也上涨了，大寺广场的面积不断缩小。

那里建造了一个警局，划出了马车和出租车的地界，广场两边搭起了长排的摊位。今年，东头一大块地被划出来，专门用来停放几千辆自行车，又搭建起一排摊位。幸好大寺广场是摩洛哥排名第一的旅游胜地，否则政府肯定会拆除它。

20世纪50年代后期，埃莉诺·罗斯福[1]受穆罕默德五世陛下之邀来到摩洛哥。第一天晚餐时，罗斯福夫人对主人坦言，她每次到马拉喀什的必去之地就是大寺广场，还补了一句说她迫不及待地想再去看看。国王很遗憾地告诉夫人，广场已经被改造成了停车场。夫人听此言后非常失望，于是国王承诺一定会尽早复原重修那地方。他兑现了诺言，从此广场又恢复了原先的传统面貌。

在大寺广场后面有一片区域，人们通常称它为"集市"。直到1961年，那里的街上遍布藤条栅格结构的建筑，那是很引人注目的格局，但也是让整个地区毁灭的原因。当年夏天，大约有五百家商店的内部被大火摧毁，火势是从一个鹰嘴豆烘焙摊上开始的。此后人们用金属材料来重建，就没有原来那么生动别致，但是能更好地保存那些有幸躲过了那场大灾难的、为数不多的珍贵物品。集市再过去一点就是露天市场，每个露天市场都有很多摊位卖相同的商品，顾客可以当场完整观看商品制作过程。这里的物价更低一些，可选择的品种也更多，不过买东西的时间也相应更长。

人们一般认为，摩洛哥只有一家豪华宾馆，即马拉喀什大酒店。在我看来，豪华的标准就是居住舒适、服务周到、尊重隐私，而现在经营宾馆的人却似乎更关注游泳池、桑拿和空调设备。或许这也是为何大酒店的豪华基本只剩下历史痕迹，成了一种怀旧纪念，让人回忆起不久前温斯顿·丘吉尔每年冬天过来，坐在花园里画画的场景。

大酒店依然是最大最好的，这一点毋庸置疑。如果你足够幸运，能住进朝南的房间，就能享受到无与伦比的窗景，远眺那著名的橄榄

---

[1] Eleanor Roosevelt（1884—1962），美国第32任总统富兰克林·罗斯福的夫人。

树林和阿特拉斯山脉。在最近建造的旅馆中，有赌场附近的埃萨迪（Es Saadi）、杜卡拉清真寺（Bab Doukkala）内的阿尔穆拉维（The Almoravides），还有位于麦地那和格利兹之间的梅纳拉（Menara）等，这些都是一流的旅馆。还有两家新建的美国风格的汽车旅馆，都在城外的梅纳拉大街上。目前还有更多在建的旅馆，包括大型的地中海俱乐部，就在大寺广场。不过，为游客提供的房间越多，来的客人也就越多，住客会抱怨过于饱和的状态，不过目前还没出现此类情况。

据我们了解，夜生活不属于此地风俗的一部分，极少量的夜生活安排是专为游客提供的，因此并不很有趣。不过餐饮娱乐就是另一回事了，你常常能在麦地那专营地方特色菜的大型旅游餐厅里发现最棒的摩洛哥乐师和舞者。加纳塔（The Gharnatta）、萨埃尔哈姆拉（the Ksar-el-Hamra），还有达累斯萨拉姆（the Dar-es-Salaam）等，都是店堂宽敞、建筑精美的餐厅，氛围和娱乐是那里的主要特色，更甚于菜肴。

摩洛哥的烹饪终于开始得到美国人的了解和欣赏，每个来到摩洛哥的美食家都会在旅游期间至少学会做一道摩洛哥菜。总之，他会渴望品尝最美味的摩洛哥家常菜，会在杜卡拉清真寺大拱门内的阿拉伯屋餐厅（Maison Arabe）发现这些美食。他一定会记得提前一天预订，也一定会专心致志于餐饮艺术，决不会被餐馆老板娘的严苛和近乎修道院般的氛围干扰。

这里的海外居民群体没有报道中的那么大。布雷特伊伯爵夫人（comtesse de Breteuil）住在著名的泰勒府（Villa Taylor），"二战"时期那里曾接待过罗斯福和丘吉尔，那地方是马拉喀什的社交中心；格蒂舍（The Getty house）是华美璀璨的典型，由一系列旧屋串联组合而成；阿伦特·冯·波伦（Arndt von Bohlen，克虏伯帝国的继承人）在城外格利兹以西有一大片地；伊夫·圣·罗兰几年前买下一幢漂亮的小房子，完全用作其巴黎繁忙生活之外的归隐地。房屋由原房主设计，房主的兄长是段荣·纳占巴塞[1]王储，他最近放弃了在马拉喀什平静的画家生活，娶了芭芭拉·赫顿。服装设计师伊拉·贝林尼（Ira Belline）专为佳吉列夫和朱维特（Jouvet，伊戈尔·斯特拉文斯基的外甥女）设计服饰，此人常年住在城外几英里处的绿洲上。美国作家约翰·霍普金斯（John Hopkins）在此地的棕榈林中有一幢土坯房。

房主名录中新近加入的还有皮尔·巴尔曼[2]。麦地那的隐秘角落里还住着一些美国人和欧洲人，他们都在重建的摩洛哥房屋中安静地生活着。建筑的改变对房屋外墙鲜少影响，所以很难在街上分辨出哪些房屋住着摩洛哥人，哪些住着外国人。

肉眼唯一可辨的美国人就是那些短期访客，这些人还可细分为被旅游者和摩洛哥人称为"嬉皮雅"（hippiya，阴性单数，重音在第二音节）的一族。可以想见，这里的本地居民很难理解嬉皮现象。他们的反应最初是善意友好的，这几年来随着与此运动的成员不断接触，态度变得至多是暧昧含混了，还常常公开表现出些许疑惧。政府则担心一些嬉皮士对法律的藐视会影响到与他们打得火热的摩洛哥年轻人，因为很多当地的摩洛哥年轻人亦步亦趋地做出嬉皮姿态。这里有不少反对留长发、穿奇装异服的公众运动，各个城市的街上还有流动警卫巡逻，不过这些手段的效果并不理想。

---

[1] Doan Vinh na Champassak，越法混血，芭芭拉·赫顿的第七任丈夫。其名字中的"na Champassak"是老挝的占巴塞王室成员特有的姓氏形式，意为"来自占巴塞"。

[2] Pierre Balman（1914—1982），法国时尚设计师。

去年，大寺广场上的冰川大咖啡馆里常常挤满了蓄着胡子，挂着链子，披着派克大衣、长披肩、吉拉巴长袍、雷古巴特部落风格的头巾，以及穿着各种非洲服装的年轻游客，今年常来的却只有摩洛哥人和零散的游客。世界各地的朋友都偏好隐秘，他们丢下大型公共场所，转而去背街小巷里那些普通游客找不到的狭小隐蔽的摊点。因为过去几年里，嬉皮士成了马拉喀什主要的旅游景观。

二十岁时，我曾住在马拉喀什，当时这里没有毒品，也没有奇装异服，真的，我那时的生活就像今天这些嬉皮士一样，对熟悉的事物报以蔑视，对摩洛哥的一切都充满无穷的热情。我和他们最本质的差异在于，他们成群结队地旅行，缺乏自我意识，不愿意当旁观者，他们想要参与一切。他们似乎认为，只要努力，肯花时间，自己就会变成摩洛哥人。

有时候在夜晚，当你步行穿过大寺广场，会遇到一些身披呢子斗篷的人围坐成一个圆圈，圆圈中央有两三个摩洛哥人正在击鼓。细细看去，其中有一圈人是美国人，他们虔诚地静坐着，脑袋随着鼓点节奏抖动。这种最基本的参与不太可能让人深入了解两种文化之间的差异，但其本身是一种无害的行为，当然比旅游安排的坐在夜总会里、所有细节都以迎合西方口味的方式来设计的活动要更好。现在的摩洛哥姑娘都要受训成为肚皮舞娘，此前这可是闻所未闻之事。既然游客喜欢看，那就投其所好吧。

大多数游客感到失望，错误信息难辞其咎。我知道，有些人第一次游览过马拉喀什后再次到访，发现这个城市变得如此开放、容易接近，他们即便不说懊恼，至少会颇感惊讶。马拉喀什毫无神秘感。可也没有人说马拉喀什就应该是神秘的啊，我这样对他们说。在摄政时期，法国人的旅游宣传就很明确。他们认为，"神秘"意味着必得有一些传统元素，诸如蜿蜒曲折的隧道，狭窄的街巷，栅格墙洞后的窥探等，他们把这个形容词给了非斯。"神秘的非斯"，而马拉喀什只是"火红"[1]。

一个人若在某个城市居住过一段时间，就会发现城市的整体氛围取决于居民的态度。马拉喀什人自身可以很安静，让游客觉得这种安静就像任何延绵的隧道和街巷一样令人困惑。本地人喜欢和外国人玩一些怪异的小把戏，他们从中常常并没有什么可获利的，除了游客困惑、挫败的表情。对游客来说，马拉喀什就是让人不断遭遇不可思议的地方，一切都奇异而荒谬。

例如，我走进大寺广场附近的一家餐厅，坐下来要求上单点和套餐的菜单，可两者上面根本没有标明价位。我让侍者看看这个疏漏，他轻快地说："您喜欢什么随意点，开价的事我来，怎么样？"

我坐在马拉喀什一家咖啡馆里。一辆出租车开过来，从车里下来一个侏儒。他身高约莫三英尺，脑袋很大，几乎看不到腿。他付了车钱，蹒跚着径直向咖啡馆的露台挪步过来，一张桌子接一张地乞讨施舍。我满心疑惑，不明白此人为何不尽力掩饰自己到达的方式，便问了他。"我一向坐出租车的，"他骄傲地说道，"我有的是钱。"也许他看出我表情里的不可置信，继续说道，"我在麦地那有三处房产，还有一家店铺呢。"我一时半会儿回不过神来，犹犹豫豫地问道："那你干吗不像大家一样坐到桌边来呢？"他的手还伸着。"这样不好，"他说，"我要看看各处情况啊。我每家咖啡馆都去的。"我把手里的硬币给了他，他摇摇晃晃地继续往前挪去。

---

[1] la Rouge，意为"火红色"，马拉喀什的建筑、城墙以及某些区域的土壤会呈现出红色或类似红色的色调，具有一种独特的视觉魅力。

对那些在马拉喀什度假的人来说，当地最受欢迎的就是去索维拉享受海水浴，或去乌凯梅登（Oukaimeden）滑雪。索维拉位于马拉喀什以西125英里，就在插入大西洋的一块陆地上，是全北非最迷人的小镇之一，至今未受到破坏，大片沙滩向南延伸，一望无际。

乌凯梅登海拔8399英尺，位于图布喀尔峰（Djebel Toubkal，13 666英尺）下，那里建有非洲最高的滑雪缆车。（我很想看看非洲滑雪缆车名录。）穿越山谷海峡之旅美不胜收，餐饮也很棒。滑雪者常常在那里一直住到四月。

摘自泰国笔记

原载于《散文》(*Prose*，1972年春)

我很快就明白了，要俯瞰河流，不能只靠近窗户或拉开双层窗帘。河面景观开阔生动，湄南河对岸的远处有工厂和仓库，成串的驳船在脏兮兮的水里被拖曳着上下游动。宾馆新造的侧楼建成了一块直立板，这样房间楼层很高，没有树影可遮蔽午后阳光的毒晒。日暮时分，炎热不仅没有缓解，反而加剧了，整条河都在夕阳下炙烤。黄昏的炽烈火红让一切显得戏剧夸张，令人恐惧，外面火炉般的热度透过窗缝渗了进来。

在朱拉隆功大学任教的布鲁克斯，因其富布赖特项目学者的身份，被要求学习泰语的常规课程，由此他安排了很多闲暇时间与泰国本地人交往。一天，他带来三位身穿亮橘色佛教僧袍的小伙子。他们在宾馆房间鱼贯而入，安静地站成一排，就像在为我展示阵列。每个人都谦恭合掌，拇指触胸。

我们一起聊天，三人中亚雍（Yamyong）年龄最大，三十岁不到，他说自己是受戒和尚，而其他两人都是见习和尚。布鲁克斯便问普拉萨特（Prasert）和维查（Vichai），他们是否也很快会受戒，可那个和尚替他俩回答了问题。

"我觉得他们并不很盼望受戒。"说这话时他很平静,一边看着地板,好像这个话题讲太多了,令人不快。他抬头瞥了我一眼,接着又说:"您的房间很漂亮。我们都不习惯这样的豪华。"他的声音很平,可见他努力要压住不以为然的情绪。他们三人小声而简短地商量着什么。"我朋友说他们从没见过这么豪华的房间。"他边转述,边透过不锈钢框架的眼镜小心翼翼地看着我的反应。我没听清楚他的话。

他们放下手里的棕色纸伞和鼓鼓囊囊地装着书本和水果的网兜,在铺着坐垫的长沙发上坐成一排。有那么一会儿,他们一直忙着整理衣袍上肩部和腿部的褶皱。

"他们自己做衣服,"布鲁克斯主动说道,"和尚们都这样。"

我提起锡兰,说那里的和尚买的是裁剪好的袍子,只要缝在一起就行。亚雍赞许地微笑着说:"我们这里也是。"

空调机在房间另一头轰鸣着,这边船上引擎发出的噪声也穿透了一扇扇窗户。我看着坐在面前的三人。他们镇定自若,不过身体好像有些虚弱,我注意到他们突起的颧骨。难道这种灰黄的脸色多少是因为剃掉了头发和眉毛吗?

亚雍说话了:"我们很高兴有机会说说英语,所以我们喜欢和外国人交朋友。英国人,美国人,都可以。我们能听懂。"普拉萨特和维查点着头。

时间一点点流逝,我们就这样坐着,延续着这个话题,没有改变它。我不时扫视房间。在他们进来前,这里只是一个窗帘紧闭的宾馆房间,他们的到来和对这里的评价为房间注入了莫名的不安气氛,我觉得他们会认为我选择住在这样的地方是大错特错。

"你看他身上的刺青,"布鲁克斯说,"你给他看看。"

亚雍把袍子往肩膀外拉开一点点，我看到两个靛蓝色的泰文字。"是保佑健康的。"他说，抬头看着我。他的笑容有点怪，不过脸部表情和话语一点都不搭。

"佛教徒不是反对刺青吗？"我说。

"有些人说这很落后，"他又笑了，"说保佑健康的文字是迷信。这是我小时候在寺院学习时住持给我刺的。也许他不知道这是迷信。"

我们打算跟随他们一起去参观他们居住的寺院。我从柜子里取出一条领带，站在镜子前佩戴。

"先生，"亚雍说道，"您能解释一下吗，戴领带的意义何在？"

"戴领带的意义？"我转过身子面对他，"你的意思是，为什么男人要戴领带吗？"

"不，这我知道，就是为了看上去像绅士。"

我笑了。亚雍并不罢休："我发现，有些男人把领带的两头弄成一样长，有人把宽的一头弄得比窄的那头长，或是窄的比宽的那头长。还有领带本身，它们长度不一样，对吧？有些领带甚至两头都垂到了腰线下面。这有什么不同的用意吗？"

"没什么用意，"我说，"完全没有。"

他看看布鲁克斯，想得到确证，可布鲁克斯正在和普拉萨特与维查练习泰语对话，于是他沉默了，沉思了片刻。"当然，我相信您的话，"他大度地说，"不过我们认为每种方式都自有不同的意义。"

我们走出宾馆，门童礼貌地鞠躬，此前他从未做出任何意识到我存在的表示。穿黄袍的人在泰国都是有身份的。

几周后的星期天，我答应和布鲁克斯及我们的朋友一起去大城府。一想到星期天外出，我就有抵触，对不得不参与其中相当反感。

大城府在离曼谷沿湄南河上游不到五十英里的地方。对于历史学家和艺术收藏者来说,那里绝不仅仅是一个地方城市,还代表一段历史和一种风格,曾经在长达四个多世纪里一直是泰国的首都。要不是18世纪时缅甸人的大肆破坏,那里很可能仍然是首都。

布鲁克斯早早赶来接我。楼下的街道上站着三位比丘,他们各自背着书囊,撑着伞。大家叫来一辆出租车,没有事先讲价(普通市民会事先谈定价格),我们就上了车。车子行驶了二三十分钟,抵达城市北郊的一个汽车站。

那是一辆很漂亮、老式、敞开的公共汽车,车上每个地方都发出咔嗒咔嗒的声音,我们断断续续地聊着天,稻田里吹来的风拂过车厢。布鲁克斯兴致很高,不停地朝我喊着:"瞧!水牛!"我们离开曼谷越来越远,车外的牲口越来越多,他的喊声就越发频繁。亚雍坐在我身旁,低声道:"布鲁克斯教授很喜欢水牛吗?"我笑着说我可不这么认为。

"为什么呢?"

我说在美国的田里很少见到水牛,因此布鲁克斯看到它们才会这么兴奋。我告诉他,美国也没有寺庙,接着也许很不理智地又补充道:"他看水牛,我看寺庙。"这让亚雍喜出望外,那天他不时地提起我的话。

道路在前方延伸,笔直得像一条几何直线,穿越碧绿、平坦的大地。东面与道路平行的是一条宽阔的运河,水面上挤满了一丛丛巨大的粉色荷花,有些茎秆上荷花已经凋谢,只剩下莲蓬,绿色的圆盘上嵌着圆圆的莲子。车到第一站,比丘们下车,然后又带着山竹果和莲蓬回到车上,给每个人塞了一大把。大颗莲子从纤维状的莲蓬里蹦出来,就像从击彩盘里弹出。莲子尝起来和绿杏仁的味道类似。"今天这味道你们是头一次尝吧。"亚雍很满足地说。

大城府十分炎热,尘土飞扬,开阔的古城周围散布着历史遗址,大多隐藏在植被中。距城镇不远有一条宽阔的道路,两旁稀疏地分布着一些宏伟的建筑。道路延展着,突然就到了尽头,就像道路开端的出现一样突兀。寺庙废墟从矮树丛里崛起,都是由黄褐色的小砖建成,外表看更像是尚未竣工,而非经历了岁月沧桑。建筑表面有斑驳的水泥修复的痕迹。

公共汽车的最后一站离城中心有两三英里路。我们下车步入尘土中,布鲁克斯告诉大家:"我们首先得找到吃的。要知道,这里的人正午后就不吃固态物了。"

"不完全是正午,"亚雍说,"也许是午后一点或再迟一些。"

"即便如此,时间也不多了,"我对他说,"现在是下午一点四十五分。"

可是比丘们并不饿。他们都没来过大城府,所以列好了最想看的各处景点。他们和一个人攀谈起来,此人身旁停着一辆小旅行车,随后我们就出发前往一座佛塔的遗址,那地方在西南面几英里外,就在一个高高的土丘上,我们爬上去还颇费了些体力。布鲁克斯为我们拍了照片,大家就站在毁坏的外墙外一条裂沟处合影。空气中弥漫着蝙蝠的臭味。

回到公交车站后,大家又说起了吃饭的话题,可这趟短途旅行让比丘们兴奋不已,他们除了观光根本无暇其他事情。我们又前往博物馆。那里很安静,里面有高棉头像和镂刻着巴利语的文稿。时间开始变得难熬起来。我暗想,这个情况我之前已经预见到了。

我们接着去一座寺庙。那里给我留下了深刻印象,倒不是因为那尊巨大的佛像几乎占据着整个寺庙内部,而是在入口处附近有一个男人坐在地上敲拉纳琴(ranad,发音为"lanat")。虽然我听过暹罗音乐的录音,熟悉这种声音,但之前从没见过这种乐器。那是一系列渐次排列串在一起的木片,整体就像一个船形共鸣腔上挂着一张吊床。音调一个接一个如水滴迅速落下。经历了方才室外的酷暑,寺庙里的一切突然像在诠释何为真正的凉爽,我赤脚站在石板地面上,微风拂过幽暗的内部,祭坛前祈求的人们摇晃着长筒,筒里的竹卦签咔嗒咔嗒地响着,拉纳琴发出连续不断、虚幻缥缈、通透的乐音。我心想:要是有吃的就太好了,那我就不在乎天有多热了。

下午三点多,我们来到大城府的中心,那里又热又嘈杂,比丘们不知道哪里有餐馆,也不想向人打听。我们五个人漫无目的地走着。我开始意识到,普拉萨特和维查都听不懂英语,于是我对亚雍急切地说:"我们得吃点东西了。"他狠狠地瞪了我一眼。"这不正在找嘛。"他对我说。

终于,我们看到主街街角有一家中国餐馆,里面的一张桌子旁坐满了泰国人,正兴致勃勃地喝着湄公酒(一种威士忌,不过喝起来像廉价的朗姆酒),另一张桌子边围坐着一家中国人,这些人都脸埋在饭碗里专心吃着。看到这些人我很开心,我已经要饿昏过去了,也多少预料到会被告知已经没有热食了。

巨大的英文菜单递了上来,那一定是几十年前打印的东西,此后每周用湿抹布擦一遍。在特色菜的标题下有几个菜吸引了我,我一一浏览菜名,禁不住笑了起来。然后我大声读给布鲁克斯听。

鱼翅豆芽

鸡颈虾仁

炒八珍

虾球翡翠羹

咸菜肺片

甜酒芙蓉鸟

鱼头豆腐煲

同行的朋友不苟言笑，虽然这也是意料之中的事，可我觉得他们的沉默并不仅仅因为没有听懂。他们就是严肃认真，千真万确。

过了一会儿，三瓶百事可乐上了桌。"你们想吃点什么？"布鲁克斯问亚雍。

"不了，谢谢，"他轻松地说道，"我们今天已经够了。"

"这太糟糕了！你的意思是你们啥都不吃了？"

"您和鲍尔斯先生吃吧。"亚雍说。（他好像说的是"启吧"。）接着他，普拉萨特和维查站起身，拿起百事可乐，坐到房间另一头的一张桌子旁。亚雍不时朝我们拘谨地笑笑。

"我希望他们别朝我们这里看。"布鲁克斯压低嗓音说。

"就是他们一直拖到现在的。"我提醒他。不过我也很内疚，同时对自己那放纵的异教徒角色感到恼火。这就像斋月中当着穆斯林的面大吃大喝一样糟糕。

吃完饭我们立即出发，按照亚雍的计划前往他想要参观的一家寺庙。出租车带我们穿过一处热带旱生灌木丛，在平顶大树的树荫下，不时会出现很大的圆形水洼，里面蓄满了黑水，水里站着很多水牛，水面上只见湿湿的牛鼻子和牛角。布鲁克斯已经喊了起来："水牛！好几百头呢！"他让出租车司机停下来让他拍照。

"庙里也能看到水牛的。"亚雍说。他说对了，离寺庙几百英尺的地方就有个泥水洼，里面站满了水牛。布鲁克斯走过去，拍着照片，那几个比丘就照例参观神殿。我闲逛着走进一个庭院，那里有一长排石头佛像，信徒们按照习俗会在寺庙的佛像上贴上小块金箔，数千片金箔贴到同一个表面，小金片就粘不住了，会在微风中颤抖，佛像就熠熠闪光，像被注入了微妙的勃勃生机。我站在庭院里，看着佛像手臂和身体上的轻轻颤动，不禁想起菩提树叶子的轻颤。我在出租车里对亚雍提起此事，我觉得他没有听懂，因为他回答："对佛教徒来说，菩提树是很伟大的树木。"

在返回曼谷的公共汽车里，布鲁克斯就坐在我旁边，我们间或交谈几句。经过那么久的酷暑煎熬，能坐下来感受稻田里吹来的相对凉爽的空气，真令人轻松。公共汽车司机不相信因果轮回，他迎着对面开来的车辆，超车赶过了几辆卡车。我闭上眼睛，感觉好多了，要不是车厢后部的一个男人不停发出噪声，完全没有自控，我差不多要打起瞌睡来。此人开始大喊大叫，车子一开出大城府他就不停号叫，整个行程都不肯安歇。布鲁克斯和我笑了起来，猜想这人不是疯子就是喝醉了。走道太拥挤，我没法从座位这里看这个男人。我不时地瞥一眼其他乘客。他们好像完全不在意身后的这番骚动。快到城里时，那尖叫声越发高亢，几乎不停歇。

"天哪，他们干吗不把这人给扔下车？"布鲁克斯开始恼火了。

"他们甚至没听到他喊叫。"我愤怒地说。人们对噪声的忍耐力让我既感到嫉妒又觉得愤怒。最后我倚过身子，对亚雍说："后面那个可怜的家伙！简直不可理喻！"

"是啊，"他回头说道，"他真是忙个不停。"这话让我觉得这些人的确文明、隐忍，同时对他用"忙"这个字来形容车厢后这番情形的深意惊讶不已。

我们终于上了曼谷市区的出租车。我要在宾馆下车，布鲁克斯要把三位比丘送到寺院。我脑子里还萦绕着那撕心裂肺的叫喊声。那不断重复的呼喊是啥意思？

亚雍关于领带有何意义的困惑，我没法给出他能接受的解释，可此时他或许能消解我的好奇。

"公共汽车后排的那个男人，你还记得吧？"

亚雍点点头："他忙个没完，可怜的家伙，星期天是个糟糕的日子。"

我可不听这番鬼话："他那是说的啥？"

"哦，他是说'换二挡'，'前面是桥'，还有'小心，前面有人'，反正他看到啥就说啥。"

布鲁克斯和我似乎都没明白，他便继续说："公共汽车的司机一定要有助手，他会观察路况，告诉司机怎么行驶。这工作很忙的，因为他得大声叫喊，这样司机才听得到。"

"可是他干吗不坐在车前面司机的旁边呢？"

"不，不，必须得一个在前面，一个在后面，这样两人就能为公共汽车负责。"

我们听过那令人受不了的喊声后，这番解释很难有说服力，不过为了显出听懂的样子，我对他说："啊！我明白了。"

出租车来到宾馆门口，我下了车。我向亚雍道别，他回应了，似乎带着点苦恼："再见。你们把莲蓬落在公共汽车上了。"

非斯：城墙之后

日记（1984年）；收于巴里·布鲁考夫（Barry Brukoff）的
《摩洛哥》（*Morocco*，1991年）

如果你从沃赞下山出了山区，就会在远处的山下望见它，那是一个绿色环绕的灰白色点，距离遥远一时无法辨认出那是一座城市。它或许是个采石场，或者就是平原上的一个色彩变化区。等你绕过一圈圈下山路，来到查拉格山（Djebel Zalagh）的侧翼时，同样的视角，但那个点不断拓宽，灰色和绿色的分界线变得清晰：那是围绕麦地那的城墙。墙内是数以万计的立方体结构，它们的形式在各处都不尽相同，上面竖起一根纤细的棱柱形尖塔。分界线外是果园和橄榄林，一直将绵延的乡野与城墙根接壤，把城市包裹在一片厚实的绿色植被中，因而从这个观景点望去，城市就像绿叶簇拥下被紧紧扎起的一束白花。在过去的二十年里，这个城市在好几处有所挣脱，往城墙外又新长出一点。不过从高处俯瞰，它的模样基本没变。

对一些人而言，将非斯称作世界上最伟大的城市之一有恭维之嫌。非斯在商业和工业上都并不很重要，也不再是文化或政治中心，在自己的建筑风格上甚至缺乏最引人入胜的典范（在摩洛哥根本找不到类似的风格，倒是在西班牙可以寻见）。非斯不像其他城市，在遥远的往昔拥有过辉煌时期，从自身的一些历史遗迹的角度看多少值得些关注，它的重要性并不依赖于古典建筑。它的魅力也不太仰仗古代遗迹，而在于当地居民的生活。那种生活就是往昔，依然生动、鲜活。你很难再找到另外一个城市，会有着如此日常琐碎、可供细致研究的中世纪城市生活。这样真实的原生态究竟能延续多久，这得看摩洛哥人实施国家工业化规划的速度有多快，因为非斯的经济主要以手工制品市场为基础。现在，这个城市有超过五十万居民主要从事锻造、雕镂黄铜和红铜，鞣革、加工皮革，梳理、纺纱、编织羊毛，以及其他各种将当地原材料转变为工艺产品的缓慢耗时的加工制作。（这些产品最初是为摩洛哥市场生产的，现在有了面向旅游贸易的想法，手工艺有所退化。）

　　游客在非斯会有一种可形容为神秘感的体会，这种关于城市印象的描述是令人神往的。但凡有点想象力的人，这一印象无疑会非常强烈：这个城市似乎不知疲倦、错综复杂，带着点隐约的危险意味。也许游客会发现，它有一种说不清道不明的魅力。非斯并不是人人都会钟情的城市。很多旅游者不喜欢它幽暗、曲折、满是人畜的街巷，有幽闭恐惧症的人很可能觉得那里满是噩梦般的隧道、死胡同、没有窗户的墙。要捕捉此地的迷人之处，你得是那种乐于迷失在人群中、被人潮裹挟着前行的人，毫不在乎会走向何方、会走出多远。你得是那种无奈身处人群中依然镇定自若的人，知道如何在旖旎古怪之地自得其乐，在最不可能期待美好的地方捕捉胜景。

　　这个城市的主要魅力之一（对于游客而言），也是它主要的恼人之处（对于居民而言），就是古城墙。在一些地方，人们做了之前会被认为不可思议之举：他们在城墙外建造房屋。绵延几英里的城墙，没有它们非斯就不可能存在，可它们开始让城市感到窒息。城墙鲜少有城门，要出城门就得绕远路。随着时间的流逝，城墙注定会变成几处遗址。在拥挤的城内和开阔的城外空地间，会新开出一些城门。随着人口的迅速增长，城市经济的发展，必然会有新建筑出现，城墙的历史遗迹最终会被湮没。不过，现在城墙还清晰地分隔着城内和城外。汽车可以在一些城门进出，但它们不可能在城内跑太远。汽车上的人天真地以为，只要自己进了城，就能一直在车上，可他会惊讶地发现这想法行不通。最初狭窄的道路会突然让汽车卡在两道墙之间，司机只能原路退回。

在感受非斯之妙的过程中必然得经历众多挫折。光秃秃的城墙就是城市的象征，但正是这种隐秘让城市有了某种质感。非斯人本能地感觉到一切都应该隐藏起来，包括宗教活动、个人财产（包括女眷们），最重要的是思想。如果个人真实的想法被外人知道，那他就已经受损，处于不利境地，因为思想主要是在战略上发挥作用。摩洛哥人总体上不算"东方"人，但是中产阶级的非斯人却是。

我注意到，这里的居民很少关注城外的事物。差不多十几英里长的高墙不仅牢牢地将他们不欢迎的柏柏尔人挡在外面，也挡住了与他们并不相容的非洲文化。几年前我为洛克菲勒基金会做一个项目，在该国各地录制民间和艺术音乐，这项工作必须和摩洛哥政府合作。我来到非斯，将各种证明文件呈递给省长秘书。"民间音乐！"他哼着鼻子说，"我讨厌民间音乐！我们竭力要消灭的正是这种东西。"

可是，由于他是摩洛哥人，我又是该国的外国人，他觉得有义务给我某种协助，所以我终于和一群年轻乐师谈上了话，他们演奏了恰比亚（Chaabiya），即城市流行音乐。其中一人礼貌地问我，在我迄今走过的城市中，在哪一个地方录制的音乐最多。我说绝大多数录音都不是在城里完成的，而是在乡下。我的回答似乎让那人很困惑。

"在乡下？可是乡下并没有音乐啊。"

我说就我的经验，摩洛哥其实到处都有音乐。他微笑着："哦，你是说柏柏尔人啊！我从没听过他们的音乐。"

"你肯定听过的，"我说，"这里附近就能听到，比如说，这里，还有这里——（我指着方向）塔哈拉或拉菲伊（Rhafaii）周围。"

他又笑了，这一次是笑我天真。"没人去那些地方的。"他直截了当地说。我心里明白，但假装不知道。"为什么不去呢？"我问。

"因为那里什么都没有，那里人都很野蛮。"

非斯人有着大都市的、小资产阶级的生活习惯，以及孤立主义的态度。在生意场上，非斯人是出了名的不好对付，所以在同胞们眼里并不太受欢迎。非斯人的个性无疑有点傲慢，他知道自己的城市是整个北非的文化中心，乐见其他人到他那里增长见识。文明在麦地那的城门口止步，城外就是蛮荒。

从最初开始，城市的发展就依循某种特别的模式，该模式与其说促进其发展，毋宁说是奔着破坏它的目的而去。此地建城之初似乎就自带不和谐因素，从一开始就是一个精神分裂的城市。早在9世纪伊德利斯二世就创立了形成其最初核心的两个社群，每当两者团结在一起，就会有相邻城镇崛起与之竞争，而后者会被压制，最终被合并。城市频频受到外面势力的包围、侵犯、劫掠、焚烧、轰炸，似乎很难相信它还会留存下什么，更别提现在它建筑上的统一风格了。几个世纪以来，为了让非斯百姓臣服于自己的统治权，历代王朝不得不对这座城市发动战争。随时准备应对围城成了一些中上层阶级生活格局的一部分,他们习惯于在房屋里储备大量的食物,"以防万一"。

自建城后长达一千一百年的岁月里,这种群体焦虑的处境基本没有改变。非斯已经成为了典型案例,用来展现整个摩洛哥的城市与乡村矛盾力量的拉锯,以及这种对立对国民性的主导作用。非斯建立于一个自然的交叉点,此地是撒哈拉至地中海沿岸一线与阿尔及利亚至大西洋东西一线的交会点。要在新近被征服的土地上把握经济命脉,阿拉伯人就必须控制住这些主要的交通枢纽,非斯就自然而然地成了战略中心,控制非斯成了掌握整个地区的必要条件。在城墙内,一个繁荣的、有着输入性闪米特文化的商业城市发展起来了,而在城墙外,可以将城市尽收眼底的山区则居住着发展程度远远落后的柏柏尔人,城市居民的安宁在很大程度上得取决于柏柏尔人阴晴不定的心情。异教徒柏柏尔人接受了新的一神教信仰——伊斯兰教,差异如此巨大的两种人之间必然会有矛盾冲突。尽管政府竭力想让居民们意见和谐统一,但摩擦依然存在。

街道的地势不断往下,道路往往未经铺砌,几乎半隐于天际。有时候道路狭窄到只容一人单向步行,驮兽挤身街巷时身体两侧都得擦着,一旦与此对向而行,你得迅速退后或侧身走入一旁的大门,而赶牲口的人则吆喝着:"巴拉克,巴拉克,巴拉克……"到处是新制陶器苦涩的泥土气味,皮革鞣制的难闻气味,或是肉铺的腥臭味,肉块上黑压压地满是苍蝇,肉在尘土飞扬的炎热阳光中越发成熟,透过格子网眼的光束就像一根指责批评的手指。在窑洞般黑暗的深处有马赛克铺就的喷泉,女人和女孩们尖声叫骂着,一边往提桶里装水,脚下的尘土变成了泥浆。接着你来到一个精雕细刻的大门口,那里挂着古代的青铜灯笼,你会闻到无花果树上猫的气味。一旁有汩汩水流声,但是水在墙的后面，你压根儿看不到它。

即便在市中心，私家花园的占地面积也着实令人惊讶。沿着蜿蜒、幽闭的街巷走，你无法想象在高墙后面会有赏心悦目的美景，可它们确实存在，那些幸运的主人们也为非斯的生活增添了无穷的魅力。

从街上看，某户住家就是在一堵高墙不甚平坦的某处开了一扇门，也许门上还有少量的一些小小的、被阳光炙晒的探孔，它们随意地形成了某种图案。在高于地面三十英尺处，也许还有一棵巨大的雪松树从墙面冒出来，与之形成四十五度角，撑起了一个三角形的区域，高高地伸在街道上，为下面那一大片空荡荡的墙壁提供了存在的理由。除了那扇镶嵌着黄铜钉点马赛克的门，墙面毫无装饰意味，甚至都没有处理覆盖在墙面的土坯或灰泥。

宅院内部就是另一番天地了。当你步入豪华的非斯住宅那熠熠闪亮的瓷砖和大理石构筑的内部，会看到橘树和喷泉，还有庭院周围那结合着蜡笔和硬糖果色彩的房间，于是你会对室外那堵清冷无名的空墙感到格外满意——它丝毫不泄露内里的这番隐秘、孤傲、璀璨。街上一堵漠然的土墙竟然会藏匿着个人的小小阿尔罕布拉宫，一个完全不被外界窥探的迷你天堂。

在稍逊繁华的住宅里，大门必定直接对着天井。不过，即便站在街上，除了短短一段幽暗的走道，什么都看不见，走道有一个直角转弯，而后径直朝着庭院。这是亘古不变的。无论女人现身与否，她们的存在和共性都由那道透明的白色细布帷幔来暗示，帘布就挂在门口和有篷盖的床铺周围。你也很难想象房间里的配色，它与生活其中的女人息息相关。男人们无论白昼黑夜，在住宅内外进进出出，可女人们始终只在室内生活，这是毋庸置疑的。

庭院的回廊可以多至三个，部分或完全环绕院子，只有通过回廊才能进入房间。楼梯陡峭，镶着马赛克，上面的图案非常小，有时还嵌有白色大理石的花纹。站在房屋各处，你能看见的就是这房屋本身，而视线的焦点是建筑正中的石头水盆。女人们必须得到保护，免受外界的干扰。有了这些前提保证，装潢设计师就可以自由发挥，将兴趣集中投注于石膏线、木雕、油漆的几何设计。一所大宅会有几个分开的庭院，每一个庭院都有好几层楼，好几间房屋。简朴一些的宅院则有一个开放的中央空间，与两三间房屋敞开相对。穷人有时候住在出租房里，每户人家占用一间屋子，使用屋外回廊的一部分，这种情况必然会导致空间权利和个人财产受到侵犯，引发冲突。

非斯至今仍然是一个相对轻松自在的城市，凡事从容。这种经典时间感的延续至少在一定程度上得益于麦地那没有汽车交通。假如你在居住的城市里无须奔跑赶时间，或是跳着避开某物，那你多半还保留着一种自然的身体尊严，还没有与当代生活妥协。如果你依然有着这种尊严，你就会很想继续保持。你会确保自己无论做什么事都从容不迫，紧赶慢赶是粗俗的。

尽管宗教正统，外在简朴，非斯人却并不羞于成为享乐主义者。他们喜欢庭院里喷泉水花飞溅的声音，他们往火盆的炭火上撒上檀香木和安息香，他们热爱日暮时分坐在高处看着景色中光线、色彩、形状的缓缓变化。城墙外有无数果园，甘蔗丛的些许狂野令人赏心悦目，到处是橄榄树和无花果树。家家户户都有傍晚出城门的习俗，他们带着小地毯、火盆和茶具。你会发现一群群人在乡野最隐蔽的角落里野餐，尤其是在山谷上方的北坡。不久前我漫步经过一家人，他们分散在长长的草丛中，静静地坐在草席上，因为这群人同样的神情姿态，我禁不住停下来细细观察，看到他们周围大概一百英尺的距离有一圈鸟笼，每只笼子下面都有桩子插入土地。笼子里都有鸟，鸟儿啁啾。一家人坐在那里开开心心，聆听着鸟鸣。就像其他的城里人带着收音机，他们带着鸟儿出城，纯粹就为了享乐。

自我第一次看到非斯，该地三十五年来没有太多本质性的变化，其景象并没有剧烈的改变。麦地那建城的地形让它免受破坏，地势大致是漏斗形的，不太可能像阿卜杜勒·纳塞尔时期的开罗那样被推倒破坏。可是随着该地区贫困的加剧，这个城市显然无法继续维持现状。有能力维持旧貌的原住民都搬去了卡萨布兰卡，他们抛下麦地那，任由贫困的乡下人住进城。原来居住一户人家的房屋现在住着十来户人，毋庸赘言，其中的肮脏不堪令人难以想象。古老的民居迅速破败萧条。最终，城墙外的人们占领了城市，他们的征服是自然而不可避免的进程，也注定了城市的厄运。今天，非斯依然存在，外表上没有什么变化，真不啻为令人惊讶的现象。

我的小岛

原载于《旧金山纪事报》（*San Francisco Chronicle*，1985年）

和大多数人一样，我一直坚信在这个星球上会有一个地方，能够让人暂时忘却眼前的一切混乱和嘈杂，能够让人得到庇护，并对外界关上那扇想象中的大门，从而呼吸着纯净的空气，聆听自然万籁。因此，当我初见斯里兰卡南岸外韦利加马湾的塔普拉班小岛时，不由兴奋得浑身震颤。此地似乎具有一切桃花源的特质：这座岛屿不过是在印度洋波涛中崛起的黑色玄武岩小丘，却被参天大树浓密覆盖，只有制高点的房屋隐现。真是众里寻他千百度。这种好感是相互的，它也在静静地召唤我，传递着无言的讯息：来吧，你会喜欢这里的。

三年后，我签署了必要的文件，成为这个小岛天堂的主人。前任岛主是吉纳达萨先生，一位橡胶种植园主，他也养赛马，并且下赌注。每当他看好的马没有如他所愿跑赢，他就立刻急需现金。我在斯里兰卡的线人拍电报到麦地那通知我此事，我得到消息后马上冲出去汇钱。

我也延聘了那里的住家园丁夫妇和女佣，他们可以继续工作，就像仍然为吉纳达萨先生干活。他们已经换了几任雇主，都分不清彼此，只知道必须称呼雇主为主人。这个小岛短期内几经易主，却无人久留。小岛曾是一片乐土，常常有周末派对。唯一真正算是居住在那里的主人是莫尼·塔尔万德伯爵，是他让小岛从曾经的眼镜蛇栖息地（因为斯里兰卡禁止杀蛇，所以当地发现的所有眼镜蛇都被装入袋子，运往并安置在岛上）得以重生，并建造和装饰了房子。要在岛上住下来，我只需购买新的床垫、灯，以及厨房用具。家具的材料来自密度最大的几种热带木材，沉得几乎搬不动。最艰巨的任务就是找一个好的厨师，不过我终于在邻近的玛塔拉镇找到了，此人曾是一家宾馆的大厨。我同时发现，每个厨师都必须配备一名助手，于是我不得不一下子雇两个人。厨师烧饭烧菜，另一个人则负责上菜和洗盘子。说真的，房屋中的雇员各自都清楚地知道自己的责任范围，要想让任何人超出职责范围干点活都是痴心妄想。女佣擦拭家具，往花瓶里插花，园丁把陆地上乡村集市的东西带回来。另一个印度人则一天倒两次马桶，因为岛上没有自来水。生活节奏就像钟摆，机械简单毫不复杂。

对我来说，在塔普拉班生活的最大乐趣就是夜晚躺在床上，聆听巨浪拍击屋下悬崖峭壁的轰鸣声，还有更远处蜿蜒的海岸上波涛翻卷沙滩时低沉的声音。我想象不出还有什么快乐更甚于此，至今回想起来依然感叹此乐何及。次等的乐趣就是配有各种水果的早茶（床上进行），那是真正的九点钟英国茶时间，午餐则是我之前从未品尝过的咖喱美食。厨师每一顿饭都提供二十道菜（包括撒在椰浆上的辣木叶，它会激发食物的美味）。到了晚上，仆人们会走到下面的礁石旁，为次日的咖喱餐钓取足够的龙虾。如果龙虾不足量，我们就用旗鱼来代替，这种当地的鱼相当于我们的鲳鲹鱼，味道同样鲜美。

塔普拉班的生活总体是无忧无虑的。大海暖烘烘、懒洋洋的，鲨鱼自得其乐。你能在几百英尺外看到鲨鱼们在礁石附近溜达,不过它们从不涉险游进来。不时会看到巨大的海龟,海龟就住在岛屿西南边的礁石中,它们有时会爬到礁石表面,就待在那里,像一块浮动的圆石。有一天,园丁老本尼迪克特告诉我,如果我朝海龟游过去,它就会迅速沉入水中,他边说边用手指着那个隆起的龟背。

日落之前,载着渔夫的双体船从小岛飞快驶过,在夕阳下集体归航,船桨和船帆为他们加速。每当破晓时分,一群群人总会赶过来,于是每个夜晚都悬在窗外树上的大量蝙蝠就闻风而动飞走了。蝙蝠个头惊人的大,张开翅膀时有三英尺长。如果你用手电照向一棵大树,会看到它们挂在你头顶上方,它们的躯干覆盖着黑色、赤褐色的毛发,牙齿尖利。蝙蝠吃水果,是完全无害的动物,它们甚至连植被都不碰。白天,蝙蝠聚集在陆上的大树上,它们的粪便把树木灼烧得发白,四周几乎寸草不生,不过出于某种原因,它们夜间是不排泄的。

正是乌鸦拯救了我的这些树木。黎明时分一大群乌鸦飞来了,我没看出它们有什么具体目的,除了把蝙蝠们驱走。此举达成后,它们就相互交流一阵子,又飞回陆地去了。可一到夜晚,蝙蝠又飞回来了。

宅子正中的那间屋子有三十英尺高,上面是穹顶,风可以从四周进来,因此即便天气很热时,屋里也总是会有微风吹拂。和风撩人,海浪呢喃,最适合午后小憩。我最思念午后那两三个小时,每当厨师的助手下午五点在帷幔后边说"主人请喝茶",边将托盘放在床边,那感觉惬意之极。我喝着茶,继续聆听海浪拍岸。

此后就是傍晚的泡海水时间,本尼迪克特会和两个男人一起从村里带回各种杂货,他们头顶着水罐踏浪而来。本尼迪克特不喜欢天黑后外出。虽然他声称自己是天主教徒,却和沿岸未受教育的佛教徒一样,有不少迷信想法。他特别害怕在路上碰到黑狗。据他说，所有黑狗都是邪恶的鬼魂，要尽量回避。我知道岛上几十年前就已经没有蛇了，我之前也从未见过毒蜘蛛或蝎子，可是有天夜里，厨师在去厨房的路上赤脚踩到了一只很大的蜈蚣。他大声喊起来，丢下手里的盘子，不省人事地跌倒在地上。本尼迪克特从下面赶上来，带了一块"蛇眼石"，在厨师腿上切了一个小口，把石头在上面摩擦了几分钟。等厨师苏醒过来，我要求看一下石头，可是本尼迪克特不让我碰它。石头在他手里就像一块海绵，轻盈多孔。这戏剧性的一小幕回想起来变成了重要事件，尤其当日子一天天、一周周的如此风平浪静。

岛上时光悄无声息地流淌。要不是发生了两件彼此并不相关却同样重要的事情，我的日子本可绵延无尽、毫无起伏。第一件事是六月底西南季风的来临，塔普拉班的公海一带在夏季是不宜居住的。另一件事则是，根据斯里兰卡的法律规定，外国人一旦在该国居住六个月及以上时间，就得为他的境外收入支付高额税款。因为我一般是圣诞节前后前往塔普拉班，所以得在六月中旬返回欧洲。因此塔普拉班并非永久庇护所，不过每年有一半时间可以让我有田园牧歌的悠闲。

当然，每一首田园牧歌都难免有反讽意味。我最终卖掉了这个小岛，收益又因斯里兰卡的金融控制被没收，所以我从未见到过这笔钱。**输赢无常，好在回忆永存。**

丹吉尔

原载于《星期日独立报》(Independent on Sunday，1990年)

记者罗伯特·鲁瓦克（Robert Ruark）在丹吉尔待了一周，便在《纽约世界电讯报》发了第一篇报道，题为"丹吉尔，邪恶的污水坑"。如此大张旗鼓地渲染，难怪几十个报界小人会立即赶来搜寻可供发表的邪恶证据。他们无法找到，就捕风捉影地编造。

很久以来，丹吉尔就不断被那些兴风作浪之人称为"世界的邪恶之都"。这也许还推动了当地经济，不过也让成千上万兴冲冲赶来的游客期待落空。《摩洛哥攻略》(The Rough Guide to Morouo，1987年）中的评论也许更加公允："……一个令初到者感到难以捉摸的地方，不过一旦你有了这种感觉，依然可以体验其生动活泼与可爱之处……以及那令人迷醉的无限可能。"

在我看来，"迷醉"一词再合适不过。人们多半举止暧昧迷惑，居民喜欢把一切归咎于东风，就像普罗旺斯人用密史脱拉西北风解释莫名其妙的行为，它甚至可以成为谋杀的减刑考量。

东风可以用来解释神经质和坏脾气，但我倒是怀疑，不管起不起风，凶杀案无论如何都会发生。为期一个月的斋月似乎比起风更容易导致暴力行为,尽管东风可以有狂风风力,可以夜以继日地吹,一周都没个停歇。

我第一次来到丹吉尔,它当时号称港口城市,可居然没有防波堤和码头。从直布罗陀来的渡船要在港口下锚,乘客们得坐上小船划船靠岸。火车站在城外的沙丘地带,你得经过平行于沙滩的木板道才能到达那里。如果是下雨天,你得租一辆马车,由一匹孱弱的马拉着,才有可能抵达火车站。

麦地那聚集着一堆建筑物,周围都是城墙,我一直对它着迷不已。它就像海洋,始终存在,却瞬息万变。在它迷宫般的街巷中,穆斯林们上演着戏剧大师妙笔下的万千剧目。

城市如此小巧玲珑,编织精密,在市中心的大广场,我可以步行半小时,就来到我位于旧山的住所,完全置身于乡野,只听得蟋蟀的叫声和风吹过树叶的声音。

那些年,沙滩上唯一可见的摩洛哥人就是骑着毛驴的农民,他们要进城赶集。丹吉尔人认为太阳有毒,竭力躲避阳光。直到后来,几个小伙子很有勇气,他们模仿法国人,无所顾忌地游泳,并躺在阳光下的沙滩上。再后来,女人们也开始冒险(穿得严严实实)进入波涛。

麦地那唯一的声响就是人声。当时那里还没有带有变调扩音器的收音机。喜欢音乐的人就听古老的、上发条的、按小时付费的唱片机。唱片机由小男孩们顶在头上送过来,男孩们就像顶着巨大的牵牛花,时常连路都看不清。

在麦地那中心的佐科契柯广场,街边到处是咖啡馆,交杂着几百人的聊天声。在20世纪30年代初,中午之后顾客们渐渐稀少,可是到了20世纪40年代战后,丹吉尔到处是游客和外国居民,咖啡馆的生意就一直红火到黎明,派对散场后疲倦的客人会在睡觉前来咖啡馆喝杯黑咖啡。

那几年是这座城市最活泛的时期。在国际区，美元和英镑对法郎和比塞塔的汇率是巴黎、马德里（或卡萨布兰卡）的两倍。在这里开一个美元账户，你就能在法国靠丹吉尔银行换算成法郎的钱生活，汇率是1美元兑550法郎而非220法郎。这里全城都有货币兑换处，黑板上用粉笔写着最新的汇率。一些人整日就从一家冲到另一家地买进卖出现钞，以此辛苦维生。我一直没法理解这究竟是如何操作的。

大广场树下卖水果、蔬菜、鸡蛋的精明农妇只收银质的法定货币。你买东西前得把欧洲货币换成哈萨尼（Hassani）银币。

在这个管理松散的港口城市，走私是一种生计。我认识的一个男人曾经叫一位补鞋匠给他的鞋子打后跟掌，在每一个跟上塞进半公斤金块，这样他就能带着整整一公斤的金块离开丹吉尔，到别的地方卖出金块获利，反正他是这么打算的。我很难相信其中的差价能值得他这么做。

不过，有些人似乎觉得国际区自有魔力，那里三十年来都被西欧列强组成的委员会管控。人们对此兴奋不已，觉得这里就像自由国度，人人可以为所欲为，如入无人之境，不受任何法律的约束。这个城市确实有一种放任随意的氛围，甚至到了夸张的地步。真是前无古人后无来者。

我所了解的1931年的古老丹吉尔已不复存在。1947年战后我重返那里，几乎认不出来了。公寓楼拔地而起，大树消失了，街道与外围的乡村相通。在麦地那，房屋有了新的外墙立面，大门口的摩尔式拱门被摧毁，这样一来，街道的视觉魅力就消失了。可大多数摩洛哥人根本不在乎这些细节，他们尊崇一切新事物，不管好不好看。除了卡斯巴的一些古老建筑之外，我唯一能想起来的、未经现代化改进的就是位于马莎恩区的一家小咖啡馆，就在海上高高的悬崖边。20世纪30年代，每到斋月我就常去那里打牌，我就是在那里学会了用阿拉伯语计数。

  这个小小的地方带着金雀花的标志，曾由一个上了年纪的法国人经营着。令人惊讶的是，经过差不多六十年，咖啡馆依然如故，保留着昔日令人惬意舒适的样子，通过一排阶梯可以往下走到悬崖边。海鸥在风中盘旋，不时有邮轮缓慢地在直布罗陀海峡往返。现在此地归属于摩洛哥人，外面没有标志，但是人人都知道这是哈法咖啡馆，或者叫悬崖咖啡馆。如果你不确定它的方位，你就永远找不到它。

  自我初到丹吉尔并被它的魅力折服以来，当初六万居民人口的小镇已经成了十倍于此人口数的城市，从目前广泛发展的势头看，只要当前的繁荣继续，它还会不断扩展。和大多数的城市相比，它依然是宜居之地，但我所知的丹吉尔只留存于记忆之中。

丹吉尔即景

朱莱尔·加斯泰利（Jullel Gastelli）《美景》（*Vues Choisies*）
序（1991年）

在丹吉尔曾有过寻找精灵的话题。在与警方人员的闲聊中，我得知根本不可能在城镇方圆二十公里内的地方找到这种东西。据解释，它们无法在靠近铁或钢的地方生活，也就是说，首先就能排除有机动车的地方，那里不会有这些妖魔鬼怪。丹吉尔街上的车辆逐年增加。现在，泥瓦匠都会在建筑物的墙体里加入铁条以增强防御和辟邪。"所以城里绝不会有遇到精灵的危险，不管无知的民众怎么渲染此事。"来自乡村的家庭主妇都各有迷信思想，虽然她们每天都看电视，却仍然相信厨房水管里会有精灵，不肯用水槽里的热水，就怕惹恼了它们。这还可以理解，毕竟她们来丹吉尔之前，各自家乡都有传闻说精灵无处不在，不仅可以化身为动物，也可以变成人。于是所有陌生人都立即变得可疑起来。

"树多的地方你一定得小心。你也许已经注意到，这里的人正尽可能迅速地根除树木。丹吉尔是一个摩登城市，摩登城市沿街就不该有大树。这里没有树木的空间，此外，它们也格格不入。丹吉尔是旅游胜地，游客们喜欢一切新颖摩登，就像他们自己的国家。我们这里有一家很好的餐馆，名叫'大麦堡'，游客们总去那里。我们就该有更多这样的地方。我想明年还会再开一家。当然，他们也可以去小一些的餐馆吃快餐，如'必尝三明治'或'毕加索三明治'。"

冬天下大雨时，很多房屋会滑下悬崖坠入大海。

风呼呼地从四面横扫过丹吉尔，风向不断变化。海峡和海洋的巨浪会席卷那些溺水的尸体。

假如你住在卡斯巴，房屋会湿淋淋的。如果是住在马莎恩或山区，那里也会很潮湿。住在丹吉尔这个城市，人人都有或多或少的不适。时刻会有这样那样的危险和麻烦，比如某样东西在应该发挥作用时偏偏失灵了。

夏天停水，冬天街上被水淹。没钱修补坑洞，驾车就很危险。

"我儿子五岁时，他走到老师面前，问他说：假如我每天给您一个迪拉姆，您期末会给我好成绩吗？他不需要上学，他早就明白生活的道理了。他读了两三年书，后来我就不让他去学校了。他在家学得更多，就靠看电视。"

丹吉尔没有公共停车场，也没有市政公交系统。一长队的白色梅赛德斯出租车取代了公交车。街上人们争先恐后地拥挤着想上车，因为每辆车一次只能坐六七个乘客。

哈吉玛

威廉·贝特施《哈吉玛：非斯悲剧》[1]序（1991年）

在非斯，你找不到任何笔直的东西。走进麦地那毫无进入城市的感觉，倒更像是卷入了某种意义不明的事态中。空气里有一种迂回曲折和错综复杂的味道，居民们对此也是一副任其自然的态度。环绕四周的城墙高耸，足以保护城镇居民免受城外柏柏尔敌人的侵犯。我记得1931年时北墙的城门日落后就关闭了，当时的人们坚信城外有强盗团伙出没，就等着袭击日暮前没来得及赶回来进城的人。不过，人们彼此似乎也充满戒心，我记得夜里要步行穿越麦地那是很困难的事。各个街区之间横亘着紧锁的巨门，就为了阻止一个区的人进入邻近的区。你必须找到看门人，劝说他让你通过。此后再走一段路，你又会遇到另一道屏障。

在麦地那所有的城墙入口中，只有一个入口，即弗托门（Bab Ftouh），允许车辆通过。即便如此，车子也必须停在入城的不远处，

---

[1] William Betsch（1939—2023），美国当代艺术家、作家；*Hakima: A Tragedy in Fez*，出版于1991年的一部集照片、日记、采访于一体的书，记叙了摩洛哥少女哈吉玛因被怀疑失贞而自杀的悲剧。

街道在此收窄成了小径，化作城市中典型的胡同小巷。这座城本就是为那些步行者和骑在牲口上的人建造的，幸好它还未被重建成能让汽车通行的模样。至于其他城门，一旦你走进去，地势必然向下。这里的地形堪比漏斗。从西门即布日卢蓝门（Bab Bou Jeloud）走进麦地那，那里只有塔拉科卜拉（Talaa Kebira）和佐卡哈杰尔（Zekak al Hajar）两条主巷。你也有可能发现其他几条很曲折蜿蜒的路线，它们不像两条主巷那样沿路有商铺，而是在居住区穿梭迂回，但都不断往下通往城市腹地。

我第一次在非斯的小巷中行走，就发现那里的人与其他的摩洛哥人不同。其中有很多人面色苍白，甚至病恹恹的。我常常觉得这些人很想隐身，似乎对自己的身份很不确定，宁愿在城市里悄然出没，不被人关注。据他们的外表，我推测而且也确信，麦地那不是一个健康宜居之地。

非斯人也不受国人待见。你会听人说他们很贪婪、虚伪、不诚实、奸诈，而且非常阴险，但凡丑陋粗暴的性行为必与非斯人有染，哪怕他们只有其他摩洛哥人传言中四分之一的邪恶，那也是够坏了。幸好我的个人体验并不一样。不过这么多年来这些诽谤性的传闻早已让这个城市蒙上了一层隐隐的暧昧，尽管我有切身感受，有时候也不免疑惑，其他摩洛哥人对非斯人的传闻，就算有那么点真实，又有几分是真的呢？

很显然，非斯本地人不受欢迎至少部分源于他们是城市居民，这和大多数其他摩洛哥人截然不同，后者在思想上更接近于乡下人。举国的财政汇聚此地，这里自然就是商业中心。毋庸置疑，对这个城市及其居民普遍的反感，最根本的原因就是嫉妒，尽管直到今天都很少有摩洛哥人会承认这一点。

早年我旅居非斯时最大的乐趣在于，前一刻坐在城墙外橄榄树下和绵羊为伴，下一刻就能走回城墙内。由于一些事情即使反复经历也不会被永远铭记，我便把出入某些城门的体验与一天的特定时间段联想在一起。布日卢蓝门在晨曦中熠熠闪亮，拱门的外立面铺着宝蓝色的瓷砖，内立面是翠绿色的，正前方的清真寺尖塔上鹳鸟伫立；迪卡肯门（Bab Dekaken）则与正午的骄阳相关，透过拱门可见兵器厂那片广袤的广场上尘土飞扬，人群簇拥；当太阳坠落在我身后西边的地平线以下时，我最爱穿过赛格玛城门（Bah Segma）；由于"一战"末期人们有了新近了解的信息，马鲁克拱门上常常挂着几个反政权者被割下的头颅，黄昏便成了穿过那宽阔拱门的最佳时刻；我把雨夜和吉萨门相关联，那隐约的危险感笼罩着城市，悄悄逼近，尽管依然隐匿，却更加真切。穿越街巷的泥泞不断滑入城市深处，四周弥漫着压榨橄榄的醇酒气味，心里想着拐过无数个忽左忽右的弯，就能来到香料市场，那里有灯火星点，几个人站在滴水的格子架下，这是多美妙的感受。

我知道现在的非斯祸患不断，不复当年，这个文化和商业之都正在瓦解。那些曾经的城市缔造者已然搬离豪宅，前往卡萨布兰卡。现在的城市被贫穷者占据，这些人绝望而暴力的生活注定了城市的迅速毁灭。

天空

收于维托里奥·桑托的《肖像·裸像·云像》[1]（1993年）

    自然光线往往决定着我们生活情景的氛围。天空就像照明大师，为我们的表演提供无穷无尽的光线组合，甚至渲染着其中的情绪。黄昏时沉缓的暮光适宜交心，而春日晨曦的泛光则属于莫名的欣喜。夜晚幽暗时，天空暗淡沉寂，人们常常沉溺于幻梦；夏季天空乌云密布时，灰色淡漠的光线促使人陷入慵懒。我们又如何得知自己的行动在多大程度上取决于当时笼罩着我们的光线？

    不过，相较于产生光照的天空自身那无与伦比的景象，这种间接效果就相形见绌了。众所周知，个人能想象到的、最令人惊叹、最壮观的景象都在天穹。

    关键在于你如何观看万千气象。天空自有景象可观，瞬息万变。那里有水汽凝聚，也许成云，甚至落雨或起雾。团团水汽的移动、形态、组合就幻化出千姿百态。倏忽变化的阳光更为此增光添彩。

    有时候，天空会形成两个明晰可辨的云层。下面一层是边缘参

---

[1] *Portraits Nudes Clouds*，是意大利-瑞士视觉艺术家Vittorio Santo的摄影作品集。

差不齐的乌云，迅速移动，低拂过大地，而另一层高高在上，宏伟和缓。两个云层背道而驰也并非罕见。万里无云时的天空是静态的，它清澈无影。撒哈拉的天空就像一块不着一字的面板。你会折服于那浓烈透彻的蓝色，但是你不会有观看的冲动，因为你明白它固定不变。

当然，暴风雨是华丽壮观的，尤其在热带。

季风来临前，斯里兰卡在印度洋上的日落就是诸多伟大天象中的胜景。

和白昼的天空一样，夜空也需要动态，需要让目光追随的变幻。当镶着银边的云朵迅速滑过圆月，原野上黑影随行时，我不由得想起阿尔弗雷德·德·维尼[1]的诗歌。

那不断重复的梦魇：地球的大气层逃逸进太空，于是我们明白苍穹已变为恒久的黑暗。

1　Alfred de Vigny（1797—1863），法国诗人、剧作家、小说家。

保罗·鲍尔斯生平

日记（1986年）

人生初见的天空是纽约的天空。

下雪的冬季。幽暗的学校。

一首歌唱道："归去来兮，若归去来兮。"

唱给身在法国的美国兵。

有一天孩子们在街上游行。

他们唱着《进军佐治亚》，那是内战时的凯旋曲。

现在它庆祝的是另一种凯旋。

威廉大帝不再侵扰孩童的梦境。

夏季就是阳光湖水和蟋蟀。

桃子坠地被残茬刺穿。

白日无形，时光悠悠。

黑暗带来了夜虫啾啾。

然而学校多年依旧。纪律严明。

逃学的念头生根成长。

雷鸣之夜他背包出行。

"凌丹"号邮轮老迈缓慢。这是它最后的航行。
到布洛涅的乘客在波涛中颠覆,坐小艇上岸。
黎明时的巴黎干净闪亮。
那是五十七年之前。现在一切都不同。
巴黎的兴奋:穹顶咖啡馆、清真寺、
大木偶剧院、布洛梅街的黑人舞厅。
他周薪四十法郎,有时饥肠辘辘。
两小无猜的女孩来巴黎拯救了他。
他在瑞士的蔚蓝海岸游荡,
在黑森林的小径中徜徉。
他愉悦地书写想象中的诗章。
那年冬天在纽约,阿隆·科普兰对他说:你应该成为作曲家。

这很难,他想,不过为何不试一下?
他很快又去了巴黎。他崇拜格特鲁德·斯泰因。
她说他当不了诗人,于是他放弃尝试。
这意味着他只能在音乐上孤注一掷。
斯泰因小姐也不喜欢音乐。
他在汉诺威和库尔特·施威特斯在一起。
他们一起去了城市垃圾场,
一起收集材料制作梅兹堡。
他在柏林作曲,人们高喊Fenster zu!
在巴黎他们喊Fermez la fenêtre![1]

---

[1] 分别为德语和法语的"关上窗户!"。

在丹吉尔只有科普兰和蝉儿愿意听他。

在撒哈拉他爱上了天空,

并知道自己会不断重返那里。

春天他去了阿加迪尔,那里的食物不干净。

巴黎的医生说他得了伤寒。

他在医院躺了一个月。母亲从纽约赶来。

痊愈后他们去了西班牙和蒙特卡洛。

冬天来了。他想去沙漠。

他住在盖尔达耶绿洲外的房屋里。

他骑着骆驼去了突尼斯。

在突尼斯他发现自己身无分文。

富兰克林·罗斯福关闭了银行。美元无法流通。

法国朋友给他电汇法郎。

他带着巨蟒皮和十七张豺皮来到丹吉尔。

他知道必须返回美国,但他先乘船到了波多黎各。

就这样他在牢笼外多停留了片刻。

在纽约他不停思念摩洛哥。

像罪犯谋划越狱他准备出逃。

夏天他向东航行。这一次他住在非斯。

尽管父母在纽约盼着他,

他前往南美一睹真容。

森林和山脉令他愉悦,可是他没有留下。

他在加州谱写音乐。他在纽约谱写音乐。

奥森·威尔斯[1]两部戏的配乐，由他来写。

克里斯蒂安·托尼[2]和他的妻子来到纽约。

简·奥尔也来了，于是四人同赴墨西哥。

到墨西哥城的第二天简失踪了。

很久以后才听说她去了亚利桑那。

几个月后他们继续前往危地马拉。一切顺利。

他赶往纽约为自己的第一部芭蕾舞剧编曲。

他带着简·奥尔听费城交响乐团演奏此曲。

不久简·奥尔成了简·鲍尔斯。

带着大堆行李他们登上日本船南行。

此后他们在瓜纳卡斯特与猴子鹦鹉为伍，

他们带着鹦鹉从哥斯达黎加前往危地马拉。

张伯伦到访慕尼黑时他们在蔚蓝海岸。

希特勒东进时他们身处纽约。

他为戏剧和电影配曲，

简正在创作长篇小说。

他们决定前往墨西哥生活。大庄园矗立在一万英尺的高度。

当他不得不飞回纽约工作，简留了下来。

那年冬天他们居住的出租房由诗人奥登经营。

每天清晨六点半简就会在餐厅遇到诗人。

简是托马斯·曼女儿艾丽卡的朋友。

---

[1] Orson Welles（1915—1985），美国演员和电影制作人。
[2] Kristians Tonny（1907—1977），出生于荷兰、旅居法国的先锋派画家。

奥登娶了艾丽卡。他们很有话聊。

很快夫妇俩返回墨西哥。他正在写一部查瑞拉歌剧[1]。

简正在写一部长篇小说。

一天她终于写完了。

次日日本轰炸了珍珠港。

他们前往特万特佩克[2]听马林巴琴。

他依然在写查瑞拉歌剧。同时在写第二部芭蕾舞剧。

他们来到纽约,他成了音乐评论家。

简的小说出版了,雷昂纳德·伯恩斯坦[3]指挥了那部查瑞拉歌剧。

他前往墨西哥欣赏新生的帕里库廷火山。

比利时流亡政府委托他为一部关于刚果的电影配乐。

他和萨尔瓦多·达利合作,写了第三部芭蕾舞剧。

此后他开始写短篇小说,渐渐厌倦为戏剧配乐。

他前往古巴和萨尔瓦多。简正在创作一部戏剧。

他不再写乐评,但继续为百老汇作曲。

一天夜晚他做梦来到摩洛哥。这个梦让他欣喜。

出版商约他写一部长篇小说。

他决定离开纽约回到摩洛哥。

在非斯他开始创作《遮蔽的天空》。

他在撒哈拉各处移居时继续文学创作。

---

[1] Zarzuela,一种西班牙的歌剧形式,西班牙皇室在查瑞拉王宫首次欣赏这种形式的歌剧,因此而得名。

[2] Tehuantepec,墨西哥一城市。

[3] Leonard Bernstein(1918—1990),美国指挥家和作曲家。

他在丹吉尔与简碰面并带她前往非斯。

他俩工作的窗口下有溪水流淌。他完成了长篇小说。

他早已为田纳西·威廉斯[1]的首部百老汇成功作品创作过音乐。

得知田纳西想让他为另一部戏作曲,他毫不吃惊。

他前往纽约作曲。

首演后他带着田纳西一同回了摩洛哥。

天气糟糕,田纳西住了不满一个月。

他和简住在丹吉尔的法哈。杜鲁门·卡波特来了。

六周时间他都在吃饭时逗他们开心。

他们参加了诸多聚会和野餐。

简在自己的小木屋里工作,但他不知道她在写什么。

他懊恼地得知出版商不想出版自己的书。

我们要的是长篇小说,他们说,可这本东西不是啊。

所以它先在伦敦出版了。

他们前往英国,在威尔特郡住了几周。

简想在巴黎过冬。他决定去斯里兰卡。

在船上他开始写关于丹吉尔的长篇小说。

他前往山区的茶园居住。

那里的岩石后面躲着豹子,它把狗抓走了。

他坐船去了印度的特努什戈迪。

印度比斯里兰卡更炎热。他继续写小说。

---

[1] Tennessee Williams(1911—1983),美国剧作家,代表作品有《欲望号街车》《玻璃动物园》等。

等他到了巴黎，简并不打算离开那里。

他正在根据加西亚·洛尔卡[1]的《耶尔马》创作一部歌剧。

这是为了丽比·霍尔曼[2]。他们在安达卢西亚一同生活了一个月。

秋季在非斯。冬季和春季在撒哈拉。

简想返回摩洛哥。

他开车到法国边境接她。

可是她很喜欢西班牙，因此他们在那里住了一个月。

她写完戏去了纽约。

他写完小说去了孟买。

过去两年印度铁路麻烦不断。

在南印度他被关进了筛选营，

和两万名企图逃往斯里兰卡的泰米尔人在一起。

这些人经年累月地被关在那里，

他两天后被释放，去了斯里兰卡。

仲夏他在威尼斯。他在马德里时接到来自锡兰的电报。

现在有机会在斯里兰卡海岸外买下一座小岛。

他买下小岛并前往纽约为简的戏剧配乐。

夏天他在罗马，为维斯康提[3]的一部电影配乐。

他不知自己在做什么，但还是做了。

---

1 Garuía Lorca（1898—1936），西班牙诗人、剧作家。《耶尔马》（*Yerma*）为其1934年创作的戏剧。

2 Libby Holman（1904—1971），美国女歌手和演员。

3 Luchino Visconti（1906—1976），意大利电影制作人。

那年冬天他在丹吉尔，其间感染了副伤寒，威廉·巴勒斯[1]来看他。一年后他们开始相互了解。

夏天他开始写第三部小说，关于非斯。
小说写到一半，他和简出海航行，
去斯里兰卡的塔普拉班岛过冬。
在那里简身体抱恙，情绪低落。
两个月后她返回丹吉尔。
他写完小说乘船去了日本。
然后他返回丹吉尔并继续为加西亚·洛尔卡的歌剧作曲。
父母来看他。他们很喜欢摩洛哥。他为此很惊讶。
他想起了自己的小岛，决定前往斯里兰卡去卖了它。
苏伊士运河不通航。他得经由开普敦前往。
他在塔普拉班过冬，而后乘船去蒙巴萨。
他在肯尼亚时简得了中风。
他带妻子去英国治病。
医生无计可施，他们返回了丹吉尔。
不久她病情加重，只得再次前往伦敦。这是一段糟糕的日子。
在马德拉她每况愈下。她不得不前往纽约。
爱她的田纳西从佛罗里达赶来在机场见她。
加西亚·洛尔卡的歌剧上演了。它并未获得成功。
丽比·霍尔曼非常努力，可是缺少导演。
他和简返回丹吉尔。不久田纳西发来电报，

---

1 William Burroughs（1914—1997），美国小说家、画家。

说他的新戏需要配乐。

他将《浓爱痴情》[1]的乐谱寄给他。

该音乐部分创作于丹吉尔,部分写于前往纽约的船上。

洛克菲勒基金会资助他在摩洛哥录制音乐。

他花了六个月在山区、沙漠和城市录音乐。

此后一年他开始录制摩洛哥口述故事。

简的身体似乎好转,可是仍然无法工作。

他把艾伦·金斯堡[2]带到马拉喀什。

可是他们抵达的那一天大火烧了麦地那。

集市和露天市场的烟雾浓重。

简的健康状况不妙。他们两度前往美国看望父母。

咨询一切可能有帮助的医生,但医生都束手无策。

在丹吉尔的蒙特桥他写了第四部小说。

他开始翻译穆罕默德·穆拉比特的口述故事。

出版商约他写一本关于开罗的书。

他并不想写,于是玩笑似的建议写曼谷。

出版商答应了。他经由巴拿马前往曼谷。他大为吃惊。

你晚来了十五年,每个人都这么对他说。

树没了。运河被填了。空气污秽。

四个月后泰国当局勒令他离开。

到了丹吉尔他发现简需要住院。

---

1 *Sweet Bird of Youth*,田纳西1959年戏剧作品。
2 Allen Ginsberg(1926—1997),美国诗人,"垮掉的一代"的代表作家之一。

他带她去了西班牙。

此后他同意回加州教书。

他对学生们说自己并非教师无法授课。

他们笑了,觉得他很古怪。

第一学期结束后他返回摩洛哥。

简恳请他带自己一起去丹吉尔。医生加以反对。

然而他还是带她去了,因为她很不快乐。

这是一场灾难。她吃不下东西,日渐虚弱憔悴。

他认输了并将她送回了西班牙的医院。

她一直待在那里。她在那里去世。她的墓地没有标记。

此后他的生活似乎风平浪静。

他继续住在丹吉尔,翻译阿拉伯语、法语和西班牙语作品。

他写了很多短篇小说,但是没写长篇。

世间的人口越来越多。

每个人都无法改变什么。

术语表

原载于《绿首蓝手》（1963年）

Ahouache	影舞：大阿特拉斯山脉及其以南地区一种正式的节日庆典活动，包含舞蹈、歌唱和打击乐表演。
Bakhshish	小费。
Bendir	班迪鼓：一种大型圆盘状的单膜鼓。
Bhikku	比丘：佛教僧侣。
Bidonvilles	棚户区：近三十年来围绕北非城市中心发展起来的非正式聚居区，并不限于特定的地理范围。
Bled	乡村地区。
Butagaz	丁烷气：用于烹饪。
Caid	酋长：部落或部落分支的首领。
Caique	一种划艇或帆船。
Chehade	口述形式的伊斯兰教信仰宣言。
Chikh	主领乐手：民间乐团的领袖。
Cicerone	向导。
Comedor	小旅馆的餐厅。

Couscous	蒸粗麦粉（正确写法为Couscsou）：一种面食，通过在面粉上洒水制成。
Dagoba	佛塔。
Dahven	坐着时上半身前后摇摆的动作。
Darbouka	达波卡鼓：一种大型的陶制手鼓。
Dhoti	缠腰布：印度男子在腰间缠着的腰布。
Djaoui	焦瓦：一种燃香，常与安息香一起使用。
Djellaba	吉拉巴长袍：一种带袖子的连帽长袍，原为男性服饰，现在男女皆可穿。
Fraja	芙拉雅舞：一种集体舞蹈。
Gannega	加内加鼓：一种小型圆盘状的单膜鼓。
Gitanos	吉卜赛人。
Gopuram	塔门：印度教寺庙入口的装饰性塔楼。
Guennaoua	格纳瓦教（单数形式为Guennaoui）：一种宗教兄弟会团体，其成员大多是苏丹裔（多为奴隶后裔）。据说他们的仪式性舞蹈可用于治疗精神疾病、癫痫和蝎子蜇伤，同时还能驱逐屋内的邪祟。
Haik	哈伊克：北非女性的一种传统罩袍，通常由精细的白色羊毛制成。
Imam	伊玛目：清真寺内带领信众做祈祷的人。
Imdyazen	伊穆迪亚曾：职业的游吟歌者，能在摩洛哥某些讲柏柏尔语的地区见到。
Imochagh	伊默察格：在图阿雷格语中图阿雷格人的自称。
Joteya	二手市场。
Katib	秘书。

Khalifa	哈里发：继任的官员。	
Kif	基夫烟：北非地区一种烟草混合制品。	
Kissaria	服装市场：在穆斯林城镇中，专门出售纺织品、服装和奢侈品的集市区。	
Litham	面纱：覆盖女性面部下半部分的纱。	
Mahia	玛希亚：由水果蒸馏而成的酒精饮品。	
Majoun	麻烘：在北非通常指果酱。在特定语境下，指食用后可引发幻觉的甜食，其成分包含大麻。	
Medina	麦地那：阿拉伯语中意为"城市"。在北非，该词特指在欧洲人到来之前，穆斯林已建好的城市区域。	
Meharistes	骆驼骑兵：撒哈拉地区骑骆驼的骑兵部队。	
Mektoub	命运。	
Mijmah	火盆。	
Mottoui	摩图：用于随身携带基夫烟的皮袋。	
Mouloud	圣纪节：纪念先知穆罕默德诞生和逝世的节日，也指其所在的月份。	
Moussem	敬圣节：在圣人陵墓附近举行的季节性节庆活动。	
Mruq	酱汁。	
M'tarrba	姆塔巴：穆斯林家庭中沿墙摆放的一堆高而窄的坐垫。	
Mska	慕斯卡：一种透明的黄色树脂。	
Naboula	纳布拉：膀胱，特指羊膀胱，经过风干和软化后可用来密封保存基夫烟。	
Nargileh	水烟壶：由水斗和带过滤嘴的软管组成。	
Parador	招待所：在西班牙和摩洛哥，特指政府经营的旅馆。	
Paseo	中央有花园绿化带的大道。	

Peloton	士兵分队：法国军队术语。	
Pirith	庇里斯：佛教的净化仪式。	
Qahaouaji	泡茶人：专门负责泡茶的人。	
Qsbah	柯丝巴：大型横吹芦笛，音域较低。	
Rhaita	莱塔管：簧片乐器，类似双簧管。	
Ronda	龙达：一种纸牌游戏，类似于金拉米牌戏。	
Sebsi	塞卜西：用于吸食基夫烟的细长烟斗。	
Semolina	粗麦粉：研磨谷物制成的颗粒。在北非，这种食物的制作过程较慢，要先在面粉表面洒水，使其形成小颗粒，然后反复摇晃，使其变成所需大小的圆粒。	
Souk	市场（正确写法为Souq）：在北非地区用于表示市场。在较大的城市，它还特指专门用于买卖（通常也包括生产）某一特定商品的街道或区域。	
Spanioline	西班牙人：西班牙人（Spanioli）的复数形式。	
Tarboosh	土耳其毡帽：费兹帽，一种高顶无檐毡帽。	
Tbola	托波拉：北非的一种小军鼓，用鼓槌敲击演奏。	
Tob	陶波土：一种混合的建筑材料，由稻草、泥土（有时掺杂粪肥）组成。	
Toubib	医生。	
Tseuheur	巫术：黑魔法的理论与实践。	
Ymaka	犹太小圆帽：犹太男性佩戴的黑色无檐小圆帽。	
Zamar	扎玛尔：里夫人（北非地区）使用的双簧管乐器。	
Zaouia	朝拜地：宗教兄弟会的聚集地，通常包括清真寺、学校及该教派创始人的陵墓。	
Zebu	瘤牛：东印度地区一种长有牛峰的牛。	

读客®
彩条文库
外国文学读彩条，大师经典任你挑。

扫一扫，立即查看彩条文库全书目，收集下一本文学好书！